归路

GUI LU

邵雪城
作品

CTS
湖南文艺出版社
HUNAN LITERATURE AND ART PUBLISHING HOUSE
博集天卷
CS-BOOKY

图书在版编目（CIP）数据

归路 . 活着再见：大结局 / 邵雪城著. — 长沙 : 湖南文艺出版社，2015.4
ISBN 978-7-5404-7104-0

Ⅰ. ①归… Ⅱ. ①邵… Ⅲ. ①长篇小说—中国—当代 Ⅳ. ① I247.5

中国版本图书馆 CIP 数据核字（2015）第 044201 号

上架建议：畅销小说

归路 . 活着再见：大结局

作　　者：邵雪城
出 版 人：刘清华
责任编辑：薛　健　刘诗哲
监　　制：蔡明菲　潘　良
特约策划：邢越超
特约编辑：刘　筝
营销支持：李　群
封面设计：姚姚设计工作室
版式设计：李　洁
内文排版：百朗文化
出版发行：湖南文艺出版社
（长沙市雨花区东二环一段 508 号　邮编：410014）
网　　址：www.hnwy.net
印　　刷：三河市华东印刷有限公司
经　　销：新华书店
开　　本：787mm × 1092mm　1/16
字　　数：304 千字
印　　张：21.5
版　　次：2015 年 4 月第 1 版
印　　次：2020 年 9 月第 2 次印刷
书　　号：ISBN 978-7-5404-7104-0
定　　价：35.00 元

（若有质量问题，请致电质量监督电话：010-84409925）

归 GUI 路 LU

目录

CONTENTS

第一章 请求处分

1

在我的人物资料库里，周亚迪是金三角的大毒枭，但他从来不亲手杀人。

所以当他突然从袖管里抽出一把寒光闪闪的三棱刀，噗的一下扎进大军的心窝时，我彻底惊呆了。来不及反应，来不及阻止。

大军茫然地看着周亚迪，张开了嘴却发不出声音。他吃力地想要低头看看是什么刺入了自己的心脏，头还没有低下，就轻叹一声闭上了眼睛。

“迪哥？”我和胡纬异口同声地叫。

“好了。”周亚迪闭着眼喘了几口气，慢慢松开了手，沾满鲜血的手指在裤子上擦了擦，“这下，任何事都不会走漏了，除非你们，连自己也不信。”

大军歪倒在角落里，胸前染出一大团鲜红。

我脑子里一片空白，只觉得有股火苗一样的东西烧着了我的脖子、我的脸、我的眼睛。我猛然转身抬腿，使足浑身的力气朝周亚迪踹去。周亚迪像个女人一样惊叫起来，尖叫声把我从怒火中叫醒，我急忙往回收了收劲。尽管只剩下三四成力气，他还是被我一脚踹飞，倒在一堆空塑料桶里滚作一团。

“操你妈的，谁让你在我船上杀人的！”我指着他喝道，“知不知道这是大忌？”胸口里那股无处宣泄的悲痛怒火不受控制，已经超出了我的承受能力。我要为我的失态找个理由。

周亚迪胡乱扒拉着想要站起来，我扑上去把他揪起来按在舱壁上，那一刻，我恨不得用牙齿一口一口把他撕扯成碎片，以告慰大军的英灵。

但理智告诉我，我不能那么做，我的任务还没有结束，周亚迪还得活着。

“秦……秦川……”周亚迪强忍着痛，喘着粗气说，“我，不……不懂规矩，你原谅我，原谅我这一次吧。”

我闭上眼做了几次深呼吸，让心里那股火尽量不要烧到外面来。我慢慢凑近周亚迪的脸，淡淡地说：“人死在海上，冤魂找不到去处，就会一直留在船上。他会生生世世缠着我，或者你。”

周亚迪带着哭腔说：“秦川，我错了，你说，怎么做才可以？一定有办法，对不对？”

我死死看着周亚迪的眼睛：“把他送回家厚葬。如果他能超度，就算我们幸运。如果他做鬼也不放过我们，我只能杀了你烧给他。”

“厚……厚葬，厚葬，我出钱……”周亚迪看了一眼大军的遗体，苦着脸说，“秦川，他老家是山东的，我也不懂规矩，这件事能不能……拜托你？”

我松开他：“要让外头知道这条船上出了人命，还有谁敢上我的船？”胡纬凑上来拽拽我的胳膊说：“是我们不对，是我们不对，差不多就行了……”

我一低头，见胡纬另一只手已经攥成拳头，好像我要不饶过这事，他就要跟我动手的意思。这让我心头一惊，刚才被愤怒烧蒙了心，竟忘了这狭小的空间里还有胡纬这么一个活生生的精壮男人。我瞥了一眼他的拳头说：“怎么？想比画比画？”

胡纬意识到自己的动作太明显，朝周亚迪看去。周亚迪说："胡纬，这事怪我，怪我，秦川做得对。"

胡纬忙换了一副笑脸，对我点点头。

他俩的这种微妙互动，让我更加警觉。

2

五年前，我和程建邦第二次到金三角执行任务，我想把宁志的遗骨带回来，但没能做到。

所幸的是，我们的任务很圆满——周亚迪人财两空，伤了元气，在金三角几乎失去了话语权。胡经死了。而且，周亚迪直到今天还不知道我的真实身份。

胡纬是胡经的弟弟，现在接管了胡家的生意。按理说，他跟周亚迪是不共戴天的对手，但从刚才的情形来看，这两人的关系已经变了。

由此可见，金三角这些年发生的变故远远要比我掌握的情报更精彩。

我一边琢磨着一边扯过一块帆布，将大军的遗体盖住，地上暗红色的一摊血在昏暗的灯光下闪着耀眼的光，像一柄匕首直扎进人的心窝。

我不能悼念牺牲的同志，甚至没有多余的时间悲痛，只能把这一切默默压制在心底。

能够告慰他们在天之英灵的，恐怕只有接过他们手中那支无形的枪，继续战斗。

外面下着瓢泼大雨，风雨大浪撞击着船体发出巨响，更衬出船舱内诡异的平静。周亚迪和胡纬像两只落汤鸡一样裹在棉大衣里发抖，连呕吐都没力气。

我冷冷地看着他们，知道他们心里其实有道能毁灭这世界的闪电，只不过现在不是他们发作的时候。因为到达港口后，他们需要我的帮助。

我很满意自己现在的身体状态，哪怕在这样的风浪中漂上一个月也不会有什么不适。而在不久前，出海对我来说还像是个噩梦——望着茫茫的大海，那种未知的恐惧感总会让我觉得天旋地转，只能趴在甲板上，在海天一色的壮丽美景中不停地吐酸水。现在每每想起那种痛苦，我还会忍不住打几个寒战。

俗话说大海好像小孩儿的脸，说哭就哭说笑就笑。一阵暴风雨后，船渐渐平稳下来。

周亚迪放开抱着的柱子，往我身边挪了挪，看了看我的脸色，说："秦川，你……还好吗？"从再次见到我开始，他就有些小激动，大概是鼓了半天勇气才说出这句话。见我只是冷冷地看着他，周亚迪低下头长叹了一口气，笑着摇摇头，眼里竟然闪出了一点儿泪光，嘴唇哆嗦了半天，又问："有没有想过成个家？老这么漂着，什么时候是个头儿？"

我冲他一笑，没吭声。

周亚迪长长地呼了口气，慢慢恢复了平静，之前眼里的激动、恐惧还有那一抹泪光都消失不见了。几年不见，我丝毫没有跟他叙旧的意思，上一次的事不清不楚就那么过去了，彼此心里存了太多的芥蒂和疑惑。

比起周亚迪来，我更关心的是那个刚被他杀了的人。来之前我就知道，大军是放在周亚迪身边的警方卧底，而且他也知道我的真实身份。我看了眼被帆布盖着的大军遗体，想着他就那么死不瞑目地逐渐冷却僵硬，一股怒气加闷气堵在胸口，吞不下去，也吐不出来。

"迪哥，我要是成了家，咱们今天也遇不到了。"我看着大军露在帆布外的腿，说，"是迪哥新收的兄弟吧，看见他就想起当年的自己。"

"你可真会开玩笑。"周亚迪呵呵笑着，强装出笑容把话扯开，"你说得对，谁成了家还会玩命呢？要不是你，我今天真就死无葬身之地了。"周亚迪顺着我的目光也看着大军说，"他可比不了你，你是出息了，我这个大哥当之有愧，想不到这条海路上大名鼎鼎的塔哥居然是你。”

我走到周亚迪面前说：“我水性不好，很少走海路，这次还真是巧，本来是帮朋友护送一批货去日本，没想到回来的时候竟然遇到你们被抢。在我地盘上连声招呼也不打就抢船，换作谁我都不会不管的。”

“我好命，没有落个人货两空。”周亚迪瞟了胡纬一眼，说，“折腾了一圈，最后还是我以前的兄弟靠得住。”

胡纬闷声闷气地说：“这次迪哥的损失，我一定加倍赔偿。”又扭头对我说：“秦哥，这次谢谢了，我知道我哥以前有对不住你的地方……”

“唉，”我打断他，“人都没了，多大的仇也解了，说起来还要感谢你哥，我从他那里学到不少东西。”

胡纬盯着我的眼睛说：“秦哥，我想问一个人。”

我笑着说：“程建邦？”

胡纬一听这个名字，脸上的肌肉抽动起来，发狠的样子像极了他哥哥胡经。

我说：“我再没见过他。当初我们跑路的时候，我嫌带着你哥累赘，他又非要带着。我担心最后谁也跑不了，就跟他各走各路了。这一晃四五年了吧。这也不能怪他，你哥杀了他的心上人，换了是你恐怕也不能就那么算了吧。”

“杀人偿命。我哥杀了刘亚男，他杀了我哥，天经地义。但不是他那么个杀法，你知不知道，我们漫山遍野找了半个月才把我哥的尸体拼了个大概，下葬的时候还少一条胳膊……他哪里是人？简直禽兽不如。”胡纬越说越激动，浑身都在发抖，“那条胳膊还不知被他分成了多少块……”

我不由得有点儿佩服这个胡纬，自己的小命还攥在我手里，居然敢寻仇？真搞不清他是没意识到危险，还是脑子有问题。我说：“程建邦是我的兄弟，别说我不知道他的下落，就算知道也不会告诉你，我知道你们胡家一定会要他的命。”我看向周亚迪，“搞不好，迪哥也会帮你们忙。”

周亚迪说：“秦老弟，这件事我真的很为难，如果我被人杀了分尸，你会怎么样？”

我一字一顿地反问道："你觉得呢？"

周亚迪躲避着我的眼神："听我一句，这件事大家在一起的时候就不要谈了。"又对胡纬说："当年你哥有错在先……"

"不用说了，我都知道。我还是那句话，天大的错也不至于那么个死法。"胡纬不耐烦地打断周亚迪，说，"现在大家同坐一条船，一会儿上了岸，你们打算怎么处置我，给个痛快话。"

我看了一眼周亚迪，对胡纬说："劫你们船的是你的亲叔叔。至于是不是你们叔侄联手干的，我不知道。反正那船上没有我的人，也没有我的货，你们两个商量吧。"

胡纬却不说话，似乎根本不屑解释什么。

这时头顶的舱门被人从外打开，一阵冷风夹着冰凉的海水泼进船舱里，舱门口伸进一个脑袋说："塔哥，快到了，已经和咱们的人联系上了。"

我冲那人摆摆手，舱门咣一声又关上了。

周亚迪站起身抻了抻腰："秦川，你又救了我一命。只要你把我们连人带货送到地方，这次收的钱，我分你八成。"

胡纬接过话头说："这次我收的钱，全送给迪哥压惊，回去我再备一份送过去。另外，往后三年，我的货全最低价给迪哥，算我赔个不是。至于我那个叔叔，我一定会给迪哥一个交代。"

周亚迪一听这话，抑制不住地笑了起来，揽着胡纬说："你太客气了。"

胡纬满脸嫌弃地盯着肩膀上周亚迪的手，周亚迪尴尬地干笑着把手拿开，胡纬用手指弹了弹衣服，说："应该的。"

周亚迪试探似的说："好，那……我们两个人的收入，分八成给秦川？"见胡纬点了点头，周亚迪才接着说："要不是他，我们别说货，人都已经喂了鱼了。"

这情形实在是太古怪，周亚迪被胡家的人劫了货，还差点儿丢了命，现在对胡纬不仅不问罪，还要看胡纬的眼色行事？我得知道他们之间有什么隐形的交易。我笑着说："迪哥，你教我做事要讲规矩。那你们这批货我该要一半。可你是我大哥，所以我最多要三成，我得给我手下的弟兄们有个交代。而且我只能把你们送到港口，你们说的那个地方我去不了，我手头还有事，都是答应好的，不能失了信。"

周亚迪低头不说话，眼光却瞟向胡纬。胡纬说："秦哥，内地我们不熟，就算你把我们送出港口，我们怕是跑不了多远就会被抓，照样死路一条。你帮帮我们，我知道拿钱是请不动秦哥的，不过我想每个人都有需求，秦哥不妨说说看，只要我胡纬能做得到，一定答应你。"

周亚迪见我不说答应，也不说不答应，走到我跟前说："我已经没什么理由再让你帮我了，你帮我太多了，到现在我还是什么都没给过你。临出门苏莉亚还让我打听你的消息……秦川，这次你不帮忙，我也不怪你，我只有一个请求，帮我照顾苏莉亚，如果我出了事，她一个人在那边不好过的。"

当"苏莉亚"三个字从他嘴里说出来时，我不由自主地攥紧了拳头，想一拳打烂他的嘴。

这人罪大恶极，判多少次死刑都不过分。但我个人并不恨他，他只是一个目标人物，是任务的一部分。对他这个人本身，我更多的是怜悯。

这一次，他的嘴脸终于让我觉得可恶起来。

他在这当口提起苏莉亚，是抱着侥幸，提醒我念着旧情拉他一把吗？不。这是赤裸裸的威胁和恐吓。他在告诉我：秦川，你必须保证我的安全。我出了事，苏莉亚也不好过。我死了，苏莉亚也得死。

我按捺住情绪，佯装无奈地笑笑："我不明白，运货这种事你们为什么要亲自出马？这不是公海，不是金三角也不是阿富汗。这可是在中国。你让我帮你们带着这么大一批货横穿半个中国，这不是开玩笑吗？"

周亚迪忙说："货我可以送你，你只要把我们两个人送过去就好。"

胡纬微微地点了点头。

我心里暗暗地舒了一口气。正如徐卫东所说，他们的真正目的并不是运货，他们要在指定时间赶到俄罗斯，这批毒品只是他们捎带手的买卖而已。

哪知道半路杀出个程咬金，船被胡纬的叔叔劫了。幸亏我们掌握了情报，将他们救下，不然他们一死，线索就断了。我的任务是跟随他们，找到他们不惜一切代价要亲自去碰面的人。

“那算什么？传出去说，我秦川乘人之危吞自己大哥的货？”我一摆手，“不行，要么你们把货扔了。”

“秦川！”周亚迪惊讶地叫了起来，“那是上千万的货啊，丢海里？”

“迪哥，”我搭着他的肩膀说，“这次能活着就是赚的，别再为身外之物把命搭进去。”

原本想躲在幕后的胡纬沉不住气了，说：“秦哥，货都运到这里了，丢了太可惜，送给你吧。你救了我们，大恩不言谢，这点儿货就当是一点儿心意，你收下吧。”

我坚决地摇头：“不行，我不能要。”

周亚迪说：“秦川，要不这批货你先帮我们保管着，你送我们两个人走，将来我们再来取。”

我假意考虑了一会儿，为难地点点头，算是勉强答应了。周亚迪和胡纬如释重负，高兴地一左一右搂住了我的肩膀。

船进港口的时候天刚好蒙蒙亮，我带着周亚迪和胡纬把船上的货搬进库房，那是我事先在港口预备好的一处地方。码好货，我把一车涂满机油的机器零件堆在货上，边干活边说：“我可以把你们送到边境。但这批货我最多帮你们保管三个月，过了时间你们不来取，我全部丢海里。”

“好。可是我们不能让你白跑这一趟，你开个价吧。”周亚迪说着话，几乎是习惯性地试探着看了胡纬一眼。

胡纬点了点头。

我对胡纬说："那我提条件了。程建邦的事，算了吧。"

"什么条件我都答应，唯独这个我做不到。就算我放过他，我们家其他人也不会罢手。"他低头躲着我的眼神，想了想只好抬起头说，"我只能答应你，他如果落到我或者我们家谁的手里，我一定会知会你一声。至于别的，恕我无能为力。对不起，秦哥。"

看来程建邦这次的麻烦有点儿大。毒贩重金悬赏仇家人头的事从来没断过，像程建邦这样，被金三角一个背景深厚的毒枭家族阖族追杀的，恐怕没几个。

"好。"我对胡纬说，"你们只要有了程建邦的消息，一定要告诉我。如果我保不住他，那是他的命。如果他被我保住了，你们也要认，不许再主动找他麻烦。要是这一点也不答应，那我只能在这里和各位别过，从此就是陌路人。"

胡纬咬着嘴唇看了周亚迪好一会儿，狠狠地点头："好，我答应你。"

我拍拍他的肩膀："我相信你。"

我带着他们拐进距码头不远的一处平房，胡纬见我打开院门，伸着脖子朝里张望："来这里干什么？"

我说："你们这副样子走出去，像话吗？先在这儿洗个澡换身衣服。"

周亚迪迈步走进院子："胡老弟，秦川不会害我们的。他要害我们，我们也不是对手。既来之则安之，听安排就是了，不要那么多问题。"

胡纬连忙打哈哈说："说的是，说的是，秦哥，对不起，我话多了。"

我把他让进大门，指了指卫生间，"动作快点儿，千万别乱跑，我出去一下。"见胡纬伸手想要拦我的样子，我看着他的手，说，"怎么？怕我叫警察来？"没等他说话，我拨开他的手出了门。

我将院门正对着的一扇卷帘门拉开，里面停着一辆越野车。我从墙缝里摸出钥匙，打开车门钻了进去，从扶手箱里拿出一部手机，开机，拨号："人货都接到了，现在在我这里，他们要我送他们到边境。”

电话那头徐卫东问：“哪里的边境？”

“中蒙，二连浩特一带。”我说，“另外，大军牺牲了，就在我的船舱里，能不能安排人来把遗体运回去？”

徐卫东沉默了几秒钟，轻声说：“知道了。”

“他们信任你吗？”隔了好一会儿，徐卫东问。

“应该是信任的，他们没别的办法。”不待徐卫东发作，我赶忙纠正道，“信任，没有应该。”

听筒那边“嗯”了一声，响起了翻阅纸张的声音，没猜错的话，徐卫东正在翻地图。过了一会儿，他说：“看来这两个还是菜鸟，人家根本不让他们进巢。”我没有接话，静静地等待着徐卫东的抉择。大约过了三分钟，只听那边一拍桌子：“把人盯死，这次可是中俄两国联手办案，不能在咱这儿掉链子，这面子丢不起。”

“明白。”

“行动吧。”

我犹豫了一下，还是鼓起勇气，说：“老徐，能不能问你个事？”

“不能。”

我“哦”了一声，正要挂电话，就听那边补了一句：“想知道建邦的情况，完成任务回来我告诉你。”

我兴奋地应了一声，心里的一块石头落了地。将电话收好，启动汽车开到院门口，从后备厢拿出一个装满衣服的大包，背着进了院子。

周亚迪和胡纬草草洗完澡换好衣服，做贼似的上了我的车。我开着车朝市区方向走，十字路口的交警使周亚迪身子往下一缩，伸手去摸上衣口袋。我知道他是在找墨镜，心里暗暗一笑。车混进密集的车流后，周亚迪的情绪才放松了一些，张望起街景来：“这是哪里？有点儿像香港。”

“香港哪有这么宽的街道？这是天津嘛，看，到处都写着嘛。唉！其实在这样的地方生活也不错，想想看我们那里，简直不是人待的地方……哇，好漂亮的法拉利！”胡纬兴奋地叫了起来，语气像极了他那个死鬼哥哥胡经。

我见他俩头发梢还在滴水，把车窗摇下来想给他俩吹吹风。周亚迪像是见了光的吸血鬼，急忙用手遮住脸：“关窗，关窗，被人看到了。”

我笑了，说：“迪哥，外面都是老百姓，他们没有枪，也不认识你。”

胡纬也笑着挖苦他：“你以为你是周润发吗？”

周亚迪慢慢地将挡在脸上的手放下，风撩起了他还没有干透的头发，让他渐渐放松下来。他闭着眼睛长叹了一口气，扭过头对后座的胡纬说：“好舒服啊。”

我从后视镜里扫了胡纬一眼，他这会儿也闭着眼微笑，享受着清风拂面的爽快。

周亚迪终究还是不太习惯，一会儿自己摇上了车窗。犹豫了一会儿，问：“秦川，你的案底……销了？”

“那个秦川已经死了，我现在有全新的身份，钱只有在这种地方才有价值。”我斜着看了他一眼，“你看看你们，随便拔根毛都比我腰粗，从金三角出来，连光都不敢见。”

周亚迪低声说：“我们也总去曼谷啊、拉斯维加斯啊消费的。”

我淡淡一笑，将车拐上了出城的国道。眼看离城市越来越远，群山和树木大概又让他们感觉回到了属于自己的世界。周亚迪和胡纬都呆呆地看着外面，不知在想些什么。

中午时分，我把车开出国道，在一家小饭馆门口停下。“停车加水风炮补胎”的牌子前，停着几辆大卡车。周亚迪见那些车装得满满当当，车牌都是云南的，感慨道：“从云南开到这里？拉的是什么货？”说着就走上前，像是想掀开帆布看个究竟。

我说：“别多事。”

周亚迪压低嗓子开着玩笑说："要是我们的货拉这么一车过来，啧啧……"又跟胡纬相视一笑。

我伸手撩开门帘，里面还挺宽敞，靠门边的一张大圆桌坐满了人，应该就是外面那几辆卡车的司机。我往里找了张靠墙的桌子坐下，扯着嗓子对后厨喊："老板！"

这一声把周亚迪和胡纬吓得脸色都变了，他们左右四下看一眼，压着嗓子说："你小声点儿。"

他们这副德行让我心中泛起一些莫名的自豪和痛快。我说不清是因为这里是我的地盘，是我的祖国，我可以光明正大地想大声吆喝就吆喝，想吃什么就点什么，还是因为我就喜欢看到阳光照在他们身上，他们惊恐的样子。

我没理他们，又喊了两声，老板拎着茶壶从后厨跑了出来："师傅们吃点儿啥？炒菜米饭馒头包子面条，都有。"

我问："什么快？"

"牛肉面，十八一碗。"

"三碗。快点儿。"

见老板回了后厨，我慢悠悠地喝着茶，故意扯着嗓子对周亚迪说："我挺佩服你们，把生意都做到蒙古去了，内地这么大市场还不够吗？"

周亚迪皱皱眉头，回头看门口那桌，见那些大车司机埋头吃饭，没人关心我们说什么，才笑了，低声说："去那里也是没办法，我们本来打算去俄罗斯开会的，结果你看到了，路上出了事，只能去蒙古。"

我忍不住扑哧一声乐了："莫斯科可卡因高峰论坛？"

周亚迪还没说话，胡纬跟着笑了："秦哥真会开玩笑，现在光盯住一个市场风险太大，鸡蛋不能装一个筐子里。东北亚的中国、日本、韩国和俄罗斯靠近这边的地方都是我们的市场，所以想和大家坐一起协调一下，免得不必要的误会。每年因为这些误会不知道要损失多少货、多少人，最后都让警察钻了空子。"他越说声音越小，最后几个字几乎是捏着嗓子说出来的。

我埋着头，听着笑着，一抬头见周亚迪正看着我。见我看他，他说：“秦川，几年不见，你变化不小。”

“迪哥没什么变化，还是那么风度翩翩。”

“你取笑我啊，秦川，呵呵呵，那天你救下我们的时候，不知道我有多狼狈……说真的，你变化很大，很想和你像过去那样聊聊天，但是不晓得还有没有这个荣幸。”他叹了口气望向窗外，眼神中满是惆怅。

我知道他说这番话倒不是演戏。尽管我还叫他“迪哥”，但彼此都清楚，我们之间的关系已经逆转，无法再回到过去。让我再去伪装，也做不到了。——如果此时我扑上去叫他一声“迪哥”，表示想跟他同舟共济杀出一条血路然后共享荣华，别说是他，连我自己都会吐的。

想到这里，我多少也有些伤感。曾经的那些事一幕幕浮现在眼前，那些亦真亦假的情感经过这些年的冲刷，就像一场荒唐的少年梦。

尽管如此，曾经的单纯还是让我感动和怀念。毕竟那种用生命入戏、用鲜血去演绎的年华已经一去不复返了。

我也叹了口气。

3

三碗热腾腾的牛肉面摆上了桌，我往碗里放足了辣椒油和醋，见周亚迪和胡纬还愣着，我说：“吃，吃完还得赶路。”这俩应该没有来过北方，对着这么大的碗有些迷茫，拿着筷子好像不知从哪里下口似的。

“真的很怀念那个时候。”周亚迪摇头笑笑，又扭头看并排坐着的胡纬说，“要不是你哥，我跟秦川也不会像现在这样生疏。”

周亚迪终于找到了一个排水口，要把这一切全都推给死鬼胡经。胡纬闻言惊了一下，显然又没什么理由和资本回嘴，只得苦笑着说：“迪哥请放心，亏欠迪哥的，我一定会补偿。”

周亚迪低声呵斥道：“你以为这是钱能解决的事吗？”说完暖暖地看了我一眼，好像我是他失散多年的亲兄弟，被奸人所害他要为我出头报仇似的。

换作过去的我，此时一定趁机跟他套套近乎，顺着他的情绪重新走进他的世界，以便顺利地完成任务。但现在，我已经懒得那么做了，或者说我已经不需要再那么做了。对一个战士来说，既然用枪能够快速夺取胜利，就没必要守着一把匕首不放。就算那把匕首对我有着特殊的意义，也必须放下。

我淡淡地转移开话题：“迪哥，你们去见的那帮人靠得住吗？会不会有危险？”

周亚迪愣了一下，有点儿悻悻地说：“都是一个碗里吃饭的，只是大家胃口不同。应该没什么危险，不然我也不会冒这么大风险跑这么远。”

“你叔叔这次恐怕不只是为了劫那批货吧，他跟这事有关系吗？”我笑着对胡纬说，“别误会，我对你们的事不感兴趣，但现在所有人都知道你俩的人和货都在我这里。万一，我是说万一你们有什么差池，我担心别人说是我乘人之危杀人抢货。我到现在能混出点儿名堂，靠的是名声，吃饭的招牌我不想毁了。”

周亚迪扭头看胡纬，低声说：“你们家到底在搞什么名堂？自家人也下手？”

胡纬无言以对，埋头去对付那碗面。很快他们掌握了大碗吃面的技巧，不多时吃得干干净净汤都没剩一滴。回到车上周亚迪还在擦汗，胡纬四处踅摸，问我：“有烟吗？”我拉开扶手箱摸出几包烟分别丢给他们，胡纬帮我点了一支烟，自己又点上抽了一口，才接着刚才的话茬儿说：“迪哥，你知道的，我哥在的时候，家里没人敢乱来，他死了谁都想主事。后来大家一合计，就我对大家最没威胁，才推我出来撑个局面。你以为我愿意当这个出头鸟吗？”胡纬指着我，对周亚迪说：“听说当年秦哥跟着你的时候，你如虎添翼，好不威风。最后为什么秦哥离开，你应该最清楚。说简单点儿就是你贪心。”

周亚迪被噎了一下，想回嘴。胡纬伸出手挡在周亚迪面前，“你先让我说完。后来秦哥回来了，那时候你失势，就把秦哥卖给我哥，为什么？也是贪心！洪林、洪古跟着你，最后什么下场，还用我说？你不也对自己兄弟下手吗？你有什么资格说我？你这样的人配有什么兄弟？”胡纬使劲儿抽了口烟，看着脸色苍白的周亚迪，笑着说，“迪哥，我们现在是去和俄罗斯人谈合作，大家一条船上平起平坐，有话好说。别因为当年和你一起的那些人都不在了，就在我跟前充老大。”

吃饱的人总比空着肚子的人自信一些，那碗面不仅让胡纬红光满面，还口齿伶俐，一番话噎得周亚迪哑口无言，倒是让我对他刮目相看。我不由得笑出声来。

周亚迪沉默了一会儿，满眼落寞地望着我说：“秦川，你也是这么想吗？”

我冷哼了一声：“重要吗？”见他不吭声，又说，“迪哥请放心，我答应你的事一定会做到，保证把你们安安全全送出边境。如果你实在不想欠我什么，就给我笔钱，多少是个意思。”

我打这个圆场是想暂停他俩的这种小摩擦。别看他们这会儿落水狗一样坐在我车里，等过了今天，他们依然是金三角最大的毒枭。他们之间有点儿小矛盾，对我而言是个好事，我乐意成为他们矛盾冲突的缓冲带，只有这样我才能稳妥地与他们一同往前走。

“怎么，你觉得救了我和胡纬两个人的命，就是随便给你点儿钱的事吗？”周亚迪梗着脖子说。

若是过去，我会细心地听他接下来的一段慷慨陈词，默默在心里分析他的意图。现在我实在没兴趣也没耐心看他演戏，我一脚刹车把车停下，看着他吃惊的脸说：“不然呢？金三角我是不会再去了，你们的生意我也没兴趣，我帮忙就是念点儿旧情。是你说一定不让我白跑这一趟我才说给我点儿钱好了，现在你又不乐意，你到底要我怎么做？”我推开车门跳下车，对周亚迪和胡纬一甩头，“都下车。”

胡纬听话地下了车，周亚迪有点儿茫然、有点儿害怕地看着我。我假装怒气冲心，转过身看着路基下的群山。

我真是受够了这帮毒贩子，无论他们满嘴多少顺溜的道理，有着怎样道貌岸然的外表，都逃不开凶手的本质。这些年我失去了太多，他们夺走了我的战友，吞噬着我的青春，数次几乎夺走我的生命。如今那些最亲密的兄弟和战友，或者与我阴阳两隔，或者干脆杳无音信，这一切都是拜他们所赐。

不知从何时起，这些毒贩从“目标人物”慢慢变成了跟我个人势不两立的仇敌。要不是为了完成整个任务，我恨不得现在、立刻，把这两个人撕了喂狗。想起程建邦在山野里将胡经一块一块地丢弃，就不由得冒出几分羡慕和兴奋——那该是多么过瘾和解恨的一件事啊！

同时我也明白，这种事不该是我该想、该做的。伪装的愤怒一旦触及隐藏的仇恨，就像微弱的炭火上被泼了汽油，火焰腾的一下冲上了我的脑门。我转身冷冷地看着一脸呆愣的周亚迪，说：“下车。”

周亚迪“哦”了一声，在门里摸了半天才找到把手，哆哆嗦嗦地下了车。

“迪哥，这次你出来带的都是最亲近的兄弟吧？”我问。

周亚迪转了转眼珠，点头说：“是啊，我的人没有问题，都是因为他叔……”他用下巴指指胡纬。

我盯着他的眼睛看了一会儿，突然一把抓住他的胳膊，隔着衣袖摸到一把刀，那是他杀死大军的刀。周亚迪脸色一变，想把手抽回去。我手上使劲儿让他动弹不得，从他袖口里取出那把三棱刀，举在他面前转动着，让刀刃上反射的寒光刺进他的眼睛。周亚迪转过脸去，说：“杀我那个小兄弟也是没办法，不然你信不过我啊。”

“当年我杀了胡经的兄弟，胡经疯了一样派人到处找我，就是为了要替他兄弟报仇。如果不是因为这件事，他可能也不会死。”我扭头看了眼胡纬，胡纬赞许地冲我点点头。周亚迪的眼珠随着刀尖转动着，脑门上渗出了汗珠。我说：“现在这三个人，你还信不过谁？”

周亚迪努力挤出一丝笑，说：“现在都是自己兄弟，我还能信不过谁？”

我把刀举到离他眼睛更近的地方定住：“那你带着这玩意儿修脚吗？”

周亚迪身体绷得笔直，一动不敢动，僵着脸说：“我……我习惯了，再说万一过了境，有什么不测，也好防身。再说以你的身手，别说我带着刀，就算带着枪又能怎样？至于胡纬，我这趟是跟他合作的……”

我把刀倒转过来，刀柄塞进他手里：“我的意思是，这一趟不想欠我呢，就给我点儿钱，大家两清。不用承诺我什么，更他妈别跟我谈感情。”

“好好好，你说，多少？”

我瞟了眼他手里捏着的刀：“你这么一说好像我在讹你钱似的。”

周亚迪这才反应过来，忙将手里的刀扔向路边。刀在水泥路肩上弹了几弹，滚进路边的草丛里。“对，看着给，你放心我不会亏待……”他看看我的脸色，几近谄媚地笑着问，“我们可以走了吗？”

我想了想说：“我不想掺和你们的事了。这辆车送你们吧，车上有点儿钱，够你们到地方了。”

“秦哥。”胡纬上前一步站在我面前说，“跟我们一起吧。”

“接下来的路没什么人，也不远，车上有地图。你们应该有办法跟那边接应的人联系，没了我，你们还自在点儿，不然一路上大家防来防去的，没劲。”

胡纬赶紧说：“我不是这个意思。秦哥，咱们一起干吧，我们这次去谈好了，运货的事还得仰仗你，每批分两成给你。”看我低头犹豫，他又补充道，“是成交额。”

4

我想，我的目的达到了。

胡纬对周亚迪的信任度一直在冰点那里上不去，和这样的人共事，就像跟一头饿极的狼共处一室。对周亚迪的了解程度，我比他只多不少。在这之前，胡纬担心我是站在周亚迪那一边的。现在我亮明了态度，一切都合情合理，前后吻合，这让胡纬彻底放了心。

再加上这两年组织为我打造的“塔哥”的名头，让他们觉得我有资格入伙。至于能耐，能把他们从胡纬叔叔的枪口下救出来，就是最好的证明。我假装开始考虑他的建议，点了根烟靠在车上抽了起来。

周亚迪走过来，说：“秦川，答应了吧。这趟出发前，我可是和胡纬提过‘塔哥’的，我说如果能联合起来一起做就好了，我们现在就差运货的人了，不信你可以问胡纬。”

我扭头看胡纬，他冲我重重地点点头。

“我得考虑考虑，而且我也有我的兄弟，单枪匹马可做不了这事。”我伸了个懒腰，“这里风景不错，休息休息再走吧。”事情到了这一步，条件又允许，我有必要向徐卫东汇报一下进展，毕竟是要过境，我需要上级和边防单位协调。

周亚迪说：“事不宜迟，我看这路程最多一天半天就到了。要不你给你的兄弟们打个电话商量吧。”他看向胡纬，胡纬把手里的卫星电话递了过来。

“我有，别人电话打过去，他们不接的。”我钻进车拿出电话，拨了一串号码。

“说。”三声过后，徐卫东接起电话。

我看了眼周亚迪，说：“知道我那个大哥周亚迪吗？”

“说。”

“他们跟老毛子谈买卖，想让我帮他们运货，成交额分两成给我们。”

“那咱们不发财了？正好改善一下总部的伙食，最近净是肥肉片子，我胆固醇都高了。”徐卫东自然知道我这个电话是为了敷衍周亚迪，索性开始闲扯。

“还有胡纬，就是我和你们提过的那个，胡经的亲弟弟。”

“那正好，跟他们去谈，谈完了一勺烩。”

周亚迪和胡纬都眼巴巴地看着我，无非是想拼凑出我和电话那头的完整对话。我见火候差不多了，说：“那行，我再想想吧。”

徐卫东说：“既然是老朋友，可别怠慢了人家，应酬完早点儿回来。”

“明白了。”我挂了电话，对周亚迪和胡纬说，“我送你们过境。你们去谈吧，谈妥了来找我。”

胡纬忙说：“秦哥，我们得一起去。有你坐镇，我们有货又有路，筹码更大。”

周亚迪补充道：“是啊，不然光靠我们说，人家也不信。你塔哥的名号可不是虚的。”

他们的样子真是好笑。曾经在我心中那么神秘莫测的他们，如今看来就像是我棋盘上的棋子，而我就是操控着他们世界的神。

“要是你们谈不成怎么办？要是他们设了个圈套就是为了引你们入局，然后……”我做了抹脖子的动作，说，“对方什么来头？你们约好的地点在哪儿？”

这两个问题才是我此行任务的关键。

“我们有上等的货，不存在谈成谈不成的问题。把我们杀了对他们没什么好处，况且……”周亚迪有点儿犹豫，看着胡纬。

胡纬接过话说：“况且他们那边有我们的人，怕走漏风声，所以具体的时间、地点要等人都快到了才定。你知道的，警察要是知道我们这些人凑在一起，眼睛都得红了，这可是天大的立功机会。”

我拉开车门，对周亚迪说：“上车，到了边境我先会会你们接头的人，再决定去不去。”

一路除了加油、上厕所，我们几乎没有停过车。第二天傍晚到了二连浩特，我疲惫不堪，想休息一晚第二天再走，但这个提议被周亚迪和胡纬异口同声地否决了。

“不能再拖了。”周亚迪说，“已经迟到了，过了境就算一切顺利还要至少一天才能到那边。”

“是啊。”胡纬说，“秦哥，马上就到边境了，在这里我始终觉得不踏实，感觉到处都是警察，再说我们已经迟到了，夜长梦多。”

我搓了把脸，揉揉身上的旧枪伤：“每次跟你们干点儿事，都跟催命似的，不光催命，还要命。现在一提要过境我就掉头发。”

周亚迪赔着笑脸：“没办法，谁让你能耐大呢，这种事有你在，我真踏实。”

“我不踏实。”我瞥了一眼周亚迪，“边境哪一段？总不会是从口岸过吧？”

周亚迪看向胡纬，胡纬拿出地图仔细地看着量着，最后用指甲在二连浩特与蒙古国的边界线上掐出个印子：“这里。”

看着他们两个时而矛盾重重，时而又配合默契的样子，我总觉得哪里不对，但又说不上来哪里不对。经验告诉我一定是哪里出了问题，只是连日的奔波，再加上和金三角两大毒枭同船同车，我的体力和脑力都出现了严重的透支，影响着我的判断，延迟着我的反应。

“天黑了，你说的这个地方连条路都没有，没法走。胡乱撞的话，万一碰到边境巡逻队，那耽误的可就是一辈子了。”

“那我来开。”胡纬说。

我一拍方向盘说：“爱谁开谁开，反正我得找地方睡觉了。”我正想开门下车，脖子突然一紧，只听胡纬说：“秦哥，帮帮忙吧。”他一条胳膊紧箍着我脖子，有力的手指锁着我喉头最要紧的位置，他不用使太大的劲儿，轻轻一捏我就能立刻断气。

我斜眼看周亚迪，他打开了扶手箱翻出了我的手机，熟练地查看着，又扭脸看看路边，抬手将手机丢出车窗外。扑通一声轻响，我记得那里应该有个水坑。

周亚迪冲我一摆头：“下车。”我刚要挣扎，太阳穴上重重地挨了一家伙，“秦川，下车。”他冷冷地说。

我眼前一黑，脑袋嗡嗡直响，只觉额角一阵麻痒，血顺着脸滴到了肩头。我始终看着周亚迪，他避开我的目光，低头叹了口气。

胡纬说：“秦哥，我知道你的能耐，也知道你不怕死，遇到你这样的还着实得费点儿神。”胡纬伸过另一只手来解开我的安全带，把我从座位上拽到后座上。我想反制他，却发现关键的关节都被他扣得死死的。

不知道他哪来的绳子，三下两下就把我反绑了起来，整套动作干净熟练，要不是经过专业的训练，不可能有这样的身手。

5

周亚迪坐到了主驾的位置上，车飞快地一头扎进夜幕中。

这突如其来的变故让我一时间陷入了混乱。有一点可以确定，这些都是他们早计划好的。到底谁是谁的棋子，还很难说。想到这里，我不禁苦笑了一声。

周亚迪回头看了我一眼，像是准备好听我说些什么，停了一下见我没说话的意思，也跟着笑了笑。他这一笑，我心里有了几分底。

我最担心的是自己身份的暴露。

我不是一个生面孔，跟周亚迪的关系全部建立在无数个谎言之上。既然是谎言，就到处都是漏洞。只要某一个环节被拆穿，整个链条就会随之崩塌。我曾想过，如果有一天他指着我的鼻子说“秦川，你是个骗子，你出卖了我”，然后一枪把我打死，对我来说，也算另一种解脱……

是我暴露了吗？

从他刚才的神情来看，不像。

他想要看看生命受到威胁时，我会说些什么，或者试探点儿什么。

而我也想听听此刻他说点儿什么，来印证我的判断。

对成天都在死亡边缘游走、绝大多数战斗都是无声又无形的战士来说，很多时候，需要的未必是强健的体魄和矫捷的身手，而是一颗坚不可摧的心。就像此时这车内的沉默，就是这样的一场战斗——我们彼此心里都有太多问题想知道真实答案。我选择沉默，胡纬选择用暴力手段逼我露怯。这种情形下，谁先说话，谁就输了。

周亚迪克制住想跟我说话的冲动，但他喉头几次微微的滑动出卖了他，他已经快撑不住了。而且他喉头滑动的频率随着距离边境线越来越近，也越来越频繁。那么边境线极有可能是一个节点，在到达那里之前，他必须说点儿什么、做点儿什么。

要么，攻破我的心理防线，得到他想要的信息。

要么，杀了我。

我闭上眼睛，慢慢将呼吸调整平缓，让自己看上去像是睡着了一样。

“哈哈哈。”胡纬终于忍不住了，大笑着说，“秦川，你真是有种，这样都能睡着？”

我眯缝着眼睛说：“我说我累了要休息，你非逼我赶路，能合一会儿眼是一会儿，路这么颠哪里睡得着？”我活动了一下脖子，换了个姿势，又闭上眼。

胡纬说：“你不好奇我为什么这么对你吗？”

我冷哼了一声，表示我不想说话。

“我不明白，像你这种性格的人，他们到底给了你什么，让你替他们卖命？”这种模棱两可的问题，任何答案都是多余。就算我的身份暴露，我也不可能就这个问题多说一句，他们不配。我的不屑刺激了胡纬，他激动的气息全都打到了我脸上，恶狠狠地说：“你出卖我们！”

我不耐烦地睁开一只眼瞥着周亚迪，说：“迪哥，念在过去的交情上，我给你们指两条明路。要么把我杀了，找个地方躲起来；要么把我放了，找个地方躲起来。你记住了，一定要躲好，只要露出一根汗毛，一定会有人顺着那根汗毛把你揪出来大卸九块。你放心，一定不会有人搞错，因为我的兄弟们都知道九是我的幸运数字。”我自顾自笑起来，又闭上了眼睛。

车子一个急刹车停了下来，我和胡纬都跟着惯性朝前栽去。周亚迪疯了似的下了车，拉开后车门对胡纬使了个眼色。

胡纬锁着我的喉头把我拖下车，按在车尾上说："你搞清楚现在是谁的命在谁手里！"

"是吗？"我冷冷地看着他，"那试试吧。"

"我胡纬可不是吃素的，要不你试试？"

"胡纬，现在农业都现代化了，怎么你还在玩这一套？既然这样，你可能就要像找你哥胡经的尸体那样，漫山遍野地找你一家妻儿老小的尸首了……不好意思，我也是一不小心就知道你家人的事的。"我看着他脸上抽动的肌肉，顿了顿，又说，"你说最后，你的尸首谁来找呢？"

胡纬慌乱地看了周亚迪一眼，又狠狠瞪了我一会儿，说："秦川，既然你这么想死，那我成全你。"

我不屑地冷笑一声，抬头看向天空。

"哈哈哈！"胡纬大笑起来，松开我的头发，说，"翅膀硬了，有俄罗斯人给你撑腰果然不一样。"

我暗暗松了一口气。基本上确定，我是安全的。

胡纬和周亚迪不知道从哪里得到了一些关于我的情报。可惜那些情报是错误的，或者根本就是假的。我之所以那么威胁他，只是一场普通的心理战，他还真以为我是有俄罗斯黑社会撑腰才底气十足呢。

我不置可否地扯着嘴角笑了笑。

"秦川，"一直没吭声的周亚迪这时候说话了，"我就是想你给我句实话，你现在到底是哪一边的？"

我垂下眼皮看了看胡纬掐着我脖子的手。周亚迪犹豫了一下，对胡纬稍稍摆了摆头。胡纬显然不太想这么容易就放开我，周亚迪说："你以为你真能弄住他吗？他一直都在陪你玩而已。"

胡纬是真的制住了我，我的命真就在他手里攥着。周亚迪这么说，无非是还有用得着我的地方，他得找个台阶下。胡纬只得解开了捆着我手的绳子。我甩甩胳膊，揉着发麻的手腕对周亚迪说："我劝你不要知道那么多，从金三角出来这些年，我才知道这个世界很大。你们不也一样吗？在金三角你们是皇帝，一出了自己的地盘，连件像样的衣裳都没得穿。"我笑着摇摇头，想起他当年站在高处指着大片罂粟花田指点江山的样子，又补了一句，"更别说站在山头看风景了。"

周亚迪满脸尴尬地低下了头。

胡纬也泄了气："秦川，你设身处地地为我想想，你明明和那边是一起的，有什么不能说的？你这么做让我们怎么想？换你是我们，你怎么做？"

我没有搭理胡纬，扭头对周亚迪说："迪哥，我们之间可能有点儿误会，我不知道你那些消息是从哪里听来的……"

"秦川，你要不想说就别说了，不用把我们当白痴一样哄。"胡纬看了眼周亚迪，说，"我可不是迪哥，说吧，你到底想怎么样？"

"我本打算送你们到边境，然后回去忙我自己的事。是你们非要我跟你们去俄罗斯开什么会，我答应了，你们又差点儿掐断我脖子……我倒是想问问迪哥，你们想怎么样？"

周亚迪见我从不正面回答胡纬的问题，有什么话都冲他说，显得有些慌乱，下意识地往后退了一步，说："我们这次出海的航线和时间只有那边知道……"说着话目光又不由自主地飘向胡纬，"就那么巧，我们被人劫的时候你出现了。"

"胡纬他叔叔不也知道吗？"

胡纬抢着说："他和我一家的，整件事他都知道，所以才反对。他只是不服我来当这个家，想借这个机会把我解决掉……"

"别说了。"我摆手制止了胡纬，"我对你们的豪门恩怨没兴趣。"我对周亚迪说："他们不是召你们去谈合作吗？就算按你们说的，我是他们的人，有必要救了你们又捣乱吗？对我有什么好处？"

“所以我才奇怪这里面是不是有什么阴谋。”胡纬着急抢话说，“说实话没想把你怎么样，就是想等那边接应的人来了问问清楚，要是有什么不利的，也好借你的面子留条活路。”

我笑着对周亚迪说：“说得真好听，借我的面子，不就是人质吗？”

周亚迪见我笑了，忙也赔上笑脸：“秦川，你刚也说了，我们在自己的地盘上待惯了，这一出门人生地不熟的，心里就没底。”

“现在你有底了，你只剩一条路了。”我依然笑着说。

“秦川，刚才的事怪迪哥，迪哥给你赔个不是。”周亚迪居然对我鞠了一躬，眼圈一红说，“我们也是没有办法，连他亲叔叔都想要我们的命，我们还能相信谁呢？”他扫了一眼四周，“时间不早了，我们还是赶紧赶路吧，那边接应的人已经到了。”

“请便。”我钻回车里拿了一包烟，“车送你们了，完事了记得回来拿你们的货。”我跳下车，冲周亚迪和胡纬摆摆手，“两位保重。”

周亚迪急忙用身体拦在我面前：“秦川，你不原谅我吗？”

我冷冷地看着他说：“原谅了你，以后是不是随便什么人都能打我的脸？”

他们无非还是不放心，想利用我又怕我跟他们不一条心，如果不是之前给徐卫东打了个电话，搞不好刚才胡纬就对我下死手了。

见我坚持要走，周亚迪真的怕了，他怕我这么走掉，他从此被追杀过上亡命天涯的日子。他拽着我的胳膊：“秦川，我累了，这次谈妥以后，我把我的生意全部送给你，怎么样？”

我笑了，做出认真的样子问：“怎么送？是做股权变更，还是换法人代表？”

周亚迪低头想了想，像是做了什么决定，重重“唉”了一声，从口袋里掏出一个U盘举到我面前说：“这个是我们接头的凭证，他们只认这个不认人，你拿着这个，你就是金三角的供货商。”

“迪哥，”胡纬不紧不慢地说，“这可是你最后的机会了。”

“算了，命数如此，希望你们两位以后能合作愉快。”周亚迪对胡纬摇摇头，把 U 盘塞到我手中，说，“可以放迪哥一条生路了吗？”

我拿着 U 盘看了看，试探着问：“迪哥，金三角是不是已经容不下你，不，应该是容不下你们两个了？”

周亚迪像是冷不丁被人抽了一耳光，眼里闪出一丝被人抓住痛脚的惊怒。他下意识地想争辩，但很快放弃了，苦笑着点点头，眼泪就跟着落了下来。这眼泪不像是假的，我才注意到他的鬓角已经斑白了。

周亚迪长叹了一声，说：“可以这么说。但你放心，那些烟田还是我的。我不行了，我相信你会在那里打出自己的一片天地的。苏莉亚你要是不嫌弃，就让她跟着你吧。如果你不信任她，那我就带她走。”

看来我们掌握的情报是准确的。在利益错综复杂、风云变幻的金三角，没有谁能够成为永远的强者。如果有，那只能是钱和枪。

从我几年前初次接触到周亚迪那会儿，他就没有枪。他一心想要打造一支属于自己的武装，但兵强马壮的丹雷是决不允许自己的地盘上有另一只老虎的。

胡经时代的胡家也视周亚迪为竞争对手，一直想将他排挤出局，吞掉他的地盘。胡纬这次居然会跟周亚迪联手，是因为胡家内部出现了分歧：一派想守着自己的烟田，始终占着绝对主导地位就满足了；另外一派则想联合丹雷把金三角所有资源整合，然后二一添作五。

胡纬的那个叔叔是后者。

所以现在的周亚迪在金三角，反倒成了一个彻头彻尾的外人。或者说，他从来都是一个外人，当年因为他的父亲突然去世，才硬着头皮顶上的。

一个外人在那种地方，即便有再大的能量也是没有根的，很快就会被缠死。周亚迪的可笑之处还在于，他居然是带着“梦想”去的。——我知道深圳梦、香港梦甚至美国梦，那些梦想给普通人力量，凭自己的才能获取财富和世人的尊重。可谁听说过“金三角梦”？那富可敌国的财富上沾满了鲜血，见不得阳光，睡觉都要睁着一只眼，防着警察或仇家的子弹打爆他们的脑袋。

所以在金三角怀揣梦想，无异于躺在一张豪华大床上，做着一个永远也不会醒来的噩梦。想到这里，我不禁越发同情起周亚迪来。我知道这点儿不该出现的同情会让我忘了对方是条毒蛇，但当年那个意气风发的他，此刻落得如此田地，多少让人有些感慨。

我把U盘丢还给周亚迪："照顾好苏莉亚……"他要觉得苏莉亚是我的软肋，就让他那么认为吧。我把他从面前拨开，回到车里。

我知道U盘的重要性。

如果可以，我恨不得立刻拿这个U盘回去复命。

但理智告诉我，这个U盘离开了周亚迪和胡纬便没有价值，周亚迪壮士断腕似的把它交给我，就像当年给我一把打不死人的枪一样，只是想让我觉得他是真心对我。我在心里冷笑了一声。

那我就将计就计吧，把它也当作一个道具，一个证明我对他们生意没兴趣的道具。只要他们信了我，真心想利用我的海路资源运毒，我就可以大大方方地和他们一同去参加那个神秘的聚会，到时候我只需将地点和时间发回总部便可大功告成。

我关了车灯，放慢车速，车像一条大蜥蜴尽量不发出声音地在草丛里滑行。地面渐渐泥泞起来，轮胎不停打滑，看样子车是不能再往前走了。我停车拿出地图看："不远了，走过去吧。"

周亚迪有点儿害怕："不远是多远？秦川，你知道我跑不动的。"

"这里不是丛林，不能跑，动静太大会招来解放军。"

周亚迪一听"解放军"三个字就更紧张了，声音有点儿哆嗦："军……军队啊……"

我下了车，对跟在我后面的胡纬说："我在前面探路，你照顾好迪哥。"

胡纬看了眼正提起裤脚用脚尖探面前的水坑深浅的周亚迪，点点头。

周亚迪眼巴巴地看着我："秦川，你当过兵，会过这种沼泽的哦？"

"练过，还有口诀呢，只要按照口诀，八九不离十。"我试了一下脚下泥浆的滑浮程度，带头往前走去。

月光把地面有水的地方反出点点亮光，放眼望去到处都是水，可以落脚的草地却黑乎乎的东一片西一块，只有踩上去才知道哪里是烂泥哪里有深坑。我深一脚浅一脚地在前面探着路，碰到用脚探不出虚实的地方恨不得趴地上用手摸。

起初周亚迪和胡纬很紧张，紧紧跟在我身后。不一会儿，他们发现远没有他们想象得糟糕，慢慢就放松了下来，甚至有一句没一句地闲聊起来。

"我没说错吧，秦川真是人才，没他，我不知道死多少回了。"周亚迪感慨道，"当年，你哥大晚上的派人追杀我，就是秦川拖着我在林子里跑，最后引开追兵我才跑脱的。这一晃都好几年过去咯。"

周亚迪老时不时提起胡经曾经如何对付他，如何千方百计置他于死地。以我对他的了解，无非是想让胡纬感觉胡家欠他点儿什么。——胡纬一旦真有了这种负罪感，不管是生意上还是别的事上，就总会让着他点儿。这是他惯用的伎俩。

胡纬直接把他的后半句给抹了，冲我说："秦哥是厉害，过这种沼泽地，我们都害怕的。秦哥，你教教我这个过沼泽地的诀窍吧。"

我正想让他们别瞎聊了，就见前面有几道微弱的银光。我蹲下来判断好距离，伸手一摸果然是铁丝网，我低声叮嘱他们："到了，小心点儿翻，别弄出动静。"将铁丝网撑开一个可容人钻过去的洞，三人换手相互照应都钻过去之后，我说："过境了。"

胡纬扶着膝盖喘了一会儿气，回头看看身后那片湿地，对我竖起大拇指："秦哥，有两下子，那个口诀教教我吧。"

"什么口诀？"

"你说过沼泽地有口诀的。"

"我记错了，过冰河有口诀，过沼泽地哪来的口诀？"

“啊？”周亚迪停步问，“那你带我们安全过来了，靠的是什么？”

我摸了摸受伤的额角：“运气吧……刚才到底用了多大的劲儿？怎么还在流血？”

周亚迪愣在那里。胡纬哈哈一笑揽过我的肩膀朝前走去，把周亚迪落在后面也没管他。

6

过了湿地之后地面慢慢坚实起来，往前走了不到两公里，面前出现一道两边看不到头的大深沟。胡纬按亮了手表上的夜视灯，仔细看手表上的经纬度，说：“就是这里了。”

“装备够先进的。”我看了眼他的多功能手表，说，“他们人呢？不是说早就应该到了吗……”

我话还没说完就觉得后腰被一股大力击中，面朝下往深沟栽了下去。那一刻只觉得耳边的风声和土石滑动的声音，不等我把身子蜷起来，便重重地跌到了沟底，一连打了好几个滚才定住了身体。下巴不知蹭了多少次石块，感觉已经不是自己的一样，想喊都喊不出声来。

我使足劲儿，终于喘上了一口气，扯动腰部剧烈的疼痛。我反弓着身体侧躺在沟底，一动也不能动，只听到顶上周亚迪的呵斥声：“胡纬，你干什么？”

“我给你使半天眼色了，你看不到吗？你还真想带他去啊？”胡纬一改之前那种忍气吞声，只听他啐了口唾沫骂：“干你娘的，敢威胁我？还他妈的塔哥？操！”

周亚迪说：“你疯了？那……那可是我的兄弟啊……”

“迪哥，对不起了。”这是胡纬的声音，“今天他必须得死。对了，你介绍来的那人是个缉毒警的事，我还没和你算账呢。”

周亚迪的声音低了下去："我真不知道那是个公安的卧底……"

"公安的卧底"几个字让我暂时忘记了浑身的疼痛，头皮一阵发麻。——原来他们已经知道了大军的真实身份。

胡纬哼了一声："我让你杀他的时候，你好像很不愿意？"

周亚迪急忙说："我那个时候真不知道，我以为你是为了让秦川安心才要杀他的。"

我心里像是被刀剜了一下的疼，腰上的剧痛又重新袭来，我忍不住哼了一声。胡纬骂了句"干你娘的"，一块大土块从上面滚了下来，在我头边摔得粉碎，扬起的尘土呛进我的肺里，我忍着气没咳出声。听胡经在上面叫骂："给你三分颜色就开染坊？还他妈的俄罗斯后台……你等我下，我下去看看，亲眼见他死了才安心。"

远远一阵汽车的引擎声在黑夜里显得特别清晰，很快声音就近了。周亚迪说："他们人来了，走吧……要让他们知道我们带了外人过来，麻烦就大了。"

胡纬压低声音冲着沟底说："秦川，我干你亲娘的，来找我，我叫胡纬。你一天是狗，一辈子都是狗。"

不一会儿就听有车停了下来，还不止一辆。咣咣几声车门响、引擎发动声之后，车走远了。整个世界又陷入黑暗，恢复了死一般的宁寂。

我试着慢慢地活动身体，但每动一下，整个后背都像是被针毡碾过一般地疼痛，肺里一股气冲上来让我剧烈咳嗽起来。

原来他们两个一直配合做戏给我看，让我以为他们不和，却又都要倚重我。他们的目的达到了，我疑惑、猜测的重点都错了，全然没往这个方向上想。

他们只是想利用我平安越境，本来过了境就要立刻解决掉我，正如胡纬所说，他对周亚迪使了眼色。是天色太黑周亚迪没看见，还是畏惧我的身手不敢轻举妄动？周亚迪没响应他，胡纬只好亲自动手。幸好我扔了周亚迪的刀，不然以胡纬的身手，真要从背后一刀捅过来，我多半躲不过一死。

胡纬敢把事做这么绝，更证明了他们这次要见的人，不仅仅是个毒品大买家，还是个可以让他们横行无忌的大靠山。

现在好了，他们得逞了。脸上的汗不断冒出来汇聚成水流，冲刷着我眼里和脸上的泥沙，却冲不掉内心的屈辱感。——周亚迪给我那个 U 盘时就知道，我是不会收的。我以为我看透了他们，殊不知他们也早已摸透了我。

我试着一遍又一遍地从脚往上活动着关节，一阵阵钻心的疼痛像是有把榔头在轮番敲打着全身。我眼前一黑，蒙眬间似乎又回到了几天前的船上，漆黑的天空与大海混在一起，没有界限，没有边际。海浪摔打到船舷上，像碎石子一样扑在我的身上、脸上。我睁不开眼睛，想要抓住面前的一段绳索，双手却总也使不上劲儿。被绝望和恐惧折磨着，我丢掉最后一点儿尊严，使出浑身的力气嘶吼着、哭号着："程建邦、老徐，救我！"这声音马上被暴风雨吞掉，任凭我怎么用力，力气还是一点儿一点儿从身体里溜走。一个大浪打来，我被颠得飞了起来，身体重重地砸到了栏杆上，像是被拦腰截成了两半，朝着漆黑的大海落下。

"啊！"我大喊一声，从噩梦中惊醒，喘着粗气，浑身早已被汗水浸透，耀眼的阳光像针一样扎进眼里。

我看了眼手表，意识到这已经是第二天的中午了。我挣扎着用双手撑起僵硬的身体，蜷起腰勉强翻过身时，已经筋疲力尽。好在腰的情况比我想象中要好得多，至少还能动。我靠坐在沟底再一次昏昏沉沉地睡去，脑中却像被千军万马踏过一般混乱。想梳理一下事件找出一些头绪，每一次精力的集中，脑海中就仿佛打开了一扇窗，窗外只有周亚迪那张脸，对着我，轻蔑地谩骂着，羞辱地吐着口水。几次在半睡半醒间，我伸手想抹去脸上的口水，手心里全是自己的泪水和汗水。

到底是从什么时候开始，我的噩梦总是离不开漆黑翻滚的海水和暴风雨？也许一切都是从我第一次出海执行任务开始的吧。

两年前，徐卫东把我召回总部，交给我一个穷尽我的想象也没想到过的任务。

过去，金三角占着地利之便，毒品生产和运输成本相对低廉，基本掌控着亚洲市场的定价权。近年来随着中国警方在缉毒方面的经验越来越丰富，打击力度也越来越大，使他们的运输成本大幅上涨，失去了价格优势。而且频频出新的新型毒品也挤压着金三角毒枭们的生存空间。终于，他们坐不住了，想开辟海上运毒路线，直接向日本、俄罗斯等地发货。茫茫大海，鱼龙混杂的渔船、商船，给缉毒工作带来了前所未有的考验。

我接到的任务便是尽可能地掌握海上运毒线的情报。

几经斟酌，上级选中了一个经常在天津附近海域活动的走私团伙。

他们最早是一批不守法的渔民，走私些高档手表、汽车配件什么的，慢慢形成自己的运货线路后，开始偷运利润更高的违禁药品。普通老百姓不知道，所谓进口特效药也是一大害。这些药临床时间大多很短，在国外都属于试验阶段不允许正式上市的危险品。而走私药的绝大部分根本就是假货——国内不少病患有的一味迷信进口药，有的是病急乱投医，殊不知这些假药造成的伤害丝毫不亚于毒品。

缉私部门曾多次展开专项行动，抓捕了一些走私分子。但这些人害怕遭到货主的报复，宁愿选择自己坐牢，也不交代完整的利益链条和幕后老板。

我们的计划刚启动的时候，情报部门截获了这个团伙要偷运一批药品的情报。上级部门决定放长线钓大鱼，既要摸清整个利益链条，为一网打尽做准备，又可以借机打入并掌控该团伙，成为我们在海上的移动情报站。

上级的计划是“收编”这个团伙，假造几次海上安全护航的实例，就能吸引贩毒集团主动上门求助。

我的代号是“塔哥”，灯塔的塔。

这是一次跨国联合行动，当他们进入公海时，日本警方假扮的海盗几艘快船把他们的船围住，一句话不喊就强行登船。

这些人以前干的买卖小，很少到公海，海盗这种事只是听说而已，哪承想自己第一次干大买卖就碰上了。一看“海盗”们一副要钱也要命的阵势，吓得顾不上许多，抱着宁可被警方抓住坐牢也要保命的心态用无线电求救。

我们见时机差不多了，便回应了他们的无线电请求。我表示我有武器，可以帮他们逃过这一劫，然后开了一个可以说他们无法承受的天价。他们没敢还价，一口答应了下来。

于是我们跟日本警方演了一出海上火拼的对手戏，经过貌似激烈的战斗，我们“赶”走了日本“海盗船”。

轮到我这个“塔哥”正式闪亮登场的时候，我还在晕船。之前我一直趴在甲板上吐酸水，这时不得不挣扎着站起来，几个人簇拥搀扶着我，天旋地转地上了他们的船。站起来之前我强撑着喝了几口白酒，又往身上洒了点儿，显得是醉酒才站不稳。

我口齿不清地问他们船长要钱，他们哪里拿得出来？船长姓郭，外号郭疤瘌。这人身材魁梧，渔民特有的黝黑粗糙皮肤上，一道骇人的刀疤从额角一直延伸到下巴，那真不是一般的面目狰狞。

郭疤瘌点头哈腰地满口江湖客气话，却话里话外探着我的底。

我身边的兄弟把我早年在金三角的事迹添油加醋地吹了一遍，再三强调我是五六个国家的通缉犯。我跟郭疤瘌说，如今我自立山头，招这帮兄弟干海上保镖的营生，除了钱什么都不认。

郭疤瘌把胸脯拍得山响，说半年内肯定付清。

我不同意，拿不出钱来就只能用船和货抵账。当然，如果船上的人愿意的话，可以跟着我干，收入比过去只多不少。

这是海上江湖的所谓规矩，郭疤瘌只能答应下来。

郭疤瘌引路，两条船停到了一个僻静的湾港里。他大概觉得看清了我的实力，无非一条破船加七八个人而已，进港前就收起了谄媚的嘴脸，时不时拿斜眼瞪我。

船还没有停稳，他一声招呼，他的十来个手下就亮出铁棍、短刀把我团团围住。

我无奈地叹了口气，摇摇头："本来想带你一起玩儿，想不到你竟然是个恩将仇报的小人。"我环视了一圈，对他们说，"你们跟着这样的老大不丢人吗？"

这些人并不是亡命徒，大多拖家带口，麻起胆子干走私也就这两年的事。你让他们为钱偷偷摸摸运点儿违禁品可以，让他们杀人放火，他们还真没见过什么血。况且不管哪个行当，总有些不成文的规矩，他们内心深处还是遵从一些基本道义和道理的。这事郭疤瘌不占理，被我这么一说，这些人就更含糊了。

"愿意跟我干的，把你们手里那些小孩儿打架的玩意儿扔了在一边等我。不愿意跟我的现在就走，我跟郭疤瘌算账不关你们的事。"我头实在晕得慌，顺着船边坐下来，摘下手表，放在船舷边绑着的救生艇上，特意将表面对着他们，缓缓说，"如果非要和我对着干，我给你们三分钟，给家里打个电话安排后事。"

一圈人像中了定身法，愣愣站在原地，场面静得出奇。我甚至能听到手表秒针嘀嘀嗒嗒走动的声音。不到半分钟，嘀嘀嗒嗒的声音被叮叮当当的声音盖住，三四个人丢下手里的武器走了。再半分钟过去，又是一阵叮叮当当的声音，五六个人丢下手里的武器，对我鞠了一躬站在了一边。

郭疤瘌和剩下的几人还紧紧攥着手里的家伙，瞪着血红的眼睛一副要扑过来撕了我的架势。我看了眼表，说："别着急，还有不到两分钟。你们应该抓紧时间给家里打个电话。"

郭疤瘌不信邪，迈步朝我逼近过来。我手指塞嘴里打了一声呼哨，岸边冒出十几个人，他们都是上级派来协助我的特警，穿着便装蒙着脸，身手敏捷地跳上船来。

郭疤瘌陡然被十几支枪指着脑袋，吓傻了，低头看看自己手里的铁棍，下意识地还想反抗。不等他们有动作，郭疤瘌的后脑就挨了一枪托，眼看着他翻着白眼就要瘫倒，便衣特警下意识往后退了一步。谁知郭疤瘌在倒地的一瞬间，噌的一下从特警的胯下蹿过，一个猛子扎进了水里。跟随他的那批人学着他的样子纷纷往海里跳，他们常年在船上讨生活，动作又快又麻利。便衣特警们连扑带踹，还是漏网了两个。我给带队的特警使了个眼色，他用眼神点了几个人，把枪交给身边的同事，从腰里摸出匕首叼在嘴上，纵身一跃跳进海里去追。

剩余几个没跑得了的人，扑通一声全跪了下来。我没搭理他们，扶着船舷站起来，探头朝混浊的海面看了一眼，说："真是有种。"

跪在地上的其中一人说："大哥，郭疤瘌再不仗义、再不对也是我们老大，我们背叛他就是不仗义……不过事情到了这一步，我们认栽，怪就怪自己瞎了眼跟错了人，现在认清楚也不算晚，你要杀要剐我绝无二话，死在这里总比被鱼吃了要好。"

跪着的那几人都满怀期待地看着说话的这人，我细细看了他一眼，面对着数十个黑洞洞的枪口还想搏一把的人，胆子都不小。我笑着说："当时你们说人家都是中国人，求我救你们。我从日本人手里把命救出来的是你们，完事反咬我一口还跟我扯义气讲血性的还是你们。闹了半天，你们这血性都他妈是为我准备的？"

他原本一脸要跟我慷慨陈词的样子，听了这话有点儿蔫了，低下头说："明白，您今天要是不办我们，将来您的话就没人听了。"

我问："你叫什么？"

"我就是个小人物，薛五。"这个薛五大概看出我不会把他们怎么样，不然根本不会和他们废这么多话。他出头说这些无非是想引起我的注意。稍微有点儿脑子的人都明白，他们这个团伙面临着一次大洗牌，过去的格局将彻底被打乱。金字塔的塔尖肯定是我，那仅次于塔尖的是谁？现在就是争取二把手的最好机会。薛五想在新格局里占据最好的位置。

幸运的是他猜对了，我确实需要保留他们的一部分骨干，才能在最短的时间内真正了解和掌控这个团伙。我对身后的一个便衣特警说："全部带船上，到了公海扔了，是死是活看他们造化。"

薛五是有些城府，但当性命捏在别人手里被把玩太久时，那点儿定力就明显不够用了，眼神开始慌乱起来。那还跪着的几个干脆就不断磕起头来。还是那句话，这帮人就是些乌合之众，比起我往日在任务中打交道的那些毒枭，简直可以用单纯来形容。

薛五脸色刷白，哆哆嗦嗦地说："大……大哥，知道您瞧不上我们，但是海上的事我们哥儿几个还算熟悉，汽车配件、手机什么的我们都有门路，给您赚点儿零钱还是没问题的，再不济也得有人出力气不是？您有什么货要出手，我、我也都有下家。"

见他终于㞞了，我冷笑着说："你们老大郭疤瘌也不知道死了没有。我再把你们这些忘恩负义的东西留下，那跟留几只狼在身边有什么区别？"

一个便衣特警从船舱里搬出一个箱子搁在我脚边，箱子上印的都是外文。不等我问话，薛五抢着说："大哥，这是英国的特效抗癌药。这批货我有路子出手卖个好价钱。你给我个机会，就当是将功赎罪。"

我走过去蹲在他面前，递给他一部手机，说："给你五分钟把这批货出了，每多一分钟，你们几个就得死一个。"

薛五连连点头，一把拿过手机，哆哆嗦嗦地拨号，拨错了好几次才打出一个电话。听着对方在问价格，薛五抬头看着我想问我的意思，被我用眼神挡了回去。他口气一变，呵斥着电话那头的人，说这批货很抢手，眼下有好几个买家，一分钟内决定要不要，不然立刻换买家。很快他们谈妥了。薛五挂了电话，擦着脸上的汗说："搞定了。"

"你把这个叫作搞定了？"我伸出手，"钱呢？"

薛五说："这得见了面交易啊。"

我呵呵一笑："你是说我不懂规矩？"

"不不不，我绝没这意思，这不是等您吩咐什么时间、在哪儿收钱嘛。"

我看了眼手表，说："还有两分钟，再找两家，价高者得。"

薛五又打了几个电话，联系了三四个买家。对于药品走私这件案子，我的任务算是完成了。剩下的事就可以让那些伪装成我手下的同事，带着药品去和那些走私犯周旋了。

我满意地点点头，抬起一只脚踩在药箱上，目光缓缓扫过或站着或跪着的这群人。这里，将是我全新的战场。

他们呆呆地望着我，好像在等我的一纸判决书。我笑着说："我姓秦，海上的朋友给我起了个诨号，叫灯塔。"

安静了几秒之后，薛五带头举起胳膊说："秦大哥收下我们了！以后我们就跟塔哥混了！"

呆滞的人群终于回过神来似的，他们相互兴奋地对视，一起振臂高呼，那是一种劫后余生的亢奋。我冷冷地看着他们，只觉得有些心酸。

我说不上是同情还是悲哀，这种突如其来的低落只会让我觉得孤独，仿佛灵魂飘离了自己的肉体，站在远处冷眼看着这一切，也包括我自己……

7

剧烈的疼痛将记忆的闸门骤然冻结，就像从一个热闹的美梦里惊醒一样，那些人的容貌、喧嚣一下都不见了。我躺在沟底，望着头顶被深沟夹成长条状的天空，那是一整块纯净的蔚蓝色，没有一丝云彩。要不是一股带着细沙的风吹进我的眼睛，我几乎以为时间已经停止了前行。

我又试着活动身体，确认自己没有致命伤，但干渴和饥饿耗尽了体力，我懒得动，宁愿就那么躺着，像一个真正的死人那样躺着。

我在心里对自己说：塔哥，多么不可一世啊。这才多久，就被那些走私犯捧晕了头，真以为自己无所不能了？被自己看不起的人差点儿弄死在这荒无人烟的戈壁滩上，你可真出息啊。

我忍不住笑了起来，嘴唇迸裂出的血流进了嘴里，腥咸，还带着一丝淡淡的铁锈味。我伸出双臂，盯着手掌慢慢地攥成拳头，暗暗说：你可不能生锈啊。

太阳快落山的时候，气温明显下降，要再这么待一晚上就真死定了。我咬着牙活动开浑身的关节，扶着土壁站了起来，一边往前蹭着一边找，终于找到了一个缓坡，手脚并用地爬到了地面上。一阵凉风吹透汗湿的背，才感觉到自己似乎离死亡稍稍远了那么一点儿。

我坐在沟边，看着夕阳慢慢地消逝在辽阔的地平线，那股屈辱激起的愤怒在心里发酵、膨胀，一直到整个胸腔都无法承受，开始猛烈地咳嗽。

当第一颗星星在夜空中开始眨眼时，我系紧了鞋带，忍着伤痛，猫着腰，朝着来时的方向跌跌撞撞地跑去。伤后的低烧让我开始产生幻觉，好几次觉得是踩在了棉花上，走走停停，速度比来时慢了许多。大概到半夜才看到前天夜里扔在这里的汽车，这里是远离乡镇的湿地，方圆百十公里没人烟，所幸一天一夜后车还保持着原样。

我从车内翻出些水和食物塞了几口，掉转车头返回到周亚迪丢我电话的那段路边，从水坑里捞到了手机。手机是防水的，应该还能用。我正检查手机的状况，就觉得后脑勺被硬物顶住了，身后一个低沉的声音："别动。"

我正对面的树丛中走出一个人，双手握着手枪探着步子走过来，一看就知道受过专业训练。那人走到我跟前，手电的亮光晃得我眯起了眼睛。那人问："是秦川吧？"

"是。"

身后那人收起了枪，伸手来扶我。"我们在这附近执行任务，临时接到上面命令，要我们到这附近找你。”对面那人指指我的手机，“定位显示，你手机在这里没了信号。”

我拍拍两位同事的肩膀：“辛苦你们了，我没事，你们复命吧。”他们对我行了一个简易的军礼，将枪插进后腰，转身钻进了树丛中。

我看着他们消失的方向发了一会儿呆，终于攒足了向徐卫东报告的勇气。

电话接通后，听到他那有些沙哑的声音，一下把之前准备的说辞全忘了，沉默了几秒后，我说：“线索断了。”

徐卫东出奇地安静，我那些挨顿臭骂的思想准备全白做了。好一会儿，他语气平和地说：“先回来吧。”

一个月前，徐卫东将我召回总部布置任务。情报显示金三角与境外大毒枭达成意向，要组成横跨多国的超级贩毒集团，周亚迪和胡纬作为东南亚贩毒网络的核心人物，要前往俄罗斯参加会议。徐卫东命令我组建行动小组，不惜一切代价要拿到该会议的准确时间、地点以及与会人物的详细资料。

说到“建组”我眼睛不由得一亮，但徐卫东一句“除了程建邦，其他人你随便挑”把我想说的话打了回去。

那一刻我想，我要再不争取，可能这辈子就再也见不到程建邦了。我还没有资格为程建邦担保。想想又不死心，硬着头皮问徐卫东，他能不能为程建邦担保？

徐卫东说：“胡家悬赏三百万美金要程建邦，不论死活。”

有些战友，你失去就永远失去了，你们阴阳两隔，只能在梦中把酒言欢。你知道他们永远也回不来了，倒也容易接受现实。

还有些战友你没有失去，在生死一线的时候，你一个眼神、一个动作就能得到他相应的反馈。哪怕隔着山隔着海，你都坚信他会在你最需要的时候出现。这样的一个战友，却不能与你并肩作战。你明明知道他就在离你不远的某个地方，只是不知道他会不会再出现、什么时候出现。这只会让你面对新的搭档无所适从。

默契这东西，不可取代也无法复制。

很快，潜伏在金三角的特案组探员发回来另一份情报，说周亚迪和胡纬已经出发，而胡纬的叔叔安排了人，打算在海上把他俩一并干掉。完事后就说是海难，以后金三角胡家就只能听他的了。

我没时间再犹豫了。搭档这事不能有丝毫勉强，否则会成为彼此的拖累。我只能只身前往继续完成任务。

他们的船果然刚进公海就被一群来历不明的海盗袭击，我“及时”出现，救下了周亚迪和胡纬。故意放走了胡纬的叔叔，让他进了日本警方的缉捕圈。

就在我自以为掌控全局，能顺利地跟着周亚迪和胡纬前往俄罗斯的时候，残酷的现实一巴掌把我又扇回到徐卫东的办公桌前。

事已至此，要么继续这个任务，要么去执行下一个任务，想多了都是自我烦恼。无论是哪一种，都需要一个良好的状态。想通之后，我在二连浩特的酒店里痛快睡了一觉起来，开车连夜赶回总部。

“有件事我想问下你的意见。”徐卫东见我进门，不等我喘口气就说。

这可是太阳打西边出来了，他居然问我的意见？这么多年来，我还不知道我的任何意见在他这里都不如一个屁吗？

徐卫东指指桌上一个东西，说：“送你嫂子的生日礼物，怎么样，好看不？”

我伸脖子一看是条亮闪闪的项链。既然他不想提我这次失利的事，那我就别较劲儿了。我收起心里那点儿失望和沮丧，提起项链对着光看：“好看。这是玻璃的还是钻石的？”

徐卫东一把夺了过去：“你懂个屁，这叫水晶。”

我说：“水晶没有钻石值钱吧？”

“少废话。”徐卫东脸一沉，把项链收进抽屉，“说正事，有个事和你商量。”

“我哪懂这个？你要我说，那肯定钻石的好。”

“少废话。”徐卫东板起脸指了指一旁的沙发，“坐。”

我知道该挨的那顿打，来了。

“我看你气色不太好，怎么样？想回去接着当你的海盗，还是给你换份工作换换心情？”老徐脸上没有任何表情，眼睛平静得像是一潭池水，这让本来就摸不透他的心思的我更加含糊起来。“怎么想就怎么说。”他点了支烟，鼓励着我。

我试图避开他的眼神，磨叽着说：“我……我愿意服从组织安排。”

他嘴角一扯好像是笑了一下？我心里正打着小鼓，徐卫东腾的一下从沙发上站了起来，指着我的鼻子说：“服从个屁！大风大浪闯过来了，最后收网的时候你给我撂挑子？让日本鬼子和老毛子站在一旁看我们笑话？你不要脸，我还要呢！你丢的是特案组的脸、中国军警的脸！”他几乎是吼着说完最后半句，一把揪起我，“还他妈的有心思换新衣服，头也是刚理的吧？”

我被他揪着衣领，耷拉着眼皮看着他手腕上一条条凸起的肌肉和血管，大气也不敢出。

徐卫东松开手把我扔回沙发上，自己坐在对面狠狠地抽了几口烟，把半截烟按在烟缸里揉了个粉碎，“说话，不吭声能过得了关？”

我知道这次他是真的怒了。我也不知道是害怕他生气，还是害怕他失望，总之我从没像这样害怕过。被亡命徒用枪抵住脑袋时，在子弹乱飞的丛林里狂奔时，在惊涛骇浪中像一片树叶随时都可能被大海吞没时……我都没有这样害怕过。我舔了舔干裂的嘴唇，蚊子哼哼似的挤出一句：“请求处分。”

徐卫东一拍茶几，喝道：“秦川！”

被这一声暴喝点燃了似的，我内心的畏惧和憋屈混合在了一起，把我的耳根烧得火辣辣地疼。我站起来整了整衣服，大声说：“请求组建行动组，继续完成任务。”

徐卫东抬头狠狠瞪了我一眼，走回办公桌前拉开抽屉，翻出几页纸和一个封好的信封，提笔不知在纸上写了些什么，最后盖了个戳。见我眼巴巴地看着他，老徐把那张盖了戳的纸揉成一团，和信封一起丢在我怀里，用他一贯低沉的声音说了一个字："滚！"

我赶紧打开纸团，那是一份写给某哨所的介绍信，只听徐卫东说："信封直接给他领导，你不准打开。"

老徐口中的"他"一定是程建邦！

我激动地转身朝徐卫东一个立正敬礼，"滚"出了门。

第二章 海上成了我的地盘

1

一百公里的荒滩过去，又是一百公里……一条笔直的黄土路直通天际，仿佛永远走不到尽头。两边荒芜的戈壁滩让人不由得怀疑，人在这样的地方怎么生存?

路边终于出现一块标着地名的牌子，远处有一丛白杨树围着一处建筑物，在空旷的沙滩上小得像丛西洋花菜。我喊了声："师傅，我在这里下。"

司机扭头看看我说："在这儿当兵?你们辛苦了。""谢谢。"我背起包往前走。司机慢慢地减着速，看得出，他是刻意想让车停在更近一点儿的地方。

车门打开的瞬间，像是有人站在车外往我脸上撒了一把沙子，阳光凶猛得把黄土照得灰白，刺得人眼睛生疼。我适应了好一会儿，才朝那砖红色的瓦房走去。一阵又一阵的平地起风，吹得人站立不稳，我索性小跑起来。足足半个小时后，才看清楚飘扬在白杨树丛上的红旗。岗亭里的小战士肯定老远就看到了我，绷着脸表情严肃地问："干什么的?"

我将证件夹在介绍信里递给他："我找人。"

小战士认真地核对完证件，冲我敬了个礼，回身指着一排砖瓦房说："我们队长在那儿。"

我刚进院子，迎面从屋里走出一个中等身材、面色黝黑的军官，问："你找谁？"

我扫了眼他的肩章，把介绍信和徐卫东给的那个信封一起递过去："找你。"

队长撕开信封看了一遍，抬起眼皮打量我，嘴角翘起来轻蔑地笑了笑，对我一甩头："跟我来吧。"

我随队长走进办公室，他既不让座也不倒水，把信封和介绍信放进抽屉里上了锁，说："怎么样？查出什么了？"

我有点儿不明所以，只好说："我是来接人的，其他的事我不知道。"

队长呵呵一笑："你们这些坐机关的，成天没事就知道琢磨我们这些基层的，一根筋不对，脑门一拍就派个人过来监察我们。我们边防单位是跟走私的打交道多，别的哨卡我不知道，反正我是问心无愧。回去告诉你们那些端着茶缸子、叼个笔杆子的大爷们，有能耐来这儿待个一年半载试试？别成天站着说话不腰疼，想起一出是一出。"他越说越生气，嗓门也越来越高，看那意思好像如果可以，立刻就能把我用大棍子撵出去。而我不知道他在说些什么，听得一头雾水。

要不是这时进来了人，队长还得继续激动下去。一个又高又瘦的军官端着茶杯进来："嚷嚷什么呢？"

队长余怒未消，声音倒是明显小下去，对我介绍道："这是我们指导员。"

我冲指导员打招呼："你好。"

指导员问队长："怎么回事？"

队长拉开抽屉，将我的介绍信和信封拿出来丢到桌上，说："上面派人来拔钉子了。"

"什么拔钉子？这不是要调李铭走吗？"指导员看完信，笑呵呵地对我说，

“你别介意啊，这戈壁滩上待久了，脾气都有点儿糙。”他抬起手腕看了看手表，“这个时间李铭应该在饲料房里，我带你去吧。”

我愣住了：“李铭？”

指导员大声对外面喊：“小刘。”

“到。”一个小战士跑过来直挺挺站在门口。

“晚上弄几个肉菜给首长接风，顺便给李铭送行。”

“报告，补给车还没到，没有鲜肉，只有罐头。”

“那……”指导员沉吟了一下，说，“就杀头猪。”

“是！”小战士明显很高兴，一溜烟跑了出去。

看着小战士欢快的背影，“李铭？”我有点儿茫然，“信里说让我接李铭？”我一直以为我要接的人肯定是程建邦，必须是程建邦……没想到徐卫东费这么大事，派给我的是一个新人。

指导员笑了，说：“怎么，你连接谁都不知道吗？保密工作这么严格？”

我按捺不住满心的失望，摇摇头不想说话。

从院子西边的角门进去，靠墙有一溜黄土坯房，木头门窗一看就有些年头了。一阵阵“叮叮当当”的乱响从里面传出来，在这空旷安静的戈壁军营里回响着，显得特别不和谐。指导员指指一扇敞着的木门说：“人就在那儿，我去安排一下晚上的活动。”

门很矮，我低头钻进去。屋里满是鼓鼓囊囊的麻袋，靠门边的几个泔水桶散发着特有的酸味。麻袋和泔水桶都码放得特别齐整，要不是这种军营特有的整齐劲儿，这儿跟个普通西北农家没什么区别。

屋子中间有个巨大的菜墩，一个穿着迷彩服的人面朝里蹲坐在个小板凳上，一手一把大菜刀，叮叮当当地剁着菜叶。随着他双臂大幅度的挥舞，他方圆两三米内全是密集翻飞的菜叶，有的都飞到了顶梁上。

我对那背影喊了声：“李铭！”

那人丢下菜刀站起来："到！"几片菜叶飘落下来，挂在他肩膀上、耳朵上。

"向后转！"我故意压着嗓子喊道，慢慢走过去。

那人一个标准的向后转动作完毕时，我与他只有一米的间隔距离。"李铭"看到我，愣了片刻，使劲摇了摇头，挤了挤眼。当看清确实是我后，眼眶就红了："你……你他妈舍得来了？"说着话就低下头去，像是在努力忍住眼里的泪水不流出来。

这个李铭，正是程建邦。

上级专门为了他做了一套新档案。也就是说，是一直做着再次起用他的准备。

我伸手将他耳朵上挂着的菜叶摘下来，扔到他脚下的橡皮桶里，那里面装着半桶麸皮。我垂下眼皮淡淡地说："还没吃呢？"

"你，是来接我的吧？"程建邦揪着身上的围裙问。我知道如果我说是，那么这围裙一定会被他扯飞。

"小程……哦不，小李同志啊。"我低着头，用语重心长的口气说，"你的问题你是知道的，组织上派你到这里，是希望你能静下心来反省自己的错误。我在北京听说，你在这里的表现不错。"

"秦川……"程建邦显然被我的官话吓住了，小心翼翼地看着我，"你到底是来……"他试探地等着我把他的话接下去。

我背着手在这个简陋的工作间里转悠起来，见正面土墙上挂了一张全幅中国地图，国境线上有一圈明显的灰黑色，像是被手指多次摩挲的结果。我想问问程建邦，回头见他还站得笔直，满眼期待地看着我。

我忍住笑，问："喂了多少头猪？"

程建邦一个立正："报告，喂了十头，打算明年增加到十六头。一来保障部队供应，富余的还可以拿出去卖，改善基层连队生活。"

我点点头："很好嘛。"

程建邦见我再没别的话，有些着急："还行，然后呢？"

“什么然后？”我弯腰看完麻袋看菜叶，才扭头看着他说，“这里环境恶劣，你能安心扎根边疆是很大的胜利……你来这里多久了？”

程建邦低声说：“两年了。”

“是两年零三个月又十天。”我补充道，“老子脑袋别裤腰带上和毒贩拼命，你他妈躲在这里享清闲，还他妈打算要喂十八头猪？”

“是十六头。”他严肃地纠正道。

我照着他的大腿就是一脚，把他踹了一个趔趄：“赶紧收拾东西跟老子回。”

程建邦也顾不上还手，咧着嘴，神情复杂得半天没有说出一个字。我绷不住笑了：“去办手续吧，给你半个小时。”

“唉。”程建邦抹了把脸，埋头就往屋外跑。

“把那围裙摘了。”

“唉！”他脖子一缩，把围裙从头上取下来放在窗台上。走了两步又停下来，转身看着我说，“秦川，我等你等得好苦啊，我就知道老徐一定会让你来接我的。”

刚才屋里暗没注意，这会儿他站在大太阳下，我才发现他脸上竟然已经有了不少皱纹，眉宇间那股英气几乎都看不到了。我心里一酸，轻轻说：“抓紧时间，不然该错过班车了。”

“要不抱抱吧。”他张开双臂，“我太激动了。”

我怕再多看他一眼自己眼泪也会下来，一甩头，没好气地说：“滚！”

程建邦吸了吸鼻子，一个箭步冲上来，双臂像两根钢管紧紧箍住我的肩膀。

程建邦很快收拾出一个背包，在队长的办公室里办完了手续。指导员说：“要不，吃了再走吧。”

“不用了，我们还要赶着回去报到呢。”程建邦看着我，“是不是？”

我知道他是一分钟也不想在这里待了，点点头。

“那也不急这一天半天的，这会儿班车也没了吧。”指导员往窗外一张望，说，“而且我都让他们去杀猪了。”

程建邦脸色一变，骂了一声：“靠！”丢下包扭头就往外跑，一边跑一边喊，“我他妈看谁敢动我的猪！你们这些王八蛋欺负老子不够，还要杀老子的猪，我和你们拼了。”

“糟了！”指导员赶紧追出去。

我看着莫名其妙，也只好跟着指导员跑过去。

猪舍边一口大铁锅里水已经烧得滚开，一头肥猪被绑在长条凳上声音凄惨地哼叫着。几个小战士满身满脸都是血，围着猪正喘粗气。我见那猪脖子上已经有了三四个刀口，却还没断气，就知道这里没有会杀猪的专业人才。他们把一头猪弄成现在这副惨样，也着实费了很大的工夫和勇气。

程建邦看着血泊里的肥猪，气得嘴唇都抖了起来，他走到猪身边蹲了下来，摸着猪头又去看猪脖子上的刀口，嘴里不知在低声说着些什么。

我上前说：“程……李铭。”

程建邦猛地站起来，恶狠狠地看着那几个战士，眼里竟然闪过几丝我再熟悉不过的杀气。他指着一个拿刀的战士大声说：“我的猪跟你有仇吗？”

那个二十出头的小战士生生被吓得退了一步，说：“没……没有。”

这时队长也跑了过来，大声叫：“李铭。”

程建邦扭头瞪向队长，队长也有点儿被他这副神情吓到了，吃惊地问：“你搞什么？”

我上前搭着程建邦的肩膀轻声说：“你刚不是说喂猪就是为了给战士们改善伙食吗？不杀怎么改善？”

程建邦指着队长，对我说：“从我来的第一天起，就热脸贴着他们的冷屁股。两年多了，就没有一个人给我一个好脸色，我他妈欠他们钱吗？非说老子是上面派来监视他们的。你说说，监视他们这群鸟蛋还用我？他们也配！”

我看了一圈众人，程建邦和这个边防哨所的官兵们，一定有着很深的误会。他们怀疑程建邦是上头派下来监视他们的？那程建邦的确无从解释，也无法解释。

“这也配我来卧底？”程建邦甩甩手上的猪血，指着自己的鼻子还想说什么，被我用眼神狠狠地拦住。我抬脚朝办公室方向走去，扔了一句：“你还走不走？不走就接着喂你的猪。”

程建邦坐在办公室的长椅上，盯着地面发呆。

队长和指导员对我说起这事的缘由。原来最近几年，发生了几起边防军警参与走私护私的案件，上级指示严查严办，又向这些单位派驻了大批调查员。对有问题的单位来说，这是强大的震慑。但对纯洁无私奉献的单位来说，这让他们感到委屈又难受。

程建邦凌空被扔到这里的时候，上级没给他委派具体岗位。他很明显不是新兵，也没有什么专业特长。所以这里的人误以为程建邦就是上面派下来监察他们的，对他自然没什么好态度。程建邦整天连个能说话的人都没有，又没正事可干，就主动养起了猪，愣给自己弄了个饲养员的差事。

说到这里，指导员叹了口气，屋里的气氛很是沉闷。

我理解边防官兵们的复杂心情，也能想象程建邦待在这种环境里的憋屈。程建邦的真实身份是绝密，没法跟队长和指导员解释。他毕竟在这里待了两年多，跟这个哨卡的官兵是战友。既然是战友，无论如何也不能用这样的方式告别。

思前想后，我说：“如果你们信得过我，我以我介绍信上的印章向你们保证：他担负着更为特殊的任务，所以很多事只能保密。请你们相信，你们真的误会他了。”

指导员和队长对视了一眼，满是愧疚地同时叹了口气。队长脸憋得通红，走到程建邦面前，说：“这事怪我，我他妈就是没脑子，你……打我一顿吧。”

“责任主要在我，是我的工作没做好。别说不是，就算是又怎么样？还不都是为工作。"指导员赶紧也对程建邦说，"你打他的时候留点儿力气，完了也打我一顿，这样我们两个都好受点儿。"

程建邦抬头看着两人，许久才长长舒了口气，说："指导员，有酒吗？"

指导员忙说："有，有。"打开柜门从里面掏出一瓶白酒，那酒瓶上的标签都发白了，看来是放了很久没舍得喝的。

办公桌上放着队长和指导员的茶缸，程建邦把水泼掉，咚咚咚往里倒上白酒，一缸递给指导员，另一缸给了队长："兄弟们轮班巡逻，人凑不齐，我也不方便跟他们道别……我没什么别的事，就是我那些猪就托付给你们了。"说完将手中瓶子里剩的酒一口气喝光。

队长和指导员点点头，喝完酒放下缸子的时候，两人眼睛都红了。缓了一会儿，指导员才说："抱歉的话我就不说了。将来有空时，回来看看我们。"

"饭我就不吃了，一会儿应该还有一趟长途班车路过。"程建邦放下酒瓶，"我们先走了。"

出了办公室的门，程建邦还要回猪舍跟他的猪们道别。

那些猪一听他的脚步声，就争先恐后往前挤，他挨个儿拍它们的头，叫着它们的名字。——他居然给每头猪都起了名字！

忽然像是听到了老徐的名字，我忙拦住他说："你刚叫那头黑猪什么？"

"老徐啊。"他头也没回地说。

我没忍住，扑哧一下乐了："这要让老徐知道，还不得废了你。"

"他要是能亲自来这把我废了，我也认了，我还以为我这辈子就待这儿了……"他亲热地对一头白猪叫，"亚男，过来过来。"

我看看他，又看看那群猪，问："这里头是不是还有我的事儿呀？"

程建邦扫了一眼我攥紧的拳头，连连摇头："没有，没有。"叹了口气，从猪舍的台阶上走下来，说，"走吧。"

我跟着他往外走了两步，他猛地回头对着猪圈喊了声："秦川！"只见一头黑白花的肥猪扇着耳朵哼哼着跑上前来。

“程建邦，我操你大爷。”我挥拳往后打去。程建邦已经扛着包，飞快地朝营房大门跑去。

当初在学校的时候，我最怕的就是被分到这种地方来。好像一旦扎到这里，满腔的雄心壮志和伟大抱负就会就此终结。

经历了血与火的洗礼，在痛苦和绝望中挣扎的时候，又是那么羡慕甚至嫉妒这样的生活。再后来我才明白，是我还远没有高尚到成为一块哪里需要哪里搬的砖——身为一个战士，难免要流血，也随时要准备去死。那我愿意在万众瞩目下，轰轰烈烈地流血牺牲，好像那样才能体现我的价值。反之，再壮烈的牺牲也会让人觉得委屈——这是一种虚荣，也是一种私心。

一旦看清了这一点，再见到这些坚守荒漠的战士，看着他们被烈日风沙吹裂的脸时，我才知道自己是如此不堪。

我回头看向哨所，队长和指导员都站在岗亭里目送我们。我端端正正对他们敬了一个军礼，程建邦将行李丢到地上，也遥对着哨所立正敬礼。

“走吧，再不走我就真的走不了了。”程建邦站在风中眯着眼睛说，“我连招呼都不能和他们打。”

2

我们顺利地搭上了最后那趟班车。

车晃晃悠悠开到半夜，在一个叫四道河的地方停了下来，一个乘客喊道：“师傅，您辛苦下一脚油直接走吧，我们一人给你加十块。”其他人也跟着喊：“师傅，这儿住宿条件不好，我们加点儿钱直接走吧。”

司机站起来按着后腰说：“加多少钱我也走不了了，我这腰疼得坐不住了。”把车开到一扇大铁门前按了几下喇叭。里面跑出个人来开了门，殷勤地招呼司机把车停到院子里去。

乘客们不情愿地抱着行李陆续下车，小声抱怨着：“肯定是收了这家旅馆的钱了。”

“就是。”有人说，“这儿一碗破面条卖二十，通铺上的被褥都是黑的。”

见车上司机乘客都下了，程建邦站起来伸个懒腰说：“走吧，我这儿条件就是这么艰苦。”

“艰苦？”我看了眼院子里的一排瓦房，说，“门窗齐全，水和吃的都有，哪里艰苦了？”我凑他耳边压低声音说，“当年在金三角的林子里，你可是风餐露宿，虫叮蛇咬。”

“往事不堪回首啊。”程建邦将包往肩上一甩，往车门走去。

见他那包轻飘飘的，我问：“你混了几年就挣了这点儿东西？”

“军装也穿不着，放宿舍了，其他的嘛……你说我连个窝也没有，留那些杂七杂八的也没用。”他反手揪起衣领说，“我这可是名牌，叫个什么来着。你帮我看看，我老记不住。”

旅馆老板直接把众人带进了餐厅。说是餐厅，不过是个摆了五六张桌子的屋子，简陋的吧柜上摆着几瓶当地产的劣质白酒。有乘客说：“我们困了，想睡觉。”

“吃上些吧，赶了一天的路吃点儿热乎的舒服。”老板不由分说地让厨房给每人煮一碗面，说，“太晚了，没啥吃的，大家凑合下吧。来先把账结了，一人三十。”

这一下人群炸窝了。

“上个月还二十，这怎么又成三十了？你们去抢吧。”

“这就是讹人！”

老板不搭理众人，冲门外大声喊：“老六、老九，招呼下客人。”

应声进来两个五大三粗的大汉，眼睛里的凶光让整间餐厅立刻安静了下来。老板嘿嘿一笑，钻进里间招呼司机吃喝去了。

我和程建邦对视一笑，我说：“这儿你的地头？”

“过瘾吧？”程建邦眼里已经露出了挑衅的神色，不屑地看着门口那两个大汉。

来的时候我就观察过，这戈壁滩动辄几百公里没人烟，而这种旅店乱糟糟地戳在公路旁，就是专为挣过路旅客黑钱的。我们还有更重要的事，和这些流氓动起手来事小，万一事情搞大，耽误任务才是要命。我忙笑着说：“那你尽下地主之谊吧，这顿你请。”我想缓和一下气氛，不让程建邦跟他们起冲突。

“请客没问题。”程建邦紧紧盯着那两人，咬着牙说，“三十也好，八十也罢，那都得我乐意，我兄弟还没逼我，他们算哪根葱。”

“那可不行，你欠我个大人情，可不能在这种地方敷衍了事，回北京你得请我顿大的，这顿我来。”我摸出一张百元整钞，对门口两人晃了晃，“两碗。”

其中一个走上前来接了钱，对着灯光辨了一下真伪，歪嘴笑着说：“没零钱找，你们两个大男人还不得 人两碗？给你们算便宜点儿，就一百吧。”也不管我答不答应，把钱往口袋里一塞，得意扬扬地对其他乘客说，“抓紧把单买了，我们后厨大师傅等着下班呢。”

我见程建邦脸色不对，忙对他使了个眼色。程建邦没理会我，对那人的背影说：“喂，那个老九还是老六来着？”

那人猛地回过头，说：“老九，怎么了？”

程建邦跷起二郎腿，晃着脚尖说：“我们两个饭量小，吃不了那么多。”

老九一瞪眼：“那你是啥意思？”

程建邦悠悠地说：“我也看出来了，你揣口袋里的钱，是倒不出来了。”

老九笑了：“真是个明白人。”

程建邦说："剩下的钱你帮找个小姐来陪陪我。"

老九哈哈笑了："我们这儿还真没女人，再说你这四十块还找小姐？贱了点儿吧。"

程建邦一拍桌子说："没女人？没女人你石头缝里蹦出来的？"

到这份儿上，我知道说什么也晚了。我站起身将程建邦拦在身后，对老九说："九……九哥是吧，我这个兄弟喝多了，钱我们不要了，面也不吃了，你给我们安排个房间，我让他醒醒酒。"

老九不屑地瞟我一眼，冷笑着说："我在门口等他。"将外套脱了狠狠地摔在桌上，露出了胳膊上的腱子肉和刺青。

程建邦看着老九的背影，站起身拍拍我的肩膀："你待着等我……一分钟。"

我一把拽住他，低声说："你别忘了你是干什么的。"

程建邦的倔劲儿上来了："这种脏活我干多了，不用你插手。"

我抓着他胳膊不放："我们还有更重要的事，别在这儿耽误时间。"

程建邦暗暗使劲儿挣了几下没有挣脱，转头盯着我的眼睛，用只有我才能听到的声音说："秦川，我们最重要的事就是守护这块土地。谁他妈在这儿造次，谁就得付出代价。今天你要么跟我一起去让这帮垃圾长点儿记性，要么乖乖坐着闭嘴。"

程建邦猛地将胳膊从我手里抽了出去，我像是被人打了一闷棍，呆站在原地。回头看着那些跟我们同了一路车的乘客，有老有少，像一群误入狼窝的羊，已经吓得连叫都不敢叫一声了。看着他们惶恐地缩坐在一起，我觉得惭愧，觉得脸上热辣辣地难受。见程建邦已经出了门，忙跟了过去。

刚掀开门帘，就听一声惨叫。门帘外就是后院，老六和老九捂着胳膊倒在地上打滚。程建邦背着手站在对面台阶上，面无表情地俯视着两人，见我出来，抬手看看表，说："一分钟多了，十五秒就够了。"

两人的左臂明显是被摘脱了臼。我说："那我干什么？白来了？"

"既然都排到老九了，那肯定不只这些人。"程建邦笑着冲我身后努努嘴。

我一回头，见陪着司机吃喝的旅馆老板嘴里含着一口饭，目瞪口呆地看着地上哀号的两个大汉，手里的筷子上还夹着一块肉。

我对那老板钩钩手指，说："你过来。"老板连连摇头往后退着。我换了副笑脸："听话，你过来我问你点儿事。"

老板把碗和筷子一丢，想退回屋里去，却被里面拥出的几个乘客挡住了道。他猫起腰想往人群里钻，门口又多了几个乘客，生生将他卡在了那里。

我走过去抓着他的脖领子将他拎到空地上，没等我说话，他往下一蹲双手护住脸，号起来："别打别打，有话好说。大哥别打，今天我请客。"

我说："我不打你，你站起来，我问你几句话。"

他奓着胆子抬头看了看我，大概见我确实没动手的意思，慢吞吞站了起来。

"你做生意就好好做，这里就你一家，客源又这么稳定……"我话没说完，只听身后一阵风声，程建邦冲过来对着那老板一个窝心脚，没等他倒地，又一拳打在他右腮帮子上。那老板痛得叫都叫不出声，栽倒在地上直哼哼。程建邦一把揪住老板的头发，将人拖到老六和老九的身边一扔，回过头一副不可思议的神情对我说："你跟他们讲道理？"

我啧啧嘴说："人民内部矛盾，教育为主，你这上来就……"

程建邦笑起来，"你等等。"他摸出烟点了一支，抽了一口才说，"来来来，既然你觉悟这么高，就讲讲道理，顺便把我也讲通了。"

我说："我就是想劝劝他们做生意要讲规矩。我以前跟的那个老板最讲规矩，从来不玩这些下三烂的手段，人家现在身家不能用亿来计算了，现在已经把生意做到国外了……"

程建邦对旅馆老板说："我这兄弟说的话你听见了吗？"

老板捂着脸哼唧着说："听……听见了。"

程建邦又问："以前不知道做生意要讲规矩吗？"

老板摇摇头，意识到不对，赶忙又点头："知道知道……"

他话没说完腰眼上又挨了程建邦一脚。程建邦转过脸对我说："你看，这些道理他知道，所以说了没用，来，你接着讲。"

我走过去对已经没力气哼哼的老九说："货币是流通的，而且该流通多少在你的手里，是依靠商业规矩和头脑，怎么能落你口袋就倒不出来呢？你那不是抢劫吗？"

老九眼泪汪汪地说："大哥我错了，我这胳膊快废了，你让我去医院吧。"

我一听这话，赶紧抬手捂住了耳朵。果不其然，程建邦对着他肩膀就是一脚，老九叫得太惨，我捂住耳朵也没用，听得真真的。

程建邦说："我兄弟跟你讲的道理里头，有去医院这事吗？你到底有没有听？"

老九哭了起来："大哥，真的，真的疼，疼得受不了了。"

程建邦叹了口气，对我说："你看他把你说话当放屁，我就说讲道理没用。"

我白了他一眼："你把他胳膊弄脱臼了，他能听得进什么？再不接上怕是真废了。"

老九挣扎着从地上爬起来，做出要给我磕头的样子："大哥，我一家人指着我这手吃饭，您大人有大量，救救我。"

我把他扶起来："以后别这样，多不好，来我帮你接上。"老九连连点头，我双手抓住他胳膊使劲一拉，又是一阵杀猪似的惨叫声。我偏过头躲着那刺耳的尖叫，说："对不起对不起，时间长了不玩这个，手有点儿生，再来一次，一定行。"

老九脸色惨白，满脸的鼻涕汗水，看起来神志已经不太清醒了，嘴里叨叨着："哥，我妈都六十多了，我到现在还没让她过过一天好日子……"

"明白明白。"我安抚地拍拍他说，"这一次一定行，要不你让他给你接吧。"我用下巴指了指程建邦。老九一看程建邦，急忙摇头。

我一手拽着他的手腕，一手握着他的胳膊肘，将他胳膊放在灯光下仔细看："你这个文身是老虎还是豹子？"我稍一使劲儿，老九眼睛一翻直挺挺地晕了过去。

我举起双手看着满眼惊恐的老六，说：“不好意思，他胳膊上的文身让我走神了，要不我先帮你……”

“哥饶命，饶命，再也不敢了……”老六跪在地上砰砰地磕头，已经顾不上胳膊脱臼的疼痛了。

我看了眼程建邦，说：“解铃还须系铃人，你卸的还是你来装吧。”

程建邦把烟头往地上一丢，朝老六走去。老六吓得蹬着腿拼命往后躲，使劲摇着头，居然也哭了起来。程建邦上前一把揪住老六的头发，另一只手抓着他的胳膊，只听关节咔嗒一声响，老六一声惨叫后安静了下来。缓过气来的老六试探着活动了肩膀，松了口气，说了声：“谢谢。”

程建邦又走到老九身边，刚蹲下还没碰到人，那老九突然号叫起来，挣扎着往大门爬去。程建邦吓了一跳，见老九是在装昏迷，不由得笑出了声。他笑着追上去按住老九，利索地帮他接好胳膊，揪着头发又拖了回来。

“差点儿忘了还有一个。”程建邦见旅馆老板缩在地上，一拍脑门说。上去就把老板的胳膊给卸了下来，老板张着嘴巴半天没叫出一声，程建邦又一拍脑门：“哎呀不好意思，我忘了你的胳膊是好的，不好意思。”再一用力，又给接了回去。那老板一直就那么张着嘴，眼泪汪汪地望着天空，像是在用心电感应和诚意召唤来自外太空的帮助。

“大半夜的去哪儿啊？”程建邦突然扭头说。

司机正蹑手蹑脚地朝大门溜去，见躲不过去，僵着笑说：“我，撒个尿。”

这时外面响起一阵汽车引擎声，两道大灯的强光透过铁门照进来。司机像见着救星一样赶紧打开门，把一辆大排量的高档越野车放进院来。我跟程建邦对视了一眼，并肩站在了一起。

车上下来一个四十多岁的男人，留着整齐的中短发，衣着得体，看上去斯斯文文的。那人下车后舒展了一下身体，扫视了一圈，问：“老板在吗？”

旅馆老板从地上爬起来："沈哥，你来了。"拍着身上的土，殷勤地迎了上去。

那人打量着老板问："出什么事了？"

老板干笑着说："没事，哥几个喝了点儿酒高兴，摔跤玩。"回过头喊："老六、老九，沈哥来了，还不打招呼？"

沈哥绕过老板走过去，看看站在后院门口的那群旅客，又看看满身满脸是土的老六和老九，最后目光才落在我和程建邦身上。他叹了口气，对程建邦伸出手："你好。"

程建邦跟他握了握手，他又跟我握手，说："是不是他们又讹人了？"

旅馆老板赶过来抢着说："哪能呢？我们……"

"闭嘴。"沈哥低声喝道，冲着众旅客说，"今天晚上我请客，给大家赔个不是。"对那老板吩咐道，"给每个客人封六百块钱红包赔罪，回头我再和你算账。"

旅客们小声嗡嗡议论起来。见我和程建邦都不出声，那沈哥笑着对我们说："你们教训得对，这戈壁滩上几百公里连个鬼影都没有，就这么一家旅馆，不知道张罗着让大家舒舒服服吃顿热饭睡个踏实觉，一天到晚老想着发那些不义之财……"抬手指着旅馆老板的鼻子说："这两位兄弟是手下留情，不然你们三个下辈子炕上过都是轻的。如果你们非要把生意做成这样，我保证你们挣的钱不够下半辈子买尿布。"

老板连连鞠躬，满口"是是是"。那沈哥冲我们礼貌地笑笑，又吩咐老板："去把我后备厢装的箱子卸了，我还有事得走。"

"这怎么刚来就走？"旅馆老板说完像是意识到自己多嘴，轻轻地打了一下自己的嘴，低头道，"知道了。"

见我和程建邦还是不动声色地看着他，那沈哥从手包里拿出两张名片，恭敬地双手递给我们一人一张："谢谢两位小兄弟，我想这次他们能长点儿教训。你们要是经常路过这里，有什么需要帮忙的，尽管联系我。"

我见那名片正反都是素纸，只有"沈子雄"三个字和一个手机号码，倒是对这人生出了几分好感。我冲他微微一笑，把名片装进上衣口袋。

沈子雄看着车后备厢的几个箱子卸下来，对我和程建邦说："我还有点儿事先走了，下次有缘见面的话，一起喝两杯，后会有期。"又走到乘客们那边，拱手说，"各位受惊了，我代这几个不识好歹的给大家赔罪。一会儿的酒菜算我沈子雄请，红包大家千万要收下算是压惊，各位告辞了。"

目送沈子雄上了车开出大门，红色的尾灯很快消失在黑夜里，我看了程建邦一眼，程建邦笑着摇摇头。

旅馆老板张罗着大家回到餐厅，不多时桌上摆满了酒菜。旅馆老板带着老六和老九挨桌道歉发红包，每发一个，就自罚一大杯白酒。三个人撑到中间就已经站不稳了，还是坚持着发完最后一个人，这才相互搀扶着跑到后院去吐。

旅客们纷纷热情地劝酒，我们不敢喝，推说太累了，找老板要房间休息。

老板拉开客房走廊的灯说："我们这里条件不好，确实没有单间了，二位凑合一下吧？"推开一间客房，屋内黑洞洞的，一股汗酸味儿迎面扑来。一个男人声问："谁？"

老板从墙上摸到灯绳拉开灯，屋内一共四张床，其中两张已经睡了两个人，两个小伙子眯着惺忪的睡眼欠起身来。我一眼便看到他们床边椅子上叠放整齐的军装和军帽，顿时觉得亲切，忙说："不好意思打扰了。"

他俩含糊应了一声，翻身躺了回去。我和程建邦将老板打发走，赶紧关了灯摸索着找着床，很快就睡着了。

后半夜时分，外面走廊上响起一阵急促的脚步声。我和程建邦立刻惊醒，坐起来穿好鞋，竖起耳朵听着外面的动静。那两个武警战士还打着鼾，睡得挺沉。

脚步声在我们的门口停了下来，砰砰敲起门来。我故意延迟了几秒，假装不耐烦地问道："谁啊？"

门外一男声说："警察查房。"

同屋的两个武警战士也醒了，其中一人嘟囔着："这还让不让人睡觉了？有完没完了？"

我知道门外绝不可能是警察，极有可能是旅馆老板或者是那个沈子雄找来的帮手。我冲程建邦扬了扬下巴，他对我点点头。

我正要起身去开门，就听"嗵"的一声巨响，门被人踹开了，呼啦啦冲进来好些人。带头的那个拉亮灯，打量了我和程建邦一眼，说："没你们事。"看着椅子上的军装，阴笑着说："嘿嘿，还真有。"一挥手，五六个壮汉冲了过去，将那两个还没醒利索的战士围了起来。

带头的走过去，拎起军装看了看："武警？"

那战士伸手要去夺军装，围着他们的几个壮汉一起动手，把两个战士按了个结实。看那军服上的肩章，应该是刚入伍的新兵，我跟程建邦交换了一下眼神，慢慢地站到了屋内最有利发起攻击的位置上。

"边防的？"那人接着问。

战士看着那人，说："你们什么人？"

那人熟练地从军装口袋里翻出证件看了一眼，说："今天算你们倒霉，以后记着点儿，别管那么多闲事。"说着他回过头看了我和程建邦一眼："说了没你们事，出去。"

我正想说话，就见他们其中一个人手里拿着一支枪对我们晃了晃，那是一支自制的霰弹猎枪。屋内人多，如果现在冲上去夺枪，拿枪的人要是一慌走了火，那枪的脾气和威力恐怕只有开过了以后才知道。正犹豫时，带头那人笑起来："哟嗬！你们这是想看热闹还是想管闲事？"

程建邦说："我们想睡觉。"

那人脸色一沉，眼睛里闪出一股杀气。我想起沈子雄留下的那张名片，这人应该在这一带有点儿势力，多一事不如少一事，不如试试看。"我们是沈子雄的朋友。"我从上衣口袋里摸出名片递过去。

那人拿过去仔细看了看，眉头微微一皱，目光移向了程建邦："你也是？"

程建邦不想搭理，我赶紧对他使了个眼色，程建邦不情不愿地翻出名片在那人眼前晃了晃。那人摸出盒烟来让我们，见我们都不接，自己点上火抽了一口，说："你们要不嫌吵，就睡。我们很快，也就是十分钟。"轻轻地向身后说了声"打"。

那些人熟练地从袖筒里溜出一根木棍，抡起来便对着那两个战士打去。一时间，屋内只有棍子快速抡过空气发出的"呜呜"声和打在肉体上的闷响，而两个年轻的战士没有发出半点儿声音。

程建邦往前踏了一步，我们正准备动手，就被那支火枪顶住了。那人吐了一口烟，说："我劝你们别管闲事，不然就和他们下场一样。"

程建邦冷冷地问："他们怎么了？"

"我操他妈的半个月截了我们两次，还让不让我们吃饭了？边境又不是他们家的。"那人笑着说，"放心，死不了人，就是让他们长个记性。"

程建邦说："他们只是当兵的。"那人刚要说话，程建邦突然指着窗口惊叫起来，"那是什么？"

别说这些人，连我都下意识地朝窗口看了一眼。程建邦动手下了面前那人的火枪，顺势用枪托给了他太阳穴一下，那枪手没来得及吭一声就晕了过去。

我一把锁住了为首那人的脖子，喝道："都住手。"

屋里所有人都惊呆了，那些打手停了手，有些茫然地看着我们。

手背上突然针扎一样地痛，低头一看，被锁着脖子的那人居然还拿着烟头。我将那人嘴捏开，夺过还亮着红光的烟头丢了进去，合住他下巴紧紧捂住他的嘴。他"呜呜"挣扎着，鼻涕口水糊了我一手。

"跪下。"程建邦用枪指着那群打手说。

那些人迟疑了一下，程建邦照着最近一人的膝盖处就是一脚，那人扑通一声跪到地上。其他人赶紧扔了棍子跪下去。

程建邦捡起一根棍子，空抡了几下，对我使了个眼色。我松开手，顺便在那人的衣服上擦了擦手，退到一边。那人赶紧张嘴把烟头吐掉，咔咔地咳着。没等他站稳，程建邦的棍子就挥了过去，一阵乱棍，打得那人抱着脑袋直往床下钻。

我伸手拦住程建邦，对他摇摇头。

他恶狠狠地瞪着我。我捡起一根棍子说："你老盯住一个干吗？"攥紧木棍朝之前下手最凶的一人的腰间捅去，那人吭都没吭出一声，就像被抽了筋的狗一样瘫倒在地上。

我问那两个战士："你们严重吗？"

一个战士抹了把脸上的血，做了个扩胸运动说："一根破木棒子能有什么事？"我看向另外一个战士，他活动了一下脖子和肩膀站了起来。我忙说："这种事我们来吧，你们不方便。"我照着其余人的软肋或腰眼，一人捅了一棍，地上瞬间被几个无声蠕动的人体"铺"满。

程建邦学着我的样子空比画了几下，啧啧称赞："我以为你这两年心软了，没想到……你这也太狠了，这多疼啊！"

地上一个弓着腰挣扎着想要往起爬，我一棍子朝他软肋戳过去，看着那人重"铺"回了地面。"我最看不上你那雷声大雨点小的花架子。"我指指缩在墙角的那个为首的，说，"你招呼了半天，人家还不是蹲那闲得发呆玩儿。"

程建邦骂了声，过去对着那人头上使了个假动作。那人赶紧抱住脑袋，程建邦照着他小腹重重捅了一棍，那人翻着白眼就昏了过去。

"你太狠了，人晕了哪儿记得住疼，应该这样……"我正准备用离我最近的人给他做个示范，就听身后有个人哀求："两位大哥，我求你们了。"旅馆老板站在门口又是作揖又是鞠躬，"求你们了，这么一闹我这买卖没法儿干了，搞不好小命都得丢，我这一家老小的……"

程建邦喝道："闭嘴，你们开黑店是统一培训过的吗？怎么从古到今都这么一套话？"

老板苦着脸说："大哥，求你们了，你们痛快了走了，我还得在这儿养家糊口……”想想程建邦刚骂过这句，他赶紧打了下自己脸不敢再说。

程建邦将木棍在手心里拍着，说：“那你说怎么办？”

旅馆老板见有商量余地，忙说：“我刚跟你们司机师傅说了，车上的客人都同意，现在就赶路。”

我看着程建邦说：“你还睡吗？”

程建邦使劲踹了脚下那人一脚：“挺好一觉被你个王八蛋搅和了，换个没王法的地方，非把你撕了。赶紧滚。”又对那两个战士说，“兄弟，你们什么情况？”

不等那俩战士说话，旅馆老板赶紧抢着说：“两位放心，我派车送他们。”

程建邦也知道我们再待下去，会有更大的事出来。他再出一点儿岔子，搞不好我都得一起被留在这戈壁滩上。程建邦说：“那我们就不给老板添麻烦了。”

临别跟那两个战士聊了几句，我们才知道这里是边防官兵出差、探亲的必经之地。近些年打击走私的力度越来越大，走私分子就开始在这里堵截落单的军警，堵住了就是一顿毒打。想用这种手段来恐吓，以期在巡逻的时候如果碰上，战士们会因为害怕他们疯狂报复而放过他们。

“有用吗？”程建邦问。

两个战士笑着挺了挺胸，看着他们年轻而又坚定的眼神，我和程建邦同时点了点头。

3

第二天，我们上了开往北京的火车。

我都准备好怎么应付他的各种问题了，但这一路上他居然没什么话，只是盯着窗外发呆，哪怕深夜了，外面漆黑一片，他也还那么呆着。我有点儿担心这两年多的喂猪生涯，是不是把他消磨垮了？这次叫他回去面对的可不是他那些有名有姓的猪，而是无恶不作的毒枭。

“咳咳。”我想该跟他聊聊了。

没等我起话头，“瞎咳嗽什么？”程建邦还是盯着黑漆漆的车窗外，说，“我知道你在想啥，不要以为老子喂了两年猪一事无成。告诉你，老子现在多了一门技能，将来退下来就去养猪，继续为国家为人民做贡献。你说你，除了骗人杀人还会点儿啥？”他转过脸来忧虑地看着我，“真替你发愁。”

我从他眼里看到了那再熟悉不过的痞气，心底的担心化了一大半：“那我就跟着你混呗。”

他上下看了我一会儿，笑着说：“你肯定栽跟头了，然后哭着喊着跑老徐那儿求他要我出山吧。”我转过脸看向另外一边。他接着说：“所以你得搞清楚，是你来请我出山帮忙，别一副救命恩人的德行，还盘算着让我欠你个人情？”

我撇嘴说：“不知道谁眼泪哗啦地要我带他走。”

程建邦很快地接：“不知道谁当年坐牢见到我跟见着亲爹似的哭。”

“不知道谁被我们骗得守着一个假坟头哭。”话说出来我就后悔了。把刘亚男假死那事拿出来开玩笑是很戳程建邦心的事，他因为这个几乎丢掉了他用命换来的所有荣誉。

他叹了口气：“所以你这个人很无趣。我之前为爱情落泪，现在为自由落泪，都是有价值的，也是高尚的。而你是因为害怕。”他把“害怕”两个字说得又慢又重。不得不承认，他戳中了我的软肋。

程建邦搭着我的肩膀，说：“这两年在这戈壁滩上，我思考了我的整个人生，包括做过的事、说过的话和认识的人，感悟颇丰。你别看我待的那地方风沙大，动不动就黄沙漫天、伸手不见五指，但我的心越来越透亮。”

“是吗？那你跟我说说，都有些什么新感悟？”

“我发现我以前的格局太小了，所以才会犯错误……”他自己提到当年那件特殊的敏感事件，我反而不知道该怎么面对。程建邦拍拍我说：“小时候老师说人要有理想、有目标，简直就是真理。我现在就有三个梦想，你想不想听听？”

“说。”

“三个愿望。”他伸开手掌，把大拇指掰了回去，“第一，我要去真真正正地谈场轰轰烈烈的恋爱。”

我打断他说：“我都两三年没听到过刘亚男的消息了……”

“你听我说完。第二，我打算写本回忆录，要把我的精神财富留下来。”

“那你得跟老徐申请间书房，猪圈和毒窝里可完不成这事。”其实他说的这两件事对一个普通人来说，只需要花点儿时间和精力就能成，根本都算不上什么梦想。但对我们而言，简直就是痴人说梦。

他掰回第三根手指：“第三点是直接影响到我上两个愿望的关键。”

看着他像煞有介事的样子，我还是没忍住，笑了：“你不会是想直接跟老徐申请个女助理吧？要是那样，你谈恋爱和写回忆录的事就可以同期进展了。”

他认真地说：“我知道，只要还有人在咱的地盘上捣乱，我就永远不可能去谈我的恋爱，写我的回忆录。所以在这之前我要穷尽我的所有，送这群杂碎下地狱。”

我仔细回味着他的这句话，觉得有点儿意思，他也不像在开玩笑。我也认真起来，问：“哪块是咱的地盘？”

“国境以内。”他用手指在大腿上草草地画了一个图形，那是中国地图的公鸡形状。画完公鸡，他手指又在下方点了九下，那是南海九段线。

我呆呆地看着他大腿上本来不存在的那个图案，想起了他剁猪食的那间土屋，想起土墙上那地图，想起那条被他摸得发黑的国境线……一时间心里说不清是激动还是难过，那些在这块土地上捣乱的人，在我们有生之年是不可能消失的。那就意味着他可能永远都没法去谈那场向往已久的恋爱，也没法动笔写他的回忆录。

程建邦一笑：“走，抽根烟去。”朝火车连接处走去。

我好像明白他为什么要跟开黑店的那帮人较劲儿了。

之前我以为他是在戈壁滩上待久了，憋了一肚子委屈要找地儿发泄。后来我想他还不至于，他在这条战线上战斗了这么久，分一分事情的轻重缓急，忍一忍无关紧要的小事，应该不是什么问题。所以八成是想用这点儿事来试试我与他之间的战斗默契还在不在。

现在看来，我还是把他想复杂了。他是为他的三个愿望开始付诸行动了：阳光下的哪怕一点儿罪恶，都像揉进他眼里的沙子一样，一分一毫都不要指望他忍受。

这让我觉得如今的程建邦既陌生又熟悉。陌生的是这不太像是他的做派，以前他是不屑为几个流氓动怒的；熟悉的是，我仿佛看到了几年前的自己，第一次前往金三角执行任务时的秦川，把阿来从毒枭的手下救出来的秦川。

我俩想着各自的心事，直到列车到达北京。

我俩挤在人群里下了车，往外走的路上程建邦问了好几次：“是老徐说要来接我吗？”

我朝出站口张望了一眼，外头站满了接站的人和各种纸牌子，我也有点儿不确定了：“该不会不来吧，你哪有这么大面子。”

程建邦嘿嘿一笑：“我还真有这么大面子。”朝一个方向快步走了过去。

我跟着他走出十多米，才看到徐卫东站在一块广告牌下的垃圾桶边抽烟。我有点儿吃惊程建邦竟然有这样的眼力，问他：“你是怎么发现他的？”

程建邦耸耸鼻子：“闻到的。”拍拍我说，“所以你离开我没戏，只有被人家牵着鼻子耍的份儿。”等走到徐卫东跟前，立刻换了一副笑脸：“老板，您看您那么忙，这点儿事还用您亲自来接，这怎么好意思？”

徐卫东将烟头按灭到垃圾桶里，说了声“走”，就朝路边一辆轿车走去。

我们早已习惯了徐卫东的少言寡语，三个人坐在车里没人主动开口说话。过了一会儿发现车行进的方向不是总部，我跟程建邦对视了一眼，终究没敢多问。

车拐进一个有卫兵站岗的小区，在一栋楼下停了下来。徐卫东说："到了。"

我和程建邦下了车，张望着四周。我还是没忍住，问："这是什么地方？"

徐卫东打开车后备厢拿出一个纸袋，说："我家，今天是你嫂子生日，总部几位首长给她准备了一个小小的庆典，你们跟我一起去。"

程建邦吃惊地看了我一眼，说："这个合适吗？"

"就是借这个机会聊聊天，高兴高兴，现在咱组里在北京的就你们俩了，怎么？不肯赏我这脸？"徐卫东斜眼看着程建邦。

程建邦忙笑着拍拍自己的脸，说："哎哟，您这是给我脸了。"

徐卫东朝一个单元门口走去："还有点儿时间，上去待会儿。"

我追上去问："这是嫂子多少岁的生日？"

"十八！"徐卫东和程建邦同时回头说。

我们坐在徐卫东家的客厅里，就像小时候进了老师的家一样，手脚都没处放。徐卫东也不管我们，简单地把我们介绍给他妻子后，就钻进一个房间里去了。

嫂子姓张，给我们倒上茶，又端过水果来，见我们腰板笔直、双手按膝地坐在沙发上，笑着说："你们喝水。我去换身衣服，这就走。"

徐卫东从屋里走了出来，手里拿着一个盒子，正是上次我在他办公室见到的那个项链盒。张姐有点儿意外地接过盒子说："这是给我的礼物？"

徐卫东像是想给他妻子一个温馨笑容，看了我和程建邦一眼，干咳了两下。我们赶紧识相地一起端起水杯，看着杯子里的水。

张姐拿出项链在灯光下仔细地看："想不到你还会买这种东西，不会是钻石吧。"乐滋滋地回屋换衣服去了。

想象着徐卫东脸上的表情，我一下没忍住笑了起来。程建邦用胳膊肘捣了捣我，我把笑又硬生生地憋了回去。

过了一会儿，张姐从屋里出来，摸着项链问徐卫东："行吗？"

徐卫东"嗯"了一声。

张姐紧张地对着客厅的镜子看了一眼："不好，不太衬这条项链。"又转身进了里屋，换了条裙子出来问徐卫东，"这个呢？"

徐卫东又"嗯"了一声。

张姐左看右看还是不太满意："不太合适。"说着就又要回屋。

徐卫东有点儿无奈，快速地看了我和程建邦一眼。我假装没懂他的意思，转脸看向窗外。"嫂子，让我看看。"程建邦站起来说，"哎，嫂子真会挑衣服，这件就特别好。这款式、这颜色，啧啧啧，关键是配这项链，特别衬您高雅的气质。"

张姐高兴地说："是吗？等等我去拿包。"

"奸臣！"我和徐卫东同时剜了程建邦一眼。程建邦嘿嘿笑着坐了回去。

4

我们正鱼贯出门的时候，徐卫东的电话响了。他走到阳台上接完电话，回到门边眼神复杂地看着妻子。

张姐微笑着说："没事，我自己去吧，反正人家是为我设的宴。"

徐卫东点点头："这次，会久一些。"

张姐脸上僵了一下，但仅仅是那么一瞬间又恢复了笑容："去吧。"

徐卫东对我和程建邦说："回总部。"

"你们等等。"张姐叫住我们，转身进屋，几分钟后出来，塞给我和程建邦一人一个饭盒。那饭盒温温热，沉甸甸的，我说："谢谢嫂子。"

"是点儿自己包的饺子，就是皮有点儿厚，他擀的。"张姐笑着白了徐卫东一眼。徐卫东咳了两声，转过脸背对着我们。

张姐目送我们进了电梯，门快要闭合的时候，张姐突然说："老徐，我等你回家……"

我偷偷瞟了徐卫东一眼，只见他喉头一动一动的，脸上却依然没有半点儿表情。

徐卫东飞快地开着车，把我和程建邦晃得东倒西歪，到了总部大楼后门，他一脚将车刹住，钥匙都顾不上拔，跳下车说："快。"三步并作两步跨上楼梯冲进了大门，站在地下通道入口处回头瞪着我们说，"磨蹭什么呢？"

从来没见他这么急过，一定有万分紧要的事。我们跟着他钻进紧急通道门，进到地下四层的小型会议室时，见已经有十几个人在那里了。

人数显然超过了座位的数量，所有人都站着。见我们三人火急火燎地进来，也没人多看我们一眼，所有人的注意力都在对面的三个人身上。那三人浑身鼓鼓囊囊的，显得很臃肿。仔细一看才明白，他们的便装外套里都穿着制服，从露出一点儿的衣领来看，应该分别是陆军军装、警服和武警制服。

其中一个五十来岁、里面穿着武警军服的男人从人群的缝隙中看到我们，眼里一亮，对徐卫东招招手"小徐"，分开人群朝我们走来。

徐卫东正想迎上去，却见那人对他微微摇摇头。徐卫东回头见身后的墙角有个比较宽松的空地，退了几步靠着墙，对走过来的那人打了声招呼："首长。"

首长点点头，左右看了我和程建邦一眼，垂下眼皮想了想，随即一笑："金三角回来的勇士。"指指我说："秦川。"又指了指程建邦，说："程建邦。"

我们赶紧点头："首长好。"

首长神色郑重地对徐卫东说："情况紧急，现在召集外勤来不及了。也好，都算经验丰富，你们三个都上吧，要配合好二部的人。"说完他转过身，对衣领处露出陆军军装的人扬了扬下巴。那人会意地点点头，清了清嗓子，整个会场立刻肃静下来。

“不等了，我们开始吧。”那位首长缓缓地扫视了一遍会议室里所有的人，说，“今天来的都是各部门的精英，大家彼此都不认识，想认识的一会儿去飞机上聊吧。五分钟后，你们从这里出发到指定机场，飞十号机场，押送一名人犯去境外第三国交给接收方。具体的接手时间和位置，会在你们到达后由……”他目光穿过人群落到了徐卫东脸上，稍一沉思，“你们这次行动的指挥徐同志告知。”

我回头看了眼徐卫东，见那首长正在跟他耳语。见所有人看向他，他一一点头致意。

“我最后强调一句。”首长接着说，“拿出你们的本事来，谁掉了链子，就和你们全部门的人，我不管他们有没有参加这次行动，全部回家陪老婆抱孩子去。废话不多说了，出发。”说完挥挥手，在警卫员的护送下从侧门离开了。

一直和徐卫东站在一起的那位首长与我和程建邦依次握握手，看着我说：“不可轻敌大意。”

他一定是知道我最近一次跟丢目标人物的事，我臊得耳朵像是被火点着了一样。“请首长放心。”我看着他的眼睛说。他点了点头，拍了拍程建邦的肩膀，转身快步向侧门走去。临出门又回头看了我一眼，离开了会场。

徐卫东轻咳了一声，所有人注意力落到他身上。他说：“跟我来。”

我们集体上了一辆中巴车，车门还没关好，车就像箭一样飞了出去。

等车子驶上大路，所有人开始左右看自己附近的人，都想看看和自己一起执行任务的都是谁。但很快大家都发现，每个人都既想知道别人是什么样，又不想让别人看清自己的模样。

这车上的人都在隐秘战线上工作。职业的危险和敏感，迫使我们养成了随时洞悉周围一切，又不想被任何人注意到的习惯——每个人都自以为很隐蔽地向某个人看去，但目光总会被对方的目光截获。两个人快速果断地将目光投向另一边，殊不知车厢就那么大，不论你看向哪里，都会有一双眼睛等着你。

当这狭小空间内的每个人都这样时，车厢里就透出一种诡异又可笑的气氛。

不知是谁开始第一个“噗”地闷笑了一声，很快全车厢的人都笑起来。没有任何顾忌和避讳，大模大样地、四目相对地笑。和陌生人在这么近的距离放下防备，开怀大笑竟然是如此痛快的一件事。这笑像烟雾一样在车厢内弥漫开来，直到所有人面红耳赤、捂着肚子连连摇手，才慢慢地消停下来。

一人擦着笑出来的眼泪有气无力地说：“哎嘛，这痛快……”

一人仰头靠在椅背上，咧着嘴说：“不行了，肚子疼。”

一人笑着摇头说：“真他妈一群神经病。”

这一句又引起大伙的一阵笑声，一群人真像一群白痴一样，随便一句话就能笑上半天，气氛欢快得像一群头次出门春游的小朋友。

我看了眼徐卫东，他双手抱在胸前，好像睡着了似的。

二十分钟左右，中巴车进了西苑机场。守卫看样子一直在等我们这辆车，早早地打开了停机坪的门，我们的车没有减速，连喇叭都没鸣一声嗖的一声冲了进去。

我将窗帘撩开一道小缝，见停机坪上只有一架小客机，引擎已经发动，正朝着跑道的方向慢慢滑行。我对徐卫东说：“这次待遇不错，有正经座位。”

徐卫东像是刚从梦里惊醒，疑惑地看着我：“是吗？”拨开窗帘朝外看了一眼，“还真是。”

我见他脸色还好，指指程建邦，问：“头儿，这次你真跟我们一起吗？”

徐卫东说：“怎么？你害怕？”

我点了点头。

徐卫东像是来了兴趣：“怕我给你丢人？”

我愣住了，好一会儿才说：“不不不，我怕我紧张。”

这时车“吱”一声停了下来。徐卫东呼了一口气，起身第一个走下车：“所有人，登机。”

“哎呀！”程建邦走到车门边，一拍门说，“嫂子的饺子！”

大家又哄笑起来：“到底是嫂子还是饺子？”

徐卫东看了眼手表：“还有三十秒。”

众人也顾不上嫂子还是饺子，脸色一正迅速朝飞机奔去。堵在车门前的程建邦被撞得东倒西歪，徐卫东照着他屁股就势一脚，眼看挣扎着快站稳的程建邦被这一脚踹得展展地趴在了地上。

徐卫东跨过程建邦快步朝飞机跑去。我忍着笑跟在徐卫东后面，学着他的样子跨过去时，不忘回头说一句：“还有十五秒。”

程建邦灰头土脸刚跑进机舱，机舱门就关闭了。程建邦双手抓着座椅背，上气不接下气地指着我说：“你……你他妈给我等着。”

夜里十一点整，飞机准时降落。

刚走到机舱门口，一阵微风卷着细沙就迎面扑来，我闻着这有点儿熟悉的味道，眯着眼睛见远处一片星星点点，正纳闷什么灯光这么密集，就听有人低呼：“看天上。”

我抬起头，顿时被浩瀚的银河惊呆了，星空晶亮璀璨，仿佛伸手就能摸到。程建邦在身后推了我一把，嘟囔着说：“走啊。真是没见过世面，有什么大惊小怪的。”

我想起他之前的驻地离这里应该不远，问：“你和你的那些猪在这星空下没少掏心窝子吧？”

程建邦远眺一眼，说：“妈的，这才离开，就又回来了。”

我们的脚刚踩到实地上，就见五辆涂装军用迷彩的越野车飞驰而来，并排停到舷梯前。车上的司机迅速跳下车，看都没看我们一眼，转身列成一队，朝来时的路上跑去。

“五人一车，自行组队。”徐卫东对我和程建邦说，“你俩跟我一个车。”我俩赶紧跳上车，车门还没拉好车就蹿了出去。徐卫东头也不回地说，“他们的情况我不了解，所以最重的担子我们挑吧，一会儿人犯坐我们车上。”

程建邦好奇地问：“到底什么人这么大排场？”

徐卫东抬起眼皮从后视镜里看了他一眼。我用胳膊肘捣了程建邦一下，程建邦忙扭脸看向窗外，不敢再吭声。我见不远处矗立着一个导弹发射架，心里大概明白这是什么地方了。如果没判断错，任务中所谓的第三国应该是蒙古，另外两个国家只能是中国和俄罗斯。

会有什么人需要用这种方式，而且还一定要在第三国交接呢？

今天参加行动的，明显都是从各部门临时抽调的。保密级别如此之高，时间又迫切到来不及让队员磨合……能“享受”到这种“待遇”的人犯到底是什么人？犯了什么事？由不得我们不好奇。但不该问的不问，在徐卫东这里是铁打的纪律。

我回头看了眼，其他四辆车紧紧跟在我们车后面，时速七十公里的情况下，每辆车的间距没有超过三米。见徐卫东在黑夜里熟练地左转右拐，我忍不住赞叹：“老徐，你对这儿的路这么熟，不知道的还以为你总来这里呢。”

徐卫东指了指操控台，原本装收音机的地方现在是一面电子显示屏，上面不停地有红色的箭头标志和一些数字出现，原来他是按照这个东西的指示在开车。

程建邦拍了下我的后脑勺，嘲笑说：“土货，这叫导航。你怎么还不如我一个喂猪的？”

徐卫东从牙缝里蹦出几个字：“还想去喂猪？”

程建邦缩了缩脖子，坐了回去。

这时显示屏上跳出四个红字“抵达三号”，远处有一些零星灯光，朦胧间一座梯形的山平地而起，与周围的地貌极不和谐。我说：“这怎么突然多了一座山？”

“这是人工山，是工事，当年中苏关系紧张时林彪负责修建的。”程建邦叹着气说，“没事多学习学习，你说你这样的，将来到了社会上怎么活？”

徐卫东从后视镜里看着程建邦，说：“懂得挺多。”

程建邦抓抓头，没敢应声。

对面一辆车大灯亮起来，冲着我们晃着灯。徐卫东回应了几下灯光，减慢车速，缓缓地溜了过去。

我们下车站在车前，不一会儿迎上来一个穿着便装的中年人。那人对徐卫东一个立正，侧身指着远处一排亮着灯的房子说：“一号让你接个电话。”

徐卫东回头看了眼另外四辆车，问道：“我的人呢？”

那人说：“一起进屋休息吧。”

徐卫东说：“我们不是赶到这里休息的。”

那人为难地说：“计划可能有变，具体情况你还是接个电话吧，我们级别不够，不方便问。”

徐卫东对着身后那四辆车招招手，带着我们朝那排房子走去。进屋后，徐卫东对那人说：“灯光暗一点儿。这间屋子周围不要有人，哨兵保持一百米。”

“是。”那人一个标准立正向后转，跑步离开了。

屋子正中空荡荡的大桌子上只有一部电话，徐卫东示意我们坐下，端起电话背对着我们按了一串密码。一会儿就听他开始跟那边对话：“我是……”“不行……一旦有什么问题我负不起责……既然是政治问题就让他们用政治去解决，我们不是政客，没那嘴头子……如果是这样，那我只能带我的人去。”

听他这么说，除了我和程建邦之外的人坐不住了，有些人交换着眼神，有些人站了起来，有个人嘀咕说：“什么意思？信不过我们？”

徐卫东一手捂住话筒，回头冷冷地看了那人一眼。见众人安静下来，徐卫东才回过头接着对那头说：“那里不是我们的地方，再周密的计划，再充分的准备我也信不过……我只信我的人。”说到这里他扭头看着我们在场的所有人，这次没有人发出一点儿声音。

“好的……等等……”看样子徐卫东像是准备挂电话了，又还想跟那边说点儿什么似的，沉默了几秒钟，他说，“没事了，再见。”

挂断了电话，他没有马上转身，低着头像在艰难地思考着什么事。

程建邦轻轻捣了下我，冲徐卫东努努嘴，悄声对我说了两个字，看口型那两个字应该是“嫂子”。我愣了一下明白过来，徐卫东跟电话那头没说出的话是想跟自己的妻子交代两句。

想起从徐卫东家出来时，他跟妻子道别时两人的神情，心中涌起一股令人心酸的温暖。又想到了自己的家，当记忆中那模糊的家的样子刚有点儿成形，我急忙晃了晃头，不敢再让那些影像清晰起来。

徐卫东转过身，说：“计划有变，我们暂时在这里休整，有问题吗？”

这时一人说：“首长，我有问题。”

徐卫东摸出烟点着抽了口：“说。”

那人看了我和程建邦一眼，说：“我刚听首长打电话的意思，好像这次行动只想带你自己的人。”

徐卫东点点头：“嗯，下个问题。”

那人犹豫了一下，又说：“首长是看不起我们，还是不信任我们？”

徐卫东看看桌上没烟灰缸，又看看地上。这是个简易房，地面直接就是沙地，徐卫东把烟灰弹掉，说：“嗯，下个问题。”

我们早已习惯了徐卫东的风格，提问的那人显然没见过这个类型的，情绪就有些激动起来。没等他再接着问，徐卫东说：“第一，从接到任务开始，你对我只有服从，这个用我提醒吗？”他扫了眼其他人，“第二，有什么能耐行动上见，别耍嘴皮子。”

徐卫东盯着提问那人的眼睛，低声说：“第三，取消你这次的行动资格。”说完他重重地吸了口烟，把烟头往地上一丢踩灭了，朝门外走去。走到门口丢下一句：“乌合之众。”

5

屋里再没人吭声，大家相互看着，眼神和心情一样复杂。

这时接我们的那人抱着两个大盆走了进来，一股饭菜香引得所有人伸直了脖子。那是满满一盆花卷，和满满一盆猪肉烩粉条、白菜。来人从兜里掏出一把筷子："都饿了吧，这里条件不好，凑合吃点儿。"

从闻到饭菜香起我的肚子就咕噜乱响起来，才想起来这一天没怎么吃东西。我刚把手伸向筷子，就见其他人的手全都伸向了盛花卷的那个盆，我这才反应过来，急忙冲向花卷。当那无数双手从盆上挪开的时候，只剩下粘在盆边的几块花卷皮。等我再回头找筷子，发现筷子只剩下一根，我拿着一根筷想找到另外一根，程建邦背着手走过来，说："我早就说，你这样的到了社会上就是个死。"他把手从背后拿出来，他手里有三根筷子，每根上面都插着三四个花卷。他递给我一根插满花卷的筷子说："愣着干什么？一会儿连菜都没了。"

我刚要接那筷子，有人在我肩膀重重地拍了一把。我一回头，见徐卫东对我狡黠地一笑，一甩头示意我们跟他走。我和程建邦举着插满花卷的筷子跟徐卫东出了门，来到隔壁一间像是单身宿舍的屋子，桌上摆着几大盘饭菜。

徐卫东把门关好，看了眼程建邦手里的花卷，坐下来抄起筷子就开始吃。吃了两口见我还愣着，用筷子指指桌上的一盘肘子，塞满食物的嘴没空说话，"唔唔"了两声。

我直接用手抓起一大块肉塞进嘴里，酥嫩鲜香的肘子肉入口即化，胃液兴奋地在肚里擂起了战鼓。我拿起筷子对徐卫东连连点头，含混不清地说："好吃好吃。"

徐卫东伸脖子将嘴里的东西咽下，看着还傻愣在那里的程建邦，说："要不一起吃点儿？"

程建邦应了一声，坐下来撸起袖子刚要动筷子，又说："那我把花卷给他们送回去吧。”

徐卫东说：“好啊，去吧。”

程建邦屁股离了一下凳子，想了想又坐下去说：“得了吧，我还是先顾我自己吧……秦川，你给我留点儿。”筷子直奔盘子里最后一块肉。

一顿风卷残云之后，徐卫东起身推开门朝外看了眼，将门关紧说：“现在这个只是临时委派的任务，完成后还有件事要你们做。”

程建邦打了个嗝，往椅背上一靠：“我就知道这顿饭没那么便宜。”赶忙笑笑，对面无表情的徐卫东说：“开个玩笑，活跃气氛。”

“本来想腾出时间专门和你们谈，但突然多了这么个任务，回去恐怕没有多少时间准备了，那就在这儿先说说吧。”徐卫东点了支烟，说，“知不知道为什么公安部门有那么多缉毒单位，还要你们去和金三角那些人打交道？”

我想了想，说：“特案组负责一些公安部门解决不了、军方又不便出面的特殊案件，金三角那边都是境外了……对了，这次任务也是境外，难道……”

“因为毒品走私只是某些案件的初级阶段。”程建邦坐直了身体，说完这句停了下来看着徐卫东。

徐卫东点点头：“说下去。”

程建邦得意地看了我一眼，站起身伸了个懒腰，拿起桌上的烟点了一支，悠哉地抽了一口，嘬着牙花说：“不知道了。”

“没关系，畅所欲言。”沉默了一会儿，见我和程建邦不说话，徐卫东指着地图上金三角的位置，说：“这里的气候、地理环境适合罂粟生长，这里的政治环境为犯罪开绿灯。你们见识过他们的人力、物力和财力，为了地盘和生意，他们养得起军队。即便如此，毒品比起另外一种犯罪也不值一提。”他停下来，看了我们很久，才接着说，“情报显示，俄罗斯境内的一些非法武装正在勾结世界各地的毒枭，大量收购毒品，这不是普通的贩毒行为。他们的目的也远远不是买卖毒品那么简单，上级命令我们以他们这次集结的所谓会议为切入点，查清他们的目的，并配合俄罗斯警方实施打击。”

程建邦听得连手里的烟都忘了抽："什么势力这么厉害？"

徐卫东说："恐怖组织。"

我和程建邦面面相觑，我轻声问程建邦："什么意思？要我们去反恐？"

程建邦咧咧嘴，说："专业也不对口啊。"

徐卫东说："一直以来，毒品和军火走私都是恐怖分子主要的资金来源，我们这些年的行动为反恐提供了大量意义非凡的情报，包括他们的性格品行、人脉关系、资金去向，等等……"

"我想起来了。"程建邦眼睛一亮，说，"亚男姐曾经说过要在俄罗斯切断他们资金的事，是吧秦川，我没记错吧？"

"是听她说过那么两句。"我们都想趁机问问刘亚男的近况，看看徐卫东脸色，我壮起胆子试探着问，"亚男姐现在……怎么样？"

徐卫东默默地抽着烟，好一会儿才说："不清楚。"

我"哦"了一声，说："那还是说正事吧，当初周亚迪提过和俄罗斯那边有什么合作，这次又跑去那边，难道是为了你说的资金的事？"

徐卫东说："他们的钱可都是拿自己身家性命换的，不会白白送人。起初他们只是想在恐怖分子控制的地区走他们的货，也为找个靠山给自己要个保障——他们跑到哪里都是通缉犯，被抓住就是死。但是，如果有了武装和所谓的政权的支持，就有了跟各国政府谈判的资本，最起码也能换条活路。"说到这儿他脸色一沉，"所以这次回去之后，我们的任务绝不是和几个毒贩打打交道那么轻松，失败了也绝不是一些毒品流到境内这么简单。"

原来我们自认为在毒窝里和毒枭们打交道就算出生入死了，现在才知道比起有些任务，那算是轻松。我也明白为什么之前他发那么大火了，我的失误绝不是放走了周亚迪和胡纬那么简单，我跟丢的线索影响到的也绝不仅仅是一桩毒品走私案。这一次我的失误造成的损失恐怕远在我的想象之外。

我无地自容，低下头说："谢谢你能给我这个翻身的机会。"

"我本来犯的是死罪，现在还能坐在这里接受任务……"程建邦接过话去，说，“谢谢组织和你都没放弃我，这次我绝不会让你失望。”

“少说点儿没用的。”

程建邦说：“我说真的。”

徐卫东不耐烦地瞪了程建邦一眼，缓缓地说：“这一次我们的任务极为特殊，也更加残酷……”

“我们？”我也听出来徐卫东的话中有话，程建邦盯着徐卫东手里的三个文件夹，问，“这次你也要去？”

徐卫东点点头。

“不行。你得在家里待着，我们在外面怎么样都无所谓，只要想起你在家里就踏实，这一下都出去了，我这心里没着落。”程建邦噌地站了起来，说，“老徐，多大点儿事还值得你亲自出山？信不过兄弟们？”

徐卫东抬眼看着程建邦，说：“你说呢？”我们都知道他在特指程建邦上次金三角任务中意志动摇的事。尽管程建邦早已认识到错误并为此付出了代价，但这是一壶永远也烧不开的水，徐卫东说提就提了出来。

徐卫东哼了一声说：“没少在挂着我名的那头猪上撒气吧？打算什么时候杀？”

程建邦扭过脸瞪我。徐卫东说：“你不用看他，我还犯不上从他那儿打听这些事，你是不是以为躲在戈壁滩上就能为所欲为了？告诉你，你在那里一天吃几顿、拉几趟，我比你自己都清楚。”

我本以为程建邦听了这话多少会有些惶恐，谁知他嘴一咧，眼泪就下来了，说：“我就知道你一直都惦记我，怎么可能把我扔那儿就不管了呢……可你这心也太狠了，一扔就两年多，我心都快凉了……”

徐卫东冷冷地说：“我在问你，叫老徐的那头猪什么时候杀？”

程建邦抹了抹眼泪，笑着说：“那头可是种猪，不能杀，顿顿最好的饲料，全圈的母猪都伺候它一个……”

见徐卫东一言不发死死盯着自己，脸上没半点儿缓和的意思，程建邦连脖子都红了，不敢再说。我想说点儿什么给他解围，又知道这事不是我能解决的，甚至老徐为重新启动程建邦扛了什么都无从想象。

好一会儿，徐卫东才说："你也知道叫你回来干什么了，要不是秦川非和你搭档不可，我暂时是不会考虑你的。程建邦，我问你，换你是我，你觉得你值得信任吗？"

程建邦感激地看了我一眼，羞愧地点了点头。

"你们成功了，没人会知道，包括你们的名字。但你们失败了，就会有人把你们的失败归于国家的无能。"徐卫东站起身来，走到地图前，说，"如果你们觉得自己能担得起这担子，受得起这委屈，就接着干。"

我走过去与徐卫东并肩站在地图前，程建邦也跟着站到了徐卫东的另一边。我们三人盯着墙上的那张巨大的中国地图，谁也没说话，沉默了很久。

徐卫东伸出手指从中国地图最东头与俄罗斯接壤的国境线，一直划到西北处中蒙交接处，对我说："塔哥，这次看你的了。"

程建邦惊讶地看着我："塔哥？"

我顾不得跟他说详情，对徐卫东说："塔哥这杆旗是海上的，你指的这些地方全是陆地，而且……而且这些地方是亚男姐的地盘吧。"

程建邦说："你们先等等，什么时候你们把地盘都分了？"

徐卫东没理他，对我说："她有她的任务，你手头不是有一批周亚迪的货吗？现在就放出风说要出手，代价就是周亚迪的命，目标是接触到一个俄罗斯人，他叫列夫。"徐卫东用手指在地图的空白处画了两个字的笔画，说，"除了这个不知道是真是假的名字以外，我们对这个人一无所知。这个人掌控着俄罗斯四成的毒品生意，同时也在为一些非法武装提供资金，这次周亚迪他们要去开的那个会，就是这个人组织的。"

我默默地念了声："列夫。"

"这次我们和俄警方共享情报，属于两国联合行动，因为这个列夫的货源大部分来自金三角，他和中国人打交道比较多。目前最成熟的条件就是周亚迪和胡纬，这就只能靠我们去制造机会了。你已经跟丢了一次，这次换个思路，我会从另一条线上想法接近列夫，不论我们两个谁先接近到他，都要第一时间把消息发出来……只要一个坐标就好。”他将拳头重重地砸到墙上的地图上，发出“嗵”的一声。

我说：“明白了。回去我就安排薛五放出话去，我有批货要出。”

徐卫东赞许地点了点头。

程建邦着急地坐到了桌子上，看看我又看看徐卫东：“薛五？薛五又是谁？”

我说：“我新收的小弟。”

徐卫东接着说：“回去以后，后勤的人会来给你们发装备，情报部门的人会给一些资料……记住，那边可不是金三角，列夫不是周亚迪，他们的目的也不仅是钱。这个任务千万不要勉强，到时候你们可以用命去拼，但决不允许用生命去赌。你们最重要的目标还是得活着回来，只要还活着，就还有机会。明白了吗？”

我说：“明白了。”

“等等……”程建邦从桌子上跳下来，指着自己的鼻子，“说了这半天，那我呢？”

徐卫东说：“你听塔哥的。”

“塔哥？”程建邦上上下下看我，“你什么时候成塔哥了？那海上什么时候成你地盘了？周亚迪的什么货在你手里？你们什么时候又打交道了？你又去金三角了？”他问题越问越多，多得连他自己都觉得有些乱，索性把我和徐卫东按回椅子坐下，说，“我觉得你们有义务把这些都跟我说清楚，我也有权利知道自己到底在和什么人搭档吧，合着这两年我在戈壁滩上喂猪，你们都在外面大闹天宫？”

看程建邦气急得抓耳挠腮的样子，我忍不住笑了。是啊，海上什么时候成我的地盘了？

6

应该是去年秋天的事。

那天的天空真的是万里无云，鱼在水面跳，海鸟在空中飞翔，海风吹在脸上酥麻麻地舒服。那是我第一次觉得大海的确是美丽迷人的，是令人向往的。

在这之前，我们出海都会刻意选有风浪的晚上，风雨海浪加上暗夜，能让我们最大限度地隐蔽起来。那一次不同，对方要求必须在一个好天气的情况下出海。因为他们要偷运的是珍贵文物，里面的瓷器、字画经不起潮热和风浪。

为等这个机会，我们精心准备了一年之久。尽管有如此长久的准备，我掌握的情况也不多，只知道对方是个女人，叫古听云，是个文物走私界里的巨头。除此之外，她的相貌、年龄、来历这些重要信息都是空白。

当她第一次通过中间人联络到我，要求我们为她的货护航的时候，我当时都不知道她的重要性，只是按常例把情况报上去。电话那头的徐卫东一连说了三个“咬住！”。我有点儿意外，从没见徐卫东为一个目标人物激动过。原来，这个古听云早已成为特案组情报部门的一大耻辱——查了她好几年，关于她的情报却一个字都没有更新过。

这让我想起了当初的刘亚男。

徐卫东明确告知我，古听云不是自己人，之所以一直无法掌握她更多的情况，大概是因为这人有职业病似的，奉行“一切都是越老的越好”。比如她不用现代科技的通信工具，互联网、手机一概不用，甚至几乎不跟人通电话。就说她这次联系我，是先后派来了四个人，且不说这四个人与她之间又隔了多少人。这四个人分别告诉我的信息是残缺的，而且方式不同，先后用了甲骨文的符号、莫尔斯密码、指定版本的《康熙字典》以及另一本字典指定的页数里指定的字。我把这四份信息转换拼凑后，才得出一句简单的话：想跟古听云做生意，正午前在每艘船上挂三面红旗。

我照她的意思布置好，却再也没了她的消息，薛五嘀咕说我们这是被人要了。

我知道这种可能性很小，他们那样的人不可能花这么多时间精力跟你开玩笑。那么，基本可以确定：要么是古听云还不信任我，要么是她正在暗处观察我。

就这么耗了一个多月，果然等来了她派来的人。来人话不多，直接打开一个大皮箱放在我面前，说是三成的订金。我估量着扫了一眼，应该是一百万，也就是说，这趟活儿古听云愿意付三百万美金作为酬劳。如果我收下这笔钱，或者多问一句就代表我同意了，到那时别说对方让我运毒品、枪支，就算是核弹头也不能反悔。

我想了一想，伸手将皮箱合住，刚想往回推，薛五伸手将我拦住，冲我使眼色。来人也不急，示意让我们尽管去商量。

我走进隔壁房间，门还没关严，薛五就说："大哥，你容我多句嘴，我知道这趟是玩儿命的活儿，可咱的船再不换，不论什么活儿，只要出海就是玩儿命。"我扫了一眼屋内其他人，所有人纷纷点头赞同薛五。薛五拍拍胸脯，说："我是为了咱大家伙，这趟下来我一分钱不要都行，只要能把咱那几条船换了就行。"

薛五跟我也有一阵了，知道我是个在钱上很大方的人。我让他管着钱，每次拿到手的酬劳怎么分，我从不过问。他这么说无非是想表示自己的动机不是为了个人利益。我再次看向其他人，他们还是使劲点头。

我们只知道古听云是最大的文物走私商，却没人知道她是通过什么方式带货出境的。干这种一切都是未知的活儿，是很可能全军覆没的。薛五这些人被那箱花花绿绿的美金晃瞎了眼，他们尽力掩饰着眼里的急切。我知道大多数人已经在算能分到手多少，甚至已经开始计划该怎么挥霍那笔还没有到手、即使到手也不知道有没有命花的钱了。而其中一些人则在打算干完这一票就洗手不干。

他们如此齐心而热切，正是我想要的局面，但还不够。

“不行，对方什么来路没人知道，白天出海也太危险，我得为你们的性命负责。”我转身就要出去。

薛五挡着门，说：“塔哥，自从跟了你，这日子比以前好过多了，到了外面和人一说是在您手底下干活，大家都觉得有面子。兄弟们知道你是真心为我们好，可我们都是大老爷们儿，不能什么事都老躲在你身后。这一次给兄弟们个机会干一把，是死是活我们都认了……除非你……”

我笑着说：“说下去。”

薛五鼓足勇气，说：“除非……你怕了。”

“我是怕，我怕自己无亲无故死了连个收尸的都没有，也怕把下半辈子交待在牢里。”我看了一圈儿众人，说，“但我更怕的是你们，我怕你们死无葬身之地，怕你们妻儿老小无依无靠。钱赚不完，命只有一条，跟我提玩儿命？你们还没有那个资格，你们玩儿不起。”

说完我就要往外走，薛五站在门口不肯让开，说：“大哥的话太重了。不管他们运的是什么，那东西又不是咱们的，就算被抓住，罪也不至死吧。如果说出海的风险，咱哪一次不是大风大浪的？我们知道塔哥是为了我们好，还是那句话，给兄弟们一个机会，让塔哥看看兄弟们绝不是吃素的，个个都是上得了台面、干得了大活儿的汉子。”

我见时机差不多了，叹了口气，沉重地点点头，带着他回到那张放着一皮箱美金的桌前，说：“老五，把钱按老规矩给大伙儿分了。”

“哎！”薛五脸上泛着兴奋的潮红，两手哆嗦着抱走了皮箱。

古听云派来的人从口袋里摸出个笔记本和一个铅笔头，写了几行字，撕下来对折了，毕恭毕敬地双手递给我：“一切拜托了。我们会准时到。不然还要劳烦塔哥等等我们。”

那是一组经纬度数字和一个时间，我不禁有些佩服这个叫古听云的女人做事之讲究与缜密。同时心里也泛起一种隐隐的担忧，她在从未打过交道的情况下，就敢把这么一大笔钱留下，足以证明她的自信。我相信，这种自信不是盲目的，那么，她的实力和能力到底是多深多厚呢？

一个特案组情报部门都搜集不到多少资料的人这么干，我一点儿也不稀奇，我只是好奇一件事，她不是第一次走私文物出境，在这之前她找的都是谁？为什么一点儿风声都没有透露出来？为什么这次换成了我？

没多久手机上收到了情报部门的信息，说古听云派来的那人反侦察能力极强，为避免打草惊蛇，只能放弃跟踪。

我笑着心说：遇上对手了。

古听云定的接头地点并不在任何航线上，是一个方圆上百海里不会有渔船或货船经过的海域。这意味着我得不到任何及时有效的支援，按古听云的行事风格，只要有任何风吹草动，她立刻就会消失，再要等这么个机会就不知道是猴年马月了。

在她选择的时间段里，那片海面还真是风平浪静。而她迟到了整整十二小时。——这么长的时间，足够她用任何办法把这一片来回侦察好几遍。

她的船终于出现在雷达里时，我正躺在甲板上晒太阳，薛五跑过来说："塔哥，应该是他们了，可是无线电呼叫他们没回应。"

我伸个懒腰坐起来，摸过手边的啤酒，说："给我拿个凉的去。这儿的太阳怎么这么厉害？这酒都煮开了。"

"给塔哥拿个凉啤酒。"薛五冲身后喊了一声，蹲下身说，"他们就一艘船，胆子真够大的，就不怕我们黑吃黑？"

我看着海面，等人送过啤酒来，接过新开的凉啤酒一口气灌下大半听，才说："当初你们被日本海盗劫的时候，我也是一艘船。"

薛五赔着笑脸说："他们哪儿能跟您比，您那家伙多全啊……对了，大哥，怎么后来不见您用那些枪了？还有，当时您手底下有不少兄弟，怎么都不见了……别误会，我就好奇，这不是没事嘛，随便聊聊。"

“我那些兄弟都不是内地人。我这儿就当是他们一个港湾了，遇见个大风大浪的可以过来避避。平时就由着他们吧，这样将来在海上彼此有个照应。”我意味深长地对薛五笑着说，“最重要的是，怎么也不至于被人一锅端了去。”

薛五眼有些尴尬地跟着我干笑了几声，说：“我再给您拿罐啤酒去。”起身往舱里跑，脚下一滑差点儿摔倒，赶紧攥着一根缆绳站起来，“太……太滑了。”

我看着薛五的背影，轻轻地朝甲板上啐了一口。

我拿出望远镜朝海面望去，远远一艘渔船模样的快船正朝我这边驶来。我发现自己居然有些兴奋，对这个古听云也有点儿好奇。算起来，我已经很久没有对一个人好奇，更没什么事能让我兴奋了。

我爬上眺望台坐下来，见那船已经减慢了速度。薛五站在甲板上对我喊：“联系上了，暗号对。”

我说：“你他妈给我拿的酒呢？”

薛五迟疑了一下，钻回船舱，不多时拿着几罐啤酒爬上眺望台上。我接过啤酒，说：“你刚才问我那些枪为什么不用了。实话告诉你，我的枪只能给我的兄弟用，你现在还不算，所以只能给你钱。干完这一单你们手里有了钱，我就安全多了，那时候可以给你们枪。”不等薛五说话，我冲下面抬抬下巴，说：“叫人放小艇下去接人接货，都机灵点儿，别让人家看笑话。”

薛五赶忙溜下甲板，吩咐手下人忙活起来。对方只有三个人，把两大一小三口木箱往小艇上搬，看那样子都不是很沉。这是我护送过的货物里最少的一次，但凭对方出的价格就知道，这三箱货的价值是最高的一次。

那三人看着箱子上了船，回身从渔船上恭恭敬敬迎下一个人来。那人从头到脚包裹得很严实，能看出是个女人。如果没什么意外，这个人就是古听云了。

我不屑地“哼”了一声，你古听云再了不起最终不还是上了我的贼船。

我戴好墨镜走下眺望台。还没站稳，薛五就带着古听云上前，殷勤地介绍：“这就是我们塔哥。”

那人抬手拉下裹着头的纱巾，又摘下挡住了半张脸的大墨镜，露出一张笑盈盈的女人脸，她主动伸出手：“塔哥，久仰久仰，不好意思，让你们久等了，我是古听云。”没等我说话，她看着我夹在胳膊下的啤酒说，“我在内蒙的时候喝过上马酒和下马酒，想不到你这里还有上船酒？”她不客气地从我胳膊下抽出那罐啤酒“啪”的一声打开，举起来对着我手里的啤酒罐碰了一下，猛灌了几口，说，“真舒服。”

我说：“我们什么时候起锚？目标位置是哪里？”

古听云晃了晃啤酒罐，说：“不急，初次见面总得认识认识。”

我指了指事先搭好的遮阳棚：“坐吧。”

古听云见我始终没摘墨镜，就又重新戴上墨镜，歪头看着我：“塔哥不爱说话？”

我冲那三口木箱指了指，问：“就这些？”

“看来是真不爱说话。”古听云走到最小的木箱边说，“这箱不是。”

我对薛五说：“找个稳妥地方放好。”

薛五带着几个人小心翼翼地抬起两个大木箱朝船舱搬去，我见古听云和她的手下都没有要跟过去的意思，问：“古小姐不派人跟着看看吗？”

“看什么？”

她这下还真把我问住了，我笑着摇摇头。茫茫大海上，一个女人带着一批价值连城的宝物，身边只三个随从，就敢对一帮初次见面的亡命徒如此信任，真不知道这个古听云是真的用人不疑，还是自信得过了头。

等薛五等人回到甲板上，古听云指指脚边的小箱子说：“打开。”

那箱子封得不是很严，我见古听云的随从徒手就轻松地掀开来。古听云俯身拨开上面的一层软纸团，露出一排整齐精致的小木匣。她笑着问我：“塔哥的兄弟都在这儿吧？”

我扫了一眼，点点头。

古听云拿出一只木匣打开，仔细解开里面金丝绒布袋上的丝绳，拎出一条黄灿灿的项链，翻到吊坠后看了一眼，满意地点点头，双手捧到我面前说："初次见面一点儿小小的心意。"

项链在阳光下闪着耀眼的金光，看那分量就不轻。见我不接，古听云轻声说："我亲手刻的字，塔哥看看刻得对吗？"

我接过项链，吊坠正面浮雕了一头下山猛虎，非常精美。翻到背面，见那上面竟然刻着我的名字：秦川。

薛五也从古听云随从手里拿到了一条项链，高兴地叫起来："嘿，老鼠，我正好属鼠，嘿，这背面还有我名字呢。"

不多时，所有人都拿到了自己的那份，惊呼那吊坠的正面花纹是自己的属相，背面刻着自己的名字。有的已经戴到了脖子上，相互欣赏着，低声讨论着是不是纯金的……浑然不知道自己身处怎样的险恶处境：这个女人掌握了这船上的一切信息，所有人的名字、生日，可能还有他们妻儿老小的全部情况。

而我对这个女人的认知几乎为零。我头皮一阵阵发麻，古听云这已经不叫示威了，根本就是赤裸裸的恐吓。

古听云扫视一圈众人，说："怎么？塔哥不喜欢？"

我对薛五说："你们去船头吧，我和古小姐说点儿事。"

薛五兴高采烈地端出水果和啤酒饮料摆满桌子，对古听云哈腰笑着说："那塔哥、古小姐你们聊，我们就在前面，有事招呼一声就是了。"古听云对三个手下说："你们一起过去吧，有事我叫你们。"

7

"礼物有点儿重。"我晃着那条项链，把星星点点的金光反到古听云的脸上。

古听云说："塔哥可能误会了，我没有刻意打听你们的名字和生日。当时我找朋友帮忙运这批货，朋友跟我推荐了塔哥。他那个人比较仔细，顺带给了我这些资料。我拿着有什么用？想着要送你们见面礼，就用上了，只是想让你们高兴，大家高高兴兴地做完这单生意。”

“什么朋友？”

“这个我不方便说了，总之事实就是这样。我没必要得罪你们这些路神，没有你们，我就是有三头六臂也没用不是。”古听云说着话，将外套脱下来丢到一边。她里面穿着件白色的无袖 T 恤，衬得她小麦色的皮肤油亮油亮的。我瞟了眼她的手背和手指关节，回想之前和她握手的感觉，基本可以确定她没有经过格斗训练，那结实的上臂应该是健身房里练出来的，感觉稍稍放下些心。

古听云喝着啤酒，闲闲地说：“塔哥以前在金三角混？”

我点点头。

“听说跟那边人有误会？”见我侧头看她，忙说，“我没别的意思，女人嘛，就是八卦了些。”

“跟过一个大哥，他不信任我，要不是我跑得快，怕是早没了命。”

她笑了：“说实话我最看不起毒贩子，为了点儿钱，净干些下三烂的勾当，一个个都六亲不认、穷凶极恶的嘴脸，吃相太难看。”

我淡淡地说：“还不都是为了钱。”

她摇摇头说：“我对钱没什么感觉，我说这个你不要笑，都说我是文物贩子，我可不倒卖文物。我只是收藏，让文物展现它们真正的魅力。它们对我来说是一种信仰，是我的精神图腾。”

“我知道干你们这行的都是有文化的人。我不懂古董，也没兴趣。”听她说得跟真的似的，我觉得有点儿可笑，“只要来回倒腾的都是为了钱。”

她并不生气，认真地说：“它们见证了历史，历史是人记载的，可有时候颠覆历史的不是人，而是区区一件东西。跟这些东西接触久了，才发现很多历史并不是书本上的样子，所以我想让文物开口说话，告诉我们一个真正的、不曾被人掩盖的、不分国家种族涵盖全人类的历史，我需要把它们集中起来重新排列……”她似乎意识到自己扯得太远，伸过罐子来碰了碰我手中的啤酒罐，说：“你提到文化，文化在某种程度上一定是超越国界和种族的，不然只能叫风土人情，满足人们的猎奇心而已。”

我喝口酒说：“都说了我不懂，我是个粗人，就知道拿人钱财替人消灾。”

古听云坐直了，摘下墨镜看着我，说：“我不信，难道塔哥就没什么个人爱好？总不会天生就喜欢保驾护航吧。”

“保驾护航？”——这词还真是新鲜，“我是第一次听到有人这么形容我干的这行当。”

“当然。对了，你还没说你有什么爱好呢？”古听云看着我手里把玩着的项链说，“我除了琢磨老玩意儿，还有很多别的爱好。你们项链上的生肖和名字全都是我亲手刻的。”

“是吗？”这事的确让我有些惊讶。想想每个人收到的图案和字都不一样，那还真有可能是她自己做的。出手大方的人多的是，这么用心送礼的，她倒是独一份。

古听云看了看日头，拿过外套掏出一张卡片递给我说：“麻烦塔哥，这个地点。”

我见卡片上写的也是一个经纬度数字，大概判断一下，应该是日本以南的公海区域。于是叫来薛五，把卡片交给他让他安排。

薛五刚走开，古听云又接着刚才的话茬儿追问：“喜欢音乐吗？”

“音乐？”我的人生里跟音乐相关的事，似乎只有当初在学校里唱过的那些军营歌曲。每到开饭前全体列队在餐厅前唱歌，唱得不够响亮就不准进去吃饭，所以每次大家都扯着嗓子大声喊。我摇摇头，“不懂。”

“那，喜欢看书吗？”

我不由得笑出声来，摆摆手。

“就是嘛，聊聊天，笑一笑多好，不要成天板着脸，怕别人不知道你是塔哥吗？”古听云笑得特别灿烂，露出一口雪白的牙，说，“那你喜欢旅游吗？哦，你成天都在旅游，我重猜……你喜欢……”

“不用问了。”爱好？我几乎忘记了这世界还有爱好这件事，我所能想起关于爱好的事，就是当年宁志喜欢拨拉的那把吉他，在我们眼里那是骚情。现在想想，那是爱好。我叹了口气说：“我喜欢和我的兄弟们喝点儿酒。”我想起平凉一战之后，与同生共死的战友们醉倒在街头；我想起在泰国的监狱里喝着阿来偷带进牢房的白兰地过年；我想起与徐卫东在包厢里喝得天昏地暗一头撞见赶回来的程建邦；我想起喝多了蹲在阿来酒吧门口吐，刘亚男拽起我时丢在地上的烟头溅起的一串火星……“我喜欢和自己兄弟喝酒聊天，不怕说错话，不怕喝醉了有人会背后给你一刀……”我心里一酸，立刻意识到自己的失态，尴尬地笑笑不想再继续说。

古听云认真地倾听着，一仰脖把啤酒干了，缓缓地念道：“五花马，千金裘，呼儿将出换美酒，与尔同销万古愁。”

这个我知道，是李白《将进酒》中的句子。我打交道的人里头，不是贩毒买卖军火的，就是杀人越货的，想不到还有会吟诗的，不由得对她有点儿另眼相看。

古听云又打开一罐酒：“反正没什么事，你要不嫌弃，我们可以喝一点，当然，你不能喝多，不然说了不该说的话，我不是得被你灭口？”她伸着舌头做了个鬼脸，这下把我也逗笑了，我摇摇头说：“不能喝多，不是怕说错话，是怕误了事，你费了那么大劲儿找到我，又出了这么大的价钱，我必须给你一个满意的结果，不然就算你放过我，我恐怕也没法混了。”

古听云微笑着躺回沙滩椅上，不停地喝着啤酒，一副放松度假的样子。

而我竟然无心去揣测她的心思，沉浸在一种近乎撕裂般痛楚的思念中不愿自拔。曾有很长一段时间，我总是刻意地逃避那些痛苦的记忆。时间长了，我以为我已经习惯了。刚才我才发现，封存回忆也就封存了力量。我不能封存他们，我需要那一张张遥远且熟悉的脸庞，那一幕幕模糊且触手可及的回忆来给自己力量和方向，将自己从麻木中唤醒，投入下一场战斗。

我们的船快要驶到指定位置时，薛五一帮人已经跟古听云的人相互搭着肩膀称兄道弟了，怎么看都不像是一艘载着走私文物的黑船，倒像是一群好友出海游玩。

我抽空回船舱向上级汇报了最新的进展，想着马上又要圆满地完成一项任务，心情也像这蓝天碧海一样舒朗起来。

古听云端着酒，看着我从驾驶舱走出来，醉眼惺忪地说："不管我出多少钱给你，都是你应得的，只少不多。费那么多工夫找你，也是为了节约了解的时间。你看，我们像朋友一样轻松地相处，多好？"

我点点头算是回应。

"人一遇见高兴的事，时间就过得特别快，真想就这么一直在船上醉着漂下去。"古听云悠悠地说，"只可惜天下没有不散的筵席，今后也没机会和塔哥同船共饮了。"

我正想说，只要她还愿意找我运货，我分分钟等候召唤之类的客气话。可转念一想，以她的罪过，一会儿被捕后就算不是死刑，下半生也交待在监狱里了。于是笑着说："跟你做事真是轻松，度假似的就把钱赚了。恐怕以后也遇不到你这样的好主顾喽。"

"那是塔哥你面子大。"古听云垂下眼皮想了想，像是做了个什么决定，坐正身子说，"好，我还有份薄礼给塔哥，还请塔哥不要客气。"我见她死盯着我，只好点头。古听云说："有劳塔哥叫你的弟兄把我那只小木箱拿出来。"

我对着船头喊了一嗓子，薛五很快带着几个人一身酒气地跑了过来。我让他们把古小姐的小箱子抬出来。

目送薛五带人欢快地跑进船舱，古听云说："快到了吧。"

我看看手表："不出意外的话，半小时吧。"

古听云叹了口气："真有点儿舍不得。"

我说："想不到叱咤风云的古小姐还是个性情中人。"

古听云看着天边的云彩，轻轻说："是啊，女人嘛都感性，我早晚得在这上面吃大亏。"

薛五等人把那个小箱子抬了出来，摆在我和古听云的座椅前。古听云说："劳烦几个兄弟把我的人叫来吧，跟大家告个别。"

不多时，所有人都聚集到了甲板上。古听云站起身说："真的很感谢塔哥能给我们这样一趟愉快的旅程，上船没多久我就在想，到底塔哥有什么秘密武器，能把这样一件上不得台面，甚至是要掉脑袋的事干得这么轻松自在，你可以问问我那几个兄弟，我们什么时候运货能这么顺当又舒服了？"她指了指她带来的那三人，三人笑着对我说："塔哥确实名不虚传。"

"所谓隔行如隔山，我在这行这么久能平安无事，也有我的秘密武器。"古听云扭头问我，"塔哥，你猜猜是什么？"

我本想说她处事谨慎，但见她和她的手下都一摇三晃的，从上船他们就都没停过地喝酒，看来传说终究是言过其实。我半开玩笑半认真地晃了晃手里的金项链说："因为古小姐够豪气，一见面就送这么重的礼。"

古听云哈哈笑起来，将一条胳膊搭在我的肩上竖起大拇指，对随从说："那我就豪气到底，再送兄弟们份厚礼。"

她的三个随从上前将那只小木箱打开，取出几只长木匣子。古听云手里那只尤其精致，表面光滑油亮，一侧镶着一只虎符模样的东西，光这个就像是件很值钱的古董。古听云轻轻按上去，"嗒"的一声盒子开了，原来还真是个虎符，两片一分，是匣子的锁扣。

里面的东西上盖着一层粗糙的白布。之前她送我们项链时也是装在木盒里，外头包的是金丝绒布，如今说这是一份更重的礼，怎么倒成了粗布包装？而且这种白布怎么看也不适合包东西，倒更适合……擦枪！

我吓得一激灵。古听云的手下已经人手一支乌黑的MP5冲锋枪，三个人全然没了之前微醺的样子，飞快地分散开来，站到三个最佳的位置上，端枪对准了我们。

薛五扶着栏杆看了看那三人，有点儿迷糊地说："这……这枪是送我们的……礼物？"

我冷冷地看着古听云。她不慌不忙地从虎符匣里掏出两把银光锃亮的大口径手枪，举起来对准我的脸。那居然是两把"沙漠之鹰"。我没有用过这种枪，但深知这枪的威力，这个距离能把我的半个脑袋轰掉。

我问她："你想要什么？"

古听云说："平安。"

我低头看了眼手表："按这个航速，还有十多分钟你就到了。"

"谢谢塔哥这一路把我们照顾得很好，但我想要的是永远的平安。"古听云顿了顿，又说，"不好意思，我赶时间。"

只听"嗒嗒"两声枪响，离那三人最近的两个船员应声栽倒在甲板上。所有人都被吓傻了，纷纷举起了双手跪了下去，有几个人害怕得呜呜哭出声来。

我见那枪手正准备对着下一个目标扣动扳机，忙喝道："住手。"

我终于知道为什么古听云能把自己保护得那么好了——她每次运货之后，不留活口。

在杀人灭口之前，她会想尽一切办法迷惑对方。谁会想到一个精心给你准备厚礼的人，笑眯眯没话找话跟你聊天的女人，转眼就会对着你的脑袋开枪呢？

现在距离指定的地点还有一段距离，也就是说准备抓捕古听云的行动小组还在十几分钟航程以外的地方。古听云的这几个随从都是经过专业训练的职业杀手，而我的手下是一群渔民出身的混混儿。至于我，面对着远近不同角度的五支枪，除了喝一声"住手"外，实在想不出还有什么别的办法。

"秦川，对不起。"古听云的眼神特别安静，在跟我对视的一瞬间却快速地闪躲了一下。如果她继续坚定地把船员们挨个儿打死，我可能就彻底绝望了，可就是她的眼神这么一闪躲，让我看到了一点儿希望。

之前我说她是个性情中人，她说自己早晚会在感性上吃大亏。不论之前她做了多少戏，但那句话一定是真的。她一定曾经是一个性情中人，也一定因为这个吃过大亏，所以养成了如此决绝毒辣的行事风格。换言之，如果她不论什么情况都选择不留活口，这本身就是不理智的。她只是从一个极端，走向了另一个极端。

我的大脑飞速旋转着，想把跟她见面后的每一个细节捋一遍，看从哪里找突破口。但在这种情形下谈何容易，也许下一秒她突然决绝起来，一旦动手就不可能再停下来，那什么都晚了。

我必须争取更多的一点儿时间。我苦笑着叹了口气，一低头，看到旁边桌上的空啤酒罐，心说：顾不上那么多了，死马当作活马医吧。我说："你不是一直问我有什么爱好吗？"

古听云"嗯"了一声，将对着我头的枪口朝下偏了一点儿，对她来说这枪太沉，端久了很难保持平举，她索性垂下了胳膊，把枪口大概对着我。

一个枪手提醒她："古小姐，时间有点儿紧。"

古听云没回头，说："我知道。"

"本来我想让你放他们一条生路，他们都有妻儿老小，可是一想还是算了，因为我不能给你一个保证，保证他们今生都不会再对任何人提及这件事。至于我，我记得跟你说过，我唯一的爱好就是和我的兄弟喝点儿酒，但我话没说完。"我故意停了下来，试探地问，"耽误古小姐时间吗？"

古听云迟疑了一下，说："没关系，你说吧。"

我悬着的心稍稍往回放了一些，只要她还愿意听，那说明我的心理攻势开始起作用了。我指了指桌上的烟说："可以吗？"

古听云说："坐着抽吧。"

我坐到椅子上，点了根烟，抽了一口将烟雾喷向空中，说："其实我的兄弟都死了，有的死在警察手里，有的死在毒贩手里，跟你一样，我也很难再去相信别的人，所以可能再也不会有什么兄弟了，那我唯一的爱好……其实就是没爱好了。”我想起些往事，深深地吸了口气，眼睛渗出一些眼泪。我摘下墨镜，抬头看着她，说：“刚才和你喝得很高兴，自从我的那些兄弟死了以后，再也没有这么高兴过，没有说过这么多话，谢谢你，今天能死在你手里，死在这个海阔天空的地方，我知足。”我打开一罐啤酒，闭上眼仰头往肚里灌酒，心里默默地数着：一、二、三……

一直数到十，我喝完了那罐酒。也就是说，我刚才那些话至少让她犹豫了十秒。我打了个嗝，把空酒罐放回桌上，望着远处的天边默默地抽着烟。时间一秒一秒过去，枪没有响。

“古小姐，差不多了。”那枪手再次提醒她。

古听云说：“去把船停下吧。”

一个枪手钻进驾驶舱，很快船开始减速。可这里距离她指定的目的地还有一段距离，他们把船停在这里，难道是为了方便抛尸？

只听古听云说：“我就说，我迟早会因为感性吃大亏。”

我转过头，见她的枪口已经垂下对着甲板。我说：“人，尤其是你我这种刀尖上舔血的人，死在什么上面都不奇怪。”

古听云脸上浮起一丝苦笑：“我有种预感，将来有一天我一定会死在你手里。”

一个枪手往船体左侧下方看了一眼，说：“他们到了。”

我顺着他看的方向看过去，风平浪静的海面忽然像开锅了一样，一个乌黑的大家伙浮了上来——居然是一艘微型潜水艇！

原来这里才是古听云和下家接头的真正地点，超出我想象的是，接应他们的竟然是艘潜艇。

潜艇靠着船边停好，顶盖打开钻出两个人来。古听云的手下其中两个还用枪指着我们，另一个用接好的传送缆绳依次把两只大木箱送上潜艇，完事后扭过头看着古听云。

古听云用枪指指脚下的小木箱说："秦川，尾款在箱子底下，后会有期。"在几个枪手的护送下登上了潜艇。

看着潜艇消失在海面上，而天空依然蔚蓝，海鸟依然飞翔，就好像什么都没发生过一样。我呆站了半天，轻轻说了句："牛逼。"

那次行动让特案组的重犯古听云潇洒地漏网，我沮丧了好久。

徐卫东安慰了我几句，一再强调我能从她手里活着过关就是胜利，组织上因此掌握了她的不少信息。

我心里的感受很难找到合适的词汇来描述：第一次有些期待能与一个目标人物再次过招，我也很好奇到那时自己会做出什么抉择。

这种期待让我觉得不安，更多的是兴奋。

我接了古听云的货且平安无事的事迹很快传遍江湖，"塔哥"的名号就此在海上成了一块响当当的招牌。

我想就是从那时起，海上成了我的地盘。

第三章
只要允许我去战斗

1

程建邦见我笑而不语，指着我的鼻子说：“你现在还学会跟我卖关子了？你当我多爱听似的。”

徐卫东瞪了程建邦一眼，对我说：“时间紧迫，这个问题等一会儿我们把人送到那边，你们在回的路上慢慢聊吧，我去那边看看。”

徐卫东离开后，程建邦终究还是按捺不住好奇心，换了副笑脸，给我递了一支烟，恭恭敬敬地帮我点上，看着我抽了一口，说：“秦……不，塔哥，给我说说吧，这两年都是怎么过的？干了些什么惊天动地的大事？让我也长长见识。”

我咂咂嘴，说：“也没什么，就是跟二部的同僚一起执行过几次任务。”

“哪个二部？”

我白了他一眼。程建邦赶紧说：“我不多嘴了，你说。”

我说：“这不咱们国家要建航母嘛，美国人、英国人不乐意，派出中情局和军情六处的人捣乱，我就奉命出马了。”

“然后呢？”程建邦眼巴巴地问。

“当然被我全灭了，现在咱的航母也下水了，而且一次就下水两艘，其中一艘就叫秦川号。”

我话没说完，被程建邦一把差点儿连人带椅子推倒：“秦川，两年没见你怎么变成这样了？又是中情局又是军情六处的，你拍电影呢？老子是去喂猪了，那也是去当兵，不是坐牢。就算坐牢也有电视、报纸看的好吗？航母下水这么大的事我能不知道？还秦川号，我呸！”他朝地上啐了一口，“不愿意说别说，老子还不稀罕听，遇到事咱再看看你嘴头上的功夫能不能救你命……你别忘了，你是在谁的教导下从一个菜鸟变成现在这样的，怎么？现在出息了，就敢和师父耍花腔了？”他一把把我还没抽几口的烟抢了回去，坐在一边气呼呼地抽起来。

老半天，他见我没吭声，扭过脸问：“你干吗呢？”

我说：“我们来这里是送一个人去境外吧。”

程建邦眼珠子一转，说：“对啊，这人还没送到，怎么老徐就安排起下一个任务了？”

“上面为了送这个人，搞了这么大排场，只能说明这个送人的事没那么简单吧。”

程建邦看了看紧闭的屋门：“看样子老徐根本没拿这趟活儿当回事，这不像他的作风，而且上面把他亲自派出来说明什么？说明这事还真就没那么简单，你听他刚才打电话的语气了吗？不太对劲。”

我俩正大眼对小眼地琢磨着，就听徐卫东的声音在门外响起：“准备出发。”

徐卫东手里提着几部对讲机，给每辆车发了一部。走到一辆车前时，指着其中一个人说：“你的行动资格已被取消，回屋待命。”

那人愤愤地看了徐卫东一眼，极不情愿又无可奈何地回到了屋里。“还有谁想留下？”徐卫东发完对讲机说。

安静了几秒钟后，徐卫东说：“一会儿货在我车上，其他车听我命令行动，哪辆车违令，我不管是谁的主意，全车人回去领处分。”他对我和程建邦使了个眼色，拉开车门跳上车。

整个车队关了大灯，在浓墨般的夜色中向北疾驰了一个多小时，操控台上的导航屏幕闪了闪，出现一个停车的标志。我们的车速刚降下来，前方几束大灯亮了起来，漆黑的天地间仿佛被捅开几个口子，对面应该至少有四辆车。

“全体车上待命。”徐卫东跳下车走过去。

对面那几辆车的大灯齐齐地全部关了，周围又恢复了灰暗。不多时好些人影朝我们小跑过来，待他们跑近才看清，是几个尽管穿着便衣但一看动作就是军人的战士，架着一个臃肿的人。那人双手双脚都戴着镣铐，裹在一身没有任何标志的迷彩服里，脑袋上戴着头套，别说模样，连性别都看不出来。

程建邦啧啧说：“这人得多大的罪过啊？”

徐卫东拉开车门，对我和程建邦做了一个分开的手势，又伸出食指竖在嘴唇前，示意我们不要说话。我们会意地点点头，两下分开腾出地方，一起伸手接住那人按在中间坐好。

车队继续向北开去，我和程建邦不约而同地看向坐在我们中间的人，这人就连手上都戴着手套，怎么也看不出个所以然。头套内还隐约传出音乐声，应该是为了防止听到外界的任何声音，给戴了播放着音乐的耳机。

这时候，对讲机中传来一个人的声音：“请问我们在哪里领装备？”

徐卫东说：“没有装备。”

“枪也没有？”

徐卫东说：“一会儿我们要出境，换你你能让外国人带着枪入境？”

“收到……那么我们，就什么都不带？”那边又问。

“对。”徐卫东补了一句，“带着种。”

大约又过了五分钟，车速降了下来。前面是一道铁丝网，不远处竖着一块界碑。铁丝网上已经打开了一个豁口，两边分别站着中蒙两国的持枪守卫，他们对我们招手示意我们快速通过。徐卫东晃了下大灯，带着车队驶过了边境。

从导航上看，在距离目的地还有二十公里的时候，徐卫东停了下来。

我正想问为什么在这里停车，就见徐卫东示意我们不要发声。他又指了指自己的耳朵，我才注意到那人耳机里的音乐好像已经停了。徐卫东下了车，站在几米开外的地方用对讲机跟后面的车说了几句。

车再次启动的时候，我见最后两辆车停在了原地，一定是徐卫东命令他们在这里留守待命。徐卫东紧锁着眉头，眼睛不停在导航屏幕和黑洞洞的车窗外来回移动着，时不时还从后视镜观察后座的情况。我不由得攥紧了拳头，全部注意力都放到了身边这个神秘的人身上，做好了随时应对任何突发情况的准备。我瞥了眼程建邦，他已经将神秘人的胳膊箍在手中。

没多久，徐卫东又停了车，下车走远用对讲机跟后面的车通话。这一次明显不如上一次痛快，他对讲时的情绪显得有些激动。如果我没有猜错，他是让剩下的两辆车也留在这里待命。我看了眼程建邦，他对我点了点头。

徐卫东气冲冲地拉开车门，猛地一脚油，车飞快地蹿了出去。我回头看了看，那两辆车果然没有跟上来。想起他在基地休整时跟上级打的那个电话，多半是在跟上级争取携带武器的事。当没有争到这个保障之后，他决定将其余人留在尽量安全的地方，只带着他最熟悉的人前往目的地。

正如他所说，这里是别人的地盘，我们又在明处，发生什么变故都有可能，真到那个时候我们没有任何支援，只能靠手无寸铁的自己。靠人多是没用的。

我抬起头，正好看到徐卫东正从后视镜看着我们，目光坚定又带着些温暖，似是想说些什么。我知道他想说什么，每次我们出任务前他都要叮嘱的那句：活着回来。

这一次，我们连可能遭遇的敌人是谁、在哪里都不知道。

2

本来这样一个任务看起来好像没什么危险，但有了之前因为我轻敌，被周亚迪和胡纬摆了一道的教训，我再也不能也无法对接到的任务分出三六九等。换言之，上级交给我们的任务都是极其危险的，任何轻敌的大意，都是将有限的生命和无限的荣誉暴露在魔鬼面前的幼稚行为。

导航屏幕上向前的箭头闪了闪，伴随着嘀嘀声，提示还有五十米、三十米、十米……

徐卫东将车停下，灯光之外的地方都黑洞洞的。徐卫东看了眼手表，摸出烟丢给我和程建邦一人一支，挡位保持在前进挡的位置，踩着刹车靠在座椅背上抽了起来。不一会儿车厢内就满是烟雾，神秘人被呛得咳嗽起来。这人克制着自己不发出声音，只能感觉到身体动了几下。

突然几道强光从前方和左右两边射向我们的车，眼前顿时就白花花一片，我急忙一把挽住神秘人的胳膊，另一只手挡在眼前透过指缝向车外看去。

几个人高大的身影朝我们的车走来，他们举着双手示意没有武器，一直到徐卫东下了车才放下手。等眼睛适应过来，看清那是几个典型的俄罗斯人，穿的是全套西装。带头的人拿出一个文件夹给徐卫东，徐卫东也递过去一份，双方仔细查对完文件后，徐卫东对我和程建邦招了招手。

我和程建邦将神秘人搀下车。那边过来一个俄方的人，拿出一个便携式DNA检测仪，隔着那神秘人的手套将针尖刺了进去。见显示屏上的数字飞快地从零跳跃到一百，扭头对他的同事做了个手势。拿着文件的俄罗斯人签了字，笑着跟徐卫东握手，手还没松开，只听“嗒”的一声，那人脑袋上喷出一朵血花，倒了下去。

徐卫东立刻朝前扑倒，对我们喊：“隐蔽。”我和程建邦已经按着那个神秘人扑倒在地上。

四下里的枪声有条不紊地响了起来，一听就知道这群枪手不仅实战经验丰富，准备还非常充分。我们无从判断他们的方位，而他们的每一枪都有目标，每声枪响后，都会有人流血。好在我们就在车边上，至少有一面挡住了枪手的视线。看来那些人好像对俄罗斯人更感兴趣，至少第一枪的目标不是徐卫东。

这时我也发现，我们和俄方的人都没有武器。这太残酷了，我们就像狩猎场里的兔子一样，凭着本能躲避着根本不知从哪里射出的子弹。

“别管他，离他远点儿。”徐卫东对我们吼道，“把他踹开！”

来人的目标肯定是这个神秘人，这个时候谁距离他近，谁就离死神最近。我和程建邦立刻从那人身上爬开，像蹬一条缠在腿上的毒蛇一样，一连几脚将那人蹬开。

那人滚了好几圈才停了下来，枪声果然就此停了。那些受伤的俄罗斯特工的呻吟声，夹在呜呜的风声里灌进耳朵，让人浑身发紧。随着枪声重新响起，那些呻吟声也没了。我抬头看向程建邦和徐卫东，三人相互用眼神交换着“自己安全”的信息。

谁也不敢离开自己隐蔽的位置，尽管我们知道所处的位置一点儿也不安全。

一阵轰隆隆的声音从远处传来，慢慢地，声音越来越近变成轰鸣声，一道强光从空中射下来笼罩着我们，居然是一架巨大的军用直升机。

直升机在空中盘旋了几圈，观察清楚地面状况后才缓缓落下。几个荷枪实弹的枪手先后跳下来，四下环视了一圈，将一个穿着风衣的男人从机上扶了下来。

那是个中年俄罗斯男人，从直升机上下来站稳后，目光一下就落到离我们几米远的神秘人身上。他脸上露出笑容，对枪手们指了指那个神秘人，在众人的簇拥下走了过来。

面对着数十个黑洞洞的枪口，还要做出一副“我在隐蔽”的样子，我觉得自己特别傻。既然如此，何不站着死呢？我撑起身想站起来，就见徐卫东剑一样的目光正盯着我，他对我重重地摇了摇头。我犹豫了一下，只好继续抱着头趴在地上。

俄罗斯人冲一个枪手抬抬下巴，那枪手将神秘人从地上扶起来，扯掉了神秘人的头套。因为是背对着我，我只看到神秘人一头长发蓬松地弹了出来。

“女人？”我心里暗暗惊呼。

3

枪手用钥匙开了神秘人手脚上的镣铐，那人舒展了一下身体，伸手去掉了脸上的口罩，侧过脸吐掉堵嘴的塑料球，仰头对着天空做了几个深呼吸。待她回过头看我们时，那一刻，我的心脏几乎要从嘴里跳出来——竟然是刘亚男！

我不敢相信自己的眼睛，拼命地挤了挤眼，甩了甩头，没错，的确是刘亚男。

我扭头看程建邦，见他瞪着眼，张着嘴，一动不动，已经石化了。我又朝徐卫东看去，他的表情没有那么夸张，但很明显也被眼前的事实震惊了。

刘亚男侧头取下耳机，顺着耳机线从身上拽出一个 MP3 播放器，把耳机线细细缠在播放器上攥在了手中，又脱掉那套极不合身的迷彩服，换上了枪手递上的大衣和皮靴，才走到那个俄罗斯男人跟前。两人贴了贴脸拥抱了一下，然后交谈起来，其间他俩的目光一直看着我们，像是在商量什么事。

此情此景让我觉得自己的大脑停转了，明显跟不上眼睛看到的一切。

刘亚男和那俄罗斯男人说了一会儿话，就朝我们走了过来，那俄罗斯男人突然从上衣内袋里掏出了一把手枪。

“我靠！”程建邦大喝一声，一下从地上跳了起来。我的心瞬间提到了嗓子眼，张嘴想叫住他，却紧张得什么声音也发不出来。

一个枪手抬起枪对准了程建邦，眼看就要扣动扳机，我大喊了一声，几乎是从地上“弹”了起来扑向程建邦，余光瞟到刘亚男一把按住了那枪口，但子弹还是射了出来。我肩头像被一股大力推了一把似的，踉跄了一下最终还是没有站稳，倒在地上。四五个枪手端着枪将我和程建邦团团围住，枪口指着我们的头。另外几个枪手将徐卫东围在了中间，趴在地上的徐卫东透过那些人腿间的空隙看了看我的受伤的位置，神情稍微一松。

“秦川！”躺倒在地上的程建邦完全不顾头顶的枪口，对我喊了一声，大颗的眼泪滚了出来。

幸亏刘亚男在枪上按了一下，不然那一枪一定打中我脑袋了。我挣扎着动了动，确定子弹只是从我肩膀擦过而已，我扭过脸朝程建邦看去，他瞪着通红的眼睛按住我中弹的肩头，嘴唇哆嗦着几乎是歇斯底里地喊：“秦川！”我对他摇摇头：“没事，擦破点儿皮。”

刘亚男左右开弓一连扇了那开枪的人四五个耳光，打的那个枪手晕头转向，在原地倒了好几下脚才站稳。刘亚男接过了那俄罗斯男人手里的枪插在后腰上，原来那人只是要把枪递给她而已。她怒气冲冲地用俄语跟那人说着话，那人淡定地微笑着，等刘亚男发完了飙，才轻声回了几句。

我见场面似乎尽在刘亚男的掌控中，暗暗松了口气，对程建邦说：“你他妈疯了。”他歉疚地扯着嘴角，想说什么又没说出口。我说：“还了你一条命。”

俄罗斯男人走到了徐卫东跟前，满脸笑容地弯下腰去看徐卫东。看起来刘亚男对他非常重要，但我们都明白，那人如果真想要谁的命，这里没有人能拦得住。

我和程建邦对视了一眼，在眼神交会的一瞬，我知道他也跟我一样，正暗暗盘算是不是能夺取身边这几个枪手的武器，不然我们全军覆没只是瞬间的事。之前他们离得远，现在这样的距离近身夺枪是有可能的。

那几个枪手关注点始终以那俄罗斯男人的安全为主，这时都在看他。我跟程建邦交换了一个眼神。曾经一起出生入死的默契，只需这一眼的交流便已足够。我暗暗吸了口气，判断着几个枪手的位置，计划着动手的顺序和夺到枪后的第一个目标。

俄罗斯男人伸手从徐卫东口袋里抽出交接文件翻了翻，又低头去看徐卫东，那神情像是挖到了一个大金矿，高兴地仰头哈哈大笑起来。他冲手下摆了下头，上来一个枪手拿出手铐将徐卫东反铐起来，套上头套后，一枪托砸到他后脑上。徐卫东用力晃了晃头，挣扎着没有晕过去。

没时间犹豫了，我冲到离我最近又正对着我的枪手跟前，用脑门狠狠朝他鼻梁砸去。咔嗒一声，那人的鼻梁应该是断了，我使足了劲儿攥着他的枪用力一扭，那支枪却像是嵌在了水泥墙里，纹丝不动。我心里一惊，抬头见那人脸上已经被鼻血糊住，但一动不动、面无表情地看着我。

我迅速看了程建邦一眼，他已经被两个枪手制住了。我咬牙一拳捣向对面那人的软肋，谁知还没击中目标便被他的胳膊夹住，随后身子一扭，我肩膀上的枪伤刀剜一样地痛起来。我倒吸了一口凉气，再也动弹不得。他不等我再有什么动作，一脑门朝我的面门砸下来，我知道这一下一旦挨上的严重性，但手臂被制住，我完全无法躲闪，那一下就像一块大石头重重地砸到了我脸上。我眼前一黑，耳朵嗡的一声就什么也听不到了。

完了。我心说，这下激怒了那些俄罗斯人，老徐和程建邦被我的无能连累，今天就要把性命断送在这里了。我又惊又怕，不由得咳了一下，口鼻中的血跟着喷了出去。

蒙眬间我见对面一个枪手举起枪对准了我的脑门，刘亚男大声地喝住了他，我使劲儿睁开眼睛，见她跟那俄罗斯男人说着什么。

那人侧耳听着刘亚男说话，眼睛看向我和程建邦，频频点着头。好一会儿，那俄罗斯男人对枪手们招了招手。

枪手押着徐卫东、程建邦、我三人往直升机走去。一个枪手探头往机舱里看看，凑到俄罗斯男人耳边说话。

那人看了眼靠在舱门前的刘亚男，她正摆弄着手里的 MP3 播放器。见俄罗斯男人看她，刘亚男往直升机里也看了一眼，从后腰抽出手枪对着我胸口，说："对不起，飞机装不了那么多，只能带两个人走。你太不幸了。"她用枪口戳着我往后退到飞机螺旋桨之外的地方，那把枪非常小巧，口径小到我从没见过，那一瞬不知为何我想起了古听云的那对大口径"沙漠之鹰"。

"嗒嗒嗒"三声，刘亚男朝着我的胸口连开了三枪。每一枪都像是挨了一记重拳，推着我又连退了好几步，重重摔倒在地上。我只觉得心里空荡荡的，好像有什么东西从我胸口里飞了出去。我的头扎在一丛草里，我努力歪过头睁着眼，草与草的空隙间，正好能看见直升机的舱门位置。枪手们将拼命挣扎着的徐卫东和程建邦往直升机上拖，老徐被蒙着头，而程建邦好像在疯狂叫喊，看口型知道是在叫我的名字。但我耳朵里被嗡嗡声填满，什么也听不到了。

刘亚男俯下身看着我，我分明看见她眼睛里蒙着一层朦胧的泪光，那熟悉的光芒，没错，她的确是我的亚男姐。我要感谢她，用我的一条命换了程建邦和徐卫东两个人的安全，我相信，她一定会让他们安全的。

能倒在徐卫东、程建邦和刘亚男的面前，我感觉到从未有过的满足和欣慰，甚至觉得自己死得有些奢侈。

刘亚男重重地在我脸上拍了一下，我的神志稍微清醒了一些，她动作飞快地将耳机塞进我的耳朵里。临站起身前，又摸了摸我的脸，就像那年在酒吧街边那样，手还是那么冰凉。我呆呆地看着她的眼睛，好想叫一声"大姐"，动了动嘴却没法出声。她对我微微一笑，抿起嘴角压制着嘴唇的抖动，转身朝直升机走去。

我坚持着不让自己闭上眼睛，直升机敞着的舱门那里，还能看见程建邦的长腿在蹬，能想象他是怎样被几个强壮的俄罗斯枪手按住殴打，还要拼命挣扎，只为最后再看我一眼。

那一瞬我觉得好疼，那疼痛来自心脏却不是中枪的地方——多少次我也像他们现在一样，眼睁睁看着战友倒在自己面前，自己却无能为力。每每想起那一刻的痛，都恨不得让自己投身炼狱，只怕是灰飞烟灭，那种痛也不会消失。

当倒在地上的那个人是我自己时，我才明白当年宁志临死前看到我的样子，该是多么难受。让他死不瞑目的，不是敌人，是即将永别战友的悲痛。

我的大脑前所未有地清醒和冷静，像一阵清风将那块沉沉地压在我心头多年的石头吹走了。我不想徐卫东和程建邦为我的倒下而悲伤，那么宁志和郑勇也一定不想我因他们的离去而悲痛欲绝吧。我突然觉得自己太不应该了，如果他们在天有灵的话，该是多么难过。

耳机里传来一首熟悉的旋律，一个女声深情地唱着："一条大河波浪宽，风吹稻花香两岸，我家就在岸上住……这是美丽的祖国，是我生长的地方，在这片辽阔的土地上，到处都有明媚的风光……"

我一动不动地躺在地上，在歌声中看着直升机缓缓升起，慢慢地消失在空中。只有留下的几辆车还亮着大灯，那些灯光明知不可能将这黑暗驱散，还是那么毅然决然地亮着，倔强地向黑暗宣誓自己永不屈服，将光柱射向茫茫的夜色中，又像是……为我照亮回家的路。

我好像看到了那些失去的战友的脸庞，那么清晰，那么鲜明。

4

初秋的北方有着这世界上最壮丽的风景，湛蓝色的天空下，绵延千里的群山像油画一样五彩斑斓。一阵秋风吹过，烈士陵园边那几排松柏像整齐列队的卫兵，发出唰唰的响声。

四个礼兵对着墓碑敬了一个军礼后，两人一队笔直地站到了两旁。三位首长缓缓举起右手对着墓碑上的遗像敬礼。我认识他们其中的一位，就是当初把我们紧急召到总部地下会议室布置任务时，称徐卫东为小徐的那位。我不知道他的名字和具体职务，只知道他是老徐见了都要敬礼叫首长的大领导。

三位首长脱了帽，低下头默哀。

我站在不远处的一棵树后，静静地看着这一切，一直到礼兵列队离开后，才从树后走出来。

踩在松软的草坪上，耳边只有偶尔一两声鸟鸣声，仿佛世界一直都是这么安宁，从来没有人流血，从来没有人牺牲。两旁整齐的大理石墓碑上，镌刻着一个个寄托着父母希望的名字。看着那一张张或严肃或微笑的脸庞，我丝毫不觉得陌生，我和他们就像一群久别重逢的兄弟，跨越时间和空间重聚到了这里。

这里的每块墓碑下，都伴随着一个使命。我心里默默对他们说：兄弟，你们不但没有辱没自己的使命，而且用自己的事迹激励着战友继续战斗。

我走到刚刚举行完葬礼的那块墓碑前停了下来，向三位首长敬了军礼。没有人回礼，我故意咳了两声，他们还是视而不见、听而不闻。是的，某种意义上说，我的确已经不存在了。我看了眼墓碑，上面写着我的名字：秦川。那相片还是几个月前增加档案照片时新照的，想不到用到了这里。

我苦笑着扭头看三位首长，他们低声说着话，即使目光无意扫中到我，也不做停留。我不由得低头看看胸口，看自己是不是真的透明了。

“我的意见是，秦川牺牲这件事的保密期就不要规定时间了，还是按照具体事件来定吧。”

“我不同意，如果你所谓的具体事件一直没有下文，是不是就永远向他的家里人保密？我们得对烈士家属负责。”

“两位，我们在烈士的英灵前谈论这个，是不是有点儿不近人情？”说这话的正是老徐的那位老领导。

……

我无心再听他们的谈话内容，躬身摸了摸自己的“遗像”，从口袋里掏出根烟叼在嘴上，摸遍了全身却没找到打火机。

我站起身叹了口气，又回头去看那三位首长。他们对我的墓碑低头致哀，戴上帽子，转身离开了。剩下我一人孤零零地站在那里，一低头，看到地上有个打火机，我捡起来点燃了烟，坐在自己的墓碑前抽了起来。

过了一会儿，我听到身后有脚步声，是老徐的老领导走了回来。我正要起身，他对我做了个“坐下”的手势，四下看看，揪起裤腿坐在了我旁边。

我把那个手感滑润的钢质打火机递给他：“谢谢首长。”

“有人送我个更好的，这个淘汰了，送你了。”他摸出烟，从口袋里掏出个模样精美的打火机，掀开盖时发出清脆的一声钢音。他动作潇洒地搓了下金属转轮，嚓嚓的响声中打火石飞溅出一朵火花，却并没有燃起火苗。他皱着眉头一连又搓了几下转轮，还是没打着。我有些尴尬，干咳了两声，扭脸看向别处。

“妈的，中看不中用。”他嘟囔着捅了捅我胳膊。我转过头来见他伸着手，忍着笑把手里的火机递过去。他点燃烟抽了一口，用下巴指了指我的墓碑，说：“刚才那两位没见过吧？都是这个。”他说着竖起大拇指，“能出席你的葬礼，够排场吧……对了，我姓姜，你可以叫我老姜。”

当初徐卫东自我介绍时也是差不多这口气，我不禁有些感慨地看向他的眼睛，他脸上，尤其是眼角处有着像刀刻出来似的皱纹。想起刚才他们假装我不存在时的样子，我笑着说：“不愧是首长……对了，您要不回来，我还以为我真死了。”

“做戏做全套嘛，也是给你提个醒。上级决定你假死，是出于很严肃的考虑，一切都得按真的来。另外我们几个老家伙刚商量了下，你暂时还是不要露面，现在有些情况我们还没摸准，你还得回去继续休养待命。”不等我反驳，他又抢着说，“服从命令。”见我低下了头，他缓和了一下语气，说：“小秦，这是一个很好的机会，你是徐卫东一手带出来的，和程建邦也是出生入死的战友，我们把你牺牲的消息放出去，你想想他们知道了会是什么反应？要知道，你可是刘亚男在他们眼皮子底下打死的。”

我知道刘亚男对我开枪的本意是为了尽量减少损失，可上级对我的报告并不完全认可，他们对刘亚男的动机持怀疑态度。我鼓了些勇气，说：“可实际情况是我没有死，当时的情形我在书面和口头的报告里都说得很详细，要不是亚男姐掌握主动，换其他任何一个人动手，我都死定了。是亚男姐救了我啊。”

刘亚男那三枪打得很准，避开了我的重要脏器和大血管，加上那把枪口径小、火力弱，这些因素加在一起才没有要了我的命。被徐卫东留下的那两队人听到枪声后便飞速往前赶，他们车上没导航指挥，先后陷在了沙坑里。当他们徒步狂奔到现场的时候，只看到引擎还在转动的车，还有奄奄一息的我，和另外几个受重伤的俄方特工。

我想，他们看到那样的场面，一定明白了徐卫东的苦心。不知当时的徐卫东是事先预感到会有事情发生，还是仅仅凭经验判断临机做出决定，才保住了这么多人的性命。我内心深处希望这一切其实是另外一个秘密计划，但每当回忆起徐卫东见到刘亚男那一刻惊讶的神色，就明白这个可能微乎其微。

事实就是，我们这次交接行动遭遇了埋伏。刘亚男在万般无奈的情况下，只能出此下策尽量保我的命。她出手，我还有活下来的可能；她不出手，我必死无疑。

“但是她连开了三枪啊，三枪！”老姜竖起三根手指强调道，“还都是胸口。你活下来，那是你命大，就按你说的，她是为了救你，冲着这三枪，我们也有理由怀疑你能活下来到底是她刻意为之，还是偶然。”

“反正，我相信亚男姐，她不会害我。”我低声争辩着。

“感情用事是大忌，内部变节的人我见多了，在某些极端情况下，我连我自己都不敢保证能忠贞不贰……你能吗？”老姜斜睨着我说，“以你现在的状态，回去休养是最紧要的任务。”

我想了想，说：“我多嘴问一句，老……老徐是您一手带出来的吗？”

他点点头。

“就像他带我一样？”

“嗯。”

“您现在担心他变节吗？”

他沉重地点点头，说：“所以，希望你牺牲的消息能给他敲个警钟。”

“那年在金三角，那么复杂的情况，他没有怀疑过我，就是因为他的信任，再苦再难我都能撑得住，他如果知道一手把他带出来的您在怀疑他……”我叹了口气，再也说不下去了。

老姜一口接一口地抽着烟，都快烧到过滤嘴了才掐灭了烟头，说：“这不是游戏，不是赌博，不能有任何侥幸心理存在，只要没有百分百的把握，我们就必须持怀疑态度。”他把按灭的烟头装进口袋，站起身双手撑着腰，眯着眼睛眺望着远处的墓碑幽幽地说，“我们今天一个错误的决定，明天这里就会多添几座新坟。你应该知道，那一抔黄土下面埋葬的不仅是我们战士的英灵，还有他们妻儿老小的希望和未来，谁能担得起这样的责任？”他回过头看着我问道：“你能吗？他徐卫东再三头六臂，你觉得他的命能比普通战士的贵一些吗？”

面对老姜的质问，我无言以对。正如当年徐卫东对我说：你们负责执行命令完成任务，我负责在两难时做出决定。

事到如今，我对他所谓的“两难”又有了更深刻也更沉重的理解——那该是怎样的一种煎熬啊。战友的牺牲就差点儿让我一蹶不振，那么在两难时做出决定的他们，又身在何等深重的炼狱？这些，我无法也不敢去想象了。

“他们现在怎么样？我是说，有……他们的消息吗？”说完我觉得可能问得有点儿多，忙改口道，“我是说，我牺牲的消息，他们知道吗？”

老姜深深看了我一眼，微笑着说：“只要他们还活着，我就有办法让他们知道。”

他的回答很严谨，我还是无法知道徐卫东和程建邦的情况。

我没有资格否定或质疑老姜他们做出的决定，我也不敢想象我牺牲的消息一旦传到了徐卫东、程建邦和刘亚男那里，将会给他们带来什么样的打击。尤其是刘亚男，说生不如死都不为过。

我更没法安心休养了，我恨不得现在就出发，为了一个确定的目标不顾一切地一路狂奔，直到流尽最后一滴血。不论最后自己是否能有幸真的睡在这里，战斗，只有战斗能让我忘记悲伤，也只有战斗能让我心安理得地活着。

我想，我可能永远成不了老姜这样的人，因为就在此刻，我身处这片和平之地，心却已经燃烧着飞向了属于我的战场。

老姜留给我一个能直接联系到他的内部电话号码，说："只能打一次，一次就作废。"

我仔细回味着他的嘱咐，他的级别高出我太多，如果我在执行任务的时候寻求他的帮助就属于越级。他给我这个号码就是允许我越级向他求助。对一个普通探员来说，这简直就是一支金牌令箭，在生死攸关的时刻，他给我开的这个小灶足以救我一命。

5

我回到了医院，我已经在这里待了小半年了。其实早在五个月前，我就该搬离重症监护室，但不知医院接到了什么命令，一直把我留到现在。我的身体早就恢复了正常，不仅没任何问题，由于医生、护士的重点监管，连以前一些旧伤落下的毛病都养好了。我要求出院的报告打了一个又一个，每次得到的都是同一个答复：调整休养。

慢慢地，我有点儿明白上级是有意这么安排的，那我只好把这当作一个任务来无条件地执行。与其说是服从，不如说是忍耐。在这里的每一天、每一个小时、每一分钟对我来说都是煎熬。

从参加完自己的葬礼回来，我就坦然了。我学会了沉默和等待。我知道从上级决定让我假死的那天起，我就已经成为一张重要的牌，重要的牌就不会轻易打出。一旦打出去，必将决定整场牌局的输赢。所以，不论等待的日子有多么难挨，我都必须坚持。

又是一个月后，护士让我坐上轮椅，推出了重症监护室。上级一直把我留在重症监护室，是因为那里的保密级别最高。今天护士破天荒地把我带出了门，那只能说明一件事：我这张牌该出了。

一出门，我就从轮椅上跳下地，舒展着筋骨蹦了几下："憋死我了，这哪里是住院，简直是坐牢。"

"这是命令。"护士紧张地四下看看，"你还是坐回来吧，一会儿被领导看到该处分我了。"

"这算什么混账命令？还有逼着人坐轮椅的？"我假装没好气地说，却按捺不住激动而狂跳的心脏了。

护士说："你先坐回来吧，等到了疗养病房你再下来。"

"你们这是形式主义……"我本想跟她开开玩笑，舒缓一下兴奋的情绪。见她可怜兮兮的样子，又怕兴奋过了头说出些不该说的话，只好坐回椅子上，仰起头闭着眼任由她推着走。

轮椅东拐西拐了好久才停了下来，听到她开门的声音，然后说："好了到了，这下你可以下来了。"

我叹了口气睁开眼，一下愣住了。这间病房正是当年平凉一战回来，宁志养伤的那一间。那一刻我只觉得疼，我分不清是心在疼还是身上的哪处旧伤在疼，急忙仰起头忍住就要流出来的眼泪。一阵微风吹进来，带着些许植物的清香，耳边仿佛又响起了宁志胡乱拨拉那把破吉他的琴弦的声音。

护士俯下身看我，问："疼？"

"嗯。"我吸了吸鼻子。

"用不用给你打一针睡一觉？睡着了好点儿。"

“不用了。”我看了眼小推车上的针管，闭上眼连连摇头，“我担心副作用。”

过了一会儿，护士不放心地问：“还疼吗？”

我调匀了呼吸，说：“好多了。”睁眼见护士抖着肩膀，躲在口罩后面笑，她在笑我怕打针的尿样。

我正想说我可不怕打针，有人推门进来：“转过来了？”

护士忙说：“转过来了。护士长。”

护士长拿起床头挂着的病历翻开看了看，侧头看了我一眼，眉头微微一皱，说：“我怎么看你那么眼熟？”放下病历，又问护士，“针打了吗？”

“打了。”我和护士异口同声地说。

“嗯，注意病人的血压和体温。”

我刚松了口气，护士长出去了又折返回来，她摘下口罩指着我：“我想起来了，那年你战友也住这间，你一来就勾着他抽烟的那个。”边说边笑盈盈地用手做了个弹吉他的动作。

她正是当年照看宁志的那个护士，几年不见已经升护士长了。我看着她就感觉格外亲切，忙连连点头，激动地说：“是啊是啊，好几年没见了，你还好吗？”说完我就后悔了，我跟她连认识都谈不上，我尴尬地笑了笑。

“你这是……”她指着我的病历说，“差点儿犯错误，不该我问的。你那战友，他还好吧？”

她是在问宁志，我们在这里都是数字编号，她不知道我们的名字。我心里又是一阵痛，转过脸看向了窗外。

平凉那个矿场外小刀一般的北风此刻好像还在脸上飕飕地割着，很疼。宁志在这儿养伤的时候是冬天，我记忆里窗户外的花木却很茂盛，好像还有很多蝴蝶在飞。我总在想为什么会有这种明知错误的记忆顽固地刻在脑子里，怎么努力都无法抹去。我不想住在这里，这种安逸就像一双留着长指甲的手，将我的心一层层撕剥开，血淋淋地摊在我面前。

护士长不知什么时候离开了病房，我回过神后满眼触到的都是些无数次出现在梦里的东西：木质的窗棂，窗外的植物，甚至地板上的裂缝都还是记忆里的样子。

我像是被人抽去了筋骨，无力地瘫坐在床上，心如刀绞。

把我从重症监护室调到疗养病房，看样子上级还是没打算让我立刻离开。巧合的是居然调到了宁志曾经住过的病房里，刚做好的坚持等待命令的心被搅得重新开了锅。

前些天看护士拿来的一本杂志，上面有一段话大意是说：心情不好的时候，就想一想曾经快乐的事，美好的回忆是生活的良药。可我回忆中的每个人、每件事都混着血和泪，怎么都没法美好起来。所以我只能向前看，不能让大脑停歇，不然它总会残忍地把我拖回地狱。

烦乱的心绪让我没法正常呼吸，起身想要到外面透透气。护士瞪圆了眼睛伸开双臂拦在我面前，说："首长专门交代的，你只能在这里静养，如果你离开规定范围，我们这个护士组全体都得受处分。"

我说："那你帮我联系首长，我想和上级见面。"

"我只是个护士，你让我去哪里给你联系首长？"

"那你让我自己去找，所有责任我来担。"我拍了拍胸脯，捶得嗵嗵作响，"我还要怎么养，我伤好没好你还不知道吗？他们一定是把我忘了，你觉得呢？"

"那也不行，我接到的任务就是让你待在这儿，一直到接到让你离开的命令为止。"她两只手抓住了门框，急得眼圈都红了。

我被她的样子逗笑了："算了，你叫你们护士长来。"

在这儿待了小半年，我也大概知道了她们的规矩不比我们松多少。这种名为疗养的病房其实就是专门为我们这种人准备的，每个护士都有自己专属的护理对象，彼此不允许闲谈，也严禁串岗。别说我出院的事她做不了主，我出这道门她都得担责任，再多说就是刁难她了。

也许护士长能接触到更高层的领导，我想在她那里侧面打听一下，是从哪里接到把我调到这里的命令的。——如果是医院的最高领导直接对一个护士长下达这样的命令，就说明我这张牌的确很重要，也间接说明徐卫东和程建邦多半还都活着。如果这命令是层层下达，那极有可能是证实了徐卫东和程建邦已经牺牲，那我的生死就不需要保密了。

她看看手表说："反正护士长也要查房，最多，最多还有半个小时她就过来。"

我推开窗户坐到了窗台上，小护士又紧张起来："你……你要干什么？"

我摸出头两天她偷偷带给我的烟盒、打火机晃了晃，点了根烟，抽了一口："放心吧，我不会为难你一个小姑娘的。"

她朝外看了一眼："你快点儿抽，烟吐到外面去，一会儿我们护士长来闻见怎么办？"

我一边抽烟一边肆无忌惮地打量着她，从头到脚，从脚又到头。渐渐地，她被我盯毛了，下意识地低头看自己："你在看什么？"

我还是那么盯着她看，眼见她口罩后的耳根也变得通红，不由得笑了。

"你笑什么？"她低头又看自己，却忘了观察病房外的情况，护士长已经悄无声息地站在门外了。

我吐了口烟说："我想出去抽根烟，你不让，我只能坐这里抽了。"那小护士还是没有察觉到护士长就在她身后，一脸茫然地看着我。我又说："你瞪我干什么？你们护士长来了我也是这话。"我抬抬下巴示意她，她一回头，吓得"呀"地叫了一声。

护士长看看小护士，又看看我："怎么回事？谁让你在这儿抽烟的？烟哪儿来的？"

我掐了烟，用手扇了扇面前的烟："我正找你呢。"

护士长说："你先说烟哪儿来的？"病区是封闭的，不经允许我是不可能溜出去买烟的，所以这烟的来路只有一种可能，就是能出入这病区的人带进来的。

我指着小护士说："她，她给我的。"

小护士狠狠地瞪着我。“她？”护士长果然上了当，“她又不抽烟，哪儿来的烟？就算她有，她哪儿来的这胆子？”

我装作被识破谎言，干咳了两下：“哦，之前来过首长探望我，偷偷留给我的。”

护士长似乎对这个理由还算满意，点点头：“找我什么事？”

我问她：“我的事你们哪个领导负责？”

“院长。”

我见她上了钩，接着问：“那我有话跟院长说的话，需要找谁？”

“我可以转告。”

我假装不屑地笑笑：“你？你能跟他直接对话？”

她眼珠子一瞪：“怎么？你还瞧不起我这个护士长？关于你的所有护理命令都是院长亲自给我下达的，你的所有情况也是我直接向院长汇报的。”

果然是未经世事的小姑娘，两句半便被我套到了我想要的答案。我假装诧异地看着她，不可思议地问：“你们院长级别很高的，想不到这么平易近人。”

护士长警觉起来，冷笑了一声，走到床边翻着我的病历，凑到我耳边说：“不用跟我弯弯绕，你这样的我见多了。不过根据我的经验，只要调到这里，差不多就该离开了。半年都熬过来了，还差这一天半天的吗？”说完放下病历出去了。

小护士走过来指着我的鼻子，眼泪都快掉出来了：“你这个叛徒！再也不相信你了。”

我拨开她的手指：“你冷静点儿，要不是我提醒你，你们护士长在你身后，你自己就全招了，我越是那么说，她越是不相信，这叫声东击西。”

她有点儿不好意思起来，“谢谢你。”她歪头想了想，又横我一眼，“真是一只狡猾的屎壳郎！”

我点点头：“身为一个军人，一定要随时随地准备战斗，因为战斗本身就无所不在，这点儿觉悟都没有，怎么为人民服务？”

她“哼”了一声，白我一眼想要说什么，大概是想起了纪律，低下头不再言语。

一会儿护士长又回到病房，对那小护士摆摆手说：“去泡杯茶来，一会儿有首长要来。”我一听她这话，顿时兴奋起来，眼巴巴地看着护士长，看她后面还有没有要补充的话。护士长又催小护士：“快点儿。”

见小护士出了门，护士长才说：“来探病的首长给你的烟？哪个单位的首长？你以为首长都跟你们似的不遵守规章制度吗？”

我嘿嘿笑着说：“我不是怕她受处分吗？你行行好，别难为她。”

“没事。我就是告诉你一声，别老以为我们后勤的都是废物。”

“不敢不敢。”我赔着笑脸说，“你刚才说有人来看我？哪位首长？”

“我只知道有首长要来看你。”她叹了口气，“虽然我的任务就是让你们健健康康地离开这里，早些回到岗位上去，但说实话，我真不盼着你们走。”

我心里一酸，说：“我的兄弟们是生是死我都不知道，哪里躺得住？不论怎么样，我都想跟他们在一起。”

“理解，我还是希望你能多休养一段。”

“你不理解，你理解就不会这么想了。”

“我们不在一个岗位上，但你们都是我的战友，也都是我的兄弟，我经历过的牺牲太多了。你知道不知道还有多少人没从手术台上下来，不是每个人都像你这么幸运的。”她眼角滑出一滴眼泪，“当初你那个战友，是我照料的第一个病人……”她转过脸抬起肩膀擦着眼泪，“我知道不该问，可还是想知道他是什么时候……”她说不出“死”“去世”“离开”或者“牺牲”这样的字眼，吸了吸鼻子说，“他葬在哪里？我想去给他扫扫墓。”

看着她伤心的样子，我不知道该如何回答她的问题。就算纪律允许，我也没法说出口宁志就在我的眼皮底下牺牲了，至今遗骨还草草掩埋在异国他乡。不能，那样对她太过残酷了。我又无法编一个听上去还算不错的谎言去欺骗她。想了很久，我说：“对不起，我不能违反纪律。”

她抬起满是眼泪的眼睛，笑着点点头："你们都好好的，活着，我不希望在这里再见到你……我，不知道怎么说了。"她转身到窗台前，从医疗台上拿起一块纱布擦眼泪。

"护士长，茶来了。"小护士端着茶杯小心翼翼地放在床头柜上，"一会儿首长来了，会不会放凉呢？"

"没关系，反正他们也不喝，这就是做个样子。"我端起那杯茶，掀开盖子吹了吹浮在水面的茶叶，啜了一口。

护士长对小护士说："跟你照料的第一个病人说再见吧，他一会儿可就走了。"

小护士高兴地应了一声，对我说："那恭喜你康复出院了。"

"谢谢你照顾我这么久。"我点点头，"再见。"

"那我先出去了。"小护士走到门口，又回头看，像是想对我说什么。我问："还有话跟我说？"

她抬手摘了口罩，我才第一次看清她的样子，小巧清秀的五官，鼻子两边有几颗俏皮的小雀斑。她冲我一笑，露出两颗小虎牙，说："再见。"

我忙端起茶杯又喝了几口茶，眼睛却被热茶蒙上一层雾气，久久不散。

这时从外头走进来一个四十来岁、体型魁梧的男人。他大步走到病房中间，环视了一下屋内："环境不错，怪不得养得这么快，听说还把脾气养大了？"不等我说话，他从口袋里摸出一个证件，单手打开举在我面前。他的证件跟徐卫东一样，叫欧阳刚，想必就是来接我出院的首长。我忙站起来给他让座。

欧阳刚对护士长说："辛苦你了，这里交给我吧。"

"是。"护士长端起茶杯递过去，"您请喝茶。"

欧阳刚接过去掀开杯盖，刚要喝看了一眼发觉不对，举着茶杯对护士长的背影说："福根儿？这得干了吧。"

护士长忍着笑回头说："茶满送客，所以就半杯。"

欧阳刚“哼”了一声，把茶杯放回柜上，从口袋里摸出烟丢给我一支，不等护士长发话，他说：“没你事了。”

护士长无奈地看看我们，出了门。我想起之前她说的话，心中不觉涌起一阵阵酸楚。

欧阳刚双手抱在胸前，眯着眼睛看着门口，咂咂嘴说：“嗯，不错，有眼光，皮肤好，脚踝也漂亮。”

她们穿着长裤和白大褂，哪里看得见脚。我疑惑地问：“脚踝？怎么看出来的？”

他拍拍我的肩膀：“冷静点儿。”

我听话头不对，忙说：“不是，首长，那什么……”

“好了好了，都是男人，理解，理解。”欧阳刚把点着的打火机递过来，我赶忙凑上去点着了烟。他走到窗边伸出头去看外面：“这儿多好啊，干吗老闹腾着出去？”看了东边看西边，“那棵梨树都长那么大了？我上次来的时候还是个树苗呢。”

我只觉得一肚子的话抢着往外蹦，选了一句最重要的问：“他们有消息吗？”

“秦川，他们的事交给我，你现在的任务是好好休息，当然，如果你信得过我的话。”又笑着摇摇头，“也对，我们才第一次见面，谈信任草率了点儿。”

“首长，我不是不信任你。半年了，一点儿消息都没有，我怎么安心休息得了？”

“那你想干什么？”

“我想继续执行我没完成的任务。”

欧阳刚连着抽了几口烟，“你们组的情况你知道，老徐下落不明，你连个搭档都没有，怎么给你任务？”

我见他级别和徐卫东一样，也称徐卫东为“老徐”，顿时感觉亲切许多，比和老姜在一起时轻松了不少。我抱着最后一线希望，试探着问：“上次的事真的是意外，而不是事先计划好的吗？”

欧阳刚看了我一会儿，说："我不知道。刘亚男级别高你是了解的，你们的任务就是押送她过去交接，没有额外计划。你们遭遇袭击的事，俄方承认是他们情报泄露了，他们那边的损失更大。"

我想起那些非死即伤的俄方特工，那才是真正的全军覆没。我点点头说："那老徐他们现在……"

"我们在追查他们的下落。"

"有进展吗？"

"暂时没有。"

过了这么久，不知道组织上是否已经就刘亚男对我开枪的事做出了定论。我说："是不是可以问问上面刘亚男的情况？如果她在执行任务，一定能联系到的。"

"你在境外执行过任务，联络这种事的利害你不清楚吗？这么大的事，上级自然有考量。"欧阳刚神色严肃起来，"我的意见，你还是继续静养。一旦有新计划，我一定第一个通知你，而且让你参与制订和执行计划，怎么样？"

我失望地坐回到床上："原来你不是来接我出院的。"

他点点头。

我有点儿着急地说："可老徐之前交代过的，要我顺着金三角的线索追查他们给恐怖组织提供资金的事，那是我还没完成的任务。我伤已经好了，可以继续了，而且……而且，我认为这个案子极有可能会与我们遇袭的那件事重合。"

欧阳刚认真地听着，低头思考着，见我停了下来，抬眼看我说："把话说完。"

"我刚听你说，你们那边也没什么进展，为什么不兵分多路？而且我不会给上级添麻烦，我有我的资源可以用，就算立军令状也没问题……"

欧阳刚抬起手打断我："军令状倒不必。我和老徐二十年的战友，一起搭档也有小十年，你觉得我比你轻松多少？"

他问得我哑口无言，惭愧地把剩下的话咽了回去。

欧阳刚说："我能给你的，只是一些很有限的资料。而且这些资料极有可能跟你掌握的重叠，换句话说，我帮不了你什么。”

我眼前一亮：“首长，你愿意帮我了？你同意我继续任务了？”

欧阳刚像是做了什么决定，把烟掐灭了说：“跟我回总部，我带你见几个人，你赢得过他们，我就让你去。”

只要让我出去，哪怕有一线希望可以继续执行这个任务，什么条件我都能答应，更别提只是跟人比武这种小事了。我激动地跳下床，活动着脖子，冲空气重重地挥舞了几拳。

6

病房外围是一片茂密的杨树林，阳光透过繁茂的枝叶星星点点地洒下，随风闪动，清甜的空气中混着淡淡花草香气。我站在石级上闭上眼深深地吸了口气，我要记住这里的气味和恬静，我要把这些印在大脑深处，在我与死神博弈时，这些记忆能给我力量。

照管了我半年的小护士和护士长身着军装站在不远处的小径边，整齐地对我敬了一个军礼。一时间我有些慌乱，连先迈哪只脚也不知道了。欧阳刚捣了我一拳：“发什么愣？”

我忙上前一步，对她们俩回了一个礼。她们脸上带着微笑，眼睛亮晶晶的，我终究还是不敢跟她们对视，低头想跟着欧阳刚赶紧往外走。谁知欧阳刚没动，我一头撞到了他身上，逗得两个姑娘咯咯笑起来。

欧阳刚低头拍了拍被我踩脏的皮鞋，悄声说：“不好意思我刚误会你了，我以为你看上他们护士长了，原来是那小护士。”

我不想解释，埋头往外走。欧阳刚说：“你不跟人家道个别吗？”

“道过了，你来之前就道过了。”

“你看你那点儿出息！”欧阳刚以为我害羞，冲她俩挥挥手说，“既然人被你们修好了，那我就带走用，感谢的话就不说了，有空一起联谊。”

护士长说：“一言为定，说话要算话。”

“我这么大个子说话能不算？走了啊。”欧阳刚推我一把说，“没出息！”

我想起欧阳刚之前的话，不由得朝她俩的脚上看了一眼，确实看不到脚脖子。欧阳刚照着我后脖颈子拍了一下：“瞎看什么呢？她们站在那儿哪能看得出来。”

我知道怎么说也解释不清，干脆不吭声算了。一直到欧阳刚把我带出医院，我都没再回一次头看她们一眼。

欧阳刚直接领着我进了总部的四号资料室。

资料陈列架边的椅子上端坐着一个人，见我们进门，他唰的一下站了起来，接着又唰的一下给我们敬了一个军礼。动作快到吓了我一跳，下意识地绷紧手臂做了一个防卫动作。

那是一个二十出头的小伙子，穿的是便装，军姿却跟示范教官似的，笔挺而标准。

欧阳刚抽出两支烟，递给我一支。那小伙子不敢接，看看烟，又扭头看了看墙上禁烟的牌子。欧阳刚走过去将那牌子反扣了过去，再次将烟递给小伙子，他这才接了烟。我打着火机凑到他面前，他“哎哟”一声，恭恭敬敬双手捧住我的手，点着了烟还要护着火要我点。我轻轻推开他的手，自己点上了烟，抽着烟打量他。

欧阳刚指着我，对小伙子说：“一会儿你跟老大哥好好请教请教。”

“是！”小伙子双眼平视前方，又站得笔直。

欧阳刚皱起眉头看着他，问：“你在队里排名第几？”

小伙子一挺胸：“第五。”

“混账。”欧阳刚一瞪眼说，“第五名也敢跟老大哥请教？”

“我们队长说，要是把第一派来再输了，会打击整队士气，我个第五输了也就输了。”

欧阳刚笑着拍我的肩膀说：“看见没，老天都帮你。”

我只想快点儿过了这一关，应付着笑笑说：“那开始吧，在哪儿？比什么？”

“别着急，我去安排。”欧阳刚说着站起身，把烟盒装进小伙子的上衣口袋，拍拍他肩膀，说，“你们聊，我去看看这管事的人跑哪儿去了。”

目送欧阳刚出了门，我问那小伙子：“你们队里多少人？”

他又是一挺胸：“五个。”

全队五个人，派来个老末和我比画，就算是欧阳刚故意放水帮我，这也太看不起人了吧。我“嗞”了一声正要发作，又想起自己来这里可不是为了争金牌的。再说我跟个后辈较什么劲，我问：“出过外勤吗？”

他眼里闪出一丝兴奋，说：“还没有，但已经有任务等着我了，跟您请教完就去。”

“以后不能再有任何军姿出现了，不然你还是回去出操吧。”说完这话我觉得怎么那么熟悉，想起这正是徐卫东当年训我们的话，为这个他没少和我们生气。一时间我有些走神，当年徐卫东去学校选出我们的每个细节我都记得，又特别恍惚，好像是很久以前的事了。我回了回神，对站得笔挺的小伙子说：“从现在开始。”

他低头看看自己的腿脚，想了想，做了个稍息的动作。我往椅背上懒懒地一靠，跷起二郎腿，晃了几下脚尖，眯着眼睛对他说：“这个都做不到，还出什么外勤？”

他吸了吸鼻子，看看我晃动的脚尖，坐了下来，一只脚踩到椅子上，拿烟的手搭在膝盖上，眯着一只眼，抽了口烟，将烟缓缓地喷到暗红的烟头上，烟头忽的一下变得红亮起来。他扭头看着我说：“你们平时都抽这牌子？”

我既高兴又失望。高兴的是，他转换得如此自然，让我几乎忘了几秒钟前他傻大头兵的样子；失望的是，我再没有踹他一脚纠正他类似错误的机会了。

这时，欧阳刚带着个人又推门进来，那人年纪跟欧阳刚差不多，戴着黑框眼镜。小伙子习惯性地就要往起站，我照他脚弯上踹了一下，他立刻意识到不对，赶紧放松下来坐回椅子上。没等我们说话，来人指着小伙子喝道："你哪个单位的？谁让你在这儿抽烟的？这里都是绝密资料，要是失火了把咱俩全毙了也不顶事，你知道吗？"

那小伙子愣住了，拿着烟又不敢丢，见我和欧阳刚都不吭声，他想对来人说点儿什么。欧阳刚下巴一扬，眼睛一瞪，那小伙子只好又把话咽了回去。

"哟嗬，掩耳盗铃？"那人走到禁烟牌前看看，说，"欧阳，是你的人吧？"

欧阳刚指着我们："你们怎么回事？知道这是什么地方吗？那口烟不抽会死吗？关七天禁闭，记大过处分一次。"

"欧阳……"那人拽了拽欧阳刚，"至于吗？抽根烟的事，说两句得了，至于这么大罪过吗？"

欧阳刚推开那人，说："那不行，这是资料室，情报都是血和命换来的，万一被这俩小子一把火着了，谁负得起这个责？记大过都是轻的。"

"欧阳！这就是你的不对了，这小兄弟是外勤的吧，那也是提着脑袋的活儿，在这儿抽根烟怎么了？就算一把火把这儿点了，那也算是我请的。"那人对我们摆摆手，"小兄弟，没事，今天这事算我的，给我也来一根，我倒看看你欧阳刚能把我也关了禁闭？"他冲小伙子伸出手，"给我来根。"

小伙子看看欧阳刚又看我。那人自己动手从小伙子上衣口袋里拿出烟和打火机，点着一根对着欧阳刚说："你自己的人你不护着，就知道让人家在外面拼命，有你这么当老大的吗？"说话间烟全喷到了欧阳刚脸上。

欧阳刚瞪我们一眼说："这次饶了你们，没有下一次。过来我给你们介绍一下，他是这次配合咱们行动的，情报组李铭。"

我一听这名字，差点儿笑出声来，忍着笑没忍好，弯着腰咳嗽起来。这不是程建邦喂猪时的假名吗？

李铭看看我，又疑惑地看向欧阳刚。

我赶紧摆手，清了清嗓子："没事，我们以前干掉的一个毒枭也叫你这名字。”

“哦。这世上同名同姓的人多了。不耽误时间了，这是你们这次行动需要的资料副本，你们只能在这里看，看完我要收走销毁。”李铭从口袋里拿出一个文件夹递给了欧阳刚，就转身出去了。欧阳刚对那小伙子比画了一个转圈的手势，那小伙子会意地转过身背对着我们。

翻看完那些资料，果然如欧阳刚所说，基本没什么我用得着的。

有一个人的名字给我留下了印象，资料显示这个人叫双喜，他干的营生跟我在海上做的差不多，常年在中蒙俄三国边境帮走私分子护运货物。如果此人真如情报里说的这么神通广大，那他一定跟俄罗斯的贩毒组织有着千丝万缕的关系。要是能接近这个双喜聊一聊，凭着我塔哥的身份和资源，与他合作也不是难事。由此就可以通过他跟俄罗斯贩毒组织挂上钩，那么顺着线去追查徐卫东和程建邦的下落还难吗？

想到这儿我不禁有些激动，仔细将资料前后翻了好几遍，再没有更多有价值的信息了。我指了指双喜的名字，将文件夹合起来推到欧阳刚跟前说：“看完了。”

欧阳刚收起资料，说：“好了。”小伙子转过身来，见我看他，咧嘴一笑，露出一口整齐洁白的牙齿，灿烂而无邪。那一刻我理解了当年程建邦初见我时的心情。

欧阳刚起身拍拍我肩膀说：“走，赶紧比画完该干吗干吗去。”看样子跟这小伙子比武只是个形式，欧阳刚对这种走过场的事好像也有点儿不耐烦。

我们跟着欧阳刚来到一间会议室，桌上整齐地摆着一排电脑。欧阳刚走到一台电脑跟前开了机，说：“一人选一台。”

小伙子对我做了个“请”的手势：“老大哥先选。”

进门我就意识到，这次比试不仅仅是射击、格斗那么简单，有点儿后悔之前没问清楚到底比什么，现在措手不及，只能随便选了台电脑坐下。

欧阳刚公布比赛内容：要我们根据他提供的 IP 地址，攻破他面前那台电脑的防火墙，并获取里面指定的加密内容，然后破解出来。

见我们都坐定了，欧阳刚看着手表："开始。"

会议室里只有小伙子噼里啪啦飞快敲击键盘的声音，我伸着两手悬在键盘上空，不知道该如何下手。我往座椅后背上一靠，想趁早认输算了，就见欧阳刚食指竖在嘴前，轻轻地对我"嘘"了一声。我只好硬着头皮坐正。几分钟过后，那小伙子双手离开了键盘，喊了声："报告。"

欧阳刚过去在小伙子的电脑屏幕上扫了几眼，满意地点点头，又走到我对面，轻声问："你没有集训过这个？"

我闷声说："每次这种训练，我要么在出外勤，要么刚学了一半被派出去，所以……"

"那我帮不了你了。"

我一听有点儿急，想站起来争辩几句，却被他一把按住肩膀。欧阳刚把小伙子打发走之后，才松开手，说："这是最基础的技能了。"

"这不是田忌赛马吗？"我按捺住情绪，尽量放缓语气，说，"我要对付的是毒枭，不是黑客，用不到电脑，你这是为难我。"

"这半年的院没白住，文化课补得不错。"欧阳刚笑了，"随你怎么说，给你条路自己选吧。第一，回去疗养……"

不等他说完，我腾的一下站起来："首长，我再回那地方待下去就废了。"

欧阳刚竖起第二根手指头，接着说："第二，去当你的塔哥。"

看来怎么说都说不通了，我想抬出老姜出来试试。谁知他抢先一步说："我执行的是老姜的命令。"

我心里一沉，最后一个指望都没了，只好点点头。塔哥就塔哥吧，好歹也算在行动中，比关医院里强。我还藏有周亚迪的一大批货，这是很重要的筹码，能干的正事也不少。只是这段时间一定发生了很多事，有点儿担心周亚迪已经腾出手来把货拿走了。我说："我这么久没有出现了，那边现在什么情况？"

“你海上那帮弟兄还挺仗义，疯了一样到处找你。你要再不回去，搞不好还真会出大乱子。”

“那，我的任务是……”我试探着问。

“当好你的塔哥。”欧阳刚意味深长地看了我一眼，说，“同时别忘了你的身份。”

7

欧阳刚走了，留下我独自站在空荡荡的会议室里，心里乱糟糟的：什么意思？我白假死了？如果让我回到原点，那半年的煎熬岂不都是白费？

以前我特怕这种模棱两可的指令，让你找不到方向，不知道轻重，每走一步都要再三衡量，每时每刻都在问自己，你做得对吗？那种困扰像裹了张蛛网一样难受。

但有些特殊的时候，比如现在，我爱死了这种口吻下达的含糊其词的命令。这意味着自由，意味着我可以按照自己的理解去解构他的命令。至于前面是鲜花铺地，还是万丈深渊，我不在乎。

那天，我在会议室里坐了很久也没人进来打扰，我想是欧阳刚特意给我留出的空间。我也的确用这段时间下了一个决心：只要允许我去战斗，我就会一往无前，无怨无悔。

出门的时候路过刚才那小伙子用过的电脑，见屏幕还亮着，上面闪着几行大字，正是他攻破防火墙获取的信息译本：为祖国和人民而战，为信仰和使命而战，为父母而战，为战友而战，为自己而战！

第四章
你到底是什么人

1

我只身一人到达天津塘沽港，是几天后的黄昏。

霓虹灯着急忙慌地抢在太阳落山前闪亮起来，这样繁华的夜色对我来说像是一个虚幻的梦境，我身在其中却永远无法真正融入它。开着车在车流中穿行，就是走进了另外一个时空，自己也成了另外一个自己。

我停了车摸出手机，想想又放了回去，正重新启动车子要走，就听副驾的车窗被人敲得咚咚响，一个男人张着双手扒在车门上，看样子像是喝多了。我摇下半截车窗想让他闪开别伤着自己，那人竟然飞快地伸手进车内打开车门，一屁股坐在副驾座位上，把门一摔重重关上，说：“快，快走。”

这人个头不小，坐在副驾上脑袋都差点儿顶到车顶了。见他动作利索地摇上车窗又落了锁，我说：“我这不是出租车。”

他慌张地朝后看了看，掏出一沓钱塞进我衬衣口袋里，说：“帮帮忙，不然我得被打死。”

我看了眼后视镜，几十米外有三五个人正气势汹汹地往这个方向跑，原来这人是被那些人追打到这里的。我可没工夫管小混混儿之间的闲事，抓起钱塞回给他：“哥们儿，别坑我。”我伸过手去要开副驾的车门赶他下去。

他一把拽住我的胳膊，瞪着眼睛说：“你知不知道我是谁的人？塔哥听说过吗？我是他兄弟，你今天帮了我，以后你就是我兄弟，不然……”

说话间追上来的那些人已经把车围住了，嚷嚷着拍打着车门和前机器盖子。

“塔哥？”陡然听到这两个字，我又惊讶又觉得好笑。我打量着这个年轻人，他理着一头非常时尚的短发，用英俊已经不足以形容他的相貌，如果是在大街上见着，我一定会认为是某个明星。说起明星，这人还真有点儿眼熟，但绝不是我认识的人。我说：“好眼熟，咱们见过吗？还是电影上见过？”

“眼熟吧？”他听见人夸他，居然就完全不顾车外那些人，坐直了摸了摸自己的头发，说，“别说你了，妹子们看见我都是这句。”

只听“咣”的一声，车外那些人开始砸车窗了。接着又是一声巨响，副驾那边的玻璃碎了，有人伸手揪住他的头发往车外拽。我打开车门跳下了车，一人冲上来掐住我脖子按在车上，指着我的鼻子吼：“这儿没你事，别管闲事。”

我举起双手，赔着笑脸说：“别激动，我不认识他，你们随便。但一会儿得把修车费给我，不然我只能报警了。”

“报警？你他妈的拿警察吓唬我？我操你妈的。”说着话挥拳就朝我面门打来，我偏头一躲，拳头结结实实地砸在了车门框上。那人赶紧松开我，抱着手弓起腰冲其他人喊：“打，往死里打！”

刚坐上我车的那个年轻人已经被他们拖出车外，他招架不住那些人的乱拳乱脚，用小臂护着脸缩到了墙角。其中一人掏出了把弹簧刀，我见这是要弄出人命了，几步赶过去把人群扒拉开一个缺口，指着墙角的年轻人，恶狠狠地说：“你他妈的坑我，你不是塔哥的人吗？塔哥呢？你到底叫什么？”

那些人停了手，哄笑起来。一人说：“这小子叫徐明。借着塔哥的名头到处坑蒙拐骗，骗钱骗货骗女人。今天好不容易逮住他。今天算你倒霉，以后出门看看皇历。”

我挤出些笑脸，转身对他们说：“几位大哥我错了，我认倒霉，你们忙，我先走了。”

“走？”之前拳头砸到车门框上的那位甩着手走过来说，“可以，把医药费赔了。”

我知道遇到这种人没法讲道理，只好说：“好，多少钱？”

那人伸出一个巴掌：“五千。”

“大哥，我身上没带那么多，谁出门带那么多钱？少点儿吧。”

那人呵呵一笑：“那把车押着，到时候带着钱来取。”

对方一共四个人，我已经半年多没有回来，这帮人什么来头我也不清楚，在没有和我这边的人联系上之前，我还不能轻易报出名号，万一吓不退这群人，反倒把事弄大就麻烦了。想要尽快脱身，恐怕只能动手了。

我暗暗地活动了一下肩膀，只见那个叫徐明的年轻人猛地从角落里蹿了起来，一把抢过对方手里的弹簧刀，将那人的脖子用胳膊锁住，刀比在那人的脸上喊：“都他妈别动，不然我捅死他。”

其他人被这逆转的一幕搞得有点儿蒙，傻傻地愣在那里看着他。徐明伸脖子咽了口唾沫，说：“不信是吧？”飞快地就在那人肩膀上扎了一刀。那人惨叫了一声，鲜血就濡湿了一大片衣服。

那几人愣了片刻，却没有被吓到，反而狰狞起来，有再围上去要撕了他的意思。徐明见适得其反，有点儿慌神地又大喊一声，照着那人肩膀上已经挨过一刀的位置又来了一下。那人杀猪似的嘶喊着：“你们这群王八蛋，别动了，你们是打算把我豁出去吗？”

我见徐明的这一招，不由得想起了当年和程建邦一起在胡经身上同一处连开三枪的事来，忍不住笑了。

徐明拖着那人退到车边上，拉开车门冲我喊：“大哥，开车。”

趁着这份乱赶紧脱身倒也未尝不可，我上车启动了引擎，徐明坐到副驾上，还不敢放开那人，对那群人喊了声：“都他妈趴地上。”

我心说：上道，这才能争取时间。

见那群人听话地趴了下去，徐明举着刀，在挟持着的那人背上犹豫着，好像要找一个既能再扎一刀拖延对方，又不至于要人性命的地方。找了半天大概心里还是没底，索性一刀又扎到了之前的刀口里。那人痛得叫都叫不出声了，徐明一脚将他踹出好几米，飞快地缩进车内，关上车门连声说：“快快快。”

我笑着看了他一眼，把车开上了大路。

“你笑什么？”车开出很远，徐明确定没有人追来后问。

我摇摇头不说话。“我知道了，你是害怕吧。”他掏出烟来点着了，我瞟了他一眼，那火苗跟着他的手一直在抖。我脑子里还是当年和程建邦挟持胡经的画面，忍不住笑得更厉害了。

徐明“哼”了一声说：“至于吗？怕得笑成这样？”

我说：“你为什么冒充塔哥的人？”

他扭头看着我，说：“什么叫冒充，他们是揣着明白装糊涂……对了，你认识塔哥？”

“认识。”

他小心翼翼地问：“真的？”

我点点头。

他又看了我一会儿，说：“刚才那种场面，你居然还敢问人家要修车费？我看你不是见过的世面多，就是太少。”

我心里一动，这种成天到处瞎混的小流氓，消息其实挺灵通的。于是问他：“你用不用找个诊所看看？”

他拉下副驾的小镜子照了照脸，按着瘀青的地方龇牙吸了口凉气，说：“不用。”

我又问：“你去哪儿？”

“前面。”他对我诡异地笑笑，说，“想不想赚点儿小钱？”

“我不缺小钱。你还没告诉我，你为什么冒充塔哥的人呢。”

“什么叫冒充，都说了那些人胡说，我就是塔哥的兄弟。”见我不为所动，又加了一句，“真真的，十足真金。”

我淡淡地说：“听说塔哥不见了大半年了，有人说八成已经……”

“呸！那是那些盼着塔哥死的人造谣。塔哥是不在家，那是去谈大买卖了，俄罗斯人。”

他说得颇引以为傲似的，我却心里一惊。——我没跟薛五他们提过任何关于俄罗斯人的事，当初只是交代要出趟门而已。怎么连个小混混儿都知道我的去向了？

我看了徐明一眼，说：“我就知道他说要出趟门，然后再也没回来……对了，你以前跟他做什么？”

徐明叹了口气，说：“鞍前马后呗，我把他当我亲大哥，偶像。”

“是吗？那到底是当大哥，还是当偶像？我以前没听说过你的名字。”

他支吾了一下，脖子一梗，“你和塔哥什么关系？我以前也没见过你。”指着一个路口说，“这边拐。”

“我和他嘛……”我话没说完，他指着前方路边的霓虹灯招牌说，“停这里。”

这地方我认识，酒吧老板姓吴，是个刑满释放人员，出狱后想走正路，开了这个酒吧做点儿正经生意。架不住之前的“老朋友”们慢慢又聚拢过来，把他这地儿当成了非法买卖的集散中心。他心里终究害怕，主动联系警方当了线人。吴老板江湖经验丰富，警方又把他隐蔽得很好，所以一直没人怀疑过他。

“你接着说？你和塔哥什么关系？”徐明看着我说，“对了，还没请教大哥，怎么称呼？”

“也没什么，对了，他不在，他的那些生意怎么办？”

徐明一耸肩：“全都停了，塔哥的兄弟仗义吧，只要塔哥不在，什么活儿都不接，宁可吃老本。”

我点点头。其实我能在海上叱咤风云，靠的是几国警方的情报支持和武力掩护，每一次都是在我们的计划中，无一例外，这才保证次次马到成功。我不在的话，之前那些海上的事的确没人敢干，也没人知道怎么干。

徐明说：“走吧，既然你不缺小钱，那我带你去赚点儿大钱，搞好了你能换辆新车。”

我一边找车位，一边问他：“你总是在大街上随便拽一个人去办事吗？”

他眼睛一瞪，说：“开什么玩笑，我是看你人不错，而且今天害得你车被砸了，才打算报答一下你的。”

我停好车，看着酒吧招牌说：“我可听说这里面没一个好惹的，你把我带这儿来叫作报答？”

徐明下了车，站街边整理着自己的衣服和头发：“你瞧你吓的。放心吧，有我在。”

我说：“那我总得知道我进去后干什么吧？”

“什么都不用干，你跟着我就行了，今天看我谈笔大买卖。”他一连发了好几声卷舌音，见我看他，得意地说，“要跟俄罗斯人谈判，好久没说俄语了，我热热身。”

“俄罗斯人？”我心头一动，“什么买卖？”

他神秘兮兮地一笑，指指酒吧的霓虹灯招牌说：“你不是知道这里没一个好惹的吗？你说还能是什么？”

“你就不怕我是警察？就算不是，你不怕我报警？”他的这个草率劲儿实在让人替他捏把汗。正如他刚才说的，要么是见过太多世面，要么就是没见过世面。看他流里流气的样子，我看更像是后者，八成是个不知深浅的初生牛犊，把我捎上无非是多个人帮他撑撑门面。

“我一闻就知道你不是那种人。”他不耐烦地摆摆手，“走吧。对了，你到底叫什么？……无所谓，一会儿进去你也不用吭声，跟着我就行了。”他潇洒地一甩头，推开了酒吧的大门。

昏暗的酒吧里放着英文老歌，座位都空着，只有吧台前坐着几个人。我定睛一看，居然是薛五和几个小弟。他们看到我也愣了好一会儿，齐刷刷地一起从吧椅上跳下来，又惊喜又恭敬地叫了声："塔哥。"

徐明身体明显一晃，我以为他被惊到了。谁知道他误以为人家在叫他塔哥，伸手冲薛五他们打招呼："兄弟们好。"

薛五老远就伸出了双手，徐明也伸着手迎了上去。薛五有些莫名地扫了他一眼，一把握住我的手操着天津口音说："您可回来了，让兄弟们想死了。您还好吧？"

这一别半年多，看得出他操了不少心，面容显得十分憔悴，我拍拍他手背说："我没事。"

"没事就好，没事就好。"薛五回头吩咐小弟，"把塔哥的位子收拾下。"

"我来跟一个朋友谈点儿事。"我看向徐明，他站在那里张着嘴巴看着我，像是被点了穴似的一动不动。

薛五迎上去礼貌地问："不知这位兄弟怎么称呼？"

徐明愣在那里回不过神。我只好替他说："徐明。"

"徐明……"薛五想了想，抓抓脑袋笑着说，"久仰久仰。最近总听说一个叫这个名的自称是塔哥的朋友。我还以为谁闹着玩儿的，没当回事，真不好意思。"

徐明干笑了几声，看了看我，又看看薛五，说："那什么，你们忙吧，我还有事先走了。"

我抓住他的胳膊，搭着他肩膀说："不是要和俄罗斯人谈事儿吗？我们也没人懂俄语，你走了我们被人骗了怎么办？"

薛五说："塔哥，跟俄罗斯人的事儿您也知道了？"

我拍拍徐明的肩膀，说："我也是刚知道，而且只知道个大概。"

薛五脸色很尴尬，低声说："塔哥，我也是没办法。你藏在仓库里的那批货……你知道我从来不会碰那种东西的，可这次俄罗斯人找上门来，说那是你帮一个姓周的先生暂存的。他们打算按市价收走，而且保证不会在咱中国卖。”

我问：“周亚迪？”

“对对，就是周亚迪。半年前咱们从海上救回来的那个。”薛五扑通一下跪在我面前，“塔哥，我错了，要打要罚你随便，我二话没有。”

要对付周亚迪和胡纬这两个金三角的大毒枭，再加上几个俄罗斯人，以薛五的成色和心智，显然已经大大不够用了。不碰毒品是我给他们立的规矩，当时他们不仅不反对，反而非常支持，因为贩毒是死罪。我掌控了这个团伙后，带着他们干的都是有惊无险又能丰衣足食的活儿，所以在很短的时间内树立了其他人难以达到的威望。

这一次，一定是周亚迪想要拿回那批货，让俄罗斯人出面找上门来索要。薛五他们已经半年多没有任何收益，一看有现成的钱拿，怎么能指望他们不动心？

我问薛五：“他们开了什么价？”

“一千二百万。”

“市价是多少？”

薛五含糊地说：“我约了一下分量，差不多就是这个数。”

“差不多是差多少？你的市价是从哪里打听来的？我以前怎么不知道你还认识毒贩子？”

“我不认识，我是从夜店里那些毒虫那儿打听了个大概，自己算的……”薛五低下头说，“塔哥，我错了。”

“你的算法是加上了几层中间商，包括最后在夜店那些小毒虫的利润之后的价格。那批货只值个八百来万，你觉得人家凭什么要多给你四百万？因为你长得帅？”我看了眼徐明，说，“你帅能帅过我这个兄弟吗？”徐明一直傻愣愣地听着，一听这话，挺起胸整了整衣领，甩了甩头。

薛五看了眼徐明，低下头去。我又问："你知不知道那批货是什么？海洛因、可卡因还是鸦片？"

薛五说："鸦……鸦片应该不可能，那玩意儿黑乎乎的电视上见过。咱那批货是白色的，应该是海洛因。"

我笑了："冰毒也是白色的。"

薛五擦着额角渗出的汗水，说："塔哥，我错了。"

"你哪儿错了？"

"我，不该和毒贩子打交道，不该碰这事……"

我上前一脚将他踹翻在地，指着他说："你他妈的拿你手下兄弟的命在玩，我没猜错的话，交易地点一定是海上吧。"

薛五不敢喊痛，捂着胸口痛苦地点点头。

"人家明摆着是要算计你的货，然后把你们全杀了扔海里！"我控制了一下情绪，问他，"这件事多少人知道？"

"就我这几个兄弟。"薛五爬起来还继续跪着，见我没说话，又补充，"还有吴老板……这可都是自己人。"

我看了眼正在吧台里玩电脑游戏，对眼前事好像看不到听不到的酒吧老板，一把揪过徐明，指着他鼻子问："那你是怎么知道的？"

徐明一边往后缩一边连连摆手："我不知道，我是听说的……哦不，我是瞎猜的……塔哥，我真的还有事儿……"

"你是有事儿，还不小呢。"见徐明不敢再挣扎，乖乖地闭了嘴，我看看墙上的挂钟，问，"俄罗斯人什么时候来？"

薛五说："本来说是八点，刚才他们托人送了信，说改天再约。"

"你们什么时候懂俄语了？跟你接触的是什么人？"

"他们来的是个中国人……也不知道叫什么。"

我又气又好笑："一问三不知，就敢学人家贩毒？万一来的是警察怎么办？"

"啊？"一群人顿时慌了神。其他人愚钝也就罢了，但薛五连这层都不考虑就敢行事，不禁让我心生疑虑。

本来我打算靠那批货勾周亚迪等人出现，但我还没准备好情况就来了，薛五嘴里的话未必牢靠，我必须先退一步看清形势再做打算。“我回去摸摸情况，看看你们到底捅了多大的娄子。”我说着话拿脚轻轻踢了薛五一下，“滚起来吧。”

薛五爬起来拍了拍胸口衣服上的鞋印，说：“那我们……”

“你们赶紧散了，跟弟兄们交代下，消停点儿在家待着，你安排完了再联系我。”我给他写了一个新的手机号，掏出车钥匙来丢给徐明，“走。”

徐明拿着钥匙，犹豫着看看我，又看看薛五，终究没敢说不，缩着脑袋跟我出了酒吧。

2

坐在车上的徐明十分安静，时不时偷瞄我一眼，跟之前滔滔不绝的那个他简直判若两人。我打开收音机调出一个音乐频道，过了一会儿徐明放松下来，手指跟着音乐节拍在方向盘上敲打着。

现在我知道为何一个小混混儿都知道这事了——那些成天和毒品打交道的人个个都是人精，把薛五之流放在手心里玩简直就是小菜一碟。就算不是薛五等人嘴漏，周亚迪派来办这事的人也会故意把消息放出去搅局，水浑了，才好摸鱼。

如果我没猜错的话，周亚迪一定是急需一笔钱，但他回不去金三角。他或者在俄罗斯被什么事缠住了，或者是不敢回金三角，最大的可能是他不敢走这条我掌控的海路。我半年多没出现，周亚迪不好判断我是不是真死了。我心里一亮，一定是这样的，他想用高价买这批货来试探我到底有没有死。要是我死了，那么这批货他很容易就能弄到手。要是我还活着，他躲在暗处，胜算就总会大些。

他之所以还愿意费这么多工夫在那批货上周旋，原因只有一个，这里是大陆。换作没有王法的金三角，他早就召集人马来抢了。这真是个好消息，顺着这条线就可以找到周亚迪，找到周亚迪就有机会接触到他背后的势力。我总觉得他背后的那个势力和抓走老徐的那人有关系。反正不管是为了完成我的任务，还是为了找到徐卫东和程建邦，这都是非常有价值的线索。

想到这里我忍不住笑了，越笑越高兴，笑得肩膀直抖，笑得徐明差点儿把车开到沟里。我看着他一边笑一边说："看路。"

周亚迪，尤其是胡纬，肯定肠子都悔青了，一天看不见我的尸首，他们就一天也睡不踏实。我摸出手机给薛五打了个电话，叮嘱他要藏好那批货，除了他不能有第二个人知道货在哪里。

薛五急于立功赎罪，隔着电话都能听到他把胸脯拍得山响。这种事在这个时候交给他，我还是放心的，他还有些头脑，知道这其中的利害。

收起电话，我长长地舒了一口气，突然有点儿感激欧阳刚。如果他当初真的同意我继续任务，按情报走的话，我几乎是两眼一抹黑，现在真是柳暗花明又一村。

眼下我还得先搞清楚一件事，我身边这个正在开车的徐明到底是什么来头，到底想干什么，或者，他根本就不叫徐明。

我带着徐明到了我在天津河西区小白楼附近的住所，打开灯见屋里干干净净的，门缝里连张小广告都没有，明白这都是薛五的功劳。

徐明站在门口搓搓手，说："那什么，塔哥你累一天了，早点儿休息吧，我就先回去了。"说着把车钥匙递到我面前。

我说："进来坐会儿，喝杯茶？"

他把车钥匙放在门边的柜子上，说："不了，我还有事。"

我从酒柜上拿下一瓶洋酒，看了看标签，说："你不是懂俄语吗？你帮我看看这个伏特加是哪儿出的？”他犹豫着还是不进来。我笑着说：“我要是想办你，你根本走不出那家酒吧。”

他低头笑了笑，走过来接过我手中的瓶子，举起来对着灯光看了看，说：“你这瓶是河北产的。”

我拿出两个酒杯，倒了一杯递给他：“那咱尝尝咱河北的伏特加。”我自己倒上一杯喝了一大口，走到门边重重地把门摔上。随着“咣当”一声，徐明浑身跟着一颤，差点儿把杯里的酒晃出来。

不等我说话，他把酒杯往桌上一放，低头说：“塔哥我错了，你放我一马吧。”

我举起酒杯说：“我干了。”说完，我一仰脖将杯中余酒全部倒进嘴里咽了下去。

徐明看着手里的酒，呼了口气，一口气喝光了，喝完张着嘴缓了好一会儿才展开了皱着的脸。他亮亮杯子，说：“塔哥，我冒充你的朋友就是想混点儿小钱，绝没有毁你的半点儿名声。”

我翻出一瓶红花药酒放在他面前的桌子上，说：“有件事挺好奇，你告诉我，如果今天不是这么巧我出现了，你打算用什么办法混点儿小钱？”

“说实话，我没想好，见机行事吧，上千万的生意，随便拔根毛下来也够我逍遥一阵了。”他拿起药酒很仔细地看了说明书，走到门边立着的镜子前去擦脸上的伤。

“见机行事？”我跳起来，一把揪住他按到墙上，“这么说你很会随机应变？那你说你现在打算怎么脱身？你他妈到底什么人？你的答案最好给我小心一点儿。”

徐明并不惊慌，反而笑了，轻轻把我的手掰开，一手举着药酒瓶，一手整了整衣领，说：“塔哥，那些不重要。我做这么多事就是想引你现身，我知道你手头有一批货，我能帮你把那批货卖出你想象不到的价格。”他把药酒瓶塞到我手里，背着手检阅着我酒柜上的酒，选了半天取下一瓶威士忌，说：“这是瓶好酒。”扭头看我，意思是在征求我的意见。

我点点头。他打开瓶盖，鼻子凑到瓶口闻了闻，翻开两只大口玻璃杯各倒了一些，说：“好酒被会喝的人喝了才有价值。”他抿了一口酒，咂咂嘴对我扬扬眉毛，“你试试。”

“我不会品酒。我喝酒只有两种情况。要么为了应酬，为了别人高兴。要么跟兄弟，为了醉。”

“那你和我喝酒是什么？”

“我应酬的人，都是我不喜欢但暂时还没有办法，但总有一天我会加倍还回去的那种……说吧，你能帮我卖出多少钱？我可半年都没开张了。”

他把酒杯递给我，看着我喝了一口，说：“无价。”

我看了他一会儿，说：“我看你也不像一般的小混混儿，你想要什么？”

他冲我举起杯：“我不想再冒充，我想和你成为真正的兄弟。”

我猛地将酒杯往地上一摔，没等我说话，徐明就往后跳了一步，弓着腰双手抱拳说：“塔哥我错了，我错了，你饶了我吧，我就是想混点儿小钱，你大人不记小人过，饶了我这次吧。”

我彻底被他这没皮没脸的劲儿折服了，笑着点点头，说：“好，好。没问题，帮我个忙，散个消息出去，就说我有批货要出手，包括我海上的那条路。”

“你要卖你海上的路？”徐明有点儿吃惊，想了想说，“行，你说个数，想卖多少钱？”

“我不要钱，我要一个人。有意者面谈。”

“好，没问题。”他打了个响指，放下酒杯说，“那我去忙了。”

他一直走到门口，都没有见到我的回应，脚步有些迟疑，站在门口转过身说：“塔哥，您相信我，我一定把这事办得漂漂亮亮的，三天……不，一天，我保证明天这个时候，街上卖煎饼的都知道您有批货要出。”说完他自己也觉得不合适，忙改口说，“不对，我是说我保证毒品圈的人都知道这事儿。”

这时我的手机响起来，我摸出一看是薛五的号码，接通后还没说话，就听对方一个熟悉的声音："秦川，别来无恙？"

我冷冷地说："托你的福，不过真不好意思，害得你好久没睡个安稳觉了吧。"

胡纬在那边呵呵一笑："开个价吧。"

"这算什么？"

"谈生意。"

"我如果说不谈，或者出的价码不合你意，我的兄弟就会有事，对吧？"

胡纬嘿嘿干笑着说："你还蛮了解我的。"

我也嘿嘿笑着说："你还真是胡经的亲弟弟，知道什么招对我最好使。不过，你怎么就确定我把你手里的人当兄弟？"

"他死也不肯说货在哪儿，恐怕不是什么人都愿意为你去死吧。"听到这儿我有些意外，在这之前我的确从没把薛五当真正的兄弟看，至多不过当他是个勉强可用的线人，想不到他倒长了一副忠义的硬骨头。只听胡纬又说："……对了，我这里有人很想你，你们聊两句？"

我心里冷笑一声，心想无非是周亚迪该出场了。电话那头一阵嘈杂声，我"喂"了一声，那边没动静，我不耐烦地问："哪位？"

那边传来了轻轻的"嗒、嗒、嗒"几声，像是有人在用手指叩击听筒，又隐约有人在哭泣似的。

"苏莉亚？！"我的心脏像被什么东西狠狠地戳了一下，一阵抽搐让我几乎喘不过气来，"苏莉亚，是你吗？是的话就敲两下。"

"嗒、嗒。"

我拿电话的手不由自主地颤抖起来，眼前浮现出我最后一次离开金三角时，苏莉亚的长发被风吹起来，在车后追着，跑着；想起那栋阳光明媚的竹楼里，她的脸被阳光镀了一层淡淡的金边，那么温暖，那么柔美……

胡纬的声音又传了过来："现在就去葛沽，到了联系我。"

不等我说话，那边挂断了电话。我无力地坐回椅子上，脑中混乱不堪，直到徐明拍打我的肩膀才回过神来。

“塔哥，出什么事了？”

“没事。”我甩了甩头，站起身，说，“你忙你的去吧。”

我想我需要打几个电话。葛沽在天津南郊，是一个不太发达的小镇。胡纬敢约我去，就一定做了很周密的安排，那我也需要调集资源打个有准备的仗。他胡纬钱再厚、本事再大，我也不能在这儿输给他，就像程建邦说的，这里是中华人民共和国的地盘！

我一口气联系了好几个一直依靠我搞走私生意的团伙头目，这些人一听我要人帮忙，都很痛快地答应了，并一再问我用不用动枪，如果需要，他们会想尽一切办法帮我搞几支。我知道，在内地能提出用枪来帮你，就算是天大的义气了，积攒了这么多年的资源，这是最值得用的时候了。

作为“塔哥”，我干的买卖是独一无二的，我愿意接他们的活儿就是对他们最大的恩情。现在我主动让自己欠他们个人情，他们自然感激涕零。

安排完人，挂了电话，我才发现徐明还在屋里，问他：“你怎么还在这儿？”

徐明小心地看着我脸色说：“塔哥，是不是出事了？”

我拿起外套就往外走，他跟在我身后，说：“你不能信那些人，要知道你已经半年没回来了……葛沽是吧，我倒是有些兄弟用得着。”他拿出手机拨了一串号码，一边跟着我下楼，一边小声对着电话不知道嘀咕了些什么。挂了电话，我们已经下了楼来到车前。

我说：“钥匙给我吧，你自己回去吧，我没空送你。”

他拉开主驾门，说：“我送你。”

我笑了：“你知道我去哪儿，去干什么吗？”

他说：“大概知道。”

“那你还不躲远点儿？”

“这是最好的机会了。”

“什么机会？”

“把你我是兄弟这件事从谎言变成事实的机会，不过过事，说什么都是虚的。”他跳上主驾位启动了车，拍了拍副驾的座位看着我。

我自然知道不能完全指望那帮人，他们都是唯利是图的走私贩子，他们愿意讲义气的背后都是带着利益的。他们能跟我交换利益，也能跟周亚迪、胡纬做买卖，以金三角毒枭们刀口舔血的道行，把那些人耍得团团转并为其卖命简直轻而易举。当年就连我都差点儿被周亚迪的伎俩动摇，更何况他们。

可是现在，我还有什么选择？

我面前是座独木桥，徐卫东和程建邦就在桥那头等着我。所以，风险再大我也得去。

我看了眼把车开得飞快的徐明，不由得对他有些好奇。我已经很久没有对一个人好奇过了。我问他：“你在社会上混多久了？”

徐明紧盯着车前的路面，说：“五六年了。”

“你多大？”

他眼睛都没眨一下地说：“三十六。”

“停车。”我叹了口气。

“怎么了？”

“我没耐心跟一个瞎话张嘴就来的人打交道。趁着我没有发火，你赶紧滚出我的视线。”

他不好意思地笑了，说：“我二十四，我不是怕你嫌我岁数小，不带我玩儿嘛。”

我看着他不说话。他急了，单手解开腰带，露出红艳艳的内裤说：“不信你看，我今年是本命年，不然谁没事穿这么风骚的内裤啊。”

我又好气又好笑：“你把裤子穿好！”

“唉！”他又单手系好腰带。

我没好气地点了根烟：“撒谎也不会，有他妈一下谎报一轮的吗？”

他嘿嘿笑着说：“我怕随便谎报几岁，万一你问我属什么，我一时算不过来，不如直接多报一轮，方便。”

我有点儿哭笑不得：“你说你要个儿有个儿，要模样有模样，要脑子有脑子，不找点儿正经事干，瞎混什么？你们家知道你这样吗？”

“知道啊。”他毫不迟疑地说。我一下不知说什么好，生生被噎在那里。

3

车到了咸水沽后，徐明好几次把车开到了小巷子里，我不禁对这个本来就疑点重重的人再次提高了警惕。后来，我发现他总是伸着脖子仔细辨别路牌，有些路牌看不清楚，他还会减速。难道他对这儿的路不熟？从市里去葛沽要经过咸水沽在天津是个常识，一个混混儿不会不知道。之前从塘沽到市里的时候他也走了不少冤枉路，当时我以为他是因为谎言被我戳穿太紧张，现在可以断定，他对这里根本不熟。

难道他是胡纬派来的？这个想法从我脑中蹿出来时，我没觉得吃惊也没觉得奇怪，这是再正常不过的事了。胡纬对这里人生地不熟，花点儿小钱找几个小角色探探路也是应该的。我看了他一眼，笑着说：“徐明，你是叫徐明吧？”

他愣了一下：“用我拿身份证给你看吗？”

“好啊。”

果然不出我所料，他浑身摸了一遍，什么也没拿出来，说：“谁没事出门带那个啊，丢了怪麻烦的。”

我看着窗外，说：“上刚才那条大路一直往前走，不要拐弯。”

他应了一声，将车掉头开出小巷，重新上了大路：“好久没走这条路，有点儿生。”

“一会儿到化肥厂那儿停一下。”我故意这么说，因为那家化肥厂在这条路边很多年，当地人都拿它当地标。

他满口答应着，脚下的油门却再也不像之前踩得那么坚决，目光在路边不停地搜寻。“别找了，那厂子早拆了。”我有些不耐烦地叹了口气，“你到底是什么人？”

他迟疑了一下，说：“塔哥，我不会害你的，我真的是站在你这边的，你相信我。”

我笑着说：“我要是个小女生，那你说什么我都愿意信，就算你的话里全是窟窿，我也会自觉给你补上。可惜啊，我不是。”

徐明还真挺自恋的，一听人夸他帅就绷不住，凑到后视镜前捋了捋眉毛，来回换了几个角度欣赏了一下自己的脸，说：“这么着吧，一会儿我要是做了对你不利的事，或说了什么对你不利的话，你杀了我。”

“我会的。”我深深地看了他一眼，摸出手机拨通了薛五的电话。

胡纬接得很快：“到了？”

我说：“别啰唆了，说吧，想玩儿什么？”

胡纬呵呵笑着说：“塔哥确实有气魄，上千万的生意当游戏玩？”

“比起你差太多了，敢在这种地方交易这么大一批货。”

“有塔哥罩着，我怕什么？一会儿西装厂后面见。”说完，胡纬挂断了电话。

“去西装厂。”我瞥了眼徐明，说，“在镇里。”

“哦。”徐明像是松了口气，说，“镇里我熟……”

“闭嘴。”我冷冷地说。看着前方渐渐密集起来的灯火，想到将要只身与一个恨不得将我杀之而后快的大毒枭谈判，我居然没有半点儿忐忑，反倒有些跃跃欲试的期待。

苏莉亚的样子又跳到了眼前，我的心脏微微抽搐起来，一种令人不安的情绪塞满了心里。那种情绪像是一匹野马，完全不受控制，我担心这会影响我的判断，影响我的行动。但又隐隐盼望着那种疯狂会冲出禁锢，指挥我的身体，不顾一切地去做所有我想做却又不能去做的事。我暗暗做了几个深呼吸，强迫自己的心绪平静下来，看向了车窗外。

车刚驶进了葛沽镇里，手机铃声就响了起来。不等胡纬说话，我先抢着说：“说吧，换哪里了？”

胡纬愣了片刻，哈哈笑着说：“看来塔哥没少做这种生意嘛，连换地方这种事都知道？”沉默了一会儿，他见我没有接他话的意思，只好说，“去头道沟村大队食堂……哦对了，在餐具厂南边一点儿。”

“你对这儿还挺熟，看来做了不少功课。”不等他废话，我挂断了电话。

我指了指前面，示意徐明往前开。我拨通了之前联络好的一人的电话，电话刚通我就说：“你们过来吧，我到了。”

对方果然上了当，说了声“马上到”后，挂了电话。

我盯了一会儿手机屏幕，好半天没有新的电话和信息进来，基本确定那些人已经被胡纬买通了。不然他们不会连具体地址都不问我就说马上到，我没有猜错的话，他们应该比我到得还早。

天色渐渐黑了下来，路不太好，路两旁的树后是黑漆漆的庄稼地。在我的指引下，徐明将车开到胡纬指定的地方停了下来。

我说：“你走吧。”

徐明看了眼餐具厂紧闭的大门，说：“他们约的地方是这里？”

“徐明，”我抓住他的胳膊说，“我对你印象还不错，所以别演了，我没心思陪你玩。”

徐明自顾自拿出自己的手机，又仔细看了看门口的牌子，低头去编写短信，嘴上说：“你以前是不是……”

我下车绕到主驾位把车门拽开，将他从车里拖出来往路边推了一把。我跳上车开走，看了眼后视镜，徐明朝我车张望着，一手整理着衣服，一手打着电话。“对付我一个人也至于摆这么大阵势？”我自言自语地笑了。

胡纬说的那个地方在一条土路尽头，是个红砖砌成的破院子，生锈的大铁门歪敞在杂草里，看样子已经很久没有关上过了。里面一排砖房的窗户里透出雪亮的灯光，一眼可以看到里面摆着的几张大圆饭桌。

一个系着白围裙的男人从房子里走出，手里提着两捆啤酒，看我的车在外面，扯着嗓子说："吃饭？车往里面停，别挡着门。"

我见院子里停着两辆车，于是将车开进去与那两辆车停在一起。

食堂里靠墙的一张小桌上杯盘狼藉，几个人满脸通红地大声嚷嚷着互相劝酒，听口音都是当地的村民。四个挂着半截门帘的包间有三间黑着灯，如果胡纬在这里，那应该在那个亮着灯的包间里。

我刚摸出手机，就听到身后一阵嘈杂。五六个趿拉着拖鞋、光着膀子穿着大裤衩的年轻人走了进来，他们横了一眼挡在门口的我，进去找了张桌子坐下，也不看菜单，对着后厨的窗口要了菜和酒。从他们黑黝黝的皮肤和口音中判断，也都是这儿附近的村民。

胡纬是个谨慎的人，他应该清楚，从他在边界上把我踹进深沟里的那一刻起，我和他就是死敌了。如此性命攸关，他再不济也不能找几个村民来干这种活儿吧？

我正七七八八地想着，就觉得有个尖东西顶在我后腰上，一个声音在我身后说："兄弟，对不住了。"

我回头一看，是刚才那个系着白围裙厨子模样的人。他手里握着的一把剔骨刀正抵在我腰上，我看看那把刀，又看看他，瞪着眼睛说："吃饱了撑的？"

他显得有点儿紧张，改用两只手握住刀，咬着牙说："我不想伤人。"对后来进来的那几个小伙子使了个眼色，那几人从墙角拿出一捆绳子朝我走来。

我对着带头的一个说："这绳子这么糙，捆着太难受了，不捆行不行？"

那小伙子摇摇头："不行。"将绳子抖开就要往我手上套。我猛地向前一步，一把攥住他的手，将绕在我手腕上的绳套倒扣在他的手腕上，与此同时把他拉到了我刚才站的位置上。

拿着刀的白围裙见状握着刀就要往前冲，我一边捆那小伙子，一边瞪他说："你过来就是个死。"白围裙停下了脚步，举着刀进也不是，退也不是。

我手下一使劲，被捆的那小伙子惨叫了一声，连声喊疼。其他人也不敢上前，就那么眼睁睁地看着我把他们的同伴捆成了粽子。我说："我刚就说这绳子太粗太糙，特意问你不捆行不行，你非说不行……你看看现在闹的。"说完我拍拍手，一脚踩在捆好的小伙子身上，故意冲着包间的方向大声说，"谁让你来的？他人呢？"

包间的门帘被人从里面一把扯掉，两个满脸横肉、五大三粗的男人走出来，一左一右站在门口。其中一人将门帘揉成一团丢在脚下，双手抱在胸前，对我虎视眈眈。

我第一眼看到的竟然是苏莉亚。

她坐在正对着门的位子上，看到我后一下子站了起来，嘴唇颤抖着，眼泪流得满脸都是。她身边站起一个男人，反手就给了苏莉亚一耳光。"啪"的一声脆响，苏莉亚整个人被打得转了个圈，一头撞在身后的墙上，顺着墙根瘫倒在地上，捂着脸哭起来。

我咬了咬牙，看向那个打他的男人，一下愣住了——这个人居然就是我和程建邦上次在戈壁滩旅馆里遇见的那个沈子雄。

"真是些没开化的野人，一点儿礼貌都没有。"沈子雄指着墙角的苏莉亚骂了一句，看向我说，"不好意思，让你见笑……"话没说完，跟我四目相对，那一刻他也愣住了，手指着我点了几下，哈哈一笑，"是你？"

"沈哥。"我点头打了个招呼，一时心乱如麻，想不到替胡纬来谈判的是这个人，这可不是个善茬儿。

沈子雄绕过饭桌走出包间，四下看了看："你的那个小兄弟呢？"

"被抓了。沈哥在这儿是……"

"帮朋友个忙。"他笑笑，转身看着我问，"你就是……塔哥？"

"胡纬呢？"我走到包间门口朝里看了看，苏莉亚正吃力地扶着墙站起来，脸上一个紫红的手掌印扎得人眼睛疼。我问沈子雄："我的兄弟呢？"

沈子雄眼珠轻轻一转，走到食堂门口朝外看了看，对我招手：“塔哥，既然是老相识，我们聊两句。”见我不动，又招招手，神色有点儿紧张，又有点儿迫切。

我点点头：“等一下。”我进了包间，苏莉亚见我进来，用袖子慌乱地擦拭着脸上的眼泪，越是擦，眼泪就越是往外流，怎么也止不住，索性低下头，长发垂下来把脸全盖住了。

包间很狭窄，我不耐烦地将挡在中间的椅子一个个踹开，想走到苏莉亚身边去。身后传来沈子雄的声音：“在这儿聊也行。”他手里多了一把仿制的五四式手枪，黑洞洞的枪口指着我的脑袋。

我没有理会他，伸手扒拉开苏莉亚的长头发，看了看她脸上的红印，帮她把头发捋到耳后，轻声说：“别捂，会肿的。”拿过桌上的一瓶冰啤酒贴在她脸上，“来，自个儿拿着。”苏莉亚接过瓶子，还是不敢抬头，一串眼泪热辣辣地滴在了我的手背上。

我扭头看了眼沈子雄手里的枪，保险是打开的。沈子雄的手有点儿抖，猛地又将枪口对准了苏莉亚。见我没有半点儿反应，又重新对准了我。

我笑了，说：“你这样，外面那些人会瞧不起你的。”

“不好意思，今天不是你死就是我亡，顾不上那么多了。”他伸手一把搂住我的脖子，用枪指着我的下巴，一边往外退，一边大声说，“都他妈让开。”一直把我拖到大门口，凑在我耳边说，“我不管你们外面埋伏了多少人，今天我必须得走，谁拦我的路我杀谁。”

“沈哥，你误会了，我一个人来的。”我扫了眼屋里那些人，一众人都傻愣愣地看着我们，我说，“他们可不是我带来的。”

“我现在怀疑他们就是你的人。”他压低声音恶狠狠地说，“你是公家的人，我见过你那个小兄弟，在俄罗斯。你是卧底。”

这四个字落我耳朵里，我不由得浑身一震，惊喜交加。惊的是我的身份已经暴露了，至少目前为止在他这里泄露了；喜的是程建邦还活着。我说：“你说的那人我不是很熟，一路坐车聊得来而已，后来再没联系过，去了俄罗斯？他是警察？”

沈子雄把我拖出了食堂，靠在车边上说：“你别装蒜了。你让我走，不然我喊一声‘你是公家的人’，这里这么多乱七八糟的人，不用半个小时这事就再也不是什么秘密了。大不了大家同归于尽。”

我脑子一时乱得很，一时半会儿没想好拿这个沈子雄怎么办才好。不管怎么说，我得先制住他，走到哪儿算哪儿吧。我挣扎了一下，正准备动手夺他的枪，就觉脖子上一松，沈子雄手里的枪已经掉到地上了，整个人软瘫倒在我的脚下。

我回头一看，见徐明弯腰捡起那把枪，熟练地拉开枪膛看了眼，走进食堂大门，举枪对着屋里的人喊道：“都他妈去包间里待着，谁出来谁就是靶子。”那些人一股脑儿疯了似的抱着头往包间里钻，片刻，整个食堂大厅空无一人，只剩一只空啤酒瓶翻在地上陀螺似的嗡嗡转着。

徐明将枪挂在指头上，枪口朝下地递给我，用下巴指了指地上的沈子雄，对我做了个“请”的手势。我没接枪，冲徐明说：“你到里面看着他们，别让他们出来。”看着他手上的枪又嘱咐了一句，“别离那门太近。”

“怎么，怕我枪被抢了？就凭那几个？”他嘟囔着进了屋。

我揪起沈子雄的衣领，正着反着狠狠地抽了他两记耳光，正要打第三下，他醒了。我看了看自己悬在空中的手，想起苏莉亚脸上的红印，又重重地抽了他两下。

沈子雄苦笑着说：“认了。”举起双手，一副乖乖就范要戴手铐的样子。

这种人就算抓他进去，也不会真交代什么，因为不论他说与不说、说多少，结局都是一个死——不是死在刑场上，就是死在那些被他供出的人的报复上。所以他说“认了”，意思是已经做好了死在警方手里的准备。

我假装没明白他的意思，问：“胡纬在哪儿？我的兄弟呢？”

他抬起肩膀抹了抹鼻血，“那个薛五也是公家的人？”他呵呵一笑，“我就说最近怎么老觉得哪儿哪儿都不对劲，原来身边都是你们的人……我服了。”

我好想问问他程建邦的事，可那样就相当于承认了自己的身份。如果这个人真的跟抓走程建邦的那些人有瓜葛，那么如果得到他的信任，岂不是有更多的机会接近那些人？我越想越兴奋，兴奋到无法静下心来仔细斟酌这个想法到底是可行还是疯狂。

“我最后跟你说一次，我不是什么公家的人，我他妈就想知道胡纬现在在哪里？他欠我一条命。”我就手捡起一块砖头在手里掂了掂，“你愿意说就说，不愿意说，我先要了你的命。”

“你……”他看了眼我手中的砖块，“真不是公家的人？”

我把手里那块砖头丢掉，换了一块更大的石块举起来。他赶紧说：“我信我信，胡纬说带着那个女人和你谈，比他自己来更有效率。”

我掂着那块石头，问：“跟我谈什么？”

他咽了口唾沫，说：“那么大一批货在内地交易太危险了，所以我已经和双喜谈好了，让你把这批货交给他，分成几份送到地方。鸡蛋……鸡蛋不能装在一个篮子里……对了，你知道双喜吧？只要有他帮忙，不管什么货，都能保证按时保量地运到俄罗斯。”

“双喜？”我立刻想起在总部看资料时曾见过这个名字，当这个名字在这种地方被沈子雄提起，我不禁有些激动，想了想说，“没听过这个人，我也不想知道那么多。我可以和你做个交易，我用那批货跟你换两样东西。”

“您说，您说。”

“一、胡纬。二、你我的合作。胡纬是我的私人恩怨。至于合作，我每年手里过上千万的货，你帮我出。”

他想都没想，连连点头：“没问题没问题。我和双喜是生死之交，有他帮忙就是导弹都能帮你运出去。嘿嘿，话说回来，起初我以为你是公家的人，你那个小兄弟……”说到这儿他犹豫了一下，观察着我的脸色，小心翼翼地说，“塔哥，你以后也要当心身边的人，公家的人无处不在，搞不好你最好的兄弟就是最后捅你一刀的人，我可是见识过。”

我点点头说：“当初我以为周亚迪是我最好的大哥，没想到他背后捅我一刀。要不是我命大，尸首现在已经被蒙古戈壁滩上的野狼啃完了。”

就在我稍一放松的时候，他突然跳起来，将我一把推开往大铁门外狂奔。就在我挣扎着想要站稳时，见徐明一个箭步从屋里蹿了出来，举起枪对准了沈子雄的背影。我忙喊：“别打死他。”

徐明嘴角一撇，断然扣动了扳机。沈子雄一头扑倒在地，被子弹的冲击力推着身体往前出溜了一两米才停下。我顾不上训斥徐明，冲到沈子雄身边将他翻过来，子弹穿透背心正中心脏，人已经断气了。

徐明拎着枪走过来，歪着脑袋看沈子雄胸口的枪眼。我起身看着他冷冷地问：“你想干什么？”

徐明平静得让我吃惊，他说：“放心吧，这儿又不是美国，中国老百姓有几个听过枪声？八成以为小孩放炮仗呢。”

“我他妈不是问你这个。”

他咬着嘴唇，反问：“你想干什么？放他走？”

我一把揪住他，却不知该说什么，难道要告诉他我的战友不知下落，线索在这个人身上吗？僵持了一会儿，我将他推开：“我有我的打算。”

徐明整了整衣襟，说：“他不值得信任，他知道你的身份。”

我正准备出手夺他的枪，他主动将枪柄递给我，说：“他如果跑了，责任你担不起。”

我一把接过枪，想把他逼到墙角，但我分明感觉到自己的无力，我再次加了把劲将他往后推，这才将他结结实实地按在墙上。他刚才击毙沈子雄的那一枪，目标距离足有四十米，他用的那把枪正常情况下的有效射程也不过如此，更别提目标还在快速移动，外面光线又昏暗。换作我，如果不是超常发挥，想第一枪就击中目标的可能性几乎为零。可他做到了。而且他当时还扭头看了我一眼，所耗时间短得惊人。

我用枪抵在他脖子上，问："你的枪法哪里练的？你到底什么人？"

徐明四下看了看，挺胸一个立正，压低了声音说："特案九组，殷望报到。"

4

我的心脏像是骤停了几秒钟，整个世界都安静了下来。望着面前这个小伙子，我的思维乃至整个身体像是瞬间被冷冻了一般，一动也不能动。殷望小心翼翼地拨开枪口，说："我也知道有点儿突然，换我是你的话可能比你反应还大，我这么跟你说吧，我是接到欧阳刚的命令来接应你的，随你调遣。他交代过，你对搭档比较挑，这么多年就认程建邦，其实我也不喜欢搭档，我可是独行侠。"说完对我一笑，故作潇洒地甩了甩头。

我联系欧阳刚验证了殷望的身份后，心情还是久久不能平静。来之前那场惨败的电脑黑客技术比赛，已经让我有种长江后浪推前浪的挫败感。现在更是像有一盆凉水迎头泼到了我脸上，让我狼狈不堪。我明白，刚才把他往墙上按时，他只是没有反抗而已，不然被按在墙上的那人极有可能是我。殷望的确是一个喜欢独自执行任务的独行侠，之所以到现在才对我表明身份，八成是想观察我是不是够格。与其说是我选择他，倒不如说是他选择我。

"你打算怎么办？"殷望对着食堂努努嘴，"那里面还有个女的。"

我不想被任何人看出我对苏莉亚过多的关心，当然也包括他。我岔开话题说："你听说过双喜吗？"

"听过，有两种，一种是武汉产的，还有一种是上海产的，我喜欢上海产的那种。"他从口袋里摸出烟，递给我一根，"今天身上只有这个，你凑合抽吧。"

我推开他递烟的手，捺着性子说："我说的是人，不是烟。"

"人？这人叫双喜？他爸爸跟他有仇才起这名吧？"他大概看出我脸色不

对，忙换了副严肃的神色说，“知道，跟沈子雄一样，搞物流的……”

我还是第一次听人把走私犯说成“搞物流的”，我看着他说：“你知道得有点儿多，可不是一般的小混混儿该知道的。”

“没办法，出道没你早，只好多补补课……你真的不去里面处理一下吗？应该有个你在乎的人。”他点了支烟，吊儿郎当地靠在墙上，说，“我在这儿等你。”

我从沈子雄身上搜出一些现金、一部手机和一个 U 盘。手机不便宜，但属于市面上能买得到的民用版。那个 U 盘有点儿眼熟。我凑到光线好的地方仔细看了看，想起周亚迪也有这样一个 U 盘。按他的说法，这 U 盘是与俄罗斯那边接触的钥匙。想不到沈子雄也有一个。

“那是什么？”殷望看着我手里的 U 盘问。

“没什么，从沈子雄身上搜出来的，回去看看。”我将 U 盘装进口袋，将沈子雄的手机和现金递给他，“这些你拿着吧，顺便查查那手机。”

食堂那间包厢里挤得满满当当的都是人，我从人群中将苏莉亚拽了出来。她面色苍白，双手紧紧抱着之前我给她用来敷脸的那瓶啤酒，头发胡乱地贴在脸上，眼神中满是惊恐。我拉着她的手往外走，就听身后有人怯生生地问：“大哥，我们……怎么办？”

我回过头“哼”了一声，“你们多有出息啊，跟了那么威风的一个老大，居然包下了你们村大队的食堂用来谈判，现在你们问我怎么办？我他妈哪儿见过这种场面？我被你们吓到了知道吗？我现在只想回家。”我顿了顿，又说，“刚才你们听到枪声了吗？”

他们互相看了一眼，连连点头，大概觉得不合适，又急忙摇头。

“听到的话呢，一会儿去外面把你们老大的尸收了，顺便报警，把你们今天看到的听到的，和以前做过的没做过的坏事都和警察好好聊聊；没有听到的话，赶紧回家早点儿睡觉，明天一早起来该下地干活的下地干活，该进厂上班的进厂上班。”我指了指他们，“等我走了再出门……半小时就够了。”

我拉着苏莉亚出了食堂，殷望已将车发动好。他见我出来，对我甩了甩头，示意我上车。

殷望专挑小路，一口气将车开出老远才降下车速。他从后视镜看了后座的苏莉亚一眼，问我："去哪儿？"

我想了想，转身问苏莉亚："苏莉亚，你没事吧？"

苏莉亚已经用手指把头发梳整齐，安安静静地坐着，微笑着对我点了点头。

看着她的样子，我忍不住一阵阵地心疼，冒出找个地方把她安顿下来的冲动。但我知道这不太可能。阿来那样背景比较单纯，又有功的人，组织才会给予安全稳定的安置。苏莉亚不同，她从小长在金三角，又是毒枭周亚迪至亲的人，到目前为止连我都不知道她忽然出现在内地的原因。我不忍去怀疑她是来协助周亚迪的，却又不能不去怀疑。——我永远忘不了老姜看着烈士墓碑说的那句话：谁能担得起这样的责任？

时间就像一个永远不会休息的雕刻大师，一秒不停地雕琢着每个人、每件事，谁也逃不了。从刚才见到她的第一面起，我就暗自提醒自己不要停留在过去的印象里，被她的表象所蒙蔽。但是对她的任何疑问，都像是在对我自己过去的质疑，那质疑更像是对自己过去的背叛。

我不知道，也不关心时间将别人雕刻成什么样，我只知道，见惯了人间罪恶的自己，越来越多的是冷漠和绝情。像一把疾恶如仇、黑白分明的手术刀，冰冷而锋利，面对腐烂的肌体从没有半点儿犹豫，哪怕最后只剩下一副骨架，也不允许上面有丝毫腐肉存在。这近乎疯狂的切除过程让我隐隐担心，终有一天这把手术刀将会对准我自己。每次有这种担忧我都会反省，后来我发现，这种担忧出现的时候，就是秦川排在战士之前时。

我首先是一个战士，其次才是秦川，这个先后不能颠倒，哪怕有时候这两者之间的顺序已经潜移默化地交换，我也得使尽浑身解数让其恢复原样。不记得是什么时候开始，我淡漠了生死，死亡对我而言更像是一种解脱，每当回想起自己曾经那么惧怕死亡时，总是忍不住地笑自己。如今我更怕的是自己不再是战士，我知道只要自己松一口气，在不该闭眼的时候闭一次眼，我将永远地失去自我。如果不是战士，我迟早会被自己铸造的那把手术刀剔成一副骇人的骨架，成为自己最唾弃的人。

“苏莉亚，迪哥在哪里？”不觉我的声音变得又冷又硬，就像在审问一个罪犯，我甚至能想象到自己现在的神情。

苏莉亚显然被我吓到了，笑容僵在脸上，眼神中有点儿委屈，又有点儿期盼，她试探着慢慢地抬起手摸向我的脸。在她的指尖距离我的脸还有不到十厘米的时候，我猛地看向她的手指。她的手指像是被我的眼神烫到一般，咻地收了回去。她还是有些不甘心，眼睛在我脸上飞快地像是在寻找什么，不一会儿，她的眼神黯淡了下来，无力地往后一靠，垂下了眼帘。

“你怎么在这里？”我没有理会她伤心欲绝的神情，接着问，“你怎么到的内地？”我不太相信她能独自来到这里，也不信是周亚迪回去把她接来的。

殷望把沈子雄的手机递到我面前说：“这里面没有通讯录，通讯记录只有一个号码，我查了一下，这部手机也只跟这个号码联系过。”

我接过手机看着屏幕上显示的号码想了想，拨了出去。很快电话接通了，那边没有动静，就像是在等我先开口似的。沉默了许久，我笑了。那边听到我的笑声，也跟着笑了。

我和胡纬几乎同时叫出了对方的名字。

胡纬哈哈笑着，说：“我就知道你不会让我失望的。谢谢你帮我摆平了沈子雄，这些日子，我可被他整惨了。”

我大概猜出了这里面的一些事的片段，但这也只是片段——苏莉亚是被胡纬当作胁迫周亚迪的人质由沈子雄带来的。胡纬也算准了凭沈子雄那几个临时拼凑起来的人根本不是我的对手，更别提沈子雄对手里的苏莉亚一点儿也不客气，这都注定了他不会有什么好下场。而我就自然而然地成了胡纬的枪。正如胡纬所说，沈子雄一定把他整得很惨。同样，对于一个靠运货为生的中间人沈子雄来说，还有什么比自己手里掌握一大批货更痛快的呢？只不过，沈子雄不仅小瞧了来自金三角、看似落魄的周亚迪和胡纬，更小瞧了他们口中的我。

这也解释了胡纬为什么在内地还敢来找我的问题。他权衡了一圈下来，觉得我还是相对安全的。眼下，我与他之间只是对抗还是合作的事了，毕竟，他想要威胁我的最后一张王牌——苏莉亚，现在在我的手中。

“要是别人也就算了，如果和你胡纬谈事，中间还搁个人，我觉得有点儿多余。”我笑了，说，“胡纬，聊聊？”

胡纬说：“哎呀秦川，你不知道我是多想和你好好聊聊，叙叙旧，可是你看看最近出的这些糟心事，我没脸见你啊。”

“你是个讲究的人，我是个简单的人。我想你们引荐引荐，我想和你们一起玩儿。”

“我不太懂你说什么。”

“当初迪哥给我看过一个 U 盘，说那边的人只认这个，现在我也有一个。”

“呵呵呵……”胡纬在电话那头干笑着不说话。

我说：“我现在身上又背了一条人命，内地我不想待了，出去吧，又人生地不熟……只要你们愿意引荐，条件随便你开。”

那边沉默了许久，换了周亚迪的声音：“秦川啊，”他的语气还像多年前初识我时那样语重心长，“记得我和你说过，只要你好好帮我，除了美洲、欧洲，其他国家你随便选，我保你下半生锦衣玉食……”

“迪哥，”我打断了他，“你终于肯露面亲自跟我聊聊了，不过现在说这些有意思吗？咱们不要跟怨妇似的非要分出个谁对谁错。我不会被过去的事缠住手脚，除非迪哥觉得有必要，那咱们找个时间、找个地方，好好地聊聊咱俩之间的误会。”

周亚迪话锋一转：“秦川，我想要那批货。”

我说：“好啊，来取。”

他答应得很干脆："好啊。"

"什么时间，在哪里？"

过了一会儿，胡纬接过电话说："现在，把货交给苏莉亚就好了。别太久，我很有耐心，但我不保证别人的枪不走火。"

我回头看了眼苏莉亚，笑着说："你威胁我？"

胡纬叹了口气："你说是就是吧，我现在顾不了那么多，如果不这么做，大家都得死。"

我眼睛还定定地看着苏莉亚，说："胡纬，这里是我的地盘，你有什么难处告诉我，千万别威胁我，那会让我很没有面子……"

胡纬说："秦川，我这也是为你好，把货交给苏莉亚，大家都平安，这里不是谁的地盘。这么跟你说吧，内地最大的问题就是没有真正的黑帮，没有帮派就意味着没有主持人，没有规矩，每个人都有自己的一套玩法，今天你够狠你就是老大，明天他比你狠，你就是人家刀下鬼，简直无法无天。"

听到这儿我再也忍不住，哈哈大笑起来。胡纬一言不发地等我笑够了，才接着说："我等你三小时，三小时内我接到苏莉亚和她送来的货，安全离开后，会放了你的兄弟，不然……我只能保我自己了。对了，你如果想把手里的U盘利用好，就去找双喜，他知道我在哪儿，再见。"

我收起电话回过头看着苏莉亚，说："我小看你了。"

苏莉亚低下了头，长发遮住了她的脸，就像遮住了我的脑海中所有关于她的记忆。那滋味像是有什么利器在我胸腔里搅，酸一阵，疼一阵。但是我知道，我心口什么也没有，一切都是幻觉。我经常会梦见自己在家里，和父母坐在那张老餐桌上吃饭，我一边听着母亲的唠叨，一边触摸着破损的桌角和桌面木纹的条理，那感觉会真实得让我从梦中惊醒。当现实如梦醒后的黑夜将我笼罩其中，就是这种感觉。每一次我都妄想闭上眼再次睡去，回到那个梦中与父母吃完那顿饭，每次都会被火和血惊醒。

就如同现在，苏莉亚就在我触手可及的地方，却陌生得让我窒息。其实我知道只要我告诉自己，这一切都是胡纬逼的，她一个弱小女子怎能担得起这样的担子？这可是在贩毒，是要掉脑袋的事，她怎么可能是一个毒贩？我更知道，即使全世界都在骗我，我也不能骗自己，即使全世界的人这个时候都告诉我这个姑娘是无辜的，我也不能信。不论我记忆中她是什么样，现在的她，是一个毒贩。

我隐隐希望她能告诉我她的无奈，就算那丝毫不能影响我对她的定论，但还是希望她能告诉我她有多么无奈的理由。许久，苏莉亚终于抬起头，用手语说：对不起。

那一刻，我已经跌到谷底的心就像又被人狠狠地踩了一脚，粉碎。她毁了我唯一算是美好的记忆，尽管那是被我粉饰过的美好。

我冲苏莉亚笑了笑，扭过头长长地呼了一口气，捶了殷望的肩膀一下，将胡纬的要求告诉了他，征求他的意见。

殷望从后视镜里看了眼苏莉亚，对我点了点头。

车开到距离仓库还有一段距离的时候，我让殷望停车。车还没停稳，我推开门跳下车，一把拉开后门，将苏莉亚拽了出来。她轻飘飘的没什么分量，双脚还没站稳我便松了手，她失去了重心，重重地摔倒在路边。我指着她说：“在这里等。”

我跳上车让殷望开车。终究我还是没忍住从后视镜里看路灯下的她，她坐在地上检查摔破的胳膊肘和膝盖，然后站起身，双臂环抱着自己，朝我们离开的方向张望。

好一会儿我从后视镜里还能看到苏莉亚的身影，我才发现从我上车那刻起，我不用刻意找角度就能看清苏莉亚，因为后视镜的角度格外合适。随着车往前走，后视镜嗡嗡地调着角度。我扭头看殷望，他对我扬了扬眉毛，继续拧着后视镜的调整按钮，说：“放心，把货给她，我会联系上面调人去跟的。然后我们再搞批货去找双喜，双管齐下，不信找不到他们幕后的老大。”

他的想法与我的基本一致，只不过我更想亲自跟着这批货。不等我说话，他又说："你要找双喜就必须高调到让圈内人都知道才行，这样他们不会起疑。最重要的是，你的情况必须是你的人传递给胡纬才好。"他看我一眼，笑着说，"你不会以为你的人格魅力大到了手下的人都百毒不侵吧？"

我知道他是在提醒我，船上好几十号人，出薛五这样一个讲江湖义气的已经是很罕见了，绝大多数是有奶就是娘的货。而且薛五的义气也有限，胡纬他们要耍出金三角的那套手段来，连我当年都差点儿中蛊，更别提这些走私为生的乌合之众了。而借他们的口，把我的目的广播出去，自然是上策。想到这里，不禁有些佩服殷望的缜密心思，我点支烟递给他："这是你的第几次任务？"

他接过去叼在嘴上，竖起一根手指说："第一次。"我不信，冷哼了一声。他瞪我说："不信？真的是第一次执行正式的任务。"

我是第一次听到"正式的任务"这种名词，有点儿好奇地问："正式？什么叫作不正式的任务？"

"嗨，就是外围……我举个例子，比如你们是警察，那我就是街道巡逻的大妈。"

"我觉得不至于，你素质很好，不出外勤可惜了。"

他叹了口气，说："我也这么说，可他们说我外形不好，你说外形这种事我有什么办法？"他冲后视镜甩了甩头，不过这一次眉眼间不再是得意，满脸都是无奈的落寞。

他的外形的确有问题，帅得太扎眼，往人群里一站，极容易成为焦点，还让人过目不忘。我不由得笑了："那这次为什么让您出山了？"

他"哼"了一声说："可能上面觉得你能盖着我点儿吧。"

"马屁精。"我笑着扭头望向了车窗外，"以前我们组有个马屁功也很厉害，你俩有机会该比画比画。"

"程建邦吧？"

"你知道得挺多。"

“都说了，我干的是街道大妈的活儿，这点儿事能逃得过我的情报网……对了，还有多久到？”

“你不是情报网厉害吗，我的货藏在哪里，你不知道？”

他笑笑没回嘴，我把他指到平房小院门口停了下来。我拉开车门，发现他坐在那里扶着方向盘，没有要下车的意思，我问：“怎么了？”

他干咳了两声，说：“你先进去，需要搬货的时候叫我。”

我横了他一眼，一摔车门走进小院。打开库房门立刻觉察出不对，库房门边的东西我刻意摆设过，现在东西都离了位置。我脑子一蒙：难道薛五转移了我的货？或者他已经在和胡纬合作一起算计我？

我在库房里转了一圈，确定那批货已经不在这里之后，冲出小院拉开车门。“我知道那批货在哪儿。”殷望见我神色不善，连忙摊开双手，说：“你先别急，你听我说，我是觉得直接把你带过去，太折你面子了，我还没想好怎么完美地过渡一下，尽量做到既让你……”

“你他妈少给我废话。”我指着他鼻子低声吼道，“什么时候搭档间也开始玩心眼了？我看你是外围混久了，忘了自己是干吗的了。”

我气冲冲地回到车上，他却下了车，帮我拉开车门，哈着腰谄媚地说：“其实就转移到隔壁了，不是我卖关子，你刚才没给我机会解释。”

我已经被他弄得没脾气了，到了隔壁院门口，他却不开门，四下看了一圈，单手撑着院墙一跃而上，身体在墙头一晃嗖的一声翻到了里面。停了几秒，他从墙头冒出来，露出半个脑袋说：“你在外面接。”

我哭笑不得地点点头，不多时他又扒上墙头，丢给我一个沉甸甸的油纸包：“你验验。”

我从车上拿出一把螺丝刀，扎进油纸包后抽出来凑近一闻，一股刺鼻的酸味冲得我头昏，是高纯度海洛因无疑。我忍不住打了个喷嚏，对他比了个手势。

我们将那批货如数搬到车上，其间谁也没跟谁说过一句话。车开出一段距离，他终于没忍住，清了清嗓子，试探地问：“请……请教一下，你靠鼻子怎么确定纯度？万一被人兑了东西呢？”

“如果东西不对，我第一个办你。”

他干笑着说：“这……你这样不好。”

我没心思跟他瞎打岔。如果一会儿把货交给苏莉亚，那么这条线很可能就此断了。这批货对他们如此重要，重要到不惜在内地这个他们每走一步都如履薄冰的地方得罪我，劫持我的人，甚至不惜舍出苏莉亚。那么，这批货才是他们的死穴，我必须利用好。

想到这儿我摸出手机，调出胡纬的号码正要拨，殷望一把将我的手机夺了过去，不等我发作，他说：“你必须按照他们的要求做，把这批货给苏莉亚，让她带回去。”

我伸出手：“把手机还我。”

殷望犹豫了一下，把手机递给我，说：“我们跟踪这批货能得到的，远比揪住一个周亚迪或者胡纬得到的要多。”

他摸出自己的手机，按了几个键，递给我。屏幕上是一幅电子地图，地图上，我们的位置上一个绿色的小点正在移动，随着位置的移动，屏幕右下角的经纬度也在飞快地变化着。

“你在他们车上装了定位仪？”我有点儿惊讶，“你怎么确定他们不换车？”

“换了车，还有货。”他对我眨眨眼，说，“没了货，还有苏莉亚。”他看着我的手机对我钩钩手指，我将我的手机递给他，他的手指飞快地在键盘上按下一串密码，我的手机切换到内部系统，他又按了几下，我的手机屏幕上出现了与他的手机屏幕相同的画面，只不过标注的地标不同。我稍一辨认，正是刚才把苏莉亚丢下车的位置。他又按了一下，屏幕切换到了我们自己的位置。他把手机丢给我，“我装了三组——车、货、人。”他嘴角翘出一个邪笑，说，“你给他自由，才知道他想干什么。”

我摆弄了几下手机：“你那个定位仪哪来的？这手机还有这功能？”

“你们呀，太老实，上面给发什么就用什么，小米加步枪也敢横冲直撞。什么都不发，赤手空拳也招呼。老大，现在是二十一世纪了，工欲善其事，必先利其器……”

我打断了他的废话：“那东西大吗？容易被发现吗？”

他挺了挺胸：“我内袋里有一个，你自己看看。”

我的手伸到他的上衣口袋里，摸索了半天也没发现有什么，正想换裤袋再摸。他叹了口气，不多时从口袋里捏出一个豆大的黑色小钮，放到我的手心里。

我捏起那个小东西对着光看了半天，不禁有些感慨，苦笑着说：“你就是给我，我也不会用。”

“这就是你跟我的区别了，我是靠装备，你是靠属性，我没了这些装备，鸟蛋都不算，可你们……”他说着看了我一眼，笑着说，“我是真佩服你们。”

我想起之前与他简单的交手，知道他这是在安慰我罢了，笑着摇摇头。

我们驶到将苏莉亚丢下车的地方时，苏莉亚正蹲在路边的围栏边，盯着脚下的路面发呆。我仔细打量了一下穿着一身休闲长裤和外套的苏莉亚，还是想不出定位仪藏在她身上哪里才合适，问殷望：“你把定位仪藏哪儿了？”

他笑笑没吭声，将车停在路边对我使了个眼色。我回头看了眼堆满车后座的那批毒品，还是觉得不踏实。正犹豫着，殷望从外面替我拉开车门，恭敬地说：“塔哥，到了。”

我呼了口气，下车走到苏莉亚面前。她两只手的手指绞在一起，始终低着头。一时间，我有些恍惚，说：“你跟我……”我话没说完，便被殷望拽着胳膊拉到一边，他对苏莉亚摆摆手说：“货都在车上了，你走吧，赶紧让他们把人放了。”

苏莉亚抬起头看着我，像是在等我把那句话说完。我咬咬牙，将没说完的后半句话生生咽了回去。苏莉亚眼里流出一丝失落，慢慢地低下头。我装作不在意地望着远方，余光里看到她站在车门边，看着我，许久才钻进车内。随着一阵引擎的轰鸣，那辆车很快消失在街角。我回过头，望着茫茫的夜色，在心里说：你跟我走吧。

殷望举着他的手机屏幕递到我眼前，地图上的目标快速地向东北方向移动着。几分钟后，目标停了下来，短短几秒后，又开始迅速移动。

我知道那是接应苏莉亚的人上了车，我说："看来他们一直都守在这附近。"

殷望抓抓头，收起手机："现在我们怎么办？"

我看了他一眼，心里空落落的，只觉一种茫然的无力感迅速抽空了体内的力量，整个人像是几个昼夜没有睡觉似的疲惫不堪。我摇了摇头，说："不知道，我脑子有点儿慢，你让我歇会儿。"我在苏莉亚之前蹲着的围栏边坐了下去。殷望递给我一支点燃的烟，我一连抽了好几口，也没抽出什么味道来。

殷望挨着我坐下来，叼着烟看着夜空说："所以我说我佩服你，出了这么多事还能没事人似的继续自己的任务，如果换作我，知道自己的老上级、老搭档变节了，早就疯了。"

"变节"这个词从他口中说出，溜进我耳朵的瞬间像是有一枚炸弹扔进我脑袋里爆炸了。我腾的一下站起来，一把将殷望从地上揪起来按在围栏上："你他妈说什么？"

殷望嘴里叼着烟，举着双手无奈地看着我，说："大哥，你有必要一激动就这样吗？我的衣服很贵的。你知不知道我费了多少口舌，抛了多少媚眼才从装备组的大姐那儿申请来的？"

"你少废话。"我没有松手，又加了几成力气，清楚地听到了他的衣服线缝崩裂的声音，"你刚说的是什么意思？谁变节了？"

殷望足足打量了我一分钟，才说："我看你对这事这么上心，以为你知道实情呢。"

"我上心是因为这是上级交给我的任务。"

"老徐、老程，还有刘亚男。"他同情地看着我，说，"这事可能就你不知道吧，上面已经给他们定了性，现在他们是内部的头号通缉犯。"

我想起，我被一道无形的命令困在医院长达半年之久，明明早已痊愈就是不允许我出院，这种特例我闻所未闻，所以那会儿我百思不得其解。又想起我请求继续执行任务时，欧阳刚吞吞吐吐的样子，心中不觉一沉。我松开了殷望的衣领："也就是说，上面同意我继续跟这个案子不过是走走形式？所以我一到这里就遇见你根本就不是巧合，你就是他们派来监视我的，对吗？"

"谈不上监视……"殷望有点儿尴尬地说，"我这两下子监视你还嫩了点儿。其实上面不想让你再负责这个案子，派我来是希望能和你一起经营塔哥的买卖，毕竟你单枪匹马的。"

我心里发苦，松开手，说："你不应该告诉我这些，你这是犯纪律。"我突然明白了为什么他那么自信地放走苏莉亚和那批货。如果我没有判断错误的话，组织上一定已经派人近距离地监控起那批货，以及周亚迪和胡纬等人的行踪。如果这是个游戏的话，我想我早已经出局了。

殷望点点头，说："所以上面看人真的很准，知道你是个守纪律的人，不会乱来，所以才让我来协助你，他们知道就算我告诉你这一切，你也不会干出什么越界的事。"我苦笑着摇摇头，又坐回地上。他凑过来挨着我，"而且他们知道我不是你这种人，与其说是派我监视你，不如说是让你来管着我。"他有点儿黯然地低下头，说，"我是真羡慕你们，一出来就能接那么大的案子，你看看我，一直都在外围混，再这么混下去，我都不知道自己是混混儿还是……"

我没心思听他的抱怨，脑海中那些新的旧的信息像决堤而出的洪水，彼此激烈地碰撞着，凌乱间我仿佛看到一道亮光，顽皮地在那些狂跳的浪花里快速游动，任凭我如何努力都很难将它抓住。

"秦哥，你没事吧……"殷望有些担心地问。

"别说话。"我抬手打断他，凝神沉住气，集中所有精力，我终于将那道亮光按住。——是的，这一幕多么熟悉，当年刘亚男不也是以通缉犯的身份在我们的对手那边卧底了多年吗？若不是徐卫东的刻意安排，恐怕现在我也不知道她的真实身份。既然刘亚男可以，为什么徐卫东和程建邦不可以？我担心自己在潜意识里替他们开脱，于是将整件事拆开重新组合了几种可能，结果每一种答案都在告诉我：他们变节是假，完成任务是真。一定是这样的！

想到这儿，我才发现自己不知什么时候出了一身冷汗。我想，我可能无意间知道了本案的最高机密——既然他们三人已被内部定为通缉犯，就足以证明，他们在敌方那边已经获得了足够的信任和地位。他们一定在策划着一场大戏、一场好戏。而我要么成为台下等着喝彩的观众，要么成为这场戏幕后不起眼的一个小人物。显然，我选择后者，对我而言，只有与他们并肩作战的生命才不算虚度。

“你知不知道被内部定为通缉犯意味着什么？”我问在一旁看着我发愣的殷望。

他观察着我的脸色，小心翼翼地说：“意味着他们已经背叛了组织和自己的使命……”

“不是这个。”

他犹豫了一下，又小心地说：“如遇到，在不能保证逮捕的前提下，允许击毙。”

我点点头，说：“他们三个都是和我一起出生入死比亲人还要亲的战友，出了这样的事，我觉得我有义务和责任铲除他们。”

殷望低下头，轻声说：“你也不问问上面具体怎么回事吗？你真的信他们变节？”

我盯着他，冷笑一声，说：“我信不信不重要，如果让我遇到他们，他们愿意束手就擒，我可以给他们一个跟上级解释的机会，否则……”

他被我的目光吓到了，避开我的眼神，说：“你……你想要我做什么？”

“搞辆车，我们回去一趟。”

5

徐卫东、刘亚男和程建邦愿意顶着内部通缉犯的帽子，就说明他们做好了死在那些不明真相的战友的枪口下的准备。我清楚地知道，如果真的有那么一天，为了不让向他们开枪的战士有心理压力，也为了将来还能在其他任务中继续利用内部通缉犯这个名头，他们注定会背负着变节者的罪名埋葬在人们的唾弃声中，他们的家人也会在屈辱的阴影下煎熬地度过余生。因为这样的机密，没有解密时限。他们已经做好了牺牲的准备，这种牺牲是彻底的、绝对的，是一切的一切。

我意识到这一次的局面太大，大到我连它的边际在哪儿都不敢想，我第一次不敢拍着胸脯向谁保证能把他们活着带回来。我也不知道我舒舒服服地躺在医院里的半年多，老徐、建邦和刘亚男他们到底经历了什么，承受了什么。不论他们做好了多么坚决的牺牲准备，也一定想活着回来，回来看看自己的战友、亲人和朋友。我太明白那种感受了，甚至稍稍一想起，心头就像有一盆炭火在炙烤一般难挨。想到这些，从我脑子里蹦出来的第一个念头与任务无关，我想回去，想回去替他们看看，看看那些可能要随着他们的牺牲一并牺牲掉自己一切的人。其实，我也只能是看看。

第二天，从天津到北京的这一路，我心里出奇地平静，没有说一句话。这种平静也让殷望一直安静到进北京市区，才忍不住问："你就不好奇我从哪里搞来的车吗？"

"你就是搞来几支 AK-47 也没什么好炫耀的吧？这点儿事还指望我夸你几句？"

他不好意思地抓抓头，说："你要对你的赞美之词那么吝啬，我也不强求，可是这已经到了北京，你好歹得告诉我去哪儿吧？"

我看了眼车窗外说不上熟悉还是陌生的街道，一时间有些迷茫，觉得心里空荡荡的。这种感觉与以往出征时有着天壤之别。——我的前方一片迷雾，而我背后，没有了后援。

我理解了徐卫东当初要和我们一起出外勤时的感受。我们只希望徐卫东能在总部坐镇，知道他就在后方注视着我们，我们死在外面都觉得踏实。如今我的身后一无所有。他当初跟妻子道别，离开家门时，也是这样的感觉吧？

我只是简单地告诉殷望左转或右转，他并没有多问，按照我的指示，把车开到了徐卫东住的小区门口。我只想在小区门口待一会儿，希望能看到徐卫东的妻子，只是看看就好，不知为何我觉得这样会让我踏实。

车子驶到小区门口，正想让殷望靠边停车，就见门卫朝我们车内扫了一眼，竟然对我们放行了。上一次我们来还是半年前，我和程建邦坐在徐卫东的车上匆匆而过，没想到他竟然记得，太了不起了。如此一来，我们可以把车停在徐卫东的楼下了，这样见到徐卫东妻子的概率会更高一些。当然，我也只是远远地看看就好，我根本没有勇气去面对她，也不知道她见到我后问起她的丈夫，我该怎么回答。

殷望按照我指的方向将车驶到徐卫东楼下的路边停好。我把车窗摇下一道小缝，点了根烟，盯着楼门发呆，时间一分一秒地过去，徐卫东的妻子始终没有出现。我也觉得自己很有可能无功而返，但还是不愿放弃。我想，远在天边的徐卫东如果知道他的部下在出征前曾替他探望过他的亲人，一定会稍感欣慰的。

当夕阳挂在小区花园里的一棵玉兰树上时，我终于看到了一个熟悉的身影。那正是徐卫东的妻子。她骑着自行车，车把上挂着一个女包，车前的筐里装着几样蔬菜，一捆绿莹莹的芹菜随着车轮的颠簸颤动着。她经过我们的车的时候并没有留意到车内的我们，形色和每一个下班后回家的女人一样，脚步匆匆，目光恬静。在楼门口，她停了下来，支好自行车，一边在背包里找钥匙一边走进了楼门。没多久她又匆匆地跑出来，顽皮地吐了吐舌头，从车筐里拿出那些被遗忘的蔬菜，侧着身走进了虚掩的楼门。

我看着她消失的背影，在心里默默地说："我们一定会活着回来。"眼睛不觉就有些酸，我转过脸揉了揉眼睛，对殷望说："走。"

好一会儿车还没有动，扭头见殷望正盯着徐卫东家的楼门口发呆，眼里居然有泪光似的。我有些诧异，仔细一看才明白是夕阳的光线正好折射进他眼睛里的缘故。我问："想什么呢？"

他盯着楼门，目光依旧呆滞。我用胳膊肘捣了他一下："喂。"

殷望一怔，四下看看说："去哪儿？"说着启动了汽车，挂了挡刚起步便熄了火，车子朝前一蹿了停了下来。他嘴里骂了句"靠"，接着打火，车子又朝前一蹿停了下来。

我想，他开了这一路肯定是犯困了，忙拍拍他的肩膀："我来开吧。"我下了车绕到驾驶室外要去开门，他再次发动汽车，这一次车着了。他长舒了口气，说："我来吧。"

我用下巴指了指地面，示意他下车。他犹豫了一下，推开车门不情不愿地下了车。我将车缓缓驶出徐卫东家小区的大门，一路朝东开去。

"对不起，我刚才走神了，不在状态，我保证以后不会再犯。"见我不搭理他，又说，"老大，你不信？我可从来没跟人保证过什么，我……"

我狠狠地瞪了他一眼，他生生将后面半句话咽了回去，想了想，说："当然，国旗面前宣的誓不能算……对了，这是要去哪儿？老大，你能不能把你的计划跟我说说，哪怕一捏捏也行。"说着用大拇指掐着小拇指的最上一截在我眼前晃了晃。

我拨开他的手，说："我的计划是，等我回家看看，然后咱俩商量个计划出来。"我见他张着嘴巴半天没说话，接着说："我家不远，再有……差不多十分钟就到了。"路两边停满了车，本来不宽裕，还不知什么时候被挖得坑坑洼洼的。我不得不降下车速，小心地让着对向来车和右侧的施工设施。"可能得二十分钟了。"我对还在盯着我发呆的殷望纠正道。

殷望伸着脖子，看着我的脸，说："老大，你们以前执行任务就是回家看看，然后坐一块儿现商量计划的？”

“不是。”

他犹豫了一下，又问：“那为什么这次和我就得这样？”

我扫了他一眼，一字一顿地说：“因为给我制订计划的人，和跟我一起完成任务的人都变节了。”

经过了那片工地之后，前面竟然是光秃秃的一片瓦砾，我家所在的小区楼像是被人整个挖走了一样不见了。我甩开被一阵风吹来挂在我脚踝处的一个破塑料袋，朝空地当中走了几步，脚陷进了松软的沙土里，很快有几块碎石灌进鞋里，硌得我脚生疼。

我的家呢？

一种被整个世界抛弃的感觉像是被施了魔法的藤蔓，迅速地开始在我的心头缠绕起来，越来越密，越来越紧。我张了张嘴，想要吸口气缓解胸口的沉闷。又是一阵风吹来，卷着些许沙土扑到我的脸上、眼里和嘴巴里。我眯起眼睛啐着嘴里的沙土，眼泪跟着流了出来。我感到有人在拍我的肩膀，将一张纸巾塞进我的手中，说：“这里地面还没做硬化，稍微有点儿风就特别容易被沙子眯了眼。”

我说：“你去车边等我，我马上过去。”

他又拍拍我的肩膀，拽起裤腿踮着脚朝路边走去。我擦了擦脸上的沙土和眼泪，平缓了一下情绪，走回路边，脱掉鞋子清理里面的石子。

一位老人牵着一条已经串得不知道是什么品种的狗，朝这边溜达过来。殷望迎上前特别亲昵地打招呼：“大爷，遛狗哪，您这狗真漂亮。跟您打听个事儿，”殷望指着那片空地，说，“这小区搬迁到什么地方了？”

“漂亮不漂亮的，就是个伴儿。”老人笑眯眯地说，“你们找朋友？”

殷望点点头。老人呵呵一笑：“别找了，找也没用。”

“为什么？”

“刚拆完，谁家手里没个几百万，你现在上门，人家以为你们借钱呢。”老人见我愣愣地看着他，忙笑着摆摆手，“我多嘴了。你们还是问问工地的人吧，我一老头子哪知道这些。”

“谢谢您。”殷望对着老人的背影微微鞠一躬道谢，转过头对我说，“你等我，我去打听一下。”

“别打听了，走吧。”

“不回家看看了？”

“又不是回不来了，等我们回来再去找吧。”

殷望看了我一会儿，用力点点头：“嗯，我们现在去哪儿？”

我摸出从沈子雄那里搜到的 U 盘递给他：“你电脑比我强，看看这里面是什么？”

殷望拿起那只 U 盘端详了一会儿，问：“那天那个薛五是什么来头？”

“你怎么突然想起他了？”

“这几年我一直到处混，总觉得他眼熟，没记错的话，这人以前是个无赖吧？”

“差不多。”

他皱起眉头：“你那盘子也不小，你不在的时候就交给那么个人？”

我指了指车说：“走吧，边走边聊。”

薛五的确姓薛，薛五是外号。农民出身，读过高中，二十世纪九十年代初领着同村的几个人到处承包些小工程。那时候到处都是工地，大大小小的建筑公司良莠不齐，拖着工人不发钱，完工后老板携款跑路的大有人在。所以揽活儿干特别容易，但是干完活儿后，能否讨要到工钱才是那行最大的攻坚战。也就是说，你这个施工队是否强大，很大程度上取决于你能不能按时按量地要回工钱。他在当地算个地头蛇，从没担心过这些事，也没人敢招惹他。久了，越来越多的农民工愿意跟着他，他也越来越嚣张，对手下的工人特别粗暴，动辄拳脚相加。终于有一次因为口角，一拳把个五十多岁的工人的一只眼打瞎了。那工人是几十个老乡一起出来打工的，非常抱团，一帮老乡分了两拨人，一拨堵在他家要赔偿，另一拨成天耗在公安局要说法。那一次折腾得他几乎倾家荡产。

施工队自然是没法继续干了，他又想出了新点子：逢年过节便召集几个兄弟拉一车烂苹果，随便找个民营工厂，开到人家厂子里二话不说就卸车，逼着工厂的小老板买下那些苹果给工人分福利。那些小老板只想安心做买卖，哪有闲心和他较劲，再说得罪了薛五这种人无异于癞蛤蟆跳到脚面上，不咬你也恶心你，所以一般情况都给点儿钱打发他走。他倒也讲道理，只有国家法定节假日才去，平时绝不烦你。你说不要苹果直接给他钱，他不干，一定要你收下那些苹果。而且只要你买了他的苹果，如果再有人来强行推销福利，一个电话，他肯定会在半小时内赶来帮你摆平，也不会再问你要钱。

那些工厂的小老板忍了下来，另一方面很多苹果贩子如果手里的货积压了，也会低价处理给他，所以他卖的苹果成色也越来越好。发展到最后，抛开强买强卖不说，基本算是物美价廉。

随着法制健全，地方也加大了对私营企业的保护，他的买卖自然做不下去了。在我打入那个团伙之前不久，生意失败的他经人介绍上了郭疤瘌的船。这个人脑子比一般人活泛，为人算是仗义，而且很懂得取舍，加上他跟当地的三教九流极为熟悉，很快就从一群人当中脱颖而出，升格为团伙内的中层。

我在组织的协助下成为“塔哥”后，为了尽可能省心地完成任务，清理了团伙内那些无法无天、成天惦记着做蛇头和毒品走私赚钱的人，招来了很大一部分人的不满，毕竟合法的买卖没有非法的来钱快。薛五在这个时候起了很关键的作用，人前人后表示无条件支持我，用他们听得懂也愿意听的话将底下人说得口服心服。我见他确实有些能耐，征得上级同意后，让他做了“塔哥”的副手。但他再有能耐，终究是个地痞，见过的世面有限，对我能轻松处理海上的那些事，他极为佩服。这也是我愿意重用他的最主要原因，这样的人不会做出太出乎我意料的事。换言之，我还算玩得转他，正好他也玩得转底下那些人，我倒也轻松了不少。

我把薛五的情况介绍完，殷望撇嘴不屑地一笑，摇摇头说："我觉得这个人不靠谱。"

"我眼里就没有几个靠谱的人，所以用谁对我来说都差不多。"我见他梗着脖子瞪我，忙补了一句，"咱们自己人除外。"他满意地点了点头。

殷望带着我来到天桥附近的一个防空工程改造的地下室。推开大门，一股霉味迎面扑来，我屏住呼吸闭上眼适应了一下里面的空气和光线。一条黑黝黝的通道看不到头，一边是墙，一边是密集的房间，门与门之间最多也就五米的样子。到处堆着杂物，中间只能容一人通过，我跟在殷望身后七拐八拐地走着，见他对这里很熟悉，根本不用看脚下，敏捷地避开那些杂物大步往里走。

那些房间的每扇门下都有一个通风口，有些里面隐约透出灯光，有些能听到里面有轻微的声响，还有几声劣质吉他的破音回荡。出于职业敏感，我一路寻找着出口，但拐了好几个弯才发现，没戏。

殷望在一扇门外停了下来，左右看看，从墙角的砖缝里抠出一把钥匙打开门。他摸索着走进黑黢黢的房间，打开了一盏台灯，对我摆摆手："请进。"

我站在门口看了眼，屋内有一张单人床，寝具简单但收拾得极为整洁。一张小桌子紧挨着床，桌上只有一个烟缸。

"进来啊。"他对我甩了甩头。

我走进屋子，在他示意下坐在床上。他一手扶着床头，一手从床底拖出一只箱子，箱子上堆放着几双鞋和几本书，他挪开那些杂物，从箱子里取出一台笔记本电脑，抬头对我得意地笑笑，小声说："别看我这儿小，设备可全。"

我正想说话，就听门外有人在说话，是个男人在打电话："喂，刘总吗？我是冯总……呵呵呵，那块地有戏，现在对方想验资……哎呀不是我不相信你，毕竟是上亿的生意，对方还是想看看您的实力……"

我忍着笑跟殷望对视了一眼。就听另一边又传来另一人激情高亢的声音："真不好意思，您提出的修改意见我不能接受！你们这种收费模式会影响到整个网站的客户体验！完全违背了当初构想这个项目的初衷……喂……喂……靠！”

“我的邻居厉害吧。”殷望小声说。

“嗯。”我认真地点点头，“看出来了，您这里卧虎藏龙，都是干大事的。那能不能麻烦先处理下我们的小事？”

“欲速则不达。”殷望打开电脑说。

趁他电脑开机的空当，我又打量了一下屋子，问：“你平时住这儿？”

“都说了，我是混外围的，下到北京的地下室、东北的窝棚，上到西湖的高档公寓汤豪斯，处处都是我的家，身在江湖漂，心向党中央。”他越说越高兴，站起身将手放在胸口上，“一颗红心永不朽，牛逼闪闪放光芒……”他一低头，见我冷冷地盯着他，忙嘿嘿一笑坐回床上，拿出U盘接到了笔记本上。

我见屏幕上跳出一个全英文的窗口。殷望皱了皱眉头，说：“这是一个需要连接互联网的程序。”

我扫了一圈墙角：“你这儿没有通网络吗？”

“有。应该欠费了……”他从床下摸出一根网线甩了甩，“好久没来了。”将笔记本屏幕冲着我，弯腰插上网线接口，说，“要不你等等我，我去缴个费？”

网络连接图标闪了两下，显示连接成功，我不太有把握地指着屏幕说：“这应该是连上了吧？”

殷望歪着脑袋扫了眼屏幕：“咦？奇怪，我都两个月没来了。”他快速地敲击着键盘，眉头跟着皱了起来，那神态像极了一个人。我正盯着他的脸，回忆他到底像我记忆中的哪个人时，他猛地扭过头说：“这是列夫的邀请函。”

“列夫？”我一把将他推开，凑到电脑屏幕前，屏幕上显示着一段英文，我看了半天找不出几个眼熟的单词，只好求助地看向殷望。他正咧着嘴揉脑袋，我刚才太激动把他推得有点儿猛，硬是让他的头撞到了墙上。

“你还好吧？我刚才有点儿着急了。”我有些不好意思，想帮帮他，又不知道该做些什么。

他揉着脑袋说："老大，你这样真的不好。再这么下去，我可能得死在你的手里，还是意外。这种死法连个烈士都评不上，你说到那个时候我得多冤。"

我自知理亏，只能赔着笑脸看着他。他没好气地瞥了我一眼："你笑得真假。"他看着屏幕，说，"就是一封会议邀请函，需要填些资料传回去。"又敲了几下键盘，他眉头再次锁在一起，"看来在我们之前，这份资料已经经手了三个人，第三个就是沈子雄。"

"那前面两个是谁？"我凑过去看着满屏的英文问。

"没留下信息，看样子这东西最早并不在沈子雄手上，之前先后被换了三次手。到他手上后他上传了自己的资料，之前两个人的详细资料被自动清除了，只剩下编号。如果我们现在再上传一份资料，沈子雄的也会被清除掉。"

"那沈子雄都留下了什么信息？"

殷望摸着下巴说："只留下名字，详细资料他加过密，我搞不定。"

我问他："你听说过列夫吗？"

殷望点了点头："传说中俄罗斯最大的毒枭。但是没人见过他，这个人和俄罗斯的黑手党、车臣的恐怖分子以及很多非法武装都有瓜葛。"他又揉着脑袋看我，"那你也不用那么激动吧？"

"因为我之前任务的目标人物就是他。"

殷望扑哧一下笑了："我说说我的看法，幼稚的话你别笑话我。我觉得这事真的不用认真，中俄两国一共起码有十多个特工部门的每年目标人物TOP10里都有他，一直就没出过前三，而且……"他用下巴指了指屏幕，"这东西传出来以后，你看看多少人卷了进去？沈子雄丢了命，他之前那两个肯定早成了孤魂野鬼。我没猜错的话，周亚迪那儿应该也有一个，你等着瞧吧，他这关是过不去了。我觉得列夫放出来这东西，就是为了先让沈子雄、周亚迪这些人自相残杀。说好听点儿，这些人是列夫的合作伙伴；说白了，都是他的竞争对手。毒品这东西从来不缺产量和市场，只有垄断取得定价权和销售渠道才是王道。就算最后有些幸运的毒贩没有丧命，拿着这东西美滋滋地去列夫那里领赏，到时候人家一收网，全灭了，整个东半球的毒品市场都在列夫手里了。”他一口气说完，又嘿嘿笑着说，“我就是随便一说，也不知道对不对。”

“对。”我轻轻地点点头，“他们争夺的一直都是运输和销售网络。”我叹了口气，低下头用力揉着太阳穴，明显觉得脑子有点儿不够用，我一边琢磨着他的这番话，一边权衡着一旦利用起这个 U 盘后的利弊，不禁觉得有些孤单：我发现自己除了面前这个没有正式执行过任务的殷望之外，连个可以商量的人都没有。

殷望见我认可了他的想法，点了根烟继续说：“如果你按照提示，把你的信息全撂了，列夫那边收到以后有的是办法坑你。况且这东西流出来这么久，搞不好上面已经掌握并监控了，估计现在我的 IP 地址已经被盯上了，一会儿就有特警或者便衣来踹门了。”

他话音刚落，只听“咣”的一声，房间门真的被人从外面打开了，门重重地摔在墙上，又是“嘭”的一声巨响，吓得我和殷望腾的一下站了起来。

只见一个穿着西服套装、蹬着高跟鞋、大概二十出头的女孩子大步跨了进来。她戴着一个胸卡，因为逆着光，一时间我看不到上面的内容。她进门扫了我一眼，就瞪向了殷望。我全神戒备着，只等着策应殷望的任何动作。殷望见了这女孩像是老鼠见了猫，慌乱地四下看，像是想找个出口逃走似的。那一瞬我明白了，这女孩殷望是认识的，而且是很熟很熟……的那种。

唯一的出口就是那道门，被那女孩封死了。殷望换了副笑脸迎上去，还没说话就见那女孩抬手扬臂，“啪”的一声脆响，给了殷望一个大嘴巴。殷望的脸被那一记耳光抽得偏到我这边，我感同身受地咧了咧嘴，给了他一个同情的眼神。

“徐明，你没死啊？”那女孩子怒目圆睁暴喝道。不等殷望回答，她又说：“一声招呼不打，就玩失踪？”

殷望上下看了那女孩一眼，歪着嘴赔笑说："你胖了。"不等第二个嘴巴过来，忙正色道，"不是，我有正事。"瞬间又换了副哀求的笑脸求着，"你还在上班吧？要不你先回去工作，一会儿忙完我去找你。"

"正事？"女孩看了眼殷望的笔记本，一把扭住他耳朵，殷望龇牙咧嘴地喊起疼来。女孩冷笑着说："你能有什么正事？"又冷冷斜了我一眼，"我看你也不是什么好东西，就是你们这些乌七八糟的人渣把他带坏的。"

"不是……这位小姐，你看……"我正想解释几句。就听她说："看什么看？你叫什么？干什么的？"

"我叫秦川，我是……"我也不知该怎么介绍自己，眼巴巴地看向殷望。

殷望弓着身子，捂着被揪住的耳朵挣扎着抬起头说："我们真有事，正经的大事，涉及国家安全的……"他的话没说完，就被那女孩"呸"的一下啐了一脸口水。

殷望擦着脸，嚷嚷着："你给我松开，不然别怪我……"

"别怪你什么？怎么？你还想打我？"见殷望闭了嘴，女孩说，"我就知道你会回你的狗窝。"她松开了殷望的耳朵，指着笔记本电脑，"你的网费是我给你交的，我就看看你什么时候上，你忘了我是干吗的了？"

"你是你们公司的年度金牌员工，年终奖都比别人多一倍……"殷望揉着耳朵，用懊恼的眼神看了看我。

"你少给我转移话题，你跑哪儿去了？你不是答应我要找份正经工作的吗？我又没嫌弃你没工作没学历没钱也没房，你至少要上进吧？你现在这个样子，让我怎么跟我父母说，你让他们怎么放心把我交给你？你知不知道我的好多小姐妹都在等着看我的笑话？"她连珠炮似的说完就转过脸哭起来。

我无奈地看了眼殷望，知道自己在这儿有些多余。我拿起桌上的烟盒、火柴，指了指门外："我去抽根烟，你们聊。"出门的时候，我扫了眼那女孩子戴的胸卡，她笑盈盈的大头照片下面有两个字：白杨。

6

我出门来一愣，见门外两边站着三四个人，都竖着耳朵一脸幸灾乐祸的表情。见我出来，他们装作路过，各自散开回了房间。我伸手把门关好，靠着墙站在阴暗的过道里点了根烟，回想着殷望刚才说的那番话——列夫出于利益考虑，完全有可能做出这样的布局，那么这个 U 盘不仅没什么价值，而且会给我带来杀身之祸。眼下老徐和建邦以及刘亚男上了内部的黑名单，上级又不愿让我继续这个任务，如今我只有两条路——要么服从欧阳刚的命令继续以“塔哥”的身份活动，保持随时待命的状态；要么服从徐卫东的命令，继续目标人物为列夫的案子。

思来想去，我还是理不出头绪，越想越烦，将烟头狠狠地摔在地上，用鞋底使劲蹍了好一会儿才挪开脚。粗糙的水泥地上，未燃尽的烟草、烟灰、烟纸被蹍成了一片黑灰色的残渣，混在一起分不出彼此。我眼前陡然一亮！老徐、建邦和刘亚男上了黑名单的事，欧阳刚并没有对我提及，按道理以我和他们的关系，不仅要彻底回避此案，哪怕是有间接联系的任务都要回避才是。欧阳刚却让我继续以塔哥的身份出现，这种稀里糊涂的安排根本就不像是欧阳刚这样级别的重要领导做出来的，那么我可以理解为他顶着压力默许了我继续跟进列夫这个任务的事。就像当年徐卫东顶着压力让我重返金三角一样，只不过，这一次欧阳刚的压力更大。

我想起徐卫东的一句话，他负责在两难时做出决定，而我们只需服从命令并执行就好。

那么，欧阳刚做出的艰难决定就是给我一个相对自由的空间，让我去决定做什么。我要做的就是从混乱中理出头绪。我慢慢地蹲了下来，盯着那团灰色的烟头残渣，昏暗的光线下，只要你愿意去辨认，还是可以辨别出哪个是烟灰、哪个是烟丝的。我吹了一口气，那团残渣瞬间飘散在四处，我的眼睛一下被飘浮的渣子眯住了。我闭上眼睛，对自己说：不能急。

渣子很快随着眼泪流了出来，我眨眨眼，眼前和心里都一片雪亮。

听到一声门响，我忙抬头，见白杨抹着眼泪走了出来。她看了我一眼，还撇着嘴，但掩藏不住眼睛里的笑模样，娇嗔地回过头朝屋内瞪了一眼：“你真讨厌。”说完噔噔噔朝外走了。

殷望站在门口吃惊地看着我，我站起身擦了擦眼泪，不等他让，我自顾自走进屋。他一边去关门一边说：“厉害吧，连你都感动哭了吧？所以人的变数是最大的，你别看她来的时候气势汹汹的跟个悍妇一样，这才几分钟，还不是恢复成一个沐浴在爱河里的小姑娘了吗？”

我用袖口擦了擦眼角：“我对你的私事没兴趣，也不知道你刚才和人家说了些什么，我这是……”

“知道知道，风吹沙子眯了眼。”

“不是沙子，是烟灰。”

“你说是什么就是什么。”他指着电脑屏幕，问，“这个你打算怎么处理？用不用问问上面的意思？”

我摇摇头。他看了我一会儿，说：“你要是想跟这条线，我无条件服从……对了老大，你到底想怎么干？”

“我想找到他们，把他们带回来接受处罚。”

殷望眼睛一瞪：“你一个人想把他们三个带回来？那三位随便挑一个出来你都……”

我接着他的话说：“你想说我不是他们对手吧？没关系，带不回来，我就亲手解决他们，要么就被他们解决。”说完瞥了他一眼，眼神接触的一瞬，他浑身微微一颤。

我见气氛变得有些冷，扯开话题说：“那女孩不错，你说你一天吊儿郎当的连个正经工作也没有，还住在这种地方，人家都没嫌弃你，我都被感动了。”

他很快恢复了小混混儿的样子，一甩头说：“还不是贪图我的美色！”见我只是静静地看着他，他低下了头，“我知道这事违反纪律，可有些事机缘巧合，我也没办法不是？”

我说：“我补充一下，于私，我对你的私事没兴趣；于公，你的思想政治工作不归我管。”

他定定地看了我一会儿，垂下眼皮说：“我知道她是个不错的姑娘，可那又能怎么样？我能怎么样？你想让我怎么样？”

我愣了一下，才反应过来他把我的玩笑话当了真，不禁有些懊恼。换作程建邦，遇到这样的事，几句玩笑就过去了。可现在对面的是殷望，我们没共过什么事，贸然拿这事开玩笑确实有些过头，我赶紧解释：“你别误会，我就是……”

他有点儿落寞地说：“也许她爱上的只是那个不务正业叫徐明的人。你知道徐明是什么人吗？是个还讲点儿哥们义气、无亲无故的混混儿。说是爱也许不准确，可能是同情呢？我接触她也是为了任务，我和她发展到这一步也是因为任务，现在那个任务完成了，可是我呢？”慢慢地，他呼吸急促起来，揉了揉发红的眼眶，“你们的任务都是境外，真刀真枪干脆利索，我们这种外围什么情况，你知道吗？说让我去接触一个女孩子，我就得去接触。说让我和她发展恋爱关系，我就得发展。说任务完成我就得结束一切去接受下一个任务，可真的能结束吗？你们经历过这些吗？你们知道伤了别人还不能解释一个字的那种无奈吗？”

我看着他潮红的脸，只见他的嘴巴张张合合地说话，却什么也听不到。我的思绪好像飞行在与这里完全平行的另一条航线上，一张张熟悉的面孔和现在想起来还依然清晰的感觉像是迎面的风一样，凶狠地、不停地拍打在我的脸上。

“你没事吧。”殷望拍着我的肩膀，把迷失在记忆中的我唤醒。我回过神来看了他一眼，摇摇头。他有些不好意思地低下头：“对不起，我没控制好情绪。老大，给我说说你们的事吧，我知道我刚才说的那些你一定也经历过，我相信我的这些事和你的比起来，根本就是小儿科，不如你教育教育我？”

我笑着摇摇头，指了指屏幕：“把我的资料传上去吧，无论如何，我不想放弃这条能和列夫联系上的线。”

殷望有些失望，犹豫了一下，还是坐回到电脑边按照我的指示，将我“塔哥”的身份资料传了上去。

我想，不是我不愿意告诉他那些事，只是人的有些经历就是厚重到无法言说，每一个字、每一次停顿都能渗出带血的眼泪。

和殷望拟订接下来的计划时，我才发现我和他的信息极不对称。他掌握的大多是类似江湖传闻的信息，其中不乏他片面且主观的解构。而我这边，哪怕跟他解释周亚迪和胡纬的关系都费了好大周章。当我们的情报整合再一次陷入僵局时，他提议我们找个地方一边喝点儿小酒，一边深度“勾兑”。我想那大概是他最舒服的沟通方式了，只好点点头。

我拿着 U 盘说：“不如把这个毁了，丢了也不怕被人替换了。”

“上面说得很清楚，这个才是你的实物入场券。”

我无奈地笑笑：“老毛子是有点儿死心眼。”

等殷望锁门的工夫，薛五打来了电话：“塔哥，我没事了，姓周的把我放了。塔哥，我对不起你，给你添累赘了。”

我安慰他说：“人没事就好。”

薛五在电话那头迟疑了一下，说：“塔哥，不管怎么说，这次因为我让你损失那么多钱，还丢了面子，我一定帮你争回来。我记得姓周的样子，就是追到天涯海角也一定抓到他，让他把吞了你的东西加倍吐出来。”

“你踏踏实实在家等我，我忙完手头的事就回去，还有正事要办。”这时从过道那头走来一个人，我尽量靠近墙给他腾出过道。

薛五带着哭腔在电话那头恳求：“塔哥，我听你的，但你一定要给我机会补偿，不然我没脸面对你。”

“你千万别冲动，其实只是损失个几百万而已，都是身外物，你一定要等我回去再说，明白吗？”过道里那人几乎蹭着我的身体往过走，听到我口中说出“几百万”三个字时，那人上下打量了我一眼，嘴角不屑地撇了撇，终于蹭过我，走出两步还不忘回头冲我嘲讽地笑笑。

“好。”我应付完薛五，殷望也终于将他屋门锁好，临了又用力推了几把，四下看看，把钥匙找了道墙缝塞好，一挥手：“走。”

7

我一边跟着殷望往外走，一边问他：“刚才的资料确定上传成功了？”殷望“嗯”了一声。

我的手机在口袋里无声地振了一下，我摸出来见屏幕上提示有一条没有号码显示的信息，心中一惊，通常这种情况多半是内部人员用普通电话加密之后发送的。这时殷望推开了地下室的大门，一股清醒的风迎面扑来，顿觉神清气爽。

我刚打开信息，见门口站着一个人，居然是欧阳刚。

“首……”我四下看了看，确定没有其他人之后，轻声说，“首长。”

欧阳刚面色凝重地看看我，又看向殷望，问：“你们怎么在这里？”

殷望嘟囔着：“这是后勤批给我的众窝之一，应该我问您怎么在这里才对吧。”

我见殷望真是什么时候都没个正形，不觉有点儿替欧阳刚难堪，就低下头去看那条信息，只见手机屏幕上显示：不要信任何人，执行你的任务。——老徐。

我按捺着狂跳的心脏盯着屏幕愣了一秒，定了定神，余光发现殷望也在看我的屏幕。我将信息删除，抬起头与殷望一对视，他快速地避开我的眼睛，对欧阳刚说：“我们……”

欧阳刚面色阴沉地说：“跟我回去。”走了两步，见我和殷望没有跟着他走的意思，转过身说：“怎么？还让我请你们？”

时间在那一刻似乎停止了，我和殷望静静地站在地下室的门外一动不动，欧阳刚就在距离我们几步远的地方看着我们。凭借着这些年锻炼出的敏锐嗅觉，我闻到空气中有一股非同寻常的紧张气息，这种味道不仅来自我们三人，还来自藏匿在这四周暗处的数十个同样紧张的人。那是欧阳刚安插在这里准备“带”我们回去的帮手。

“有什么新的指示吗？”我试探地问。

欧阳刚用下巴指了指我身后：“嗯，回去再说。”

既然首长这么坦诚，我想我就没有必要藏着掖着了，笑着指了指最可能埋伏人的几处角落，说：“让我们回去还不是您一句话的事，用不着摆这么大排场吧？”

欧阳刚扯着嘴角笑笑，说：“大家都是一个部门，没什么说不清的。就别麻烦别人了，一来让外人看笑话，二来……性质就变了。”

殷望冷笑着说：“变成什么了？变成内部通缉了？”

欧阳刚眼皮微微一垂，脸上依然带着微笑：“看这意思，非得撕破脸皮了？”

我问：“我们做错什么了？”

欧阳刚叹了口气：“你们跟我回去，我们可以坐下来慢慢研究这个问题，否则你们会被禁毒局的特警缉拿归案。”

我的心一沉：“禁毒局？你的意思是我们贩毒？”

“你们没时间了。”欧阳刚抬起手腕盯着手表。我和殷望同时往后退了两步，大约十秒的时间里，那些角落里蹿出七八个身影。令我心里一震的是，这些人都穿着缉毒特警的制服，手里都端着微冲，枪口对着我们扇形包围上来。包围圈快速地收缩着，眼看离我们最近的只有不到十米了。

“我靠！飞碟！”殷望突然指着远处的天空大声喊了一嗓子。这一下别说包围我们的那几个缉毒特警，包括欧阳刚都下意识地朝空中望去。就这么一瞬间的空当，殷望飞快地打开了地下室的铁门，一把把我拽了进去，迅速把铁门“咣当”一声关住，放下铁杆反锁了，一招手说：“跟我走。”像只猫似的朝昏暗的过道深处钻去。在我们拐过第一个弯道时，就听到那道门被暴力拆解的声音，凌乱的脚步声跟了进来，听上去离我们也就十几米的样子。

殷望对这里迷宫一样的地形非常熟悉，三下两下就将身后紧追的缉毒特警甩出一段距离。我问他：“你知道多少出口？”

殷望带着我拐进一条房屋间隔更加密集的过道停了下来，摸出电话来迅速地发了一条短信，才喘了口气说：“我们要找个他们不知道的出口。”他对着一排屋门摸着下巴琢磨了一会儿，自言自语，“应该就是这其中一个，妈的，赌一把。”他握住其中一扇门的把手，前后一晃猛地一推，门锁“啪”的一声被拽开了。我跟他冲进屋，见屋内一角的地铺上晃动着白花花的两团肉。我尴尬地转过了脸，那是一对光着身子的男女。那女的一把将那男人推开，捂着脸，用我辨不出的方言哭着说：“老公我错了，是他逼我的……”

殷望四下看了看，说：“不是这间。”我先退出了房间，听他还对屋内的男女说了句“不好意思，你们继续”，说完还把门给他们带上了。

他又走到另外一间门口，正要踹门，我一把拽住他：“你认清没有？别再弄错了。”

“错不了了。”他一脚将门踹开钻了进去。我跟进去一看，一个也不知道是男是女的长发青年正盘腿坐在地铺上，怀里抱着一把吉他，左手还按着弦，右手捏着支笔，张着嘴茫然地看着我们。

这个几平方米的房间里除了地铺、一个煤气炉和一个锅之外，就是堆在墙边足有一人多高的“挂面墙”和“榨菜墙”了。殷望哈腰笑着说：“大哥，作曲呢？您忙您的，我们找点儿东西，马上就走。”他将那堵“榨菜墙”推倒，只听“哗啦”一声，上百包榨菜撒了一地。殷望用拳头在露出的墙面上敲了敲，听到一声空响后，他扭头对我一笑：“就这儿了。”我上前对着那儿就是一脚，墙上“哗啦”出现一个大洞，外头竟然是个挺大的停车场。

殷望对我一甩头："你先出，我断后。"

我钻出去刚站稳，迎面停着的那辆车的车门开了，下来的人竟然是白杨。她困惑地看看我，又看看那个洞，一把推开我朝洞口看去。殷望正拿着一沓钱塞给那个长发男，说："不好意思，我这有几百块，您别嫌少，拿着换个装修风格吧。将来您红了记得给我签名啊。对了您叫什么？在下姓……"

"徐明！"白杨喝道，"你干吗呢？"

殷望朝外张望了一眼，用一副不可思议的神色对我说："这么巧？"又回头跟那位艺术家告别，"兄弟再会，真是对不住，你看我女朋友催我，我就失陪了。都不容易，找个女朋友更不容易。"

"徐明！"白杨又大喊了一声。

殷望低头钻出来，拿起被我踹掉的那块板子想装回去，刚一松手，板子就掉了下来，屋里那长发男的脸色更茫然了。殷望将头伸过去还要说点儿什么，耳朵已经被白杨一把揪住："我问你，你又出什么幺蛾子呢？"

殷望弯着腰，咧着嘴说："工作，工作。"

我四下看看，缉毒警还没有追来，想起之前老徐发给我的那条短信，让我不要信任何人，那么这个"任何"当然也包括殷望。我对殷望说了声"再见"，正想找条路逃离这里，殷望甩开白杨一把抓住我，另一手揉着耳朵，说："你这样是出不去的。"

"我想试试。"我甩开他的手。

殷望再次抓住我的胳膊，说："我看到老徐那条信息了，不让你信任任何人。你别把我当人，当我是条导盲犬，帮你离开这里以后，你把我一扔就行。"他对白杨一甩头说，"开车送我们出去。"

"凭什么？"白杨瞪着眼睛往后退了一步。

殷望放开我，走过去紧紧贴着白杨说："帮我个忙，可以吗？"

白杨被殷望逼得靠在车头整个身子都向后仰去，脸通红得喘着气。我叹了口气，说："咱能中断一下，换个地方腻歪吗？"这时艺术长发男已经站了起来，跟个北京猿人一样佝偻着腰，扒着洞口看着他俩。

白杨一把推开殷望，摸了摸自己的脸："上车。"又啐了一声，嘟囔着，"老天瞎了眼，怎么让我摊上这么个玩意儿？"

我和殷望趴在车后座上，白杨开着车驶离了停车场，在殷望的指引下朝北驶去，一路竟然没有遇到任何阻碍。殷望摸出手机设置了几下，重启后又对我说："把你的手机给我。"见我疑惑的眼色，他压低声音说："得取消定位，不然开着机跑到哪儿他们也找得到。"我才想起这茬儿来，赶忙把手机交给了他。他设置的动作很快，而且打开的界面是我以前不曾见过的，这让我多少有些尴尬。我想起出院那天由欧阳刚主持的那场比赛，与其说我是输了，不如说是被人蹂躏了一顿。

挫败感再一次涌上来，觉得自己像是一部老旧机器，笨重，迟钝，而且单一，马上就要被淘汰了。

殷望摆弄完把手机还给我，大约看出了我的失落，压低声音说："这个我是经过特训的，加上自己没事也爱琢磨。你别觉得是个人都会，我天赋异禀来着。"

"搞定了？"我晃了晃手机说。

"放心吧。"殷望对我扬扬眉毛，猫着朝外看了看，"嘿，要出城了，真顺。"

我也抬起头来朝外一看，见车已经上了八达岭高速，问白杨："刚才出停车场，没看到有人查车吗？"白杨从后视镜里白了我一眼，继续盯着车前的路。我讨了个没趣，看了眼殷望，说："找个地方把我扔下就行了。"

殷望朝车后窗不知在看着什么。我回头一看，大概五百米外有两辆车正灵巧地避闪着车流，飞速朝我们追来。我和殷望对视了一眼，几乎同时对白杨说："靠边停车。"

白杨从后视镜里看了我们一眼："怎么了？"

我正想说话，被殷望拦住，他说："没听见胎压报警吗？右后轮胎亏气了，不换的话容易爆胎。"

白杨连忙减速靠边，殷望见她下了车，手往后撑着伸出大长腿一下往前蹿蹭到驾驶座上，他顾不上坐正就松了手刹，看样子他是想把白杨丢在这里。没想到白杨反应极快，敏捷地在车启动的那一刻一把拉开后车门，不顾车正在往前蹿，硬是钻了进来。殷望只好减速，低声喝道："你不要命了？"在后视镜里对我使了个眼色，我会意地点点头，在他加速的同时，伸过手帮白杨系好安全带。

白杨狠狠地在我手上打了一把，伸头对殷望说："徐明你个王八蛋，你到底想干什么？刚才出停车场我看到了，地下室门口全是警察，都拿着枪。你们到底犯了多大的事儿？至于人家搞出那么大排场来？"

殷望微微转了一下头，那两辆车已经追上来了，其中一辆与我们并排疾驰的车上，副驾坐着的是欧阳刚，他狠狠地"钉"了我一眼。主驾上开车的是个身着便衣的人，那人扭过头与我对视了一下，我只觉眼熟，一时又想不起在哪里见过。形势危急，容不得我多想，我回过头看了眼后面的车流，说："保持这个速度，你有七秒时间脱困。"

"五秒就够。"殷望猛地朝左一打方向盘，在车身就要碰到欧阳刚那辆车头的瞬间，又猛地朝右打方向，我们的车在惯性作用下，车尾重重地朝欧阳刚的车砸去。那辆车急忙向左避让，这正中了殷望的圈套，殷望猛地一脚刹车，那辆车的车头不偏不倚地撞到了我们的车尾，瞬间失了控，在路面上转了几个圈才蹭着隔离带停了下来。

殷望猛加油，快速驶离了欧阳刚的那辆车。我回过头，见另外一辆车停在欧阳刚的车旁，下来几个人一面指挥后面的车辆避让，一面查看着欧阳刚车内的情况。

殷望指着前面一个弯道说："拐过前面那个弯，有山挡着他们看不到，你们俩找机会下车，我负责把他们引开，等甩了他们再联系。"不等白杨嚷嚷，他扭头对白杨喝道："你闭嘴。"白杨愣了，硬是把话生生咽了回去，吃惊地看着殷望。眼看着就要拐过那个弯，她说："好，但你总得告诉我那些警察为什么追你吧。”

殷望将车速降下来，瞥了我一眼，说：“因为我们贩毒。”他将车靠边停了下来，“下车，快。”他看着我，用下巴指了指白杨。我明白他是要我照顾好白杨，于是对他点点头。

我伸手打开白杨那边的车门，解开她的安全带，把她推下了车。她还没站稳就想回身打我，我跟着跳下车，一把把她扛起来丢到护栏外。回头见殷望从车窗伸出一只手对我挥舞了几下，车子轰鸣着朝前蹿去，很快消失在下一个弯道。

“一会儿警察就来了，你知道什么如实告诉他们就好，他们不会为难你。”我观察了一下地形，拨开树枝朝树林深处钻去。跑了几步听后面有动静，白杨一步不落地跟在了我后面。她见我停了下来，喘着粗气说：“你告诉徐明，这次他别想把我甩了。我不管你们是毒贩子还是人贩子，我要他当着我的面说清楚。”她低头将鞋跟塞进脚下的一道石缝用力一别，生生将鞋跟别断，把两个鞋跟都弄断后，看着我说：“跑啊，姑娘我单人独步穿越德拉肯斯山的时候，你们别说贩毒，抽根烟都得背着大人呢。”

“德什么斯？”

“说了你也不知道。”她不耐烦地一摆手，“快走啊，我告诉你，见不到徐明别想把我甩掉。”

眼下不是一个讲道理的好时机，而且她只是个无辜的痴情小女生，把她打晕丢在路边实在不合适，只好扭头朝树林深处继续狂奔。白杨的体力的确不一般，但在林子里跟着我快速跑了两三公里之后，她就吃不消了。听着她破风箱一样的呼吸声，我知道她的体力已经到极限了。

如果徐卫东没有给我那条短信，此时我恐怕已经被控制了。要是真像殷望说的那样，组织已经给老徐他们三人定了性，那我现在跟欧阳刚回去，上级一定会暂时把我隔离起来，一直到一切的一切水落石出。但没人知道那是多久以后的事了。

被人困在荒山野岭追这种事对我简直就像家常便饭，但这一次我感受到了从未有过的惶恐和害怕，因为追我的是我的上级。我要去继续的，是一个已经被内部定性为变节者的人交给我的任务。

第一次，我分不清敌我，甚至认不清自己到底处在什么位置。我不敢去想象自己宁可相信徐卫东的一条短信，也不愿意相信代表着组织的欧阳刚这种事。因为我知道，我只要那么想了，答案就会毫不留情地把我击毁。这是我从未面临过的危机，不论我选择相信哪一边，都面临着永不超生的毁灭。突然我发现自己如此无力，就连保持身体平衡都变得艰难，那是一种连呼吸都想放弃的绝望。整个世界像是被我内心的孤独和绝望所感染，变成一块无边无际的巨石黑沉沉地压了下来。

我强迫自己大口地呼吸，想让昏昏沉沉的大脑保持着基本的清醒，但越是使劲，头脑越是混沌。就在这时只听“嗡”的一声，一根树枝抽到了我的脸上，树枝差点儿扎进了我的眼睛，火辣辣的疼痛顿时让我回过神来。我放慢了脚步，四下张望着。

天色已经完全暗了下来，这样的光线下在这样的地形上，再快速移动是非常危险的，我看了眼几米外的一道深不见底的山沟，不由得倒吸了一口凉气。刚才若是一味地昏昏沉沉地跑下去，随时都有可能失足跌落下去。

好在后面并没有人追来，只要我自己没问题，远离了公路暂时就算是安全的。我停了下来，看着上气不接下气的白杨，说：“歇会儿吧。”

白杨弓着腰，一手撑在膝盖上，一手捂着肚子大口地喘着气，说：“不……不用，我跟得上……”

“我想甩你早甩了，趁着现在你还没有卷进这件事，一会儿前面找个村子，你去报警，他们会送你回家，保险公司会赔你的车。我答应你，等过了这一段，一定会带着徐明来见你。”

白杨摆摆手，说：“不行，我信不过你。要么，你把我杀了。”说完眼珠一转自己吓到自己了。她绷紧了脸直起腰往后退了几步，摆出跆拳道的开场动作原地跳了几下，做了个标准的下踢动作。我赶忙说："好厉害好厉害，我怕了你。"

"徐明怎么样了？"白杨暂时放下警惕，说，"你联系一下他。"

"他安全了会联系我的。"我摸出手机看了一眼，说，"你不回家，家里人不担心吗？"

"我打过招呼了，今天可能不回去了。"

我点点头："嗯，那你家里人知道你和两个毒贩在一起吗？"

白杨赶紧纠正："是一个！徐明不可能做那种事，他好到什么程度我不知道，但是他能坏到哪儿，我心里有数。"她抬手一指我鼻子，"他就是被你们这些人带坏的。"

我避开她的手指，笑着说："你很了解他？"

"他是个好人。"白杨望着山脚下村庄亮起来的灯光，说，"你们这些人就是想利用他的善良和义气才靠近他的，他就能招来你们这些人。"她扭头看着我，"你笑什么？如果我说错了，你告诉我刚才为什么引开警察的是他不是你？他就是那种愿意为认识一天的人不要命的傻瓜，你们凭什么这么利用他？"白杨有些激动，吸了吸鼻子，双臂抱住自己蹲了下来。

"你挺了不起的，现在这么注重内涵的姑娘不多见，他连个正式工作都没有……"

她抬起头愤愤地说："内涵？善良仗义的人多了，我看你也挺仗义的，看得出也很善良，可那又怎么样？你没他帅，所以你这样的长相就算比他善良一千倍、比他仗义一万倍，我都懒得多看你一眼。"

我忍不住地就想笑，见她一副想哭又好强梗着脖子的样子，又憋了回去。对她我很是同情，同时又实在无话可说。难道要告诉她：你的男朋友其实不叫徐明，他是秘密部门特案组的探员，他一直都在执行组织交给他的任务，就连当初与你结识也是因为任务需要吗？

我叹了口气摸出烟，将头埋在外套里尽量挡住打火机的火光将烟点燃，蹲在一边抽了起来，心里说不出是什么滋味。不得不承认，我又在想念苏莉亚，只是那美好的记忆就像这香烟燃烧飘在空中的烟雾，我还来不及看到它那优美的线条，就被不知从哪里来的一股风吹散了。

“我休息好了，我们走吧。”白杨站起身说。

“光线不好，看不见，安全起见还是别动。”

“难道我们要在这儿待到天亮吗？”

我就势坐在地上，说：“对。”

“天亮就天亮。”白杨一副既来之则安之的样子，蹲在我对面摸出 MP3 把一只耳机塞进耳朵，偏头的时候看看我，说，“徐明他……他不会被警察抓住吧？”

“难说，高速路全封闭，警察想设卡很简单，就算他弃车和我们一样徒步，有他丢弃的汽车当坐标，警察也很容易找到他。”我抽着烟不紧不慢地说。其实我知道以殷望的素质，想要摆脱警察的追踪并不难，我只是想让白杨放弃那些少女才会有的不切实际的幻想，乖乖回到父母身边去。不料她说：“不可能，他那么聪明，既然他说要帮我们引开警察，就一定知道怎么办。”

我轻叹了口气，说：“他真的是毒贩，而且是他拖我下的水。他想让我帮他运毒，因为我在天津的港口有几艘船，不信你可以去天津打听打听‘塔哥’，那就是我，所有人都知道，我不碰毒品。”

“塔哥？”白杨不屑地撇撇嘴，“既然这么厉害，你能被他这样一个小混混儿拖下水？”

“你不是说他那么好吗，那么好的人我哪能怀疑？我也是刚知道，他在贩毒。”

白杨被噎住了，赌着气说：“我不管，反正我不信……你是不是和他联系一下？”

“你没他的电话号码吗？”

“他老换号，记不住。我的手机落车上了。”

我把手机递给她，说："也好，如果他被警察抓了，你打过去后，手机就会被警察盯住，他们很快就能找到你的位置。"

她看着手机犹豫着，说："那我觉得不对就关机，我看他们上哪儿找我去。"

"找不到你就会去你家里，去你单位了解情况，那时候就热闹了。"我幸灾乐祸地笑起来。

"你……"她气鼓鼓地瞪我。我忙说："你放心吧，我心里有数，我保证会让你见到殷……徐明的，前提是你要听我的。"

"好，但是见到他之前，你不能甩掉我。"她黯然地低下头去，"不然我不知道什么时候才能见到他。他每次说消失就消失，短的十多天，长的几个月。他不能再这么混下去了，不然这辈子就真毁了，就算他犯了法，坐了牢，五年、十年我都愿意等他。"

我见她如此痴情，知道说什么也没用了，也没有心思和耐心再劝她什么，只好说："随便你吧。"

山中的夜跟城里温差很大，气温骤降，我听到了几声她牙齿打架的声音。我脱了外套丢到她身上，又点了根烟。

"我觉得你不像是坏人，你们是被冤枉的吧？"她的声音有些抖，"对了，你贵姓……哦，好像跟我说过，不好意思，我忘记了，都怪徐明把我气得够呛。"她不停地絮叨着，言语中对我也越来越客气。我想她是真的怕了。这姑娘太虎了，之前见到殷望时的激动，在时间、夜幕、寒冷和饥饿，以及我这个来路不明的男人面前渐渐地消逝了……

我没理她，闷头抽着烟，想着自己的心事。她见我并不打算与她聊天，将另外一只耳机塞进耳朵，靠在一棵树下安静下来。

眼看着时间一分一秒地过去，殷望还是没有半点儿消息，我心里不由得打起鼓来。徐卫东的那条信息无疑是一桶油浇到了我冒着火星的心上，剧烈燃烧起来的火焰让我异常兴奋。用那种方式发送信息给我，除了他不会有第二个人了，由此可以肯定，他还活着，只不过活得不那么轻松，连大大方方地联系我都做不到。除了内部的通缉，还有什么能束缚他呢？程建邦呢？刘亚男呢？他们都还好吗？为什么不让我信任任何人？殷望把我的资料通过那个U盘上传之后，欧阳刚和徐卫东的短信几乎同一时间出现，这是巧合还是这之间根本就有什么联系呢？

无数疑问在我脑中盘旋，仿佛飘在风中的柳絮，看似轻盈曼妙伸手就能抓住，却又让人烦躁不安，挥不去也躲不开。

一阵嘤嘤声传来，是白杨在小声哭。她一个涉世不深的小姑娘，一时任性跟着我这个被警察追的嫌疑犯跑进这深山老林里，又大半夜的被冻得发抖，没号啕大哭就算淡定的了。我问她："害怕了？"

她吸着鼻子摇摇头，取下一只耳机说："我想他了，每次一听这首歌想起他就特别难受。"

"那你还听？"我心里一软，心说陪她聊会儿天吧，伸手说，"我听听是什么歌？"

她把耳机递给我，我塞进耳朵，一个略微沙哑的男声唱着英文歌。我把MP3还给她，说："我英文不好，听不太懂。"

她没接，说："别走。"

"不走，现在看不见，没法走。"

"我是说那歌，歌名叫《别走》，'Don't Go'。"

"哦。"我戴上耳机，那男声英文唱完后转成了中文："挺着胸，勇敢地面对呼吸的风。伤心总是带不走痛。有时候我觉得自己很没用。沉默，完完全全把你放在心中，有太多的话想对你说面对你都说不出口……"

不知道他们之间是如何开始，又是如何走到今天这一步的，我被这歌词和白杨有些凄婉的歌声弄得心里酸酸的。以前宁志老摆弄他那把吉他时说过：如果这世上有神，他们一定是用音乐在交谈。那时候他总是有一句没一句地冒，我觉得太酸了还老嘲笑他。此时在这种环境下听到这首歌，就想起他的那句话，不禁有些感慨。

半年前，刘亚男对我连开三枪之后，给我戴上了耳机，放的是《我的祖国》，当时我只感觉到生命随着血不停地流失，而那歌声就像将另外一种更强大的力量源源不断灌进我的身体。后来我一直在想，如果没有那首歌，我是否还能坚持到最后？

“你哭了？”白杨站起来看着我说。

我猛地回过神才发现不知什么时候，自己眼泪已经流了满脸。我想要说点儿什么掩饰些什么，却再也没力气。我把 MP3 还给她，背过身去抹了把脸。

她轻声问：“你有女朋友吗？”我转过身看了她一眼，她忙低声说，“对不起。”

白杨将耳机塞到耳朵里，裹紧了身上的衣服。耳朵里没了耳机，整个世界瞬间恢复了安静，我的头脑也跟着冷静了下来，内心深处一个无比坚定的声音告诉我：你要相信与你同生共死的战友，无论如何他们也不可能变节。除非……没有除非！

我站起身，对着开始泛白的东方舒展着筋骨，做了一个深呼吸，沁凉的空气清甜透彻，瞬间将我体内那些混浊的东西一扫而光。

“走，下山！”我对蜷缩在树下发抖的白杨说。

太阳升起来之前，我带着白杨来到了山脚下的一条人工水渠旁。我在渠水里洗着手，四下张望。水渠对面的栅栏里是一片果园，偶尔传来几声狗叫，有人烟的村庄一定就在附近。我们必须赶在天亮之前离开这里。我扭头看了眼白杨，她把我给她的外套裹了裹紧说：“你别想打发我走，你答应过我要见到徐明的。或者……我让一步，你现在联系他，只要和他通了话，我走也行。”

我拿出手机想了想，拨了殷望的号码，对方手机没有任何提示，就是打不通。发生这种情况只有两种可能，要么手机突然受损，要么是殷望故意为之。这两种可能都会发生，但我更倾向于后者，那至少证明他是安全的。但是如果是手机受损……我不敢再往下想。

我捧起渠水往脸上泼，想让麻木的大脑清楚一点儿再清楚一点儿。冰凉的渠水把思绪刺激得活泛了起来，我想起前去找我们的是欧阳刚，可包围我们的是身着缉毒特警制服的人。到了高速公路上追我们的那两辆车上，又都是身着便衣的人。这不合理——欧阳刚属于特案组，就算请求缉毒特警支援，把我和殷望当毒贩缉拿，那也没道理在我们逃脱之后又换一批人来追。

再仔细一想，我们从那里逃脱得未免太过轻松，轻松到了停车场后，殷望居然还有心情和时间跟破了屋子的主人道歉赔钱，跟白杨打情骂俏。就算是他吊儿郎当惯了，可欧阳刚何许人也？能漏掉停车场那么大一个出口？欧阳刚在追上我们的时候，主驾开车的那人我觉得眼熟，此时脑中无数的面孔像是失控的幻灯片，一帧帧快速地翻动着。白杨小心地看着我的脸色，问："你怎么了？"

我忙一抬手示意她收声，不料幅度有些大，口袋里的手机蹦了出去。看着落在地上的手机，我就像是在黑暗中闻到了目标的气味，并且能确定目标近在咫尺，但就是摸不到。白杨蹲下去想帮我捡起手机，就在她手碰到我手机的瞬间，我低声喝道："别动。"

白杨吓得愣在了那里。对了！是他！欧阳刚主驾上的那人，是上次我在边境被胡纬踹下山沟爬起来后，我回到当初周亚迪丢我手机的地方捡手机时，埋伏在附近的两个特案组探员之一。当时他们说是奉了上头的命令来找寻我的下落，确定我是否平安。我一直以为下命令的是徐卫东，没想到他们是欧阳刚的人。更重要的是，如果是特案组的探员，绝不可能在高速路上被殷望那两下子把车别翻。那么可以判断，他是故意放了我们！

我正想得入神，手机一振，屏幕亮了起来，白杨兴奋地凑过来盯着我的手机说："是徐明吗？"

是薛五。我刚接通，电话那头的薛五便迫不及待地说："塔哥，出事了。"

"嗯。"我对守在一旁眼巴巴的白杨轻轻摇摇头，"慢慢说。"

薛五说：“我们护的两艘船昨天晚上全丢了，现在那边派人来要我们给个说法，我快撑不住了。”

以前我带着他们护送的走私货船，都是在上级那里备过案，为放长线钓大鱼有计划放过的。如今，在我刚刚被追缉仅仅过了一夜就传来这样的消息，只能证明一件事：上级取消了对“塔哥”的支持。那么，我要是不回总部接受调查，将面临腹背受敌的绝境。我更担心的是，我可能和徐卫东、程建邦和刘亚男一样，上了内部通缉的黑名单。

“塔哥，塔哥，你说话啊，塔哥。”薛五在电话里焦急地催促着。

我回了回神说：“出了点儿事，让大家回去避一避，等我处理完这些再联系你。”

“塔哥，大家兄弟一场，不管出了什么事，我要和你一起扛，我现在就在北京，你在哪儿？我去找你。”

此时此刻薛五的出现，对我未尝不是一件好事。我需要一个帮手。那我首先要弄清楚一件事：他有没有与胡纬和周亚迪站在一起？

“塔哥！”薛五急切地说，“一下出了那么多事，弟兄们都有点儿含糊，也确实被货主吓到了，所以都暂时散了，你别埋怨他们。但你放心，只要你回来，以后咱还得接活儿不是？弟兄们还要跟着你，跟着你踏实。”

我看了眼天色，这里不是人烟稀少的地方，要还带着一个固执的白杨，我很难利索地离开。

“塔哥，你是不是不相信我？”薛五几乎是带着哭腔说，“天地良心，我要是做什么对不起你的事，天打五雷轰。”

我用手机地图查看了一下我所在的位置，又安慰了薛五两句，约了他到附近的一座桥边碰头。我只需提前赶到那里，找个有利地形躲在暗处。他要是一个人来，那就再说以后的事。如果还有别人跟他一起来，那正好，瞅准机会制服他们，还能把他们的车夺过来用用。

我试着又联系殷望，他的手机还是没动静。清晨的露水早已打湿了我的衣服，冰凉的衬衣紧贴着后背，稍微一丝微风吹过就透心凉。我看了眼白杨，她坐在几米外的一块石头上，裹在外套里的小脸冻得发青，眼睛却骨碌碌一直在我脸上打转。我答应过殷望要照顾好她，可不能把她牵扯进这种危险的事里来。在薛五到来之前，我得想办法先送走白杨。

我看了看时间，薛五要是在市内，至少一个小时后才能到这儿。我还没打好腹稿，白杨就猫着腰凑到我跟前，叫："大……大哥。"

"我叫秦川。"

"秦大哥。"她脆生生叫了声，"我想道个歉，是我太任性，胡搅蛮缠的，给您添了不少麻烦。"

饥饿、寒冷和恐惧这三样东西加在一起，是最容易消耗掉一个人的激情的，我想白杨已经意识到了这一点。"你放心，我答应你的事一定会办到，我一定会带着徐明去找你的。"我想临别还是安慰她两句吧。

谁知她一本正经地看着我说："秦大哥，我刚才一直在想，徐明总是躲着我，一定是因为我平时太蛮横、太任性了。我也看出来了，你不像坏人，你们和警察之间一定有误会。"

我笑了，说："这好人坏人还能看出来？你见过坏人吗？"

"见过，我爸就是坏人。"

我有点儿诧异："哪有这么说自己父亲的？"

她指指我手里的烟说："能给我根烟吗？"

我丢了根烟给她，她笨拙地抽了一大口，眯着眼睛吐出烟来："我不会抽烟，觉得能暖和点儿。"她一只手悬在点燃的烟头上像烤火似的晃了晃，说，"我爸开着一家夜店、一家 KTV……所以你说你们贩毒我才不信，我爸成天和毒贩子打交道，我知道他们什么样。"

我笑笑说："人在江湖身不由己，做那么大的生意，难免要和那些人过过招儿的，但也不至于是坏人。"

她轻轻地摇摇头，说："毒贩子是什么人？好人能和毒贩子相安无事吗？

那些人在他的场子里卖摇头丸，卖K粉，他能不知道？没好处，他能让那些人那么干？”

我现在是塔哥，当然不能夸她是好姑娘说得很对。这姑娘也挺可怜的，生错了家庭。我随口说：“做生意嘛，谁没事愿意招惹那些人，人家都是在暗处，你的父亲也不是孤家寡人，他还有你要保护……”

“好了，我就说你不是坏人了，不仅不是，还有点儿老好人。我说这些的意思是我知道错了，我一直好强，我吃的住的都是我自己赚的，我的工作也是我自己找的，从没靠过家里。我总觉得自己什么都行，可是徐明真的让我不知道说什么，本来说得好好的要结婚的，连我爸爸都见过也同意了，他还在我爸爸的夜店里做经理，谁知道他动不动就玩失踪，我就是不明白，有什么你跟我说清楚……”她说着说着眼泪就要流出来了，揉了揉眼睛，“不说了，一会儿麻烦秦大哥把我送到能拦到车的地方，我回去了。有些事不能强求，我现在想不明白的事，没准儿过两年就想明白了。你见到他，如果他愿意回来见我把这些说清楚就来找我，要是不愿意……就算了。”白杨终于还是没忍住，眼泪啪啪地就掉下来了。

我大概明白了，殷望多半是为了执行某个任务需要接触到她父亲，从她这里想办法。结果突破口是找到了，由此而来的纠葛却没有斩断。

又是这该死的毒品。我心里暗暗地咒骂着，却再也找不出一个字来安慰伤心的白杨。我不能代替殷望向她承诺些什么，给她越多的希望对她就越残忍。希望是一种力量，一种能够让你坚强面对困境的力量，同时这种力量也能将你彻底粉碎。这就如信任像是一把刀，交给了别人，别人既能拿起这把刀与你并肩作战，也能在背后要了你的命。如果信任了白杨，把实情告诉她，我不担心她会背后捅我一刀，而是担心这把刀过于锋利，她没有能力掌控，会伤到自己的性命。

“一会儿我送你到大路上，等我办完了手头的事，我让他找你去。”我不知道为什么会向她做出这种保证。说起来有些无厘头，我即将踏上一个连自己的性命都无从保证的征途，出征前竟然要答应一个女孩子，说我会带着她的心上人回来和她解决感情问题。这太滑稽了，我忍不住笑了。

8

远处驶来了一辆黑色的轿车，我赶紧拉着白杨在个浅坑里蹲下。那辆车像是在减速，到桥头就停了下来。我和白杨藏身的位置距离那座小桥并不远，大概二十米的样子，在草木遮挡下，人站在桥上很难发现我们。

“是你等的人吗？”白杨低声问。

我示意她安静。远远见车门打开，薛五从驾驶室下来，四下张望着摸出手机看了看，靠在车上点了根烟。我看了下时间，距离刚才挂断电话仅仅过了半个多小时，比我预估的时间提前了二三十分钟。

“是，走吧，我送你去大路。”见白杨还蹲在那儿没动，我问她，“不舒服？”

白杨蚊子哼哼似的，说：“你先下去吧，我想在这里……”

我有点儿尴尬地说：“哦，好。”拨开草木朝桥上走去。

快走到桥头的时候，薛五看见了我，把烟头往地下一丢，迎了上来：“塔哥，塔哥。”

我冲他点点头算是打了招呼，朝车内张望了一眼：“你怎么这么快？”

“我着急啊，不见到你，这心里没着没落的。”他左右张望了一下，说，“就你一个人？”

我见他这话问得没头没尾，不由得留了个心眼：“怎么？有人告诉你我和谁在一起吗？”

“没有没有。”他连连摇头，“忘了塔哥喜欢独来独往了。对了，你有什么打算？我们去哪儿？”

这时，一辆拖拉机突突冒着黑烟从土路开上大路来，拖拉机上的两个村民好奇地看着我们。我假装刚从车上下来，对着远山舒展着筋骨，深深地吸了口气大声说："就得是这儿的空气好啊，城里那憋屈的。"

薛五愣了一下，忙附和着："是啊是啊。"

村民冲我笑着点点头，我也笑着打了个招呼。拖拉机擦过薛五的车朝桥那头开去，我看着拖拉机走远，问薛五："你听说过双喜吗？"

"双喜……是帮人运黑货的那个吗？"

我忙说："没错，你认识？"

"当然听说过，这个人总是在北边的边境上活动，传说太多，不知道真的假的。塔哥，你没听过'海上灯塔秦，陆上跟双喜'吗？"薛五给我点了根烟，说，"灯塔秦说的就是塔哥您。意思是在海上得仰仗你，陆地上运货，得跟着双喜走。"

我笑了："这么说，我和他齐名？"

"据说这人对北边的边境比对自己家还熟，哪儿有沟哪儿有山，什么时候过巡逻队他都知道，黑货找他，从来不会栽。这人……"

我见他说得天花乱坠，大有打算把他听过的关于双喜的传说都给我讲一遍的架势，忙拦住他的话头说："能找到他吗？"

薛五为难地咧咧嘴："这个我只能找道上的兄弟打听打听了，至于找到找不到我不敢打包票，我只知道他大概会在哪儿出现。"他钻进车里从扶手箱里翻出一张地图，在车引擎盖上摊开，在东北的中俄边界、西北中蒙边界处画了两个圈。

我仔细查看着薛五画圈的地方，一边用手指测量着那些区域与俄罗斯之间的最佳路线，正在入神的时候，只听"嘭"的一声闷响。我猛地回过头，见薛五正直挺挺地往一边栽倒，手里拿着一把半尺来长的短刀。白杨站在他的身后，双手举着一块大石头，看着倒地的薛五，手直发抖。

"他……他想害你。"白杨哆嗦着嘴唇说，"我……我走过来看见他拿着刀想扎你，我……"

我上前从她手里取下石头丢在一边，见她双手还举在空中，我抓着她的胳膊放下，说："放松，没事了。"她放下胳膊，还在不停地抖着。

"去车上等我，我处理一下。"我看了眼地上的薛五。

白杨吓坏了，光是答应，就是不见挪步。我只好拉开车门，把她扶到车上坐好，拍拍她肩膀说："谢谢你，你救了我一命。"她呆呆地看着我，好半天才僵硬地对我笑了一下，裹紧了身上的衣服。

我关好车门，把昏倒在地上的薛五揪起来，让他后背靠在车轮上，重重地抽了他两个大嘴巴。他一下睁开眼，很快醒过神来，惊慌地说："塔哥，我这是……"他伸手摸了摸后脑，沾了满手的血。

我叹了口气，从地上捡起他的刀，在手里掂了掂，把刀柄塞到他手里，"拿好，刚才不算，重来一次。"

他的手在接触到刀柄的瞬间，像是被烫着了一样，举起双手说："塔哥，我是被逼的，他们说……"

我把食指竖在他嘴前，让他收了声。我说："我知道，他们逼你害我，不然你就该倒霉了。理解。动手吧。"我重新把刀往他手里塞，他躲着那把刀，带着哭腔说："塔哥，你饶了我吧，求你了，我说实话，他们说你有一个 U 盘，只要……只要拿到那个 U 盘，我就可以加入他们。"

"他们是谁？"

"胡……胡老板。"

"我以前怎么不知道你懂电脑？"我从口袋里摸出那个 U 盘，"想要这个你直接跟我说，我像是小气的人吗？人为财死鸟为食亡，说实话我饶你一命，敢漏一个字……"我将那把刀抛起来，在空中一把翻握住刀柄猛地朝薛五大腿间扎下去，刀不偏不倚地扎穿了他裤裆处的布，钉在了地上竖着。那里很快就湿了一大片，薛五脸色苍白，张着嘴又不敢叫唤出声，黄豆大的汗珠大滴大滴落了下来。

"他们说我只要把你……拿到 U 盘，就扶植我当老大，以后他们的货全都交给我运，分我三成。”薛五一口气说完，竟呜呜哭起来。

“没说清楚，是要把我杀了才行，还是拿到 U 盘就行，或者，要把我杀了以后再拿到 U 盘呢？”薛五低下了头没敢回答。“那就是说刚才你的确想杀了我。”不等他狡辩，我说，“帮我找到双喜，我放了你，不然……”我拨了拨钉在他裤裆里的那把刀，刀颤巍巍地倒向他的大腿，他吓得闭上了眼睛。

“塔哥，我真不知道双喜在哪儿，我知道他，他也不认识我啊。”薛五一把眼泪一把鼻涕地说。

只听突突声又起，刚才过去的那辆小拖拉机又回来了。我站起身斜靠车头处，背对着路，脚踩在刀柄上轻轻地晃着，薛五自然不敢出半点儿动静。

那拖拉机快到近处时，我回头去看，谁知拖拉机上除了刚才那两个农民之外，多了一个熟悉的面孔——胡纬。胡纬跳下拖拉机，一手对村民挥手道了谢，另一手上搭着一件外套，一把手枪藏在外套下正对着我。胡纬目送着那拖拉机拐下公路往远处的田里开去，歪着脑袋对我笑了笑，飞快地拉开车门钻了进去。我心说不好，朝车内一看，白杨已经被他用胳膊锁住了脖子，枪顶在白杨的腋下。白杨被勒得满脸通红，拼命地挣扎也拧不过胡纬。我正想去拉车门，胡纬轻轻地对我摇摇头。我知道这个人心狠手辣，没什么他做不出来的，一条人命对他而言根本不算什么，只好站在原地看他有什么要求。

这时远处一辆越野车飞快地驶了过来，“吱”一声停下。车上坐的居然是周亚迪和苏莉亚，副驾上的苏莉亚在看到我的一瞬间，低下了头。周亚迪双手握着方向盘看了我一眼，叹口气也低下了头。

胡纬将白杨挟持到车外，塞到了他的车上，自己上车坐好关上车门，隔着车窗对我钩了钩手指，等我走过去，他却对着薛五喊道：“兄弟，谢谢你带我们来。”

薛五扶着车站起来，伸脖子看了胡纬一眼，忙对我说：“塔哥，我不知道他们跟着我，你别信他，塔哥我错了……”见我不动声色，薛五骂了句娘，抄起刀恶狠狠地瞪着胡纬就要往前冲，嘴里念叨着，“我他妈跟你拼了。”

胡纬笑着对我努努嘴。我只好喝住薛五："滚！"

薛五愣了一下，好一会儿，狠狠抽了自己两个耳光，扭过头抹了把眼泪蹲在地上。

我说："让你滚，没听到吗？"

薛五起身面对着我，扑通一下跪在地上磕了个头，爬起来头也不回地走了。

见薛五走远，我对周亚迪说："迪哥，你的气色比我上次见你时好多了。"

周亚迪脸上强挤出一丝微笑。我又看了眼始终不愿回头看我一眼的苏莉亚，对周亚迪说："你还是把她拖下水了。"

周亚迪长叹了一口气，对胡纬说："有什么话，你快点儿说。"

胡纬饶有兴趣地看着我们三人，像是在看一出戏似的，末了扫了眼薛五的背影，哈哈一笑："我真是多此一举，早知道这么容易就能让你的兄弟对你下杀手，我就不费这么大劲了，直接让他带我们来找你就好了，看来我还真是高看你们了。"

我说："让你见笑了。"

"我很好奇，薛五好歹也算你的左膀右臂，你的其他那些手下岂不是别人给块肉就能反咬你一口？"他满眼鄙夷地上下看我，又说，"所以我好奇，你一个孤家寡人，是怎么在海上横行霸道的？"

胡纬问到了重点，这正是我这个"塔哥"假象最薄弱的环节。我哪有时间和精力去经营那个团伙，更别提仔细琢磨团伙里的每个人了，所有成功都归功于上级几个部门的配合，甚至动用了韩国、日本警方的协助。其实只要稍稍了解这个团伙的内部情况就能很容易产生疑惑，因为这种事没有几个与你生死与共的帮手，一个人是根本做不了的。之前胡纬以为薛五是我的心腹，捉住他就能钳制我，顺便可以通过跟踪薛五找到我，所以安排了这么一出。没想到，薛五对我也就那么回事，稍微仗义了一会儿，看见点儿甜头立马就把我卖了。

不能让胡纬在这事上有更多的时间去琢磨，我淡淡地说："兔子都知道多刨几个洞，免得一不留神就被人端了窝，更别提我这都是玩命的活儿。说吧，找我什么事？”

胡纬转了转眼珠，说：“有道理，其实也没什么大事，想和塔哥借个东西。”他回头看了眼满脸惊恐的白杨。我装作并不在意白杨，说：“货你们不是已经拿走了吗？”

胡纬脸上一阴，看向周亚迪。殷望在那批货里藏了一个定位器，八成是上面跟过去行动截获了那批毒品。那，他们放过了胡纬和周亚迪，只能说明他们在外面的价值会更大。我忍不住笑了：“不会被人洗了吧？哎，你不会是怀疑我洗的你吧？”

胡纬朝车外啐了口口水，恶狠狠看着我，咬着后槽牙说：“你是个讲究的人，这点我还是有信心的。”

我说：“这次又想要什么？不会是想要那个 U 盘吧。”

胡纬指了指我，笑着说：“真是痛快。”

我脸色一沉，说：“胡纬，你当这里是什么地方？你他妈当我是什么人？要不是为了生意上的事，你以为你还能活到现在坐在车里问我要东西？”

胡纬也不示弱：“秦川，你看看你现在的样子，就别打肿脸充胖子了，这里是内地，我不想惹太多事，不然你早躺那儿了。”他冲我摊开手掌，“你站着别动，慢慢地掏出来丢给我。”

“U 盘不在我身上，在我一个兄弟那里。不过刚才出了点儿事，现在联系不上，不如我们找个地方等等，我再试着打打电话。”

“你别逗我笑好吗？”

我举起双手，说：“不信你来搜？”

胡纬换了副嘴脸说：“秦川，那东西对你没什么用，你堂堂塔哥的名号就是最好的 VIP。不如你借给我，等我和迪哥拿下了供货商资格，全都交给你来运。你想想，除了你，别人也没这能耐，我就是想绕开你，也绕不过去。”

“我记得是你跟我说，你只要拿到 U 盘就去找双喜，怎么变卦了？”我嘲讽地看着他，“所以跟你这种说出的话连个屁都不如的人真的没什么好聊的，别说那东西真不在我手里，就算在，我也信不过你。”

“给你看点儿东西。”他把手伸进口袋里，紧攥着拳头伸出车窗，慢慢地摊开手掌，只见他的手心里竟然有两个 U 盘，跟我们从沈子雄那里得到的那只一模一样。胡纬说：“俄罗斯人一共放出来四个，其中两个是供货的，两个是运货的。”他曲起手指点了点其中一个，“这个是迪哥的，他已经同意跟我合作了。这个是我的，我家里的事我已经摆平了。本来我只想老老实实供货就好了，但我想来想去，运货方面不掌控的话，我睡不着觉，我们以前在这上面吃的亏太多了，所以现在只能向你和双喜借了。要不是沈子雄这个废物在你那里彻底栽了，你手里那个已经是我的了。”

我见胡纬这么看重这 U 盘，不由得有些怀疑自己是不是并没有看清这东西的真正价值。毕竟 U 盘不是列夫直接给我的，很多信息难免有缺失。我想了想说：“我不懂电脑，只是见大家都这么看重它，自然觉得它一定很值钱。既然我在你们眼里这么厉害，为什么俄罗斯人只给了你们，没给我？据我所知，双喜、沈子雄和我是同行，只不过我是在海上，他们是在陆地上罢了。”

“也不能这么说，双喜和沈子雄虽然是运货为主，但是常在河边走，多少也会沾点儿泥。每年因为一些意外，他们的手里囤了不少无主的货，加起来可不是小数。至于为什么没给你，说句你不爱听的，你在这行里还是个生面孔，太嫩。”

“可是我现在也有了，目前为止，俄罗斯人没有拒绝我的意思。”

“那就是不打算借我了？”胡纬慢慢地收起笑脸，瞥了身边的白杨一眼。

“胡纬，我说你除了绑个人质威胁人以外，就没别的本事了吗？换个花样，成吗？”

胡纬嘿嘿一笑，说：“你别说，还真没有。”

“所以你凭什么和我谈合作？你和胡经不愧是一家人，做事都是一个路数，要么就全都得依着你们，要么就是下三烂的招式。我怎么看你都不像是谈大事的人，不如你把你那些 U 盘给我，我来告诉你怎么玩儿。”

“哈哈哈。”胡纬笑了会儿，说，“你又逗我笑。”

“我没跟你开玩笑，东西给我，你我的恩怨一笔勾销，我不仅饶你不死，还能带你一起玩儿，不然我让你们的人和货统统烂在金三角。”

胡纬眼里闪出几丝杀气，咬着牙说：“秦川，你口气不小。”

我看了眼周亚迪，说：“你可以问问周亚迪，我从来是能干十分的事，只说三分话。让你们烂在老窝里不是气话，如果你非要把我逼到火气战胜理智，那我倒是很有兴趣把金三角变成一堆废墟。”不等胡纬发火，我接着说，“你刚才不是问我有什么本事在海上横行霸道吗？当然不是靠你看到的那几个饭桶，那是我摆在外头给外人看的。你们这几年在海上黑吃黑那点儿事，我这里都有一笔账。你黑过迪哥两次，一共让迪哥损失了几千万，还有二十多个弟兄。”一听这话胡纬紧张起来，他看了眼周亚迪，正想说话，我拦住他说：“你往日本运了两次货，不过全都杳无音信，这件事……迪哥最清楚。”我也笑着看向周亚迪。周亚迪喉头动了动，慌乱地四处张望起来。

胡纬冷冷地笑了下：“秦川，你用不着在这挑拨离间。”

尽管有了之前的教训，我一再提醒自己不要轻敌，但是遇见胡纬和周亚迪，不用超过十分钟，那种从心底泛起的蔑视就往外翻。同样的人，几年前每次出现在我的面前，都会让我如临大敌。而现在，看着他们，就像是在看舞台上的小丑在表演一样。

我说：“我没那闲工夫破坏你俩的友情，只是想告诉你别指望我和你们合作，想活命就把 U 盘给我，乖乖回去盯着你们的烟农把地种好，多加工些上好的货给我。至于金三角以外的世界，你们还是忘了吧。当然，我可以保证，只要你们保质保量地把货供足，我会让列夫做一块金牌供货商的匾额给你们。”

气急败坏的胡纬已经忍到了极限，眼看就要爆发。但听到我说出“列夫”这个名字后，他瞪圆了眼睛，惊讶地看着我：“你认识列夫？”

我口袋里的手机振了起来，我伸手去掏电话，胡纬抬起枪压着嗓子喝道：

“别动！不然别怪我不客气。”我细细看了眼那枪，枪口边缘有些毛糙，原来是一把仿真的塑料枪。我忍住笑，拿出手机一看，居然是殷望。我不由得扫了一眼白杨，她满眼期盼地看着我的手机，全然忘记了自己的处境。我清了清嗓子接起电话，那边却不是殷望，而是一个带着西北口音的男人：“秦川吧？”

我不屑地看着举着枪不住四下张望的胡纬，“嗯”了一声。只听电话那头说：“哦，我是双喜啊。”我心头一惊，故意抬高语气说：“双喜啊，有事吗？”

双喜说：“你等下。”短暂的停顿之后，终于听到了殷望的声音：“塔哥，是我，你……你听双喜的。”不等我说什么，电话那头换成了双喜的声音：“见一面吧。”

我瞥了眼竖起耳朵的胡纬，说：“好，哪里？什么时候？”

“就现在吧，地址我发你手机上了，一会儿见了再说吧。”双喜挂了电话。

我收起电话对胡纬一摊手：“没办法，我有点儿急事得先走，你们想好给我打电话。”我大步朝薛五留下的车走去，拉开门后假装刚想起来似的，回头说，“这小姑娘你们愿意留就留着替我照顾吧，我忙完了来接。”

胡纬伸出脖子喊着我：“你认识双喜？”他见我不搭理他，大概猜到我已经看出了他手里的是把假枪。他扔了枪从怀里掏出一把弹簧刀按开，揪住白杨的头发往自己怀里一揽，刀尖对准了白杨的颈动脉。白杨吓得大气也不敢出，一动不动地看着我。

我冷冷“哼”了一声，低头钻进车内，手上打着方向盘掉头，眼睛盯着胡纬车内的动静。希望自己刚才做的戏能把他们骗过去，让他们觉得白杨对我不重要，把白杨放了。以我对他们的了解，胡纬和周亚迪也在纠结留下白杨到底是一张牌，还是一个累赘。

调整好车的方向，他们还在犹豫。我告诉自己，这个时候我只有毫不迟疑一脚油门离开，才是对白杨安全最大的保障。但真让我那么做，我又不敢去赌那个万一：万一胡纬识破了我的意图，万一他们一不做二不休，万一……太多万一了。当车靠近他们的车时，我还是减了速，伸出头对白杨说：“我去处理点儿事，你先跟他们玩几天。”

胡纬阴沉沉，一副若有所思的样子。就在我稍稍迟疑要不要再多给他几秒时间时，一抬眼，只见胡纬眯着眼死死地盯着我的眼睛。就在那一瞬，我知道坏了。他嘴角微微一翘，说：“好，那就让这位小姐跟我们一起玩几天。”

白杨尽力往后躲着刀尖，僵硬地挺得笔直，紧闭的双唇没有一点儿血色，努力控制着包在眼里的泪水不流出来。我又看向了苏莉亚，在她避开我的目光之前，我扫了眼白杨。她下意识地随着我的目光看了眼白杨，像是明白了什么，用只有我能觉察到的细微幅度点了点头。

我冲胡纬努努嘴，冲周亚迪说：“迪哥，你现在……跟他了？”见周亚迪转过了脸去，我说，“你救过我的命，没有你，我现在还在泰国监狱里。你带我出道，还教了我很多东西，我是真的把你当我大哥，也是真的想和你闯一番天地出来，可你就是不给我机会，可能你想要的就是现在这样吧。”我摸出烟一边点烟一边观察着周亚迪的神色，见他一副欲言又止的样子，我心里有了底。我把点着的烟隔着车窗递给他，周亚迪抿着嘴眼眶发红，吸了吸鼻子，接过我的烟点点头。

我又点了根烟，对胡纬说：“既然迪哥都跟你了，我自然尊重他的选择。但是你记住，只要有一天，迪哥说让我晚饭的时候灭了你，我绝不会拖到消夜。”这话我是说给周亚迪听的，单凭苏莉亚一人的力量，很难保证白杨的安全，只要让周亚迪开了小差，胡纬就绝不会对白杨下狠手。

周亚迪面临什么样的窘境我可以想象，但我绝不相信他会甘于听凭胡纬的摆布。他做梦都在想东山再起，只要让他缓过一口气，他一定会和胡纬决一死战。我太了解人在困境甚至绝境时的感受了，任何一个能给你一口热粥的人，都会影响你做出的生死抉择。而我刚才那番话，就是周亚迪在困境或者绝境时的一口热粥。那是一个希望，哪怕缥缈到无迹可寻他也会抓住不放，而白杨就是让他抓住这希望的一根稻草。末了，我又对周亚迪说：“迪哥，滴水之恩当涌泉相报。你的事，只要用得着我，一句话，我秦川眼都不会眨一下。”我冲他一笑，“希望还能有机会，让苏莉亚烧几样小菜，我和你在一起喝几杯，聊聊天。”

眼见周亚迪眼泪就要出来了，我知道我的心理战算是打赢了一大半。只要接下来我显得并不那么在乎白杨，那么胡纬八成会放了她，不然白杨将是胡纬身边最大的隐患。这里不是金三角，他要不是疯了，绝不会轻易对白杨下黑手。退一万步，如果他铁了心要把白杨留在身边当人质，那我还可以选择报警。他们一定在警方的监控范围内，警察设个临时检查站解救白杨并不是什么难事。相对来说，为白杨这个他都不知道具体来历的姑娘栽跟头，胡纬的代价就太大了。

我冲周亚迪挥挥手，一脚油门将车开了出去。果然，没过五分钟，胡纬打来电话说：“我想起最近还有很多事要办，而且我们人生地不熟的，要是怠慢那位小姐也没法跟你交代……所以还得麻烦你原路返回接一下那位小姐。”

我不禁笑了，说了声“行”，掉转了车头原路往回返。胡纬接着说：“秦川，你和那个程建邦杀了我哥哥，我在蒙古背后捅了你一刀，我觉得我们之间可以扯平了。”沉默了一会儿见我没有回话，又说：“我和迪哥最近遇到难关，那批货就算是跟你借的，上次你带我们过境许诺你的钱，我迟一些一定会给你……我说这些是想大家以和为贵，并不是我怕了你。我想过了，你那个U盘我不借了，大家都是说中国话的，这一次最好能联手对付洋鬼子，别让人家看我们笑话。”他又停了下来，等了一会儿见我还是没有回应，他不耐烦地说：“是和是打，你给个痛快话。”

我说：“胡纬，从我们两个第一次见面以来，一直都是你在说，我在信。可每一次都是你反悔，然后我倒霉，现在你又跟我说这些……”

胡纬打断了我，说：“秦川，不要像个女人一样抱怨那些过去的琐事。我觉得我已经说得很清楚了，还是那句话，是和还是打？”

我不紧不慢地问：“怎么个和法儿？”

“一会儿你不是要见双喜吗？找机会把他摆平，以后我出货，你运货，我们合起来一家独大。”

“哦。我以为什么好事呢，原来是让我给你当枪。”

胡纬说：“秦川，难道你就想一辈子都在上不着天下不着地的海上混吗？你我不管怎么说，也算是知根知底的熟人。尤其迪哥和你也算是过命的交情，你信我总比信那些生人强，况且将来还是跟洋鬼子合作。”

“你不怕我把你这些话告诉双喜？”

胡纬哈哈一笑：“这些话除了你之外，任何人问我，我都不承认，你考虑考虑吧，我会再联系你。”说完他挂了电话。

我一抬眼看到白杨正沿着路边走着，缩着脖子抱着双臂，我的外套还披在她身上，那样子像极了一只刚刚被人丢进水里又捞起来的小猫。我按了声喇叭，她眯着眼睛仔细辨认了一会儿，嘴一咧哭起来了，朝我的车跑来。

我下了车正想安慰她几句，她收起眼泪对我扬起了手，看那情形她打殷望打习惯了，也想给我一个耳刮子。我冷冷地盯着她，她的手被我的目光“钉”在半空中，迟疑了一下收了回去。她抓起我的外套袖子擦了擦脸上的眼泪，质问我：“我救了你的命，你居然那么对我？”

我懒得跟她解释，说：“上车，我送你到车站。”

她往后退了一步，看着我手里的手机说：“刚才是不是……他？你带我去见他，我和他说几句话就走。”说着眼泪又流了出来，“我也看出来了，我和你们真不是一路人，我玩不起。”

殷望在双喜那边具体什么情况我根本不清楚，仅从刚才电话里的口气看，多半他受制于双喜，这个时候我怎么可能带着白杨过去？但白杨的倔强我见识过，眼下只能先把她稳住，找合适的时机把她甩掉。哪怕报个警，相信不出一个钟头就会有人帮她回家。

我说：“他刚才只是报个平安，之前出了点儿小状况，所以手机一直不通。等他找好了落脚点通知我具体位置，我带你过去。”

“真的？”

“咱可说好了，你见了他，说完你想说的，就得回家去。”

她神色黯淡了下来，垂下眼皮点点头：“嗯，我跟着你们也是累赘。我也经不起你们那么折腾，而且……而且我还要上班。”

我见她从河东狮吼沦落到这副楚楚可怜的样子，不由得有点儿心软，安慰她说：“你放心吧，他的确不是什么坏人。只是惹了点儿小麻烦，等处理完我让他去找你。”

“嗯！”她用力点点头，可眼泪又要出来了。我有些吃不消，哄小孩儿似的哄她说：“你看看，怎么好好的又哭？”

她忙擦了擦眼睛，换了副笑脸，说：“我能上车坐会儿吗？”我帮她打开车门，护着她上了车，关好车门落了锁。

我在路边找了块石头坐下，摸出手机无意识地翻看着，等候着双喜的消息。突然，我想起老姜曾留给我一个号码，眼前顿时一亮。这一天来发生了太多事，多到我根本没有时间和精力去细细琢磨其中的联系，太多的疑惑织成了一张网，把我捆得无法呼吸一样。

握着手机，却迟迟拨不出老姜的号码。徐卫东让我不要相信任何人，那我到底要不要跟老姜请示或者汇报一下呢？这个想法一旦出现在脑海中就越发强烈。我想，我还是没有足够的魄力去决定整件事的走向，待会儿和双喜碰了面，一切极有可能将朝着完全预料不到的方向发展，我太清楚那种不愿随波逐流却又无力回天的感受了。那是一种悬在天堂与地狱之间的虚浮，一个错误的决定就会让我带着所有的信念和尊严坠入无底深渊。不觉中，我的手臂上泛起一层鸡皮疙瘩，背后渗出一层冷汗。

我深深地吸了口气，拨出了老姜的号码。很快，电话通了，老姜在那头“嗯”了一声。我犹豫了几秒不知该说什么。他有些不耐烦地说：“说话。”

这熟悉的口吻，要不是声音不一样，我真会以为电话那头是徐卫东。难道这种事也代代相传的吗？老姜语气冷漠，却让我放松了下来：“首长，我是……”

我话没说完，就听老姜低声喝道："我知道你是谁，你再等我五分钟。"不等我反应，他挂了电话。

一个昨天还被追捕的人，今天主动打过电话去怎么也算投案自首吧，居然让我等。这是什么道理？我嘟囔着摸出烟，还没来得及点，就见一辆黑色轿车出现在前方弯道处，那车开得飞快飘忽，到我车边却一下稳稳停住。车门打开，下来的竟然就是老姜。

我腾的一下站了起来，心里一阵高兴又接着一阵担心。老姜探头朝我车里看了眼，白杨缩在后座上已经睡着了。老姜走到我身边，轻声埋怨着："这个殷望，每次干活儿都拖泥带水。"看来，白杨的情况他是了解的。

我上前迎了一步："首长，你知道我在这儿？"

他摸出那只上次在我的"葬礼"上没有打出火的打火机，"叮"的一声掀开盖，打出火凑到我面前。我这才意识到手里的烟一直忘了点，忙凑上去将烟点着。他从我手里拿过烟盒，抽出一支自己点着，抽了一口说："说吧，找我什么事？"

找你？谁找谁还两说呢。我心里这么想，嘴上可不敢那么说，憋了半天说了句："我想知道……我该怎么办？"

老姜沉默了几秒钟，说："这么跟你说吧，欧阳去抓你是我的意思，把你跟丢也是我的意思。因为我也不知道该怎么办，这要你自己决定。"

不知道是不是我的错觉，我觉得老姜的语气里有些伤感。我鼓起勇气问："为什么抓我？"

"抓你？真想抓你，我坐办公室里给你打个电话，你自己就来了，还用派那么多人去找你？"老姜深深地看我一眼，说，"那么做一来给人做做样子，二来就是让你跑啊，秦川。"

我越听越糊涂了，嘀咕着说："不明白。"

他背着手，看着公路下的庄稼地，缓缓地说："我是特案组组建后第一批报到的人，也可以说我是特案组的组建者之一。我是看着这支队伍从无到有，建功立业一步步走到今天的。这条路是你、你们、咱们一起用血肉蹚出来的。”他微微一笑，像是陷入了久远的回忆中，许久，长长叹了口气，说，“那个时候没办法，跟国外的同行差距既大，又缺乏沟通合作，很多事情只能用这种方式干。现在不一样了，你看看你这个塔哥当得多威风就知道了，那是几个国家的同行联合起来的力量。”

我说：“这是好事啊！可是这和抓我有什么关系？”

老姜回身看着我笑笑，说：“是好事，局面好了，人还是老样子。远的不说，就说你最初到国外做事用的是什么？不就是好汉，一条一条好汉吗？现在呢？各种高科技装备我都不认识，随便分来几个探员，动不动就懂几国外语，什么飞机、电脑使得比我用筷子都熟……对了，你从医院出来那天不是去比武了吗？你也见识到了。”

我沮丧地点了点头。

“所以，我们这个队伍要撤编，要重编。”老姜接着说，“大势所趋，是好事。”

我像是被人照头给了一闷棍，呆呆地看着老姜，鼻子一阵阵地发酸。老姜抽了口烟，说：“本来是打算把你直接召回来的。结果情报组发现有新朋友在盯着你，所以我多派了些人去撑撑场面，别让那些新朋友小看了你。”

“什么新朋友？”

“双喜。”见我吃惊的样子，老姜微微一笑，“既然双喜盯上你了，说明他想和你接触，我们把戏做足，才能让他彻底放弃顾虑，只要你能和他牵上，一定能挖出宝贝来。这种事，靠什么高科技装备都没用，就得靠人，战斗经验丰富的人。”他重重在我胸口上拍了拍，说，“其实我也有私心，一方面我想让你证实一下，不论科技发展到哪一步，人永远是关键。这支队伍不能说撤就撤，说重编就重编。另一方面我又担心你单枪匹马的万一有个闪失，我不能拿你的命当儿戏。所以我来找你，就算是现在这一分钟，我还是没想好到底该带着你回去，还是放你杀一条血路。当然，不用你说我也知道，你肯定是要杀出去的。”

我用力点点头，说：“所以……安排我假牺牲，其实也是在为这件事做准备吗？”

老姜看着我，说：“假牺牲会给你很大的自由，但这也意味着要承受相同的风险。”

我扫了眼车里的白杨，见她睡得正沉。我一挺胸对老姜说：“首长，您让我去吧，保证完成任务，一定不给您丢脸。”

老姜眼里流露出些许慈祥的暖光，说：“我的考虑是，我们的队伍不能撤，只能是加强装备，加强素质。这是个长远的事，但那么多案子可不等你，所以就算你完美地完成了任务，我也不能向你保证什么。这些事无论如何都要和你讲清楚，我这次来不是给你下命令的，我想以你战友的身份，咱们聊一聊。”

我把心静了一静，将那个 U 盘以及这段时间发生的事向老姜做了个简单的汇报。听完老姜迟迟没说话，只是静静地看着我，像是在等我继续说下去。沉默了好一会儿，他说：“你好像漏了点儿什么吧？”

我想了想，说：“大概就这些了。”

老姜问：“小徐没联系你？”

我一下子噎在了那里。我可以耍弄金三角的大毒枭周亚迪，能糊弄神龙见首不见尾的走私大鳄古听云，唯独做不到对上级说一点儿假话。老姜笑了，说：“你不用纠结那条短信了，那是我发给你的。我们到现在为止还没有小徐他们的任何确切消息。我跟你说这些是不想你有什么心理包袱，而且要做好他们已经变节或者牺牲的心理准备。你刚才说的事，让我对这件案子心里有了底，这是一个很好的契机……”说到这儿他又沉默了，看得出，他还是在犹豫要不要我继续跟进这个案子。

我想换作谁站在他的角度，此刻都无法立刻做出一个明确的决定来。因为不论怎么选多少都有些自私，甚至会有背叛。在这个岗位上，最不能容忍自己犯的错误无非就是这两点。可眼下的情形中，自私是为了不自私，背叛恰恰是为了不背叛。我想，这世上没有人能比我们更理解我们对这支队伍以及战友之间的那份钢铁热血铸就的执念和情怀了。

老姜像是下了决心，拍着我的肩膀说："秦川，有些情况不妨给你交个底：这件事极有可能会在俄罗斯境内造成影响，而我们还没有先例可以参考。在政策上我们很难把握，搞不好会惹出一些大麻烦，那会拖缓今后两国在这方面深度合作的进程。我们再三考虑后，打算把所有情报共享给俄方，可是那样我们就成了观众，很多有价值的资源根本得不到发挥，比如你的人脉。最重要的是，那里还有我们的人，他们的确是上了内部的黑名单，但在感情上谁也不愿相信他们真的变节了。就算是真的，他们犯了杀头的罪过，我也希望他们死在家里。功抵不了过，同样，过也抵不了功。在你给我打电话之前，我是打算带你回去的，特案组撤编或重编都还有很多工作需要你这样的人来做。你主动给我打了电话，说明你是有正确的主心骨的，这打消了我的不少顾虑。这一次或去或留你自己决定，我要提醒你的是，在内部你是已经牺牲了的，那么一旦你打算继续，只要有一点儿纰漏，官方都不会承认你的身份。"

我低头抠着手指甲，说："没关系，反正我已经睡在烈士陵园里了。几位大首长都参加了我的葬礼，知足了。"

老姜沉重地点点头，说："你还有什么要求？"

我轻轻地说："我要是成功了，特案组能留下吗？"

老姜叹了口气，没有回答我的问题，低头摆弄着他的那只打火机。我慢慢抬起头，看着他的眼睛，不觉间泪水模糊了双眼。老姜说："胡纬和周亚迪已经被缉毒那边盯死了，是故意放的长线。你跟他们接触要提防别被自己人抓了——到时候如果只有你没事，他们就该怀疑你了。"他把那只打火机塞进我的口袋，"我收拾好了，挺好用的，借你玩儿几天。记得还我啊，这可是我老伴送我的，很贵的。"

我挺起胸，轻轻地说："是！"

"只要人在，什么都好办。"他看了看手表，说，"我得走了，回来记得把打火机还我。”走出几步他又停了下来，转过头问我，“对了，你还有什么问题吗？”

我轻轻摇头，他露出一丝笑容说：“没问题我就走了。”

老姜的车没有来时开得快，即将在弯道消失的时候，车窗里伸出一只手对我挥了挥。我看着车消失在视线里，用只有自己才听得到的声音说：“我想问我家搬哪儿了？”那一刻，只觉得胸腔里空荡荡地难受。想对着老姜离去的方向敬个礼，终究没有举起手，毕竟这里是公路。

第五章
为自己出征

1

我失魂落魄地不知在那儿站了多久，直到一阵汽车引擎声从身后传来。我定了定神，回头见是一辆依维柯小巴车，距我还有几十米的时候车放慢了速度。驾驶室探出一个脑袋张望了一会儿，慢慢将车溜到我的身边停了下来。我一步跨到我的车跟前，敲着车窗叫醒白杨。

这时小巴车窗被人拉开了，一人伸出头叫着："塔哥，塔哥，是我。"

竟然是殷望。我心说，糟糕，刚才双喜不是说发给我地址让我去找他们吗？现在怎么自己找上来了。刚才只顾着和老姜谈话，还没来得及打发白杨呢。

果然白杨猛地打开了车门，尖叫了一声，就朝小巴车扑过去。我一时没防备，被打开的车门撞着往后退了一步。白杨已经站在车下抬头看着殷望，说："你给我滚下来。"

殷望也没料到白杨居然还在这里，满脸埋怨地看着我说："塔哥，这……"

我抱歉地笑笑说："一言难尽。"

这时从车上下来一个男人，不太看得准年龄，说四十多到五十多都行，穿着一身皱巴巴的深蓝色西装。他捋了捋有些凌乱的头发，歪着脑袋看了我一会儿，说："你就是塔哥吧？"

我听他口音和之前电话里的一样，想必正是双喜，点点头，问："您是？"

"我是双喜。"他右手伸出来跟我一握，左手做了个"请"的手势，"上车吧，边走边聊。"见我没有要移步的意思，他暗暗使劲猛地拽了我一把，笑着说，"走吧，由不得你了。"

他的西装敞着，不知是不是刻意让我看到了他腰间的手枪，我不由得心中一凛。他拍拍枪把，说："我车上还多得很。"

我朝车里看了一眼，两个三十来岁的男人，一人正面无表情地看着我，另外一人双手抱在胸前看着白杨。他们的右手都藏在衣服里，一看便知两人手里都有枪，一人盯我，一人盯白杨。我又看向殷望，他无奈地对我使了个眼色。我顺着双喜拉着的方向走了一步，当觉得他的手劲稍微松了一点儿后，手往他腰间一探，将那把枪夺了过来，快速地打开保险上好膛对准了他的脑袋，说："别动。"

双喜松开我的手，说："哎呀，东西都拿走了还不让动？不就是个枪嘛，想要了送你一把，要子弹不？"他全然不顾顶着他脑袋的枪口，从裤兜里掏出一把子弹伸到我面前，"给，装上试试。"

坐在殷望身边的那个男人不慌不忙地双手持枪，一把顶着殷望的下颌，另一把伸出车窗，枪管塞进了白杨的嘴里。白杨吓得一点儿声音都不敢出，眼泪哗哗地流了一脸。

双喜说："你看你，说和你好好谝一谝正事，你这一来就拿枪弄我，你们海上跑的都是这尿样？"

主控权在双喜手里，而我手里这把枪可能没子弹。我把手举起来，枪挂在手指上，龇牙对双喜一笑，说："今天还不到中午，已经有两拨人想要我的命了，你们陆上坏人太多。”

双喜下了我的枪又塞回腰里，说：“你看我们是上车谝呢，还是戳在这儿等警察呢？”

我假装慌乱地四下看了看，小心地问：“警察在追你？”

“这话是不是该我问问你？你被警察断在沟子后面满山跑成这个㞞样子了，还嘴硬呢？赶紧上车吧，别再废话了。”双喜又对瑟瑟发抖的白杨说，“姑娘，上车不？不上就拿枪把你打掉扔在这儿。”

白杨赶紧点头，拿枪的那人把枪收了回去，我看白杨浑身都在抖，赶紧过去扶住她。双喜嘿嘿一笑，说：“你看吓成那么个㞞样子了。呵呵，你的车就别要了，只要咱们两个谝对路了，我送你辆好车。”

我把白杨扶上车，她扑到殷望的身边，一把抱住殷望的胳膊，闭着眼，泪水一个劲儿地往下淌。我跟着上了车，车内除了刚才那两个枪手外，最后面还坐着一个人，那人脸上扣着一顶棒球帽，懒懒地靠在座椅上似乎睡着了。双喜上车来吩咐司机开车，指着那两个枪手对我说：“这是我的两个小兄弟。”又对那两人指着我说：“这是塔哥，你们都客气些，人家是海上混的，以后你们想去海上玩就找他。”

那两人冲我点头打招呼：“塔哥。”双喜指着最后那人刚想说话，那人取下扣在脸上的帽子说：“不用了，我和塔哥是老相识了。”

我不可思议地看看殷望，又看看双喜：“古小姐？”

古听云笑盈盈地站起来，展开双臂一把将我抱住，双手在我后背拍了拍：“塔哥，好久不见。”

此时此刻遇到她，我竟然有点儿他乡遇故知的感觉，心中居然涌出一些喜悦和激动。双喜愣住了，说：“你们认识？”

古听云笑着对我说：“塔哥，你看这个老狐狸，自己明明知道的事，还装得跟第一次听说似的。”她转过头对双喜说：“喜子，我就不信我找塔哥帮我带货的事你不知道。”

双喜在座椅上拍了一下，说："我真不知道你们认识，我骗你我是牲口，你咋能连我也不信呢？我要是知道你们认识，我能那么对塔哥？"

古听云白了一眼双喜："别说了，别再把自己感动哭了，所以我最烦你。"她一手搭住我的肩膀说："我就爱和塔哥这样的打交道，省事省心。"

双喜干笑了两下，有些尴尬地抓抓头说："又被你看穿了，我这装逼装的，又把自己装进去了。你还说我是老狐狸，我看你才是千年狐狸精，啥事都瞒不过你。"

我看了眼车窗外，问："我们这是去哪儿？"

古听云用下巴指了指双喜，说："去他的狐狸窝。"

双喜说："你别听她胡说，去内蒙，主要是有些事想找你帮个忙。"

我回过头对殷望说："是他们找咱帮忙吗？"

殷望立刻明白我的用意，耸了耸肩膀说："不知道，你没见刚才我脑袋上还顶着枪吗？我没怎么见过世面，不知道还有这么找人帮忙的？"

"哦。"我看着双喜说，"你客气了，我看不像是你找我帮忙，倒像是我欠你点儿什么。"

"塔哥，我的小兄弟刚才可能不礼貌，我给你赔罪嘛。"他对那两个手下招招手，"你们俩过来。"等那两人扶着座椅走过来坐好，双喜指着刚才那个拿双枪的人说，"你刚才是不是拿枪捅咕到人家姑娘嘴里了？"

那人点了点头。

"哪个手？"双喜问。那人伸出了左手。双喜又问："你的匕首呢？"那人从腰后摸出一把匕首递给了双喜。双喜接过匕首将他的手一把按在一张空座椅上，"噗"的一声，匕首钉穿了他的手掌。那人紧咬着牙，任由大颗汗珠往下滚，竟然硬是没吭一声。

双喜对愣在一边吓得傻愣的白杨说："姑娘，我这小兄弟都没见过个世面，不会说话，我替他和你道个歉。"

白杨这才"哇"的一声把头伸到车窗外开始吐。殷望轻轻地拍着她后背，回头说："我刚才说的是他拿枪指我头的事。"

"我知道，事情要一件一件地办，你不要着急。"双喜对手还钉在座椅上的那人说："你刚才哪只手拿枪指人家了？"那人一言不发地伸出右手。双喜对另外一个枪手说："你的匕首给我用下。"双喜接过递过来的匕首，又将那人右手钉到座椅上。那人脸上的所有肌肉都在抽搐，牙齿咬得咯咯直响，还是一声不吭。饶是我心肠再硬，也不禁背后一凉。

双喜问殷望："咋样？这个道歉接受不？"

殷望冷冷地看了一眼钉在座椅上的那双手，回身继续安慰白杨。但我还是看到他眼神中闪过的一丝恐惧，我想殷望之所以不吭声，大概是担心被人听出他的声音在颤抖吧。

双喜扭头问我："行不行啊？给个痛快话。"

我对殷望说："要不就这样吧，算是给我个面子。"

殷望点点头。我正想从口袋里摸烟，双喜紧张地说："你别动。"

他手下人过来把我从头到脚仔仔细细地搜了一遍，将搜出来的手机、烟盒、打火机悉数摆在双喜面前的座位上。双喜拿起手机摆弄了一下，说："你这个过时了，我给你换个新的，现在这个东西也用不上。"不等我说话，双喜拔出枪来，用枪托三两下把我的手机捣了个粉碎，又往那些碎片上浇了半瓶矿泉水，完事了扔出窗外。他又拿起烟盒、打火机仔细翻了翻，确认没有问题才塞回我的手里。我看着烟和火机，说："你不是急着找我说事儿吗？说吧。"

"事情要一件一件地办，我的小兄弟不礼貌，冒犯了你们，这个事情算是过了吧？"见我点了头，双喜说，"那你刚才抢我的枪，指着我脑袋这事咋算？"

我抽了口烟，说："说句实话你别生气，我上了你的车，被你搜了身，毁了我的东西后还让你坐在这儿喘着气和我说话，你就已经欠了我天大的人情了。"

双喜脸色陡然一变，古听云忙拉住他，说："喜子，没完了是吧？"

双喜看看古听云的手，又看看我，恨恨地点着头说：“行了，秦川，日你妈的这事就算过……”

我伸手拦着他的话头，把抽了一半的烟递给古听云：“你帮拿一下。”我猛地起身照着双喜的嘴正中就是一拳，双喜被打得整个人向后“嗵”的一声躺倒在座椅上。我上前揪住他的头发将他拽起来，左右臂错开抱住他的头，对他还没反应过来的手下说：“动，动一下你老大就是个死。”我手上稍稍一用力，就听到双喜的颈椎咔咔的响声。双喜挣扎着喷着血水，含混不清地对他手下说：“别……别动。”

我说：“我再在你嘴里听见那些不干不净的话，你嘴里的牙一颗都剩不下，信不信？”

双喜喉咙里发出“嗯”的一声，我这才将他松开。他坐在那里缓了半天，慢慢地活动了几下脖子，照着手心啐了一口，脱落的假牙混在血水里。双喜苦笑着说：“秦川，你牛逼。”

我手上还沾着他的血水，伸手到他衣服上蹭干净，才从古听云手上拿回刚才抽了一半的烟：“现在能说正经事了吗？”

双喜拉开窗把嘴里的血吐掉，又灌了几口矿泉水漱了漱口，“嗯”了一声。

我走到手还钉在座椅上的那人身边说：“忍着点儿。”将那两把匕首猛地拔了下来，将匕首丢到座椅下，说，“收拾下，我那个朋友是个小姑娘，见不得血。”

我问双喜：“跟你打听个事，你怎么知道在哪儿找我？”

双喜有些得意，竟然忘记自己的嘴是肿的，咧嘴笑了，这一笑又疼得吸了口凉气，捂着嘴缓了缓：“胡纬告诉我的。”他说话漏着风，坐在一旁的古听云一下没忍住，扑哧一下笑了，捂着嘴转过脸看向了车窗外。

我说：“你跟胡纬很熟啊？”

双喜不屑地白了我一眼，从包里又找出一副假牙塞进嘴里，腮帮子左右活动了一下，咯嘣一声装好，才说：“一个毒贩子，我跟他有啥好熟的？”

古听云忍着笑说：“最近很费假牙吗？随身带着备用的。”

我掌握的资料里，这个双喜是做过境护航生意的，帮毒贩运毒也是其中一项。但现在听他的口气，好像他很是瞧不起毒贩。还不仅仅是不屑，我总觉得他说到毒贩时，言语间多少透出一些恨。也许他在毒贩身上吃过大亏？

该言归正传了，我说：“说吧，你找我什么事？”

双喜问：“你帮胡纬带过货？”

“他的货，我抢过、烧过、带过。他的人，我也打过、杀过，你还想知道什么？”

“早听说过你，金三角混出来的，现在在海上数你最生猛。U盘的事你知道，我们两个合个伙儿，你看咋样？”

我看了看古听云，对双喜说：“你我一个水上、一个陆上，完全不挨着，怎么合作？”

“话不能这么说，每年找我带货的人不少，能接的也就占个三四成。其他的陆上没法跑，以后再有这种买卖我让给你，你给我分个汤汤水水的就行。这都是次要的，我可能有些货也得麻烦你。”说到最后他眼光往古听云那边一瞟。我大概明白了，他要说的事跟古听云也有关，于是问道：“怎么？这里面还有古小姐的事？”

古听云始终面带微笑不说话。双喜说：“你别看她，要不是她帮你说话，你杀了沈子雄的事，我就把你弄死了。我早先怀疑你是公家的人，那天在城里我就是去弄你的，结果看见你被特警追……不过你确实有两下子，那么多特警追你，你都能跑脱，厉害。”

双喜的眼神中颇有几分欣赏之意。我终于明白了老姜的良苦用心，他让欧阳刚带着缉毒警来抓我，然后在高速路上放了我，都是做给双喜看的。我不置可否地笑笑，说：“这么说我还得谢谢你，看样子我又把我的命捡回来了。”我摸出烟，拿出老姜留给我的打火机，随着一声清脆的金属音，应声闪出一朵火苗，我点燃烟抽了一口，说：“你们说这捡回来的命到底值不值钱？值钱的话，我自己好像无所谓；不值钱的话，好像是个人都想要。”

双喜也摸出根烟，伸手示意要借我的打火机一用。我把老姜的打火机装回口袋，把手里的烟递给他。他斜了我一眼，推开我的手，掏出自己的打火机把烟点燃：“别人我不知道，反正你的命值钱，得值个百八十块的。”

我笑着说：“那你说这命是贵一点儿好，还是贱一点儿好？”

古听云斜插进来说：“有时候我真恨自己不是个男人，可每次看到你们这些男人凑一块儿动不动就玩命，觉得真幼稚。这才见多一会儿，就搞得血稀呼啦的，还能好好谈点儿正事吗？”不等双喜反驳，她看着双喜说：“尤其是你，你眼里有好人吗？”

双喜说：“你看看，咋还躁了？这不是在谈嘛。”

古听云不耐烦地摆摆手，朝我这边坐了坐，搭着我的肩膀说：“你不想我吗？”

这问题生生把我问住了，也不知她葫芦里卖的什么药，一时间愣在那里不知说什么。“我就挺想你的，和你打完交道，看他们谁都不顺眼，一个个心怀鬼胎，没一个好东西。”古听云瞪了双喜一眼：“对啊，我眼里你就不是东西，就没有痛痛快快说话的时候。”转过头看着我，说：“我想找你帮个忙。”

我说：“你太客气了。”

古听云把我手指间的半支烟拿过去抽了一口，指指坐在前面的殷望和白杨说：“是你朋友吧。”

我说：“是我兄弟。”

她点头：“那就好，不用背着了，我想让你以后只给我运货。”

“你想包养我？”

古听云笑得拿手捂住了眼睛，连连点头，说：“你这么理解也行，我们合作过，算是半个熟人，我能保证你不会比过去赚得少。”

“好啊。”我一口答应下来。

古听云和双喜大概没想到我这么痛快，愣怔片刻快速地对视了一眼。我说："怎么了？还有什么问题？"见他们还没回过神，便对双喜说，"对了，那得和你说声抱歉了。"

双喜想抽口烟回回神，举起来发现都烧到过滤嘴了，这才觉出来烫，赶紧扔地上踩了踩。嘴上说："这是咋说的？不是……这得有个先来后到吧。"

古听云拍拍我的肩膀坐了回去，鄙夷地对双喜说："我说什么来着，你那套对付你这样的人行，在我秦川兄弟这样的敞亮人面前不太灵光。"

双喜说："秦川，你先别急着答应她，你那儿不是有U盘吗？我们一起去和老毛子碰个面，看看啥情况再定也不迟。"

我看向古听云，她耸了耸肩说："我无所谓，你去看看再答应我也行，万一有更赚钱的机会，也别错过了。"

我朝外望了望，车一路向北已经驶离了北京："现在能告诉我，咱们是要去哪儿吗？"

双喜说："去和老毛子碰头。"

我看了眼前座上的殷望和白杨。白杨缩在殷望怀里还在发抖，从我这个角度看去，像是一对受了惊吓的小动物依偎在一起。不管殷望是装的还是真被吓到了，作为一个与我搭档的战士，此时不该是这个样子。想起他之前的豪言壮语，我不禁有些恼火，扶着椅背弓着腰走过去拍了一把殷望的肩膀。他猛地一激灵抬起头看着我，目光中满是惊恐，甚至还有些无辜。我顿时气不打一处来，说："饿了吧？"

殷望愣了一下急忙摇头，白杨连连点头说："饿了。"说完两人对视了一眼，白杨大概看出我是在挖苦殷望，怯怯地看了眼殷望，低下了头。我又问："累了吧？"这次白杨昂着头，努力睁大通红的眼睛说："不累。"殷望却连连点头，怜惜地看向白杨："嗯，她肯定累了。"

我无奈地笑笑，说："那一会儿找个酒店休息一下，房间你们两个开一间还是两间？"

"一间。"他俩异口同声地说。说完白杨自己臊了，吐吐舌头低下头，偷偷地掐了殷望一把。殷望忙说："我……我是担心她的安全，顺便劝她回家去。"

双喜扫了一眼古听云，呵呵笑着说："你说晚了吧，她知道那么多，现在把她放了，不大合适吧。"

古听云说："秦川，这事我同意喜子，现在除了咱们四个，谁离开都不合规矩。你放心，没人敢动你的朋友。"双喜跟着附和说："对着呢，不让她走不是想把她咋样，确实不踏实，换作我的人要离开，你也不能答应吧。"

我听双喜这么说，是不肯放殷望走的意思，带着这么两个人明显是累赘，那只能说明殷望对他有价值。我想了想，指着双喜凑近殷望，咬着牙一字一顿地说："我怎么觉得这里面就我知道得最少，我记得你跟我说过，你不认识双喜。"

殷望喉头动了动正想说什么，双喜抢着说："这你不能怪他，你们被公家追的时候，我一直跟着的，谁知道等我追上的时候，车上只有他了。"

我扭头问双喜："就你这破车？特警都没追到，你能追到？我看你们是事先约好的吧。"我一把捏住殷望的后脖颈儿，稍一用力，痛得殷望眉头紧紧皱了起来，但他扛住了没出声。

"有话你好好说，别动手啊。"白杨半站起来，用她的两只手来掰我的手指。

双喜急忙猫着腰走过来拉住我，说："秦川，兄弟，有什么话坐下来聊……要不说那些警察是公家的人呢，都是领工资的，人家凭啥给你玩命，跟咱们不一样。"

我松了手，任双喜把我拉到后排坐下。我盯着殷望的后脑勺，说："我有点儿纳闷，这小子平时能说会道的，怎么这会儿跟变了个人似的，要说还是你双喜本事大。"

双喜一拍大腿："嗨，你看看，这事怪我，我小人之心了。古小姐说你是个痛快人好说话，我一直不信，弄出这么多事简直脱裤子放屁……这事怪我。"

他扯了半天也没有解除我心底的疑惑，再回想殷望今天的表现，越发觉得可疑。我冲开车的司机喊了一嗓子："麻烦停车。"一把拉起古听云，说，"就按你说的，以后你的货我全包了。"

古听云倒也痛快，跟着我站起身就要往车门处走，还不忘跟双喜挥手道别："喜子，我可是仁至义尽，是你自己搞砸的，你不能埋怨我了。"

双喜急忙扑上来拽着我的胳膊，"秦……不，塔哥，你总得给我个机会赔罪吧。"

看到大名鼎鼎的双喜此刻几乎是在哀求我，我明白这里面多半是古听云的功劳。毕竟我在海上折腾出大天来，双喜也没有亲眼见过，这种老江湖对没有亲眼所见的传闻早已有了超强的免疫力。可古听云何许人也，她一个谨慎到跟人合作完就杀人灭口的人，在跟我合作之后，不仅没有杀我，反倒决定以后把所有的货都交给我运，这种事双喜恐怕之前从没听说过，或者连他自己也做不到。他主动来找我合作，甚至不惜低三下四，这种人比动不动就想把竞争对手干掉、一家独大的胡纬要高深老辣得多。难怪他能稳坐内地黑货运输的第一把交椅这么多年。想起他之前对胡纬等人嗤之以鼻，轻飘飘一句"一个毒贩子"就给叱咤金三角的大毒枭下了定义，这绝不是虚张声势的自大，而是彻头彻尾的蔑视。

即使我的这些揣测全不成立，也还有古听云。看得出他们两个很熟，以古听云的做派，想要靠近她都难如登天，更别说与她同车同船走这么远的路。换言之，古听云一人既在双喜那里证明了我的实力，也为我敲定了双喜是我此次任务中一个绝不能轻易放过的重要目标人物。

见车速没有降下来，我微笑着对双喜说："不好意思，你的人还得麻烦你来说一声，我们想下车。"

双喜一咬牙喊了声："塔哥让你停车，你耳朵里塞驴毛了吗？"

司机这才缓缓地将车停在路边，打开了车门。临下车前，我对殷望说："祝你们旅途愉快。"又对白杨说："就当蜜月吧。"

2

我拉着古听云头也不回地朝前走去。此刻我表现得越坚决，将来双喜对我就会越重视。至于从哪儿找到台阶重新搭上双喜的车，那是双喜要考虑的问题。我相信以他的本事，一定会找到一个我无法拒绝的条件，高高兴兴地与他合作的。

因为在这一刻，这方圆几十米的地方，有三个招牌响当当的人物聚集在一起，就注定了这三个人要么三败俱伤，要么联手干出一票足以震惊整个东北亚黑白两道的大事来。

我放开古听云的手，问："你找我还要通过他吗？"

"没办法，他张了这个口，多少给点儿面子。要是你也一样，都是朋友。"

"他向你张了什么口？杀我？"

"他说是杀你，无非就是想躲在暗处看看你的借口。他和你不一样，眼里没好人，所以也没朋友，至少我没见过。"

"我以为你也不会有朋友。"

古听云将手伸到我胳膊里，轻挽着我说："我还没到连朋友都不需要的境界。"

很奇怪，她这个动作并没有让我有任何不自在，那不是男女之间的亲昵，而是种朋友似的随意。其实刚才在车上我就已经观察过了，她那合身的小外套和长裤短靴，根本藏不住枪，更别说她那两把大口径的"沙漠之鹰"了。我问她："你出门不带人也不带枪？"

古听云淡淡地说："知道我的人不敢把我怎么样，不知道我的人也很难把我怎么样。"

这时双喜那辆车开到了我们身边，保持着慢速行驶。双喜从车上跳下来，走到古听云那边对她说："你帮我说说话，我这次是玩砸了，这不是好些年没见过痛快人嘛，这猛一下看到吧，不习惯了。我这次真的得好好麻烦你们两个，你放心，多少钱你们随便开。”

古听云横了双喜一眼：“你真以为人干点儿什么都是为那几个钱？”

双喜低头嘟囔着：“还有不吃麦子的驴？”

古听云猛地站住了，冷冷看着双喜。双喜咳了一声急忙说：“我这破嘴……不管咋说，你们总得有点儿想要的东西吧，你们说说，看看有没有我能干成的。”

我说：“你等等，我有点儿好奇，你到底想让我帮你干什么？”

双喜面露难色，磨叽着：“这个嘛……”

我接着问他：“沈子雄是你的人？”我突然转了话题，双喜没回过弯来，愣了一下，点点头。我说：“你也不问我为什么杀他？”

双喜嘿嘿一笑：“这应该你跟我说吧。”

双喜脸上很平静，这反倒证实了他一定知道很多事，这其中就包括他在俄罗斯见到程建邦。既然沈子雄是双喜的人，那么他一定会把我和程建邦曾一起出现在戈壁滩上的事告诉双喜。而双喜一直到现在都没有谈及此事。我说：“你在俄罗斯见过我那个兄弟了？”

双喜点点头。

幸福从天而降，来得有点儿猛烈，我只觉得嗓子发干，我需要静一静。我问：“车上有水吗？”

双喜忙朝车上比了个喝水的动作，他的手下很快拿了三瓶矿泉水下来递给我们。我拧开瓶盖猛灌了几口，歇了口气，说：“他就是你所谓的公家人。同时，他也是我的兄弟。”

双喜喝完水用袖口抹抹嘴，说：“嗯，我知道。”

“你知道还跟我谈合作？”

“我也有很多朋友和兄弟是公家的人，难道我有那样的朋友，我就是官？他们有我这样的兄弟，他们就是匪？又不是小娃娃玩游戏。”双喜看了看我的脸色，说，“秦川，你那个兄弟现在可不好过，我见他的时候已经是大半年前的事了，现在是死是活都不一定。但是你放心，只要你和我去跟老毛子碰头把事情谈妥，我出面作保，让你带你兄弟回来。话说在前头，这得看他的造化。老毛子跟咱们不一样，一个个都野得跟大牲口似的，根本不把人当人，只要他能活着撑到现在，我双喜一定帮你把他带回来。”

话说到这份儿上，我没理由再掩饰内心的情绪了。我停下脚步转过身看着他，说：“好，不论他活着还是死了，你都要帮我把他带回来，这就是我的条件。”

双喜哈哈大笑起来，重重地拍着我的肩膀，对古听云说：“你真没看错人，这行当里居然还有这么重情义的人，我他妈的算踏实了。”他的眼神有些落寞，叹了口气：“秦川，你那个兄弟是你战友吧？我也当过兵，明白这里面的事情。……我当年一个连的战友，除了我，全把命丢在老山了。我是半条命躲在猫耳洞的死人堆里熬了半个多月，被人救出来的时候裤裆里都霉烂了，蛋都出来了。”他吸了吸鼻子，仰起头抑制着夺眶而出的眼泪。

古听云刻意与我们保持着一定的距离，装作一副什么也没听到的样子，饭后散步似的在路边慢慢地走着。

双喜转过脸用袖子擦了把脸，说：“秦川，我答应你。另外只要事情办妥，该给你的钱我一分不少，我双喜在社会上混了这么久，靠的就是说话算话。”

这一次我真切地感受到了他的诚意。我不管他说这些是为了博取我信任，还是真的性情流露，只凭他见过程建邦，他指的路我就必须试着去走走，哪怕前面是万丈深渊。

尽管我一再提醒自己，我只是一部用鲜血做燃料去战斗的机器，我面对的都是些无所不用其极的罪犯。但有些软肋注定是藏不住的，一旦有人触动，我就会愿意把胸口亮出来，不管扎过来的是刀还是枪子儿，我都愿意接着。

我和古听云又上了双喜的车。这一次大家沉默了很久，除了沉闷的引擎声之外，车厢里再没有别的声音。

双喜递给我一支点燃的烟，拍拍我的膝头，说："我跟你说实话吧，老毛子早就注意你了，放出话来，只要我和你谈妥，以后所有的货必须通过我们运，别家运的他们不收。成天甄别来甄别去的，他们也烦，他们输不起。"

我嗯了一声。他接着说："这几年南边和西边的收成好得很，货有的是，难的是运送。只要我们把这个和老毛子谈妥了，大大小小的毒贩子都得围着咱们转，你明白了没？"

我闷闷地抽了一口说："明白。"

他朝古听云努努嘴，说："你出面让我把这事谈妥，以后出力出命的活儿我来干，你和古家丫头爱咋合作都随你，你看咋样？"

我看向古听云："你介意不？"

古听云皱着眉："有点儿介意，怎么感觉自己成了第三者。"说着自己先笑了，"不过我记得我说过，我可能迟早得死在你手里，我认了。"

一个很小的声音从车前面传来："我看我也迟早死在你手里。"循声望去，说话的正是白杨。我心里一阵恼火，这是什么场合，还有心思打情骂俏呢。

双喜刚才不许他们离开，现在估计不会再这么坚持。那么我得跟殷望聊聊，看能不能把他们留在境内。我本想叫他名字，一想他在白杨那里叫徐明，谁知道在双喜这边又叫什么。我问双喜："我和我的小兄弟聊两句悄悄话，你介意吗？"

双喜说："都是自己人，你随便。"

我起身走到殷望身边，对白杨说："我和他说两句话。"

白杨识相地起身坐到了后面。殷望朝里挪了挪，我坐下低声说："我该叫你什么？"

"徐明吧。"

我微微摆摆头指了指白杨，问他："你觉得你适合继续跟我吗？"

殷望垂着眼皮说："是不太适合，但我等这个机会很久了，可能以后再也没这样的机会了。”

他疯了一样想执行一次真正的、不再是外围的外勤任务，事实也证明他是非常优秀的。如果没有白杨在，我是没理由把他退回去的。我说：“你见过谁出门干活还带着女朋友的？你这样会害死白杨的。”

殷望抬起眼看着我说：“可是你刚听他们说了，这里除了我们四个，谁也不能离开。”

“我去和双喜谈谈，让你们俩留在境内，不出他的地盘他总说不出什么了，等我完事回来，再接你们。”不等他答应，我又问，“你和双喜达成了什么协议？为什么他一定要带着你？”

“不知道。”

我一把揪住他的衣领，在他耳边狠狠地说：“都他妈什么时候了，你还跟老子玩这套？想耍酷滚回城里的夜店去耍。”

他看了眼我的手，叹了口气说：“我跟你说过多少次了，这样不好。我真不知道他为什么要带着我，还有……你为什么不把白杨打发走？”

我气不打一处来，可又不知道说什么，一把将他推回座位，一连做了几个深呼吸才平息下来。我扭头问正吃惊地看着我的双喜：“你能告诉我为什么要带着他吗？”

双喜说：“这个事你依我一回吧，到时候我肯定给你个交代。”

“我要是不依呢？”

“秦川，咱们刚才挺高兴的，别为了这点儿小事红了脸，这以后还咋处？”

“我办事最怕累赘。”

双喜看看殷望和白杨，说：“那简单。”说着直起身，手里不知什么时候多了把枪，对着白杨的同时上了膛。眼看他就要扣动扳机，我猛地一把抬起双喜握枪的手，“嗒”的一声枪响，子弹擦着白杨的头皮把车窗打了个窟窿，射了出去。

这一切来得太快，我攥着双喜的胳膊正要使劲，车猛地一个急刹，我朝前一栽头撞到前面的椅背上。我起身重新扑向双喜，一只手刚要攥住双喜握枪的手，手背突然一麻，一阵剧痛让我不由自主地把手缩了回来。我捂着手扭头一看，见司机手里拿着一个弹弓瞄着我。我一看手背，已经像个馒头似的肿了起来。司机面无表情地说："哥，别乱动，头上挨一家伙，我就成杀人犯了。"

双喜不耐烦地咂咂嘴，对司机说："你个驴日的，不好好开车，咋又玩上你的弹弓叉子了？"他把枪随手丢到我怀里，我就手接住。双喜看着我的手说："来我看看，没事吧？我的这些个兄弟，一个个没脑子，都是二球货。"他对其中一个手下喝道，"看你妈的逼，还不赶紧把药箱拿来！……哎呀，秦川，你看你干啥呢，你说是累赘，我帮你解决一下，你咋又拦上了？你到底咋想的？你要是不想帮我就明说，咱们又不是不讲理的人，大不了你给古家丫头在海上运古董，我继续在这儿拉我的货，大家还是朋友嘛。"

双喜说话的时候，我的目光一直没有离开他的眼睛。他巧妙地避开了我的眼神，看似漫不经心的关心和唠叨却让我明白，当我不久前把软肋亮给他的那一刻，我就已经输了。如果他讲的那些当过兵的历史都是真的，那么他太懂我这种人的死穴在哪里了。而我却不能反抗，因为反抗可能造成的任何后果都会让我后悔，让我生不如死。

我由着他帮我包扎好手，看了眼怀里的那把枪，按了下弹夹扣，弹夹滑了出来，果然没有子弹。我淡淡地问："你枪里就一颗子弹？"

"嗯，不一定。我也不记得，有些一颗，有些两颗，有些没子弹，一天忙的哪记得这些事。"双喜说得特别诚恳，就跟真的似的。

他身边到处都藏着武器，只有他知道在哪里，怎么用。装一颗子弹的枪正好应对刚才的情况：如果枪被我夺下，我无法用它再伤人；如果我没有夺枪，也没人知道枪里已经没了子弹，那么枪还有着它该有的威慑力。

在他面前，我还是嫩了点儿。

白杨不知什么时候已经坐到了殷望旁边，头扎在殷望怀里浑身发抖。殷望与我眼神一接触，对我轻轻地点点头，似是对我的遭遇在表示理解。难道双喜也攥住了他的软肋?

双喜还在絮叨:“一会儿找个地方给你找些冰,骨头应该没事,你试着动动看。”

古听云站在后面,手撑在座椅上,冷冷地说:“老喜子,这是最后一次。再有一次,哪怕是秦川指甲劈了,我就让你全家去做猪食。”

双喜神色有点儿慌乱,强挤出笑容说:“多……多少年的交情了,你和我开这玩笑?”

古听云轻轻吐出两个字:“试试?”

双喜深吸了一口气,把脸转到一边,扯着脖子对司机喊:“车开稳些!你们这些个驴日的,成天给我找麻烦。”

“一会儿找个地方看看,别落下毛病。”古听云看看我的手,在我旁边坐下说,“刚跟你说了,他们没好人,除了生意,没事别和他们闲聊。”

我苦笑着说:“这车上有好人吗?贩毒的、走私的,还有倒腾文物的,哪一个丢出去都是枪毙的罪过。”

古听云微微一笑,往窗外望去不再说话。这时才听白杨“哇”地叫了一声大哭起来,合着她才从刚才那一枪中回过神来。

3

车快驶出河北时,在国道边一个加油站停了下来,我以为是要加油,就想下车溜达溜达。双喜说:“秦川兄弟,时间有点儿紧,咱得接着赶路。”一辆七座商务车慢慢开过来,在我们车边停下,司机下来跟我们车上的司机换了位置。双喜指指那辆商务车说:“换个车吧,这个舒服些。”

双喜那两个手下没上车,我正想质问他为什么放人走,如果可以放人走,那么我也要让白杨离开。双喜抢着解释说:“那两个都是我的人,这一趟不管出了啥娄子，我都负责。”他看向古听云。古听云对我点点头，意思是她也愿意为双喜的言行担保。既然如此，我也不好再说什么。双喜又说：“再说你们都没有带人，我带两个人也不合适。”

我举起包着纱布的手对双喜晃了晃。双喜指着司机说：“总得有人开车吧，他路熟。等到过境的时候，连他也用不着了。你放心，从现在开始他就是司机，就算你们把我活活打死在车里，他那双手也绝不会松开方向盘。”

我见自己的心思被双喜摸得透透的，索性就不跟他费这个脑子了，我说：“你别那么敏感，我是说折腾一天了，大家饭都没吃一口，尤其我们三个。我昨夜在山上猫了一宿，什么都没吃呢。你这车上咋啥都有就是没吃的？”

双喜对我竖起大拇指：“秦川兄弟，你确实沉得住气。我要是沟子后面被特警追，豁出命也得先跑出千八百公里再说，哪还有吃饭休息的心思，你确实牛逼。”

也不知他这是在夸我还是试探我。“习惯了。比当年在深山老林里一头被杂牌军扔着手雷追，一头被边防武警端着枪堵，要好多了。”我一边说，一边解开了衬衫上的几颗纽扣，“你说我这命还值钱不值钱？”

双喜凑近了来看，震得连竖起的大拇指也忘了收，说话都有点儿结巴了：“这……都是枪打的吧。”

我低头看了看自己惨不忍睹的胸口，那里光靠近心脏的枪伤就有三四处。我正要重新把扣子扣好，古听云伸手过来拦住我，我想拨开她的手，她低喊了一声：“你别动。”双手一分扯开我的衬衫，我身上的疤痕都露了出来。她小心地用手指轻触着那些伤疤，轻声数着：“一、二、三、四、五……”

我像是在眼睁睁看人乱翻着我紧锁的记忆抽屉，我猛地打开她的手，直起身将衬衫穿好。扭过脸去的时候正好碰见殷望的目光，他眼里包着一汪泪水仰头看着我。我狠狠地瞪了他一眼，他立刻把头低了下去，回身在位置上坐好。我扫了一眼双喜和古听云，见他们并没有注意到殷望的异样，心里稍稍放松了一点儿。

“难怪当初我拿枪对着你，你那么冷静。也难怪你这性格还能在这行当里混这么久还活着，原来已经死了这么多次了。”古听云呆呆地看了我一会儿，有些怜惜地说，“死了这么多次，你都不长记性？”

“什么记性？”

“我没猜错的话，这些枪不都是为自己挨的吧。”

我把头仰靠在椅背上闭上了眼睛。很长一段时间，我都不敢看镜子里的自己。后来，我想学着去面对，就刻意去细数每一道疤痕的来由。起初我还能记得它们相关的时间和地点，是因为什么事。渐渐地，记忆就像被水汽蒙住的镜子一样模糊，哪一处是来自哪次任务，已经完全混在了一起。

古听云问我：“那些你替他们挨了枪的人，现在过得好吗？”

我看着窗外公路边安详的村庄，妇女们聚在一处织着毛衣聊天……一条黑狗慵懒地趴在一堆碎砖上……大树下几个抱着煮玉米啃的孩子……看着这一切，我轻声说：“挺好的。”

“那就好。”古听云说，“那也算值得。”

“当然值了。”我回过头来看着她说，“如果一枪是一条命的话，那我这些枪挨得太值了。”

双喜伸手拍拍我的膝盖，叹了口气。我说：“对了，你上过前线，也算是捡了条命回来的人，那会儿你觉得值吗？”

双喜看看我，又看看古听云，低下头笑了笑，没回答我的问题。

日落后，车在内蒙古锡林郭勒盟的一个小镇里停了下来。车刚停稳，一辆随处可见的金杯车便驶了过来，和刚才在加油站一样，金杯车司机与我们的司机换了位子，我们也换上了金杯车。

这一次车刚驶出镇子，便下了公路开到一条没有铺装的小路上，很快进了一个村子。这个村子在一大片草场中间，周围很空旷，随便站个高处就能看到每个方向的情况。凭着职业的敏感，我刚瞅准一个既能观察四周情况又相对隐蔽的砖窑的屋顶，就见双喜的司机已经攀爬了上去，手里拿着一个军用的夜视瞄准镜。双喜对他喊了声：“机灵些，我们稍微拾掇下就出发。”

双喜带着我们走进村口的一家小饭馆，饭馆屋顶绑着一个高音喇叭，正大声地放着民歌。刚撩开饭馆门帘，便迎上来两个人，一人对双喜点头哈腰地打招呼：“喜哥来了，怕是有半年没见了吧，你看看喜哥这身体……”

双喜不耐烦地说：“赶紧把逼夹住吧。”

那人嘿嘿笑着：“看见您来了高兴的，夹不住。”

“夹不住了叉开！”双喜回头对我们说，“随便坐，今天我们简单些，一会儿到了地方，我好好招呼你们。”

那两人很面熟，我正在想肯定是在哪里见过。那两人像是也认出了我，指着我“哎呀”了半天，像是在想我的名字。我顿时想起来了，这两人正是当初我接程建邦回京路过那家黑店时，被我们修理过的那两个——老六和老九。

我抢先叫他们：“老六、老九？”

“对了，你们应该见过，小沈的人。”双喜对老六说，“一人一碗面，赶紧的。”

见老六进了厨房张罗，老九凑到双喜身边，悄声问：“我们……沈……沈哥呢？”

双喜大大咧咧地坐了下来，用下巴指指我，说：“小沈脑子不灵光，被你秦哥弄死了。”

老九下巴差点儿掉下来，满眼惊恐地看看我，不知该怎么接双喜的话，愣了半天才慌忙低下头，说：“我去里面忙活了，你们稍微坐一下。”

不多时他们端出几碗面来，大家都饿了，各自埋头吃起来。

正吃着面，一个七八岁的小孩从外面进来，蹭到我们旁边的一张桌前坐下，眼巴巴地看着我们。双喜看那孩子一眼，冲他招招手。小孩抹了把鼻涕，凑到双喜身边，踮起脚去看他碗里的面。双喜说：“你想吃？”小孩用力点点头。双喜把半碗面推到小孩面前说：“吃吧。”小孩顿时两眼放光，从筷筒里抄起一双筷子正要吃，后脑勺便被双喜拍了一把，小脑袋差点儿栽到碗里。双喜说：“还他妈装上讨吃货了，你爸是不是姓蔡？”那小孩吓了一跳，扭头就要跑。双喜一把抓住他的后脖子，说：“你个小屄是不是又偷你爸酒卖挨打了？”小孩挣扎得更用力了，双喜将他的小手腕一扭：“你还给我动？再动我把你屎给你捏出来。”双喜朝后厨喊着：“老六，把蔡家的小儿子给送家去。天都黑了还在外面瞎浪，跟前几个泡子全是烂泥，再把这小屄给陷进去。”

老六闻声跑出来，从双喜手里接过那小孩，骂骂咧咧地扭出了饭馆。双喜看了我们一眼，接着吃他那半碗面，说：“以前我在这儿开过矿，这几个村子都熟得很。”

老九从厨房出来，站在双喜身后小心地说：“刚刚才知道您今天来，本来羊拉来了，正准备杀你们就到了，您要不急，我保准一小时内让你们吃上。”

双喜正捧着碗喝汤：“这就走了，下次吧。”突然愣了一下，把碗往桌上重重一摔，站起身说：“你咋知道我要来的？谁跟你说的？”

老九吓得哆哆嗦嗦地说：“听……听说您今天要走这条路，我估摸着晚上咋也得在这儿停一下。”

双喜正要追问，就听外面“咣”的一声。“我日你妈。”双喜跳起来一把推开老九，瞪着眼睛对我们说，“公家来人了。”只听外面一阵汽车引擎轰鸣声，双喜的司机从外面冲了进来，喘着粗气说：“走！”

我们赶紧往外跑，临出门，双喜指着老九说：“把人给我拦半小时，不然我送你们去见你们沈哥。”对我们挥手催着：“快上车。”他自己坐到了驾驶座上，对司机摆摆手说：“你回去吧。”

我们刚上车坐下，就听屋顶的那个喇叭发出一阵刺耳的电流声，老九扯着嗓子高喊着：“政府派人强征草场啦，有一个算一个都出来啊！”

我坐到副驾上，惊讶地向双喜看去。果然没多会儿，就见土路上会聚了好些扛着各式农具的村民，齐齐朝那家小饭馆拥去，嘈杂的骂声闹哄哄的，把警笛声都盖住了。

双喜把车开上了草场，左拐右拐很快进了一人多高的草甸子里。我试着去看前面的路，黑乎乎一片的什么也看不到。这一下我想起了洪林，在丛林里，洪林也有同样的本事，在几乎没有光亮也没有路的情况下，把车开得飞快而不会有任何闪失。

我说："你慢点儿，刚才吃得有些急，别给我颠吐了。"

"哎呀，你确实牛逼。"双喜哈哈一笑，从后视镜里看了看古听云，"你问问大伙，是不是都恨不得我把车开得飞起来。"可不，这车上最怕警察的除了我和双喜之外，就数古听云了。

双喜把车停了下来，脱了鞋卷起裤腿，说："你们别下了，全是泥。"他下了车，蹲下身摸了摸地面，又蹦了几下。我眯起眼睛看了半天，才借着些许天光的反射看见前方有个大水泡子。双喜试探着往水里蹚了几步，张望了一会儿，光着脚又上了车，说："坐好啊。都把安全带系上。"

车往后倒了十来米，换了一个方向慢慢朝水里开了进去。朝里走了十多米，又慢慢转了方向朝更深处开了十多米。我能感觉到车轮在湖底划船似的漂浮感，这种水泡子里一旦发生倾翻，人是逃不出去的，只能眼睁睁看着自己被烂泥吞没。全车人都屏住了呼吸，生怕一个小动作会让车失去平衡。我不由得也有点儿紧张，伸手拉住了把手。

不知走了多久，只觉车头朝上一仰，双喜猛地加大了油门，车像一头脱困的野兽怒吼一声蹿上了岸。我从来没觉得剧烈颠簸是这么让人踏实的事，欣赏地看了双喜一眼。双喜像是感觉到了，瞟着我笑了笑。

古听云扶着座椅上前来捣了捣我的胳膊，说："给我根烟，大江大浪都过来了，被一个小泥坑搞得我紧张了。"

我递给她一支烟，帮她点燃，说："就是因为大风大浪闯过来了，才会怕这种小泥坑，真在这儿栽了，死不瞑目。"

"你老哥我就是在这种你们眼里的小泥坑里刨食吃的。"双喜从后视镜里斜了眼殷望，说，"你们俩黏了一天了，还没黏够？可惜了，这地方风景白天可好看，最适合你们搞对象的骚情。”

我丢了支烟给殷望：“还没适应？你不是一直念叨着要跟我在外面跑吗？怎么一出来就㞞了？”

殷望自然明白我话里含着的意思。“话少就是㞞？”殷望懒懒地白了我一眼，那种玩世不恭又略带挑衅的眼神，是我再熟悉不过的了。这让我稍稍安下心来，因为一个你熟悉的人，在险境中依然保持着你熟悉的样子，是最让人踏实的。只希望他能用他那身本事照顾好自己和白杨，能活着走再活着回就好。

不知为什么，车内沉寂下来，每个人都看着车窗外茫茫的夜色发呆，大概是都想起了各自的心事吧。双喜回头看了一眼，说：“咋都不说话了？你们说说话，弄得我怪心慌的。”

“你车上为什么不准备吃的？”自上了双喜的车起，我就发现他的车上从不预备一点儿食物，熬了一天一夜只吃了碗面，我已经又觉得有点儿饿了。

双喜说：“饭当然要踏踏实实地坐在桌子前热热乎乎地吃，我一年有大半年都在赶路，我得对得起自己的身体，不然挣再多钱还不都看了病了？再说干这个也不能得病，万一在节骨眼上头疼脑热的，丢的可就是命。”

我说：“总得预备些，万一耽误了，也踏实。”

双喜手底下熟练地转着方向盘：“那就不要耽误，啥都预备齐了，人容易犯懒。”我见他几乎没有看前面，就算他有一双夜视眼，这也有些不可思议。我指指前方黑漆漆的夜色说：“你看得见路？”

双喜指指自己的脑袋说：“都在这儿呢。”

我赞叹道：“不愧是双喜，名不虚传……你让我想起我以前的一个朋友，在深山老林里也是你这种开法，好几次把我的命从枪口下救了出来。”

双喜来了兴趣，“深山老林？那确实厉害，什么时候给我介绍一下，我也学习学习。”

“死了。”我说。

古听云关切地听着，我知道她想起了我身上的那些枪伤，于是说："他替我挡了子弹。"

古听云点点头，喃喃地说："龙交龙，凤交凤，一个愿意为朋友挡子弹的人，果然能交到也愿意为他挡子弹的朋友。"她歪着头问我，"你说真有那么一天，你会为我挡子弹吗？"不等我回答，她又说，"我想我会为你挡的。"她似乎并没想要我回答她的问题，探头又问双喜："喜子，你有这样的朋友吗？"

双喜沉默了一会儿，叹了口气，"有过。"他好像不愿意继续这个话题，咳了一下，说，"你们累了就睡会儿吧。"

我问："还有多久？"

双喜看了眼仪表盘上的电子钟，说："两个半小时。"

这时听白杨轻声对殷望说："我会给你挡子弹的。"殷望尴尬地看了我一眼，对白杨说："你见过子弹吗？"他在自己后背上点了点，"如果子弹从这里打进来，穿到前面，胸口会有这么大一个洞。"他在胸口用拳头比画着。白杨说："多大我也不怕。"殷望想了想，说："而且子弹不一定会打在身上，如果打在头上，搞不好半个脑袋就不见了。"白杨愣了一下，立刻坚定地说："我不怕。"殷望搂住白杨的肩头说："我怕。"白杨欣喜地抬头看殷望："你怕我死吗？"殷望摇摇头："我怕见着你半个脑袋，以后睡觉做噩梦。"白杨哧哧地笑着捶了殷望一拳，两人嬉笑着同时看向我。

我从后视镜里冷冷地盯着殷望。相持了几秒钟之后，殷望意识到自己的不妥当，对白杨说："别胡说八道了，我们是去谈生意，又不是去打仗，哪来的子弹？"说完小心地看了我一眼，揉了揉鼻子。

沉默了很久，我问："你缓过来了？"

殷望低下头不敢再说话。车厢内再次陷入了沉寂，而我在这种氛围中感到难以名状的不安和兴奋。我说不清不安是来自哪里，但我能肯定兴奋是来自这飞转的车轮。——我坚信驾驶座上把握着方向盘的双喜，一定会让我见到阔别已久的战友们。

连日的奔波已经将我的体能逼到了极限，疲惫正如这沉沉的夜色一般将我包围，使人无力抗拒。渐渐地，我放弃了抵抗，在不知道是谁发出的鼾声中沉沉地睡去。朦胧中，我看到刘亚男赤身裸体地被人吊在空中，鲜血顺着她的身体滴落在地上……我正着急又感觉浑身无力时，程建邦出现了，站在高处对我嘶吼着：你他妈怎么才来？我惊恐地抬起头看他，只见他只剩下半个脑袋耷拉在肩膀上……我猛然从噩梦中惊醒，我不知道我是不是叫出了声，衣服已经被汗水打湿冰凉地贴在我后心上。

古听云默默地递了一瓶水过来，我抹了把头上的汗，接过水咕噜咕噜地灌了一气。古听云伸手搭在我的肩膀上拍了拍。我平静了一下，没话找话地问："到哪儿了？"

"快到了。"古听云用下巴指指殷望，"你看看人家。"

我顺着她的目光看过去，殷望和白杨相互依偎着睡得正香。我扭过头，却见车窗外是程建邦那半张脸，我又是一激灵，程建邦的半张脸不见了。我把头埋在双手里，撕扯着头发试图让自己清醒一些。我问："你也要出境吗？"

"嗯，在那边有点儿事要办。"

"我们什么时候能到那边？"

"正常的话明天就能出境了，最迟后天能到，你很急吗？"

我摇摇头，将头靠在头枕上闭上了眼睛。

"刚才你睡着以后，我想了想，觉得挺没劲的，以前觉得要赚钱，赚到了觉得也就那么回事。想想你身上的那些伤，又想了想自己这些年的生活……"古听云幽幽叹了口气，像是自言自语地说，"得不偿失。"

我问："想回头？"

她苦笑着说："回不了了。"

我想了想，说："你要是不干了，我也不干了。"我不知道怎么会冒出想劝她金盆洗手的念想。这种念头虽然荒唐，但一旦冒出来我就无法再把它按回去。想起洪林在临死前曾劝我堂堂正正地做人，心里不由得像刀绞般难受。

“哈哈哈！”双喜大笑着说，“都醒醒吧，快到了。”

我忙朝前方望去，远处依稀有几盏灯火，忙搓了搓脸打起精神对古听云说：“我刚才说的那个为我挡了子弹的朋友，临死前劝我收手。”

“我每天都劝自己收手，我认识的每个干这行的人，哪个不是每天早上一睁眼就想收手的事。哈，谁做得到？谁敢？尤其是小古，手里那么多人命，白的黑的都放不过她。”双喜在座位上直了直腰，拍着方向盘说，“我说你个娘儿们家怎么老把事情做得那么绝？”

古听云有点儿强词夺理地说：“不然我能活到现在？”

双喜说：“说句你不爱听的，你把祖宗的东西卖给外国人，我觉得你这营生缺德。”

古听云没理会双喜，对我说：“你刚说的当真？”见我一脸茫然，又补了一句，“我不干，你也不干了？”

我点点头：“嗯。”

古听云盯着我看了一会儿，撇嘴一笑：“我可能真的得死在你手上。”

双喜瞪着眼说：“不是……你们两个啥球意思？我千辛万苦地把你们拉到这儿，是打算跟你们干票大的，你们咋开始商量退休的事了？”他正说着，就见远处那几盏灯火灭了。双喜把车缓缓停下，有节奏地对着前方闪了几下远光灯，很快那边一道大概是手电筒发出的光柱对着我们闪了几下，双喜这才开了大灯，继续朝前驶去。

双喜指着前面的建筑说：“这是我在这儿开的煤矿，现在国家不让干了，停了。”大灯照见一座砖瓦院落，两个人正吃力地将大铁门朝外推开。双喜把车开进院内停好，拉住手刹，对我说：“今天在这儿好生歇缓下，你别看这儿破烂，可啥都有。”

不远处站着几个人朝这边张望，双喜对那几个人喊：“钥匙呢？”一人答说：“门上呢。”双喜又喊道：“把车给我拾掇一下。”

双喜摆手让我们进去，等我们全都进了屋，他检查了下窗帘，才打开灯。我眼前一亮，这房子外面看着破败，里面的装修不亚于星级酒店的总统套房，实木家具、羊毛地毯、新款的电器电脑一应俱全。他见我们都傻了眼，笑笑说："随便一点儿，放心吧，没我的话没人敢过来，洗澡啥的都有热水。你们先选房间，我去安排些饭。"他哼唱着不知道哪儿的小曲出去了，"面对着大青山啊我光棍发了言啊……"

我四处转了一圈，除了客厅、餐厅和厨房以外，共有六间客房。房间都打扫得一尘不染，没有半点儿霉味。我拧开洗手池上精致的水龙头，清亮的水哗哗地往出流，没多久便热了。古听云打开电视机，竟然全是国外的频道，看样子是私架了卫星接收器。

古听云随手拿起边柜上的花瓶，在灯光下正细细看着，双喜抱着一堆东西进来了。我帮他把门关好，见他将手上的东西往沙发上一堆，原来是一包包全新的衣物。双喜说："褂子、裤子、裤衩子、奶罩子都有，挑好了就洗个澡换上。"他看了眼古听云和白杨，"我不知道你们的尺寸，你们试着看，不合适我再去拿。"

古听云伸手拨拉那堆衣服："嗬，都是名牌。喜子，都是帮人运货顺来的吧。"

双喜白了古听云一眼："说啥呢？你老哥是那手脚不干净的人？都是些找不到货主的，有些是抵了债的。"他哼着小曲走进套间，拉开大衣柜门，从挂满的衣物中翻出一套抱着，探头对我们说，"我得先拾掇一下。"用屁股把房门关好，不多时便听到哗哗的流水声和他五音不全的歌声。

我们各自选好客房，洗完澡换好衣服再出来时，客厅的灯光已经调暗了，餐桌上摆满了食物。西装笔挺的双喜正摆弄一个精美的烛台，见我出来，他上下打量了一下，满意地点点头："嗯，人靠衣裳马靠鞍，这话对着呢。"

他的目光越过我，落在我身后呆住了，我顺着他的眼神回身一看，是古听云。她上身穿了一件修身白衬衣，外罩着淡色薄毛衣，下身是一条深色的长裤，亭亭玉立地站在那里。见我们那么看她，倒也不扭捏，就势踩着猫步走到我和双喜之间摆了个造型。双喜直愣愣地咽了口口水，呆呆地说："我……我库房里应该还有超短裙，你要不要试试？"

"得了吧，穿这身就是陪你们吃个饭。"古听云绷不住笑了，看看满桌子的菜，说，"喜子，够讲究的。"

双喜呵呵一笑："都是贵客，哪儿能怠慢？对了，那对鸳鸯呢？"他话音未落，就见穿着一身深色西装的殷望从房里走了出来，一边关门一边整理着衣领嘀咕："牛逼，确实不一样，我头二十几年白活了。"

古听云看着殷望轻轻摇头，说："怪不得那姑娘命都不要地跟着你，啧啧啧……"

"好了好了，就座吧。"双喜问殷望，"你那小女朋友呢？不会是还化妆吧？我没拿化妆品啊，对了，我仓库里是有化妆品，一会儿你们去看看……"就见白杨也从她的房间里走了出来，奇怪的是她没换衣服，从头发上来看她连澡都没洗，双手背在身后，显得很紧张。

所有人不约而同地看向了殷望。就在这时，白杨大喊了一声："都别动！"双手举起了一把枪，"都别动！"这一次声音已经颤抖得走了样，举枪的两只手更是哆嗦个不停。"都别动！"最后这声几乎有些歇斯底里了。

双喜说："没人动。你说你这个丫头，好好的不洗澡换衣服吃饭，你玩的哪门子枪？来，把枪给我，赶紧洗澡去，一会儿菜都凉了。赶紧吃上些喝上点儿，一起谝一会儿，明天还有正事要办呢。"

白杨好像这才找到了目标，把枪口对着双喜说："你别动。"

双喜无奈地叹了口气："我没动。"

白杨对殷望说："你拿他车钥匙，我们开车走，快点儿。"

殷望这才回过神来，他合住了张开的嘴巴，扶着额头说："你把枪放下，赶紧去洗澡换衣服吃饭，听话。"

"你怕什么？枪在我手里。"白杨大声说，"真跟他们出国去俄罗斯吗？你不想活了？”

双喜看了眼殷望，说：“这个事你看是我办，还是你办？”

殷望忙说：“我来，我来。”他正要往白杨跟前靠，不知是紧张还是什么原因，白杨居然扣动了扳机，“嗒”的一声，子弹射进了双喜身后的墙角。双喜脸色瞬间沉了下来，眼神中掠过一丝杀气。

古听云嘟囔了句“这叫什么事？”，坐回餐桌前给自己倒了杯红酒，举起杯子来冲着烛光晃了晃，嘬了一小口。

“滚球开。”双喜上前一把推开殷望，径直朝白杨走去。白杨尖叫着闭上眼，一连开了三枪。这八成是她这辈子第一次开枪，三枪都不着边际地不知道打到哪儿去了。双喜眼都没眨一下，一把拿过白杨手里的枪，反手就是一个大嘴巴。白杨被那一耳光打得转了个圈，扑通一声栽倒在墙角。

“老板！”门外有人喊。

双喜对着门说：“没事，都滚球远。”说完冲墙角的白杨走去。殷望一把将他拉住：“双喜哥，她不懂事，你别跟她计较。”

我见双喜正在气头上，也见识过他的狠劲，担心他真的发了狠对白杨下死手，也赶过去拦在双喜面前说：“算了，她一小姑娘见过什么？跟着我们这几天也吓糊涂了……”

双喜扯着嘴角一笑，说：“她没见过世面？没见过世面能找着我放车上的枪掖起来？你们都不知道她啥来头吧？”

我说：“她一网络公司上班的能有什么来头？”

双喜问白杨：“白俊生是不是你爸？”白杨缩在墙角捂着脸只顾呜呜地哭。双喜对我说：“全国开的七八个夜场，一天出多少货，你们知道不？”

我心里顿时明白了八九分。殷望当初接近白杨，多半是为了某个案子需要接近她那个开夜店的爹，哪承想走到了今天这步。我看了眼殷望，他可能没想到双喜掌握了白杨的家世，愣怔在那儿。我在心里暗叹了口气，对双喜说：“他爸的生意，跟她也没啥关系。”

双喜咬着牙说："这些狗日的毒贩子就该全家都死绝。"他把枪里的弹夹卸了装进口袋，气冲冲地把枪丢在一边，指着白杨骂道："日你个妈的，今天不是秦川，我把你个驴日的剁成块给你爹寄过去。"

双喜的愤怒是理所当然的，但我怎么觉得真正激怒他的并不是白杨对他开了枪，而是因为白杨的父亲参与贩毒这件事？一个帮毒贩运货的人，怎么对毒贩如此深恶痛绝？这逻辑不通。我看了眼古听云，显然她也被双喜的怒火惊到了，正端着酒杯诧异地看着双喜。

双喜一屁股坐到餐桌前，倒了满满一大杯红酒一口气灌了下去，打了个嗝，拿起酒瓶皱着眉看看瓶上的标签，对地上的白杨啐了一口，说："真他妈酸。"殷望上前把白杨扶起来，细声安抚了几句，送进了客房。

"妈的，菜都凉了。"双喜骂骂咧咧地把面前的餐具推到一边，"跟这些毒贩子，沾一点儿边就没好事。"

古听云笑了："我以前见你和毒贩子勾肩搭背、称兄道弟的，什么时候又成仇家了？"

双喜斜着眼看了古听云一眼，阴阳怪气地说："我勾肩搭背、称兄道弟的那些毒贩子，你再见过吗？"

古听云说："我上哪儿见去？不是一路人。"

双喜手指在桌子上点了点，说："想见我现在就带你们去见，都在这儿。"

我的第一反应是其他屋子里还住着一些毒贩，忙问："你是说这次一起出境的人不只我们几个？他们在哪儿？"

双喜"哼"了一声说："都在我的矿坑里面喂老鼠呢。"他这话说得跟拉家常一样，我后背却起了一层鸡皮疙瘩。古听云把酒杯往桌子上一蹾，说："你的话能说得痛快点儿吗？"

"本来吧，准备这顿饭，就是想摊开了把话和大家谝明白，谁他妈知道……"他恨恨指了指白杨的房门，平息了一下情绪才接着说，"前面我听你们商量退休的事，小古嘛，我们打交道不是一天两天，我知道你不是个好钱的人，你到底好个啥，我也不知道。你是个文化人，脑子跟我们不一样，所以别说你想退休，你就是把自己活活掐死我也不奇怪……开个玩笑。但是秦川也说要退休，我就寻思这事有点儿耍头。”他看看我，给我倒了点儿酒，“随便先吃些吧。”

我扫了一眼桌面，拿起餐具切下一块牛排塞进嘴里嚼起来。双喜举起杯和我碰了下：“我以为你就是好个钱，后来发现我是狗眼看人低，你身上那些个疤，我一眼就能看出有几枪是近距离打的，离得那么近还没把你打死，恐怕不是你命大吧。”他呵呵笑起来，“我只能说那几枪你是心甘情愿挨的，你是这个。”他对我竖起了大拇指，“老毛子放出去那些 U 盘说是为了找些靠谱的合作伙伴，说白了就是为了让国内干这些营生的自相残杀，最后剩下的就是最牛逼的，他们要这些人除了替他们供货以外，其实是想招兵买马。”说到这儿他拍拍我的肩膀，“秦川，你我这种人就是他们想招的人马。你想想，你一个秦川在海上呼风唤雨，我双喜虽然算不上什么大人物，可在北边这条国境线上，绝对比在自己家都熟。我们这种人不用多，凑上三五个啥事干不成？”他说着想了想，纠正道，“应该是啥坏事干不成才对。”

结合双喜的这些话，再联系老姜说过的关于俄罗斯那边的一些情况，我差不多看出这件事的一些眉目了。我说：“那他们到底想干什么？”

双喜笑着摇摇头：“不知道，真的不知道，我也懒得想，反正我玩不起。不管你干啥事，只要干到极致就要小心了。山顶风景好，可是雾大风也大啊。我本来想花点儿钱让你塔哥出个面，只要让我得到老毛子支持，成了这趟线上做主的就行。”

我见他说到这儿停了下来，便追问：“然后呢？”

双喜喝了口酒，“然后就不用我费劲，毒贩子自己就得来找我……”他话没说完，古听云突然接道：“再然后，你就把毒贩子都扔到你的矿井里喂老鼠了吧。”

双喜看了眼古听云，露出一丝令人不寒而栗的笑容。我见他默认了古听云的话，不觉有些好奇，笑着问他：“你是缉毒的？”

双喜将面前盘子里的牛排切下一大块，塞进嘴里随便嚼了几下囫囵吞下，舔了舔嘴角的黑椒汁说："秦川，你帮我这一次，钱我不会少给你。你的兄弟只要活着，我保证给你活着带回来。如果……尸首我也给你带回来，然后你退休还是休假随便你。"他瞟了古听云一眼，嘿嘿一笑，"我看你们两个挺合适的，要不这次回来你们凑一块儿算球了，我给你们封个你们搬不动的红包咋样？"

古听云垂着眼皮看着杯里的酒，幽幽地说："毒贩你是杀不完的，你打算一辈子就耗在这上面？"

双喜眼睛一下红了，低头把剩下的一大块肉切也不切地塞进嘴里，眼泪居然啪啪地往下落。我有些茫然，求助地看向古听云。古听云叹了口气，说："看来我知道的那些事是真的了。"

双喜扔了刀叉，抓起餐巾捂在眼睛上抹了抹，说："我知道你的能耐，谁能躲得过你的耳目。一起干点儿事，先把人家查个底朝天，裤裆里几颗麻子都一清二楚。"

这时殷望从房间里出来，走到餐桌前低着头说："不好意思，替她给人家道个歉，我保证不会再发生那样的事了。"然后拿了个空盘子，往里拣了些沙拉、糕点。古听云一直目送着殷望把那盘食物送进白杨的屋里，非常不屑地说："他倒真没浪费他那副好皮相，什么时候都不忘女人，你看中他什么了？"不等我回答，她又问双喜："你又是看上他什么了？"

双喜问我："他跟你多久了？"

"没多久。"我担心他们对殷望过于关注，殷望经验欠缺，万一被他们看出什么破绽非得坏事，忙转移话题，"不过说来可笑，那姑娘昨天救了我一命。"我把白杨如何从薛五的刀下帮我的事大概说了一遍。古听云看着我叹了口气："你说你身边怎么连个靠得住的人都没有？你看双喜，有的是愿意为他去死的。"

双喜大概是想起之前在村里吃饭时警察追来的事，脸上有些挂不住："放心，那事我一定给你们个交代，多少年没出过这种丢人的事了。"

殷望出来坐回餐桌，倒了满满一大杯酒举起来说："我借花献佛吧，敬三位。"三两口干了那杯酒，又倒满对着双喜举起杯："双喜哥，这杯给你道歉。"

正要喝，被双喜拦住："你叫我啥？哥？"

殷望点点头。双喜放开殷望的手，说："我们明天出境，最多五天把事情弄利索。这几天你把你女人看好就行，你要看不好别怪我心狠。"

殷望说："那就别让她出境了，就在这儿待着，有什么事我们回来再说，你还怕她跑了？"

双喜很干脆地说："不行。"

殷望干了杯中酒，说："明天能带我去你的矿坑里看看吗？"

"小伙子，我的矿坑里没有你要找的人。"双喜的这个矿已经停产，他说的要是真的，那么矿坑里都是被他干掉的毒贩。

殷望非要去亲眼看看，八成是想确定他的某个目标人物的生死。我担心他过于心急引起双喜怀疑："哪天我不见了，你再去看吧。"我刻意哈哈地笑起来，想缓和一下气氛。谁知殷望和双喜像是没有听到我的话，两人对峙了一会儿，相视一笑，同时举起杯碰了一下，各自喝了杯中酒。我举杯对古听云说："我怎么觉得我在这儿有点多余？"

古听云说："都早点儿休息吧，都累了。"起身进了自己房间。双喜拍了拍我的肩膀，也回了房。餐桌上只剩下我和殷望，他正大口大口地往嘴里塞肉。我点了根烟，等他吃得差不多了，问他："你有话跟我说吗？"

他喝了一大口酒将嘴里的东西送进肚里，抓起餐巾擦擦嘴，站起身说："没有。"

4

第二天一早，我从房间出来的时候，见所有人都已聚在餐厅吃早饭了。经过了一夜的休整，大家的气色明显比昨天要精神多了，白杨也换了身新衣服。屋内的气氛多少有些诡异，每个人的表情都有些凝重，见我出来只是点点头算是打过招呼。双喜说："我问个事，有人介意露脸吗？"见大家不解，补充道，"我这矿上虽说都是我的人，可对你们来说都是外人，你们要是不想被人看见，我让他们回避。"

古听云说："你想得真周到，我无所谓，看他们了。"

我说："古小姐都无所谓，我就更没事了。"

我坐下来随便吃了几口，见大家都在等我，抹抹嘴说："走吧。"

双喜带我们走进隔壁一间仓库，在门上的密码锁上输了一串密码，厚重的大铁门吱呀呀地收进了两旁的墙壁。眼睛适应了里面的光线后，所有人都惊呆了：库房里各种货物堆积如山，包装箱上虽然印着不同国家的文字，稍加辨认还是能看出里面有电器、手表、汽车配件……还有衣物、化妆品、药品、烟酒等等一应俱全，几乎只有你想不到的，没有这里没有的。双喜见大家目瞪口呆的样子，不禁有些得意："看上啥随便拿，现在拿不走回来再取也行。"又对我说："只要这次顺利，这些东西全送你。不要也行，我西边还有两个煤矿，手续都全的，你们退休了拿去养老，咋样？"

我感叹道："喜哥果然财大气粗，我听过送钱送东西的，第一次听见直接送人煤矿的。"

双喜一摆手："嗨，我也是捎带手的搞个副业。"他招呼我们搬了几箱矿泉水和一些应急的装备装到车上。末了，他站在最里面一个角落里的几只大木箱前，眉头紧锁着好像在为什么事情犯难。我走过去便闻到一股再熟悉不过的枪油味儿，那木箱里应该都是武器。双喜一定是被昨晚上枪落到白杨手里的事困扰着，此去千里迢迢，说是闯狼窝虎穴也不足为过，不带武器一旦遇到危险就会非常被动。可带武器的话，显然他对我们这些人不是百分百的信任。不过我佩服他的直率，他对此丝毫没有掩饰，叹了口气看着我说："知道我愁啥不？"

我笑而不语。他问古听云："枪要不？"

古听云不屑地看了眼那几只木箱："我可不是什么枪都用。"

双喜眼睛一瞪："哎呀，你真以为你那个枪是个啥稀罕物？在我这儿球都不算一条。"他抄起墙角的撬棍，三下五除二撬开其中一只箱子，拨开表面的一层枯草，拿出一个油纸包"刺啦"一声撕开，赫然露出一把崭新的"沙漠之鹰"手枪。

"飞机、坦克、大炮、导弹、核武器啥的我没有，这东西多的是。"双喜把枪递给古听云，古听云连忙摆手："都是油。"

双喜又从箱子里拿出一把同型号的枪，找了块擦枪布蹲在地上开始擦，一边擦一边对我说："你也挑个拿上，这一次就你们两个把枪带上。"扫了眼殷望和白杨，"我也不带了，公平吧。"

殷望手插在裤袋里，说："跟双喜哥出门还带什么枪？"

双喜有些不耐烦地咂了下嘴，看了我一眼，把想说的话生生咽了回去，笑笑说："毕竟不是咱的地界，小心驶得万年船，对不？"

看这情形，双喜是在忍耐着殷望的屡屡挑衅。他这是碍于我的面子，还是被殷望捏住了他的什么把柄？总之于情于理，殷望对他的态度都有些莫名其妙。这一路走来虽说开始有点儿事故，但双喜已经用那种方式道了歉。尤其是昨天到了这里以后，双喜对我们都客气周到得很，怎么看，之前有再多的不快也都过去了。殷望一副咄咄逼人的架势，而双喜一再忍耐，确实让人费解。

我决定在双喜把我带到目的地前，不去掺和他们的那些恩怨。我选了一把称手的枪，拿在手里掂了掂，说："有枪很多事就省得拌嘴了。"跟双喜一起蹲在地上把枪擦好，又拿了些子弹上了车。

殷望一直没吭声，偶尔看我一眼，也是一副欲言又止的样子。他很想和我说些什么？或许只是想解释什么？我故意没有给他机会，他和双喜之间的过节儿对我并不重要，不知道还好，要是知道了反倒会影响我的决断，无法保持现有的这种我还算满意的平衡格局。这里距离边境没有多远了，我们五个人不论是否愿意，无形中都已成为一个团队，既然如此，任何裂痕都有可能是致命的因素。我不想冒这个险。

双喜开着车绕过后面堆成山的煤场，只见草场上到处是坍塌的矿坑，远远望去就像是被重型炸弹轰炸过一样。好好的草原像鬼剃头一般，绿一片，秃一片，时不时有巨大的又深不见底的坑出现，不仅与蓝天白云极不协调，还有些恐怖。

古听云说："怪不得人家不让你干了，你瞧你把这地方祸害的。"

我看着那一个个深不见底的黑洞洞的巨坑，背后一阵阵地发凉，如果杀了人扔进这里面确实是神不知鬼不晓。想到这儿我扭头看了眼殷望，只见他也盯着那些深坑，眉头越皱越紧。

车外的草越来越高，几乎没过了半个车身，我拉开贴着深色车膜的车窗，远处湛蓝的天空上飘着白云，形态各异的白云跟繁花似锦的草原在天际汇集在一起，就像明信片一样漂亮。微凉的风轻轻地拍打在脸上，一股混合着青草和泥土的清香扑鼻而来，我伸出手垂在车外，任掠过的草叶滑过手指，痒痒的，浑身的肌肉和紧绷的神经都跟着松弛下来，不由自主地闭上双眼，那一瞬忘记了自己何去何从。

双喜在一棵树下将车停下，下车伸了个懒腰说："下来歇息会儿再走，上了岁数，我这腰吃劲得很。"

我下了车才留意到这车的车轮比一般车都大，整个车身也高出几寸："我说一个破金杯这么能干，原来是改装过。"

双喜双手反叉着腰，笑着照着车前轮踹了一脚，得意地说："你以为呢？我这个车别人出二百万我都不卖。"

殷望从车上跳下来四下看了看，把白杨从车上扶下安顿在树下坐好，自己双手抱在胸前靠在树上说："这还真是个杀人藏尸的好地方。"

我知道他这话是说给双喜听的，我见双喜脸色一变，担心两人为此起了争执影响日程，正想找个由头把话岔开。双喜把刚叼在嘴里的烟吐到地上，几步逼近殷望，冷冷地盯着殷望的眼睛说："你个球大点儿的东西是不是想跟我闹事呢？日你妈的从昨天晚上忍你到现在了，你别蹬鼻子上脸的不识好歹。"

高出半个头的殷望没有半点儿惧色，不屑地俯视着双喜："哟，想把我弄死也扔你矿坑里？"

"你是不是以为我不敢？"双喜伸手朝殷望的脖子抓去，殷望一把将双喜的手腕攥住，随着他们额头和脖子的青筋暴起得越来越夸张，两人手上较的劲也越来越大。古听云见两人表情也变得狰狞起来，冷哼了一声，甩甩头发，轻轻吐了两个字："幼稚。"然后蹲在白杨身边问，"你爸是毒贩子？"她这一问，让正较着劲的殷望和双喜都分了神，两人同时开始朝白杨看去。白杨低下头说："我只知道有人在他场子里搞这些，他是不太乐意的。"

"放你妈的屁。"双喜骂道，"他是不乐意便宜了别人。"说话间他分了神，手腕被殷望按下了几寸。殷望咬着牙说："你嘴巴干净些，信不信我再让你换副假牙？"

古听云抬起头瞪了双喜一眼："你们要打滚远些去打，我和小姑娘聊会儿天，关你们什么事？"

殷望和双喜自知理亏，继续专心地和对方较劲。我见他二人虽然看上去互不欣赏到极致，但彼此好像也没有要对方性命的意思，不禁有些疑惑二人的矛盾到底因何而起。于是问道："你们两个到底什么情况？属蛐蛐的吗？两句不对就掐，有完没完了？"

"你放手。"双喜对殷望说。

"你先放。"殷望毫不妥协。

双喜说："我数一二三我们一起放，一、二、三……哎呀，我日你妈的，你敢使诈？"

古听云终于忍不下去了，站起身上前照着双喜的屁股就是一脚，双喜一下扑到殷望的怀里。殷望急忙躲开，让双喜一头撞到了树上。他一手扶着腰，一手揉着脑袋，连吸了几口凉气，猛地一扭头瞪着古听云："哎呀，我日……"古听云指着他的鼻子说："说，说完。"

双喜嘴里含糊了半天，冒出句："哎呀我日，我的腰。"他扶着树缓了缓，

“小古，你把我腰伤下了。”额角真的渗出了大颗的汗珠，脸色看起来十分痛苦。看情形这不像是装的，古听云也有点儿后悔，上前去扶着他：“你真的假的？真伤了？”

双喜叹了口气：“我五十多的人了，跟你们比得了？”

古听云去看他的腰：“你也知道你五十多了。来我看看，是这儿不？”

双喜摆摆手，撑着腰慢慢地活动了一下：“你们不知道啥情况。”他指了指殷望，却没了下半句。

“我看这里面就我不知道是什么情况。”我举起还有些红肿的手对着双喜晃了晃，“这还没到地方，四成的人就受了伤，照这么下去，恐怕俄罗斯人影子还没见到，我们就得有几个瘫痪的。”

殷望脸上有些歉意，凑到我跟前，说：“塔哥，我……”

“你别叫我塔哥了，我看你翅膀也硬了，就跟他们一样叫我名字吧。你们的事我没兴趣知道，我只是想去把我的兄弟接回来，其他的事我一概不管不问。我把丑话说到前面，谁要是耽误了我的事，我第一个先废了他。”我冷冷地扫过殷望和双喜，最后落在白杨的脸上，“包括你。”

双喜反手撑着腰，看了眼天色说：“走吧。”他拉开车门，一手托着腰，一手拉住方向盘，使了几次劲愣是没爬上去。我只觉得不妙，古听云刚才那一脚我是看到眼里的，虽然踹得并不重，但双喜的样子的确不像是在装。我上前扶住他问：“你没事吧？”

“扭到了，可能得歇缓一阵。”

“你这一阵是多久？”

双喜撑着腰稍稍活动了一下：“怎么也得半天。”

古听云看了看双喜的脸色，叹了口气正要说话，被双喜截住：“没事，不怪你。这几年净开车了，把腰毁了，老毛病，歇缓歇缓就没事了。”古听云面露愧色，拍拍双喜的肩膀。我说：“还有多远？”

双喜说：“夜里十二点前必须得过境，今天两支巡逻队十二点以后在我们过境的地方碰头，十二点前最清静，迟了容易被发现。”

我问：“巡逻队的巡逻路线和时间，你都知道？”

双喜说：“我就是吃这口饭的，干啥就要有干啥的样子嘛。秦川，这个车你来开，我给你指路。”

我看了眼站在一旁不知所措的殷望，他脸上的那股傲气终于不见了，低着头小心翼翼地说：“塔哥，对不起。”

我把双喜扶上副驾的座位，又照他的要求将座位调到他最舒适的角度。我启动了车子，在双喜的指挥下开得还算顺利。这里的太阳落得很早，当咸鸭蛋黄一样的夕阳掉下山丘时，我基本上就看不清车前的路了。我自然明白不能开大灯，不要说遇见边防或者森警，边疆的地方老百姓都受过教育，发现不在路上野跑的可疑车辆都会报警。眼看着车速降了下来，双喜一个劲儿地催：“别减速，敞开来跑，怕啥的？”

我硬着头皮踩着油门，手心很快渗出汗水，我只得时不时在裤子上蹭蹭，以保持手掌与方向盘之间的摩擦力。古听云和殷望双手紧紧抓着把手，瞪圆了眼睛，目不转睛地盯着前方。

黑暗终于吞没整个草原，我实在受不了了，说：“我们不停下来加油吗？”

双喜说：“这车两个油箱，一趟八百公里没问题，这一半还没到。你走你的，别松油门，不然今天过不去就得往回返，今天这种空当再过半个月才有一次。”

我往前伸着脖子，说：“我什么都看不见了。”

双喜不耐烦地松开安全带甩到身后，说：“你走你的，我看着，不能停，已经晚了。”

我心一横，咬着牙猛地一脚油加速朝前方的黑暗中冲去。双喜伸手或朝左或朝右摆手指挥我转向，就这样在黑暗中行进了三个多小时居然连大的颠簸都没有出现。我是打心底佩服双喜的本事，也慢慢地习惯了这种虽然看不见路却一直安全的状态，整个人也稍稍轻松了一些。这一放松，感觉小腹有些沉：

“停一下吧，我想方便方便。”

“现在不行，再往前走走，这个速度嘛……”双喜看了眼时钟，说，“五分钟以后再停。”

他成功的指挥已经在我心中树立起某种权威，我二话没说又加了点儿速朝前冲去。没多久，双喜让我打了个方向，说：“停吧，男的左边，女的右边。车后面别去，掉到沟里铁脑袋也得摔扁。”

众人也被双喜这一路的神迹镇住了，赶紧下车透了口气，舒展了一下身体便乖乖钻回了车内。我方便完之后，试探着往车后走了几步想看看双喜说的那条沟有多深，双喜一把按住我肩膀：“你干啥呢？”

我做了个扩胸运动，说：“活动一下。你腰怎么样了？”

双喜抽了口烟，将烟头弹到车后右侧，一点红光直直朝下落去，直到彻底消失了都还没到底。我惊出了一身冷汗，原来我一直开着车贴着这条沟在走。双喜朝沟里啐了口唾沫：“咋说？”我只觉背后汗毛一根根还竖着，愣愣地看着双喜。他朝车上看了一眼，压低了声音说：“不让你们到后面来，一是怕你们踩差了掉下去，二是怕你再不敢开了。别吱声，他们还不至于不敢坐你的车。你稳住听我的，没事的。”他拍拍我的脸，把我从惊愕中打醒，“喂，你好着没？”

我回了回神，赶紧摇头：“没事。”

“没事就赶紧走，时间来不及了……喂，你今天晚上耽误了，就要耽误半个月，你的战友就要多受半个月罪，你听明白了吗？”

这是对我最有效的强心剂，除此之外几乎没有什么能燃起我的斗志了。我深深地吸了几口气，一咬牙说：“走。”

我努力控制着颤抖的双腿，一丝不苟地照着双喜的指示开车，竖起耳朵想听双喜的更多提示，而他说得最多的只有三个字“再快些”。我只能咬着牙猛踩油门，反正前面也是乌黑一片，要不是怕吓着后座的人们，我甚至想干脆闭上眼睛只靠耳朵开车算了。

当双喜破天荒地说出“稍微减下速”的时候，我下意识愣了一下，等反应过来的时候，只觉车前轮“嗵”的一声，整个车身猛地一晃，剧烈的颠簸让所有人都失声叫了出来。双喜喝道：“方向盘把紧别乱动。”很快车身恢复了平衡，双喜松了口气，“让你减速，你踩着点儿刹车呀。”

我老半天才从牙缝里挤出一个字：“哦。”

又驶出大约五百米，“慢点儿。”他盯着转速表，“别过一千五，不然声音太大了。”只见车右侧大约三百米的地方突然一道强光朝我们这个方向射来，我的眼前顿时白花花一片什么也看不见了。

双喜喊：“油门到底，加油，马上就过境了。”

我猛地将油门一脚踩到底，引擎顿时轰鸣起来，车嗖地一下朝前蹿去。与此同时，车的左侧也亮起几道强光，那应该是几辆车的车灯。想起双喜说的，是巡逻碰头的边防战士。

“停车，开枪了。”传来边防战士用喊话器喊出的声音。

双喜喊了声：“趴底！”枪声同时从我们左右两侧响起，子弹嗖嗖地击穿了车窗的玻璃。我俯下身子死死踩着油门不敢松劲，只觉得车头猛地一抬，整个车身悬空而起，足足三秒之后，“嗵”的一声巨响，车身重重地栽回了地面，像一头猛兽继续咆哮朝前冲去。

那一刻，我所有的注意力都集中在踩着油门的脚上，忘记一切，包括那些擦着我头皮飞过的子弹，整个世界都像是被我抛在了身后。一直到双喜疯了似的一连大喊了好几声“停车”，我才回过神来。我松开油门，用颤抖的腿踩住了刹车将车停下。不知过了多久，双喜擦了擦额头的汗：“哎呀，出国了。”

“双喜，你这个王八蛋。”古听云在后面用发抖的声音说，“要不是我腿软站不起来，我非把你那老腰踹断了不可。”

双喜哈哈一笑：“只要过了境，别说把我腰踹断，你就是把我头踏掉，我也没二话。”

古听云瞪圆了眼睛：“亏你还笑得出来！你的命不值钱，别把我们的搭上。”

我往后一靠，喘了几口气，歪着脑袋问双喜：“没事了？”

双喜拍拍我的肩膀，坐直身子，活动了几下腰：“日了怪了，我腰好了。”推开车门跳下车扭了几下，嘿嘿一笑，“还真好了。肯定是让你刚那几下颠的。”

我气不打一处来，指着他说：“早知道中午那会儿应该把你打一顿，没准儿也能打好，也就不用玩命了。”

双喜说：“嗨，这就是我的营生，这路，我一个月至少跑两趟，这都算轻松的。”

我擦了擦脑门上的汗，回头看了眼殷望：“都没事吧？”

殷望做了个无奈的表情。我见白杨趴在他怀里一动不动，有点儿不解地问：“这是……睡着了？”

双喜扒着车门说：“不可能吧？这得多宽的心？”

殷望尴尬地笑笑，“没，吓晕了。”

我说：“她哪儿经过被人拿枪追着打的事，正常。”

殷望看我一眼说：“不是被枪吓的，比那还早。”

“你什么意思？她是坐我的车吓晕的？”再早就是我开车的时候了。

殷望点点头。

双喜笑嘻嘻地丢给我一支烟：“这不算啥，你把鼎鼎大名的古听云吓得腿软得站不起来才牛逼，传出去绝对是个大段子。”说完自顾自哈哈大笑起来。我笑着想看看古听云的表情，只见车门敞着，她人已经不在那里了。只听“啊”的一声，双喜扑通一下栽倒在地上，古听云拍拍手，对地上的双喜说：“断了没有？”

“没有，娘儿们就是娘儿们，差点儿意思。”双喜趴在地上嘴里还不饶人。古听云拿他也没办法，指着他说：“没断就赶紧开车走，待这儿算怎么回事？”

双喜撅着屁股爬起来，把叼在嘴里已经断了的烟吐到地上：“不急，到这儿就安全了。”他看了看手表，叫我打开了车灯，说，“我好几年没遇到过边防了，现在这火力这么猛？”

我看着车前那两道雪亮的灯柱，就像是看到了能把狼群招来的羊群。想起押解刘亚男那次，出了境之后就遭遇了埋伏……我忙摸出枪上好膛四下张望着说：“还是别大意了。”

双喜白了古听云一眼，拍着身上的土说：“放心吧，约好的中午，列夫会派人来接，我们在这儿等就行了。唉，展展的意大利行头，生生让你给糟蹋了，本想穿周正些在老毛子跟前长些脸，这下弄成讨吃货，中国人这点儿脸全让你……哎呀，这裤子上破个洞，古家丫头我日……”

古听云不耐烦地打断他：“老喜子，你早晚死在你那张臭嘴上，又想换假牙了？再别啰嗦了，现在什么情况？”

双喜整了整衣领说：“不知道咋办，就都对我尊敬些，境内你们都是风云人物，出了境是龙得盘着，是虎……”

没等古听云说话，站一旁一直没吱声的殷望这时冷冷地说：“境内我贱命一条，境外我一条贱命，既然都到这儿了，那么我和你打听个人，你老老实实跟我说清楚，不说我就弄死你，有一句假话我还是弄死你，说不清楚我照样弄死你。”说到这儿他停了下来，看着我和古听云，“塔哥、古小姐，这事是我和双喜的私人恩怨，你们最好别插手。”

双喜还是笑嘻嘻地说：“磨还没卸利索你就急着要杀驴，太性急了吧。”

只要还没到列夫的地盘，就没法得知程建邦、徐卫东和刘亚男下落。双喜的重要性是不言而喻的，他愿意按自己的节奏来，我也只能无条件依从他。而殷望这时候跟他叫板，让我很是意外，也有种节外生枝的不安感。换言之，殷望这个人早已彻底摆脱了我的指挥，在我盘算着利用双喜达成自己目标的同时，殷望也有自己的一套计划。

我有点儿后悔当初不该同意与他搭档，可现在再说这些已经太迟了。搞了半天，我最大的敌人不是金三角的毒枭胡纬、周亚迪，也不是内地的走私大鳄双喜，而是我的新搭档——殷望。

“你想干什么？”我平静地问殷望，同时想从他的眼睛里获取些信息。我想知道，此刻组织在他心目中的位置到底有多高。或者，是否还存在。

他似乎明白了我的潜台词，微微一笑：“放心塔哥，我的事和你们的事无关，只要他把我的疑惑解答了，不会影响你们的生意。”又低头对白杨说：“现在你还是什么都不知道最好，将来回去我会跟你解释清楚的。”白杨经过这一路的惊吓，之前那副刁蛮性子早已灰飞烟灭了，乖得像一只小羊羔，眼巴巴地仰头看着殷望。殷望说：“去车上，把眼睛闭上、耳朵捂起来等我。”白杨立刻捂起耳朵、闭上眼睛就往车里走。殷望怜爱地苦笑道：“是让你上车以后闭眼，你现在闭上眼睛怎么上车？”白杨“哦”了一声睁开眼，头也不抬噔噔噔跑上车拉住了车门。

殷望温情脉脉的目光离开车的同时，瞬间变得阴冷。他朝双喜走过去，在和我擦肩而过时，突然嗖地一猫腰。我下意识伸手去按他，只觉后腰一空，后腰别的那把枪已经在他手上了。他身形飞快，蹿到双喜身后紧贴着双喜的后背，枪顶在双喜的后脑上，冲着左前方说：“出来，我数三声，一……二……”

一阵窸窸窣窣的声音，一个黑影从暗处慢慢地走了出来。古听云抽出她的两把枪，一把对准那个黑影的同时，另外一把丢给了我。我接过枪快速上膛往后撤了几步，四下张望了一圈。

双喜叹了口气对那黑影说：“良子，没事。”

那人又走近了一些，我才看清他的脸，正是之前用弹弓打伤我手的司机。此时他手里还拿着弹弓，正对殷望虎视眈眈。双喜说：“这娃娃不用枪，跟着我们也是担心我有个三长两短的，这么多年都没人知道，居然被你发现了，真是虎父无犬子啊。”他口中这个“你”显然指的是殷望，但是这个“虎父无犬子”是什么意思？

我和古听云对视了一眼，相信她也暗自心惊。如此险峻的路上，有人一直偷偷跟着我们，我俩这么警醒的人居然都没知觉。我不知道是该为自己的大意自责，还是该佩服双喜和这个良子的本事。或者，应该对殷望刮目相看。

双喜说："你不叫徐明吧。"

殷望说："你也不叫双喜。"

"有啥事我们坐着好好说，这个样子大家都不舒服，枪在你手里，还怕啥？"双喜对良子摆摆手，"大人说点儿事，你找个地方望望风。"

良子犹豫了一下，还是服从了双喜的命令，说："叔，你小心。"他用恶狠狠的眼神扫了我们一圈，"我叔要是有一点儿事，我们把你们几个的蛋踏成碎渣渣……"双喜怒喝道："逼话咋那么多？赶紧望你的风去。"良子不服地吸了吸鼻子，转身没几步便消失在夜色中。

殷望盯着良子消失的方向想了想，松开了双喜，不等双喜回身，一脚照着双喜的后腰踹了过去。双喜闷哼一声跪倒在地上，良子嗖地又从暗处跳了出来。双喜紧皱着眉对良子摆摆手，一手撑地，一手扶着腰缓了好一会儿，才舒了口气就地坐下，拍拍手上的土，苦笑着摇了摇头。

殷望面无表情地问："他的遗体在哪儿？"

"遗体？"双喜抬眼看着殷望，说，"咋的，你也觉得他死了？"

殷望追问着："没死？那他人在哪儿？"

双喜低下头，叹了口气说："不知道。"

殷望嘴角微微一翘，上前用枪托照着双喜的后脖颈儿就是一下。双喜忍着疼对良子喝道："没你的事，你给我边上待着。"

古听云看不下去了，用枪指着殷望说："你过分了吧，再动他一下试试。"

双喜揉着脖子活动了一下，说："没你事，把枪收起来。"古听云愤愤地扭头看向我，希望我能制止殷望。不等我说话，双喜又说："你们都别管了。"古听云举枪指着殷望说："我不管他怎么得罪你了，你要一枪把他打死，只要别把血溅我身上，我绝不过问。杀人不过头点地，你这左一脚右一拳的也太糟蹋人了吧？我还是那句话，你再动他一下试试。"

我将枪扔还给古听云，在没有弄清事情原委之前，我不想干涉殷望的行动。程建邦对待胡经的手段远比殷望更加残忍，那种刻骨的仇恨让人发疯，让你对敌人能多狠就多狠，我太理解那种感受了。而且听他们刚才的对话，双喜身上背着的数条人命之一，是一个对殷望很重要的人。联系双喜的那句“虎父无犬子”，那么……那个人极有可能是殷望的父亲。

我理解殷望的心情，但他此时的举动的确有太多不妥的地方。——他没有完全控制住场面，不说良子在侧，还有古听云手里的枪正对着他。我摊开双手举起来对殷望说：“我能动吗？”

殷望脸上露出羞愧的神色，忙说：“塔哥，你这不是打我脸吗？”

我说：“现在大家都拴在一根绳上，有些事我觉得我们有必要了解一下。我有事要仰仗双喜帮忙，你是知道的，你现在这么对他，是在断我的后路。不如你把你们的恩怨说来听听，如果他真的该赔你一条命，我也不想跟他有一点儿瓜葛。”古听云也跟着补了一句：“包括我。”

殷望垂下枪口往后退了几步，用下巴指指地上狼狈不堪的双喜说：“照他的话说，他是公家的人。”大概他以为他的这句话一出，一定会有人惊慌，不承想所有人都静静地看着他，想听他把话说完。殷望说：“至少曾经是。”

“这有什么，我曾经也算是公家的人……”我想起双喜说他的矿坑里有不少毒贩子的尸体，不禁头皮阵阵发麻，“等等，难道你父亲……贩毒？”

“没错。这都不重要，我父亲也是公家的人。”殷望摸出根烟点燃抽了几口，说出了事情的原委：

双喜本名梁四喜，殷望的父亲叫殷浩江，他们曾是活跃在中俄缉毒隐秘战线上的战友。后来梁四喜变了节，开始帮毒贩运毒，被殷浩江发现后，梁四喜假意认错。毕竟是多年同生共死的战友，殷浩江对梁四喜放松了警惕，梁四喜找了个机会将殷浩江杀害了。

殷望简要说完这些，咬着牙狠狠地瞪着双喜说：“你我之间不是什么恩怨，是不死不休的仇人。”

古听云见双喜没有反驳，失望之余哧哧地笑着耸了耸肩膀：“这要是真的，老喜子，你不只不地道，简直不是人，过命的兄弟都下得了手。”

双喜像是静静地在等大家对他的宣判，听完古听云的结论，又看向了我。我上前拍了拍殷望的肩膀："你随意吧。"

双喜看着殷望笑了，轻轻地摇摇头说："知道我咋把你认出来的不？你长得像你娘，活脱儿的。"

殷望举枪指着双喜说："你见过我母亲？"

"当然，我和你爹比兄弟都亲，他们结婚是我接的亲。"双喜平静地说，"你刚说的有两点不对，第一，我是在你父亲失踪以后才开始干这行当的；第二，我没有杀害他，他是失踪，我一直在找他。"

殷望上前将枪顶在双喜的头上，说："我要你的命。"

双喜放声大笑起来，那种笑里带着哭的笑声，在这异国荒芜的草地上显得格外苍凉，笑着笑着眼泪便流了满脸。大笑变成了哀号，哭声中的绝望和悲切让人鼻子忍不住发酸，勾起无数心碎往事的碎片，就在那些碎片将要拼接成形，我几乎要落泪时，他停住了哭声，满眼包着混浊的泪水看着殷望说："我没本事，这么多年没有找到他，我对不起他。我们以前说好的，不管谁死了，另一个只要还有口气，就得把尸体带回去，绝不能留在境外。这些年干这个就是想打听他的消息，现在你看看我这人不人、鬼不鬼的样子……你信也好，不信也罢……你把我弄死吧，死在殷浩江儿子的手里，也算死得其所。"他仰头往后躺倒，呆呆地望向漆黑的夜空，像是在寻找什么。

古听云走到双喜身边蹲下，擦着他脸上的泪水："我以为你只是为了你家人，没想到还有这么回事。"她抬头看看我说："我信他说的。很多时候，你们是一类人，不然当初我不会放过你，也不会只身一人跟着他过境。"她说着站起身，面对着殷望说："他全家都被毒贩子害了，他老婆，还有孩子。"

殷望双手无力地垂了下来，扑通一下半跪在双喜旁边，愣愣地看着他。双喜忙坐起身，伸手想拍拍殷望的肩膀，犹豫了一下没有拍下去，手在殷望的肩膀上空悬了一会儿，收了回去，缓缓地说："我和你父亲一起出任务，我暴露了身份。毒贩们不动声色地稳住我，暗地里派人去我老家，骗我那个刚刚十四岁的女儿染上了毒瘾……”说到这儿，双喜闭上眼睛，泪又下来了，好一会儿才抹了把泪继续说，“染上那个东西，你知道的，再后来她就离家出走了……这些都是后来我回去乡亲们告诉我的。我老婆就去找，结果被他们抓来威胁我，要我供出其他卧底的战友，我死不承认……要不是你父亲及时赶来，就算他们不杀我，我也打算跟我老婆去了。我们两个杀了在场的那些毒贩之后，你父亲要我回总部休养。你想想，我要是不报这仇去休养了，还他妈是个男人吗？但这违反纪律，你父亲了解我，苦口婆心地劝我了十几天，我也想通了，至少得先把我女儿找到。回国后才知道我女儿已经自杀了，我当时就疯了一样申请出任务，上面说我情绪不稳定，怕我去拼命再出事。再说我身份已经暴露了，上面要我休养至少一年。我表面上同意了，私底下带着枪到了边境，靠着那几年卧底攒下的关系开始折腾自己的事，我发誓要把天下贩毒的都杀干净。上面知道，最了解我的人就是你的父亲，所以派他来找我，想劝我回去，可我一直没见到他。我真不知道他在哪儿，我到处找他，大冬天雪太厚开不了车，就骑着摩托在野地里找了整整十天，饿了打只黄羊，渴了吃口雪，冻得剩下半条命，就是没找到。但我敢肯定他没有死，他的本事你不知道，你想都不敢想……这一晃，十四年了……再后来，我估计上面把你们家隐蔽起来了，反正我再也没有打听到你和你母亲的消息。”

殷望呆呆地听双喜说完，沉默了很久，轻声说：“我爸没了消息以后，我妈得了严重的抑郁症，在我十多岁的时候，她就自杀了。”

我心里就像起了一场风暴，彻底惊呆了。

这里有两代隐秘战线上的战士，我们为了国家和信仰流着血，做着常人无法想象的牺牲，承受着常人不能背负的悲伤，仍屹立不倒，那只能证明我们所捍卫的一切已经融入我们的血液里、骨髓里。双喜为了家人彻底舍弃了生命和名誉，用他自己的方式战斗着；殷望从少年时代便失去了父母的呵护和人生中最美好的年华，忍受着悲痛，为了一个目标奋斗着；而我，细想之下，此次也是为了自己的兄弟和战友的安危踏上了征途。

我想，从此以后，我的每一次出征都将是为了自己，因为那些妄图侵害我身后那片国土的恶人，已经成了我个人的死敌。

是的，为自己出征！

5

阳光撕裂天边的乌云洒满大地，无垠的草原泛着耀眼的金色光芒，世界仿佛从沉睡中清醒了过来。微凉的风轻轻拂动着古听云的长发，她手搭凉棚眯着眼睛欣赏着这片美景，脸上却挂着苦笑。见我们看她，她轻轻地摇摇头，说：“想不到我千防万防，最后却和两个警察混到了一起。”说着看了眼殷望，“我没猜错的话，你也是个卧底吧。呵呵，秦川，这里只有你我是恶人了。”

我看了殷望一会儿，问：“你是公家派到我身边的卧底？”

殷望说：“那不重要，我没心思管你们的事，我只想找到我爸爸，我要给九泉之下的妈妈一个交代。”

古听云说：“你胆子确实大，敢公开承认你的身份。”

“我的身份好像没什么见不得人的吧，倒是你们……”殷望坦然地看着我和古听云说。

古听云对殷望点点头：“帅气。我明白为什么秦川能让你跟在他身边了。就算他一开始就知道你是警察，没准儿也能和你成为朋友。”

殷望冷笑了一下：“我怎么可能跟一个走私犯成朋友？我说过了，我就是为了找到我爸爸，除了毒贩子和挡我路的人，其他人我没兴趣。”

我笑着对古听云说：“听见没有，人家只是想利用我找双喜罢了。”

双喜说：“我的名字可在公家的通缉令上挂着。还是开始说好的，秦川，你露面帮我把老毛子搞定，我就想把国内的活儿全包下。小古，我知道你打的什么主意，老毛子看上了你的钱，你相中了老毛子的古董。”古听云脸扭到一边，没说话。双喜对着冉冉升起的朝阳扶着腰扭了几下，对殷望说："值了，看见你都长这么大了，我真是高兴。"他眼神一黯："我姑娘要是活着，和你差不多大，当年还给你们定的娃娃亲，呵呵呵……"

殷望举起枪对准双喜，面无表情地说："你猜我信不信你说的？"

双喜淡然一笑："我的命你随时拿去，需要的话把我抓回去我也绝无二话。不过，就算你现在打死我，我也坚信你爹还活着。"

殷望突然枪口一转对着古听云扣动了扳机，准确无误地击中了古听云刚举起的枪，子弹"嗡"的一声反弹着飞进了草丛中。古听云浑身一颤，枪也跟着脱手飞了出去。殷望说："再动？"

古听云吓得脸都白了，看了眼左手上还没举起的枪，手一松，枪丢落在脚下的草地上。殷望的枪口对准了古听云的心脏，对双喜说："你是我爸爸的战友，塔哥待我如兄弟，抛开黑的白的，我们一起做点儿事未尝不可，可这个女人是不是有些多余？"

眼看着殷望的眼里杀气越来越重，双喜忙说："她的关系网遍布全国，帮得上忙的。"

殷望冷笑着说："古听云，最出名的就是杀人灭口，还有什么关系网？"他的担心不无道理，以他现在的处境，除了车里躲着的白杨，任何一个人冷不丁对他下死手都合情合理。如果他父亲真的还活着，那么双喜是最有可能帮他找到的人，所以不管他是不是真的信了双喜，现在都只能权且跟双喜合作。

至于我，几小时前还把他看作一个临阵乱了手脚的年轻战士，现在一切都变了。这么多年来，他默默无闻地在特案组里执行外围任务，原来最终目的就是为了能接近双喜，找寻他父亲失踪的真相。现在双喜就在眼前，他的努力就要收获成果了，这种关键时刻，所有拦住他或者可能拦住他的人都将会成为他枪口下的目标。

我见他扣着扳机的手指越来越紧，想必是真的动了杀机。古听云也明显意识到这一点，眼神里显出难得的慌乱。——双喜通过她千方百计找我，是为了稳稳拿到中国境内的运输权。双喜拿到运输权也只是为了吸引更多的毒贩上钩，然后干掉他们，为亲人和战友报仇。在双喜见到战友的儿子之前，这些都是他毕生的“事业”，可现在……还有什么能比他战友的儿子更重要呢？双喜可以眼睛都不眨一下地把性命交给殷望，又怎么会护着她古听云？

我跟她虽然没那么近，好歹也算生死之交，她求助地看了我一眼，但倔强的个性也只是让她看了我一眼而已。见我苦着脸没反应，她轻轻地舒了口气，扯着嘴角笑笑望向远处。她大概想明白了，此时别说是她，就连我的性命是否能保得住，也得看殷望的心情。

我承认有那么一刻我是想要护着古听云，但那等于是在向殷望表明：在他和特案组追缉多年的古听云之间，我选择了站在敌人一边。想到这里，我恨不得抽自己一记耳光。——在我的身份没有暴露之前，我就是塔哥，是那个护送走私货船纵横大海的塔哥，也是古听云的朋友。此时我要是犹豫，正是在毁塔哥的名声。

我一步跨到古听云面前，让殷望的枪口顶在了我胸口上，说：“古小姐是我的朋友，今天你要杀她得先放倒我。”我一把扯开了衬衫，露出伤痕累累的胸口。我想以此警示殷望：你有血海深仇，但在任务面前我们不是谁的儿子、谁的朋友，只是一名战士。我们的敌人是那个囚禁着我们战友的魔窟，无论什么都不能让我们改变方向。古听云如果死了，我们和列夫谈判的筹码就轻了一大块，这意味着我们的胜算将大打折扣，我不允许这样的事发生。

殷望扣着扳机的手指在我挡在枪口前的一刹那，立刻伸展开来，他将枪口歪向一边，吃惊地看着我说：“可是她……”

“那是你的事。”我不屑地轻轻“哼”了一声。我本想说你活该，若不是殷望不分轻重缓急地去找双喜报仇，事情就不会发展到这一步。我没法朝欧阳刚抱怨给我分配了一个这样的搭档，只能用这种方式表达我的愤怒。我说：“你可以和你的女朋友待在这儿，等我们把事情办完，你们随意。如果在这之前要挡我财路的话，你不打死我，我就会弄死你。”我指指自己的胸口。话也只能说到这儿，如果殷望心里还把自己当作一个战士的话，希望他能明白，这是我给他留下的一个台阶：和白杨离开我们，就不用担心有人会把他的真实身份泄露出去，等我事成之后，古听云自然就不是问题了。

见殷望犹豫不决的样子，我的另一个担心出现了。我担心殷望混淆了自己的身份，只有我知道，他那几个身份把他推进了一个错综复杂的迷宫：一头是他父亲的召唤，一头是白杨的身影，一头是我布满伤痕的胸口……而在这一切之上的，是悬挂在总部大楼上方的那枚国徽。他选择任何一个方向走下去，我都有方法处理，怕只怕他在这几个路口之间徘徊，时而左，时而右，时而上，时而下。如果是那样，纵使我有三头六臂也应付不过来，结果必然是我的身份一同暴露，最终大家同归于尽。

殷望有点儿失了魂魄似的往后退了几步，我整理好衣服，说："本来我该一枪崩了你，我把你当兄弟，拿命对你好，你他妈的却是个卧底，我想得最多的是带你发财，你他妈的想的是怎么送我上刑场，哈哈哈……"我仰头大笑的同时用余光看他，见他果然慌乱起来。趁他不备，我一个箭步冲上去钻到他拿枪的胳膊下，用后背将他胳膊往起一拱，我收拳攒力，对准他腋下软肋使出六七分力气猛击一拳，就势用肩膀推着他后退，紧接着伸出脚一绊，他直挺挺地仰面朝后倒去。我顺着他手臂摸到枪夺下，在他刚倒地的时候，枪口抵住了他的下颌。

殷望没料到我会来这么一手，躺在地上惊恐地看着我，哆嗦着嘴唇说不出一个字。我看着他，对身后蠢蠢欲动的双喜喝道："双喜，我本来不想再杀人了，可你这大侄子逼人太甚，卧底到我身边把我像猴一样耍，现在还想坏我的事，看来我得破个戒了，不然以后是人不是人都敢蹬着我的鼻子上脸了！"

双喜怕我一激动开枪，始终不敢上前，连连摆手说："别别别，秦川兄弟有事好商量，我保证他坏不了咱的事。我们把他捆起来，让良子送他们走，就当老哥我欠你条命，你说咋弄我全答应你。"

听他这么说我放心了，至少证明他是真的关心着自己战友的孩子，同时也证明他对殷望说的那些是真的。我脸上做出恶狠狠的样子，凑到殷望耳边轻声说：“他怕你死，说明没骗你，你和白杨安心等着我。”我站起身对着他的后背猛踹了一脚，“今天要不是双喜，我非把你打死在这儿喂狼。”

我对古听云说：“对不起，我的疏忽。”

古听云点着头拍拍我的肩膀，回头对双喜说：“你的家事完了的话，是不是该办正事了？”

双喜对远处打了个呼哨，良子像一头独狼似的从半人高的草丛中蹿了过来：“叔，啥事？”

双喜指着殷望说：“把他跟车上那个女的绑起来，扔你车上去，送到矿上好吃好喝招呼上，等我回来。”良子应了一声，扭头朝回跑。双喜想喊时，人已经跑远了，只好对我们尴尬地笑笑。没多久，良子拿着一捆绳子气喘吁吁地回来了。双喜问：“你干啥？”

良子举起手里的绳子：“你让我捆人，我拿绳子去了。”

双喜抬腿照着良子的屁股就踹，良子也没躲，挨了一脚，委屈地看着双喜。双喜指着身边的车说：“你问一声能死吗？我车上有绳子……你车停了多远？”

良子回头张望着想了想：“两百米有了。”

双喜又是一脚：“你头真真被猪啃过，你不会把车开过来……好了好了，赶紧绑人送回去。”

良子蹲下身三下五除二把殷望捆了个结实，我把枪别回后腰，看着良子麻利地打着“猪蹄扣”，反正这种绑法如果用在我身上，没三五个小时别想挣开。良子绑好殷望又钻进双喜的车内，还没动手就听白杨叫嚷起来，大概是声音过于尖利，良子被硬生生逼出车外。他站在车门外看了眼双喜，往手心啐了口唾沫，卷起袖子正打算发起第二次冲锋，被殷望喝住：“你敢伤她一根汗毛，我把你皮扒了做弹弓。”又换了副口吻对车内喊说：“没事，你让他绑，别闹，我在呢。”他这一声果然管用，白杨立刻消停了下来。没多久，双臂被捆好的白杨跟着良子下了车。良子把两人拽到一起，站在原地左看一眼，右看一眼，不知在纠结什么。

双喜瞪眼问："又咋了？"

良子说："我在想是我回去开车过来，还是把他们拽到车跟前去。"

双喜气得倒抽了口气，撑着腰咳嗽起来。良子见状不妙，赶忙拽着殷望和白杨朝他的车走去。见他们消失在草丛里，双喜突然一拍大腿，"哎呀我日，我得交代几句去，这个愣娃不会以为我说的好吃好喝招待是拳打脚踹吧。"

我和古听云对视了一眼，说："我看很有可能。"

"日！"双喜撑着腰，像是半身不遂似的朝良子追去，嘴里喊着，"你个驴日的给我站下。"刚喊了一句，草丛一阵梭动，良子钻了出来："啥？"

双喜说："我说的好吃好喝招待他们两个，你知道啥意思不？"

良子狡黠地一笑，原地踮起脚步做了个散打的动作。双喜追上去就是一脚："我说的好吃好喝招待，就是每天好酒好肉，让伙房的马师傅做给他们吃，顿顿都是，记住了吗？"

"哎，你这么说我就清楚了，好酒好肉嘛，还非说好好招呼。我还正想你要是半个月不回来，我把人招呼死了咋办。"不等双喜再踹他，良子一头钻进了草丛中。

双喜长出了一口气，回身见我和古听云都在笑："笑啥笑？别看这娃娃脑子木，办事利索，跟着我忠心耿耿的。"他看了我一眼，大概是怕我对忠心耿耿这词多心，忙招招手说，"我估摸着那边的人快到了，我们是不是合计合计？"

我说："还合计什么？你那儿有变化吗？"

双喜脸有愧色地说："我是觉得有些对不起你们两个，因为我的事，让你们受惊了，我心里有些过意不去。"

我说："我想问你个问题。"

"随便问。"

“当初你说去北京想弄死我，到底是因为怀疑我是公家的人，还是因为我贩过毒？”

双喜僵住了，好一会儿才说：“说实话，两样都有。”

我更好奇了：“那你怎么可能因为缉毒警追我，就放过我？就算我不是公家的人，也贩过毒。如果我没有猜错，你想杀我就是因为我贩过毒，我看你对公家的人没那么狠。”

双喜看了眼古听云，笑着抓抓头，说：“第一，你是小古认准的朋友；第二，我看你对我那个战友的儿子不赖……对了，他叫个啥？我忘了问了。”

“你战友的儿子你不知道叫什么？”我笑着说。

双喜说：“小时候叫殷名，他爹出了事之后，估计上面会让他改名。”

“现在叫殷望。”说完我立刻意识到不对，殷望对外一向用的是“徐明”这个名字，我是他卧底的目标，怎么可能知道他的真名真姓？想到这儿，我后背一阵发寒，但还是强装镇定不动声色地说：“原来这个才是他真名。”

双喜接着刚才的话茬说：“第二，就是觉得你对殷望不错，我就相信只要是对自己兄弟好的人，不成大事都难，也难怪连小古都夸你。”

“就因为这个，你就打算放过一个毒贩？”我把话题拽了回来。

“小古从来不给我推荐贩毒的，她知道我的脾气，既然推荐了你，我多少得换个标准，这一路上下来嘛，觉得你是这个。”双喜对我竖起大拇指，“现在能让我说是这个的，除了殷望他爸，剩下的都在这儿了。”他扫了我们一眼，又说，“我们不办点儿大事出来也不合适。”

古听云忙说：“你少拉我入伙，我是杀过人，不过我杀的都是可能害到我的人，让我一门心思去和你杀毒贩子，我干不了。”

“等你发现他们害到你头上就晚了。”双喜又看向我，“你躲得了吗？胡纬他们能放过你？还有那个周亚迪……算了，不勉强你们，但我真有个事想麻烦你们。”

古听云说：“你放心，以后我会留个心，帮你问你那个战友的事，是叫殷浩江吧？”

双喜一拍古听云的肩膀说：“小古就是个聪明人，哈哈哈。”他笑着看向我。我只能对他点点头，说：“放心，不管怎么说，我也当过兵，战友之间的情谊嘛，多少也知道点儿。”

古听云斜眼看看肩头上双喜的手，说：“我看你早晚被你那张欠嘴和这双欠手害死。”双喜忙把手缩了回去：“对不住对不住，习惯了。”

我心里总还是有些疙瘩，接着问：“你是什么时候认出殷望是你战友的儿子的？”

“他小时候我是见过的。你们从地下室出来被围住的时候，我看着他眼熟。后来把他堵住以后，两句话就确定是他，我估计那会儿他也认出我了，从他眼睛里就能看出他有事问我。”

我想了想，说：“我只是奇怪你为什么一定要把他带到这儿来。”

“本来我是想把他身边的那个丫头带过来，那丫头的老子是贩毒的……后来我发现殷望不只是有事问我，干脆就是想把我弄死。我一想，万一要是说不通死在他手里也成。他爸爸就是在这附近没了音信，我如果死在这儿，还是死在他手里，也算圆满。”

我笑了，说：“而且，如果他为了私仇杀人，在境内是要被法办的，到了境外，只要这边的人不发现……”双喜呵呵笑着拍拍我的肩膀，望着远方不再说话。

这一轮谈话下来，我就放心了，至少确定双喜对殷望的确没有恶意。那么这段时间，殷望可以安全舒适地在草原上休息了。

第六章
有些事，没有如果

1

快到中午的时候，东边隐隐传来一阵轰隆隆类似打雷的声音。我们循声望去，天边一片蓝天白云，不像有雨的样子。那声音越来越近，当一个黑点出现在视野中时，双喜忘了腰疼，一下子跳起来兴奋地说：“来了，飞机。”

我想起上次在境外遭遇伏击的事，不由得多了个心眼。我把外套脱了下来：“怎么开始热了？”

双喜顾不得看我，说：“早晚温差大，也该热了。”

我“哦”了一声，从后腰上拔出枪，将外套搭在手上盖住。检查着保险和枪栓时，觉得古听云在看我，我抬眼朝她看过去，见她的外套也在手上搭着。见我看她，她笑着对我挤了挤眼，我不由得也笑了。

直升机在我们上空盘旋了一圈，引擎声震得人耳朵全聋了，螺旋桨旋出的大风卷起地面上的草叶不停地打到人的脸上，让人睁不开眼。双喜不断地朝空中挥手呼喊，只见他嘴巴张合，根本听不到他在喊些什么。

我将半张脸埋在手臂挂着的衣服后面，抬头细看，这是一架苏制米 -8 运输机。面对着这样一架钢铁巨兽，我心头不由得一沉。列夫盘踞在这种地方，能号令差不多半个地球的毒枭和走私团伙，这本身就足以让人头疼。现在只是接几个人而已，居然就派出这样的装备，别说区区几个金三角的毒枭，就是手里操控着一支军队的丹雷与其相比，也是小巫见大巫。我攥着枪的手掌不觉中渗满了汗水。

双喜对我们挥挥手，朝飞机跑去，我跟在最后，死死盯着缓缓打开的机舱门。两个白俄男人出现在舱门口，领头的一人朝下张望了一圈，跳下飞机冲双喜张开了双臂。我假装脚下一绊，故意走了一个蛇形，顺势朝机舱里张望了一眼，前座上有两个机师。那么这架直升机里，至少有四个人。

他们寒暄完，双喜转过身想向他介绍我和古听云。我和那白俄男人打了个照面，我点点头算是打了个招呼。我一眼就认出，他正是交接刘亚男那晚，站在那个俄罗斯男人身边的人。看来今天一场血战在所难免，只要让他看清楚我，他就会想起我就是那个押送刘亚男过境，又被刘亚男连开三枪的中方探员。

那人迟疑地看了我一眼，微笑着对我伸出手。我刚把手伸出，他一把揪住我胳膊上挂着的衣服猛地往下一扯，我的脸连同那把枪一起暴露在他的面前。显然那把枪比我的脸更有吸引力，他大喊了一声伸手朝后腰探去。我早算准了方位，抬手一枪将机舱口站着的那个枪手干掉，掉转枪口对准面前这男人的脖子又扣动了扳机。

那两个白俄男人没发出任何声音就倒下了，我一个箭步冲上直升机，对两个机师的后背连开了两枪。见两个机师头一偏朝前栽去，我正准备回身检查后舱，就听身后传来“嗵嗵”的脚步声。我心说不好，这里面还有人。刚转过身，一个黑影就铁塔般压了过来，我的胸口像是被块大石头砸中一般，整个人朝后飞出了机舱，重重地跌落在地上。窒息的疼痛让我不由自主地蜷起了身子，一扭头正面对着刚才那个白俄男人的脸。他僵着脖子正抽筋似的捯气，在看到我的一刹那，像是回忆起了什么，眼睛里一亮，嘴唇动了一下，睁着眼咽了气。

两个身影从我头顶的机舱口跳下，“嗵嗵”的两声落在我身边，朝目瞪口呆的双喜和古听云扑过去。古听云甩开手上的外套，双手举枪同时对两人开了枪。那两人像是被车撞了一样，齐刷刷地向后飞去，硬生生地撞到了机身上。我正准备松口气，只见其中一人不知摸出个什么朝古听云丢去，只听“噗”的一声，一道白光锥子一样扎进了眼睛，眼前一红，便什么都看不到了。

“闪光弹！”我喊了一声。赶紧凭借记忆中的方向朝那人刚刚跌落的地方摸索过去，心想就算古听云那两枪没打中要害，只要能摸到人，跟他们纠缠一阵，也能给双喜和古听云赢得时间。谁知刚翻过身，耳边一阵风声，后脑就重重地挨了一下，我眼前一黑，瘫倒在原地动弹不得。我心说：这下完了，这两人穿了防弹衣。古听云那两枪顶多打断他们几根肋骨，而他们还能使出这么大的劲儿踢我，说明他们伤得没那么重。

对方是两个训练有素、装备齐全的雇佣军模样的杀手。我们三个人，一个动不了的我，一个古听云是个女人，还有一个二十年前或许是条好汉，可现在腰动一下都费劲的老男人双喜。我们在劫难逃了。

我心里没有丝毫的惧怕，对生死这种事我早已无所谓了，我的血洒在这异国他乡，化作一抔黄土在这草原上随风飘散，也没有任何遗憾。我已经把最美好的年华，献给了我身后的那片热土。只是那一刻，我想起了程建邦。他不知多少次在紧要关头及时出现为我解危难，而今他需要我去救他的时候，我却连他人还没见到就倒下了。

隐约间听到不知是谁的一声惨叫。我心头一紧，还没来得及辨认那声音到底是谁的，又是一声惨叫灌进我耳朵。我忍着针扎般的痛和止不住的眼泪强睁开眼睛，模糊一片的景象渐渐会聚成无数的线条，随着每一次光影的变换牵扯着一阵又一阵的刺痛，光影中一个身影朝我奔来。

“塔哥！”是殷望的声音，“你能动吗？”

我慢慢活动了下脖子，确认颈椎没有太大问题后，轻轻地点了一下头。他把我扶起来，拍拍我的脸说：“眼睛怎么了？”

我张张嘴让下巴恢复了知觉，说：“妈的，闪光弹。”

“啊？那你先别睁眼。”他脱下外套蒙在我脸上，只听他喊，“良子，别让他们睁眼，把眼睛给他们蒙上。”

我靠在殷望的膝盖上笑了，想不到救我于危难的还是我的搭档。

殷望和良子将我们三人扶上了直升机，休息了足足十多分钟，我才试着睁开眼。良子手持弹弓绷着弦守着机舱门口，警惕地盯着外面。殷望坐在驾驶台前调试着那些我看着都眼晕的按钮。白杨坐在我对面，睁着大眼睛有点儿害怕地看着我，见我看她，她噘着嘴低下了头。

古听云披着衣服走过来说：“你没事吧？”

我摇摇头，问：“双喜呢？”

“这儿呢。”双喜从后舱走出来说，“咋回事啊？咋一见面就打起来了？”

我说：“我哪知道，我看见他拔枪就先把那人干掉了，再晚点儿死的就是我了。”

“你跟人一见面就举着个枪，换谁不紧张？这下咋交代？”双喜愁得连连叹气。

古听云说：“我觉得秦川没什么错，宁可误杀他们，也不能拿自己的命冒险。”

“对，你们都有理，现在咋办？”

“你告诉列夫，碰上了他们国家的巡逻部队，打起来了。”

“哦，他们国家的巡逻队枪里子弹都长眼睛了？专挑自己人干？”双喜竖起眉毛看良子，“你们咋跑来了？”

良子听双喜叫他，回过头说：“老远听见动静我就把车停下想看看飞机，结果又听见枪声了。”

双喜说：“这么大动静，你能听见枪声？”

良子拿眼睛看了眼殷望：“他说听见枪声了，让我们赶紧过来帮忙。”

这下除了良子，其他人都明白了，一定是殷望设计骗了良子。他知道良子对双喜上心，故意说有枪声。良子脑子有点儿直，听了这话哪能不急，肯定是拼了命地往回赶，又松了殷望让他帮忙。

殷望回身对我们摆了一个胜利的“V”字，说：“不用谢，这下你们一人欠我一条命。”

良子不服气地说：“啥就欠你的命了？那两个人都是我用弹弓打蒙了，你才有机会下手，不然就你那个身体能打得过人家？”

殷望正要回嘴，见我看他，把话咽了回去，说：“带着我一起去吧，多个人多个帮手。那边也没个好惹的，你再看看你们，都是些老弱病残。”他的“老弱病残”统统指向了双喜。双喜正要发作，就听殷望手边的大耳机传出一阵嘈杂声。殷望拿起来贴在耳边听了一会儿，一脸茫然地看着我们说：“你们……谁懂俄语？”

大家的目光全都落在了双喜身上，这里面只有他总跟俄罗斯人打交道。他整了整衣领，走过去拿起耳机说：“哈拉少。”殷望赞赏地连连点头，向我们翻译：“这是‘你好’的意思。”

只听双喜接着说：“是列夫吗？我的双喜，我们遇见了巡逻队，你们的人统统的死啦死啦的。”

我们全傻愣住了。我问古听云：“我脑袋被老毛子踹了一脚，他刚是说‘死啦死啦’的吗？”古听云疑惑地看着我，似乎不太确定，又看向了殷望。殷望把食指竖在嘴边：“嘘！”继续凑过去听耳机里的动静。

耳机里安静了大约两分钟，传来一个讲汉语的男声：“喂。”

双喜忙接腔：“喂，我是双喜啊，你是翻译吧，列夫在你跟前不？”

那边说：“在的。”

双喜说：“那麻烦你让他说话。”

那边换了个讲俄语的男声，一上来叽里咕噜说了一通。双喜又傻了眼，嘿嘿一笑：“那啥，还是让翻译说吧。”他拍拍脑门对我们笑笑，“晕球了。”

两边来来回回地说了好半天，听那意思开始对方非常愤怒，但听到我和古听云都在机上时，态度来了个 180 度的大转变，大有那几个白俄人死了就死了，只要双喜能带我们迅速赶到就行的意思。双喜放下耳机拍拍胸脯说：“搞定了。”

古听云淡淡地问：“你会开这东西吗？”

双喜的笑容僵在了脸上。殷望凑过去说：“放心吧，这个我会。”双喜从上到下打量了一下殷望，说：“那你负责把我们安全送到地方，你心里有数？”殷望笑着点点头。双喜一咬牙说：“好吧，那就走。”他环视了一圈机舱，最后把目光落到良子身上，走过去踹了良子一脚说：“你在这儿干啥呢？站在这么高级的飞机上，举着个弹弓叉子东张西望的想干啥？丢人现眼的，赶紧回去把家看好。”

良子磨蹭着，说：“叔，你把我带上呗，刚才要不是我的弹弓，你可能都死了。”

“死你妈的逼。”双喜照着良子的后脑勺就是一巴掌，“嘴里就涮不出个人话，赶紧回去看家，我三五天就回来了，回来带你们到泰国找姑娘去。”

“那行呢，我回去，你们自己留神。”良子龇牙一乐，抬头张望了一下机顶，“这个东西我看没有车踏实。”把弹弓别在腰里，跳下了飞机。

双喜追上去站在机舱口，无意中朝下看了一眼，像是看到了什么恶心的东西忙捂住嘴。他忍了一会儿，对良子喊：“把这儿收拾一下，恶心死了。”

我朝他看的地方张望一眼，后背起了一层鸡皮疙瘩：之前踹我的那个俄罗斯人直挺挺地躺在地上，一只眼睛明显是被良子用弹弓打中，眼珠子血淋淋地挂在眼眶外。我不由得摸了摸被良子的弹弓打过的那手，心想当初良子还真是手下留情，不然我的手骨非碎了不可。

“又不是我打死的，是他把人家脖子拧断的。”良子指着殷望说，用脚踢了下那俄罗斯人的尸体，“这么一大坨，我哪搬得动？这驴日的得有三百斤吧。”

“你少废话，搬不动就拿车拖到草垛子里去，赶紧去。”安顿完良子，双喜看了眼白杨，又看看殷望，对白杨说，“你真要跟着去？”

白杨点点头。

殷望扭过头说：“走吗？”

双喜举起手在头顶做了个旋转的手势，殷望兴奋地大声喊道：“都坐好抓紧，咱起飞了。”机尾猛地一翘，飞机晃晃悠悠挣扎了好几下才拔地而起，在空中又打了几个转，慢慢地平稳了下来，朝着东方飞去。我心中感叹，想起老姜的那番对话，或许从某种程度上我们真的要被淘汰了。一种难以言表的失落和惆怅再次涌上了心头，久久不散。

我见殷望紧绷的后背松弛了下来，看来他已经彻底熟悉了这架飞机。我解开安全带凑到他脑袋边，看着操控台上令人眼花缭乱的仪表盘说：“你……开这玩意儿……有多少小时的飞行经验了？”

殷望犹豫了一会儿，指着仪表盘上的一个大概是显示飞行时间的屏幕说：“快一个小时了。”

古听云惊了，一下子冲到前面来，瞪着仪表盘问：“你以前没开过？”

殷望说：“没开过这个型号。”

古听云放下心来：“哦，那你以前开的是什么型号？”

殷望说：“飞行模拟器，跟这个差不多，这种机型全球都很普遍。”

古听云还想接着问，双喜伸进脑袋说：“小古、秦川，咱能不能别招他说话了？让他专心开飞机吧。”

这里头只有白杨的眼里没有丝毫恐惧，一脸崇拜地痴痴地看着殷望。我碰碰她的胳膊，用下巴指指殷望问：“帅吗？”白杨低下头羞涩地笑。我又问：“你知不知道我们去哪里？”

她收起笑容严肃地说：“我不会给你们添麻烦的。”我知道一准是这个答案，我说：“都上了这趟机，不是兄弟姐妹也胜过兄弟姐妹了，说麻烦就见外了。危险肯定会有，丢了命也没什么大惊小怪的。你救过我一命，我会记得。”

白杨有点儿迷茫又有点儿感激地看着我，坚定地点了点头。

天南海北的几个人，为着不同的目的聚在一起。前路未知，生死难测，这个为着爱情一往无前的姑娘，倒是比我们任何人都纯粹。我很想对白杨说：你是一个战士，是一个为自己出征的战士。

双喜和古听云斜倚在舷窗边，呆呆望着外面，一言不发地想着自己的心事，时而皱眉，时而微笑。这情景倒像一帮朋友要前往马尔代夫、塞班岛或者夏威夷去度假。每个人都暂时不去想前方的凶险，贪婪地、尽情地享受着此刻的恬静，一秒钟都不愿浪费。

要按以前的习惯，我会利用这段空闲去审度他们每个人的内心世界，一而再、再而三地思量自己该说什么做什么，争取每一步都做出正确的选择，成为他们眼中最有价值的人，以便能顺利地达成愿望，完成任务。

现在我更深地明白了一个道理，与其见招拆招、火中取栗，不如掌控全局、先发制人。

我能感受到他们每个人对我的好感远大于忌惮，倒不是我这塔哥扮得多完美，而是因为在某种层面上，我、双喜和古听云属于一类人，我们不用动心眼就能轻易地洞察彼此的内心。比起没底线的胡纬和周亚迪，双喜和古听云要上等得多。现在的我，需要防范的不是真实身份被揭穿，而是避免和他们成为朋友。那会影响我需要抉择时扣动扳机的决心。是的，必要的时候我枪口射出的子弹会击穿他们的心脏。

作为一个战士，有些事，没商量。

2

列夫那边有人一直在给殷望导航，直升机飞越了一片密林后，正前方是连绵不绝的群山。山下有一个深蓝色的湖泊，湖边修筑着成片的木制房屋。这个地方如果没人指路，就算开着火箭找到死也找不到。

殷望摸着下巴，看着头顶的一排仪表口中念念有词，我们几个不禁又把心提到了嗓子眼上，眼巴巴地看着他。好半天，他咬着牙自言自语地说："妈的，赌一把。"

双喜警惕地问："赌一把？拿啥赌？输了能咋样？"见殷望没回应，双喜有点儿急眼地看我们："你们说话呀！"

古听云倒是很淡定，走到中舱把二郎腿一跷，笑着说："这一路都过来了，你还没习惯把命交给他吗？"

直升机在殷望的操控下，像一只被杀虫药喷中的苍蝇，左摇右晃前栽后仰地在一片空地上盘旋了好半天，踉踉跄跄地落了地。

我往外面看去，地面上远远地站着几个俄罗斯人。还会有那晚出现过的人吗？要是在这里被认出来那也是没办法的事，只能随机应变了。大多数人看老外觉得外国人都长得一个样子，老外看东方人也大致都觉得长得差不多，要是他们也有这种脸盲症该多好。想到这里我自己都觉得可笑，伸手去摸腰间的枪。见古听云也在掏枪，双喜瞪着眼睛说："你们想干啥？你们又想干啥？把枪给你们，我肠子都悔青了，你们知道这是啥地方吗？明告诉你们，就你们手里那两个铁疙瘩在这儿甚都办不成。一会儿让交枪，就把枪交了，说要搜身，就乖乖让他们搜。我们是来办正事的，不是来找茬儿的。"

古听云扣上外套盖住枪，不耐烦地说："咱还下吗？"

殷望打开了机舱门，一股清凉的风夹杂着青草香气顿时扑了进来。古听云深吸了一口气跳下飞机，伸开双臂闭着眼原地转了一圈："这地方真不错。"古听云看向我说，"适合退休哦。"

我站在舱门口环视四周，不远处停着几辆装载着重机枪的军用越野车，黄灿灿的子弹夹在阳光下格外引人注目。"不见得吧。"我笑着跳下了飞机。

一个穿着西装的俄罗斯人远远地迎上前来，笑容可掬，优雅地对我们点头致意。他身后的随从胳膊下夹着部电脑，紧赶了几步走到我面前，面无表情地打开电脑，对我做了个请的手势。我从口袋里拿出那个U盘递向他，他不接，将电脑的U盘插口对向我。我把U盘插了上去，他看了一眼快速闪动的屏幕，对那俄罗斯男人点点头，退到了一边。

那俄罗斯男人笑着伸出手，用一口流利的汉语说："秦先生，久仰久仰，我是列夫先生的助理，我的中国名字叫有德。"

"有德？"我笑着说，"你好。"

"这一路还顺利吗？"他问。

我握着他的手说："遇到点儿麻烦，多亏你们派去的人帮我们解了围，我很过意不去。"他拍拍我的肩膀，对双喜说："双喜，好久不见。"

双喜指着身后的古听云："这就是古小姐。"

有德有点儿吃惊的样子看着古听云，说了几句客套话。话锋一转，看着殷望和白杨说："这两位是？"

我说："他们是我的朋友，本来没打算来，但是我们没有人会开飞机，所以只好……"

"没问题没问题，只要是秦先生的朋友，就是我们的朋友。列夫先生在等着各位，请各位跟我来吧。"有德对随从打了个响指，说了几句俄语。

我们上了一辆车，驶向上山的一条小路，十分钟左右，车在半山腰的一个平台上停了下来。这是一个天然的朝外凸出的岩石平台，四周围了一圈木制的栏杆。一栋三层的欧式建筑倚山而建，巨大的白色大理石露台正对着山下的湖泊。

看来这列夫也是个善于享受的主儿，在密林深处居然搭建出这样一栋建筑。他们会把程建邦和徐卫东关在这里吗？想到这儿我往外走了几步，站在平台边缘鸟瞰列夫的这个窝点，目光所及能见到的人不超过十个，武装越野车也不多。不知道是人都在屋内，还是列夫自信，这种规模的据点只配备了这点儿人和武器。

有德站在大门口彬彬有礼地说："各位请吧。"

我们依次上了台阶，有德将最后的殷望和白杨拦了下来：“不好意思，我给二位另外安排了休息的地方，二位请上车吧。”

我对殷望使了个眼色，他正打算牵白杨的手上车。我走过去将他拉到一边，轻声说：“你要是为她好，就别在人前表现得那么关心她。”

殷望感激地看了我一眼，对白杨甩甩头：“走。”

在荒山野岭间建出这么大的别墅就很不容易，屋内的豪华精致更是让人叹为观止，而且那些金碧辉煌的灯具、家具都显得很有些年头，丝毫没有暴发户的气质。古听云被墙上的几幅油画勾得挪不开步，有德轻声介绍着画的背景来历，听得古听云两眼直放光。双喜不耐烦地说：“赶紧走，先把正事办了，一见着这些画张子和瓶瓶罐罐的就走不动路。”

有德带着我们上到三楼，在一扇足有两米五高的门前停了下来。有德轻轻地敲了两下，躬身推开门。只见一个穿着暗红色衬衣、头发灰白的中年俄罗斯男人坐在一张小茶桌前，窗外透进来的阳光正洒在他手里的瓷茶杯上。见这人是我不曾见过的人，我心里松了口气。他抬头看了我们一眼，微微点点头，喝了口茶放下杯子，对有德说了句俄语。有德将我们让进屋，上前在那人耳边说了几句后，向我们介绍道：“这位是列夫先生，一直在恭候几位大驾。”

双喜小声嘱咐我们：“都别乱说话。”

我说：“也没交枪，还是他们忘了搜身了？”

双喜说：“说了让你别乱说话！”

我故意大声说：“我们是来谈合作的，不是来觐见皇上的。既然是谈合作，那么前提是大家平等，不然还叫什么合作？”

列夫脸上露出笑容，指着茶桌前的几张椅子对我们招招手，用生硬的汉语说：“各位请坐。”等我们就座的工夫，他低声对有德说了几句。有德笑着说：“列夫先生汉语不太好，他想知道各位为什么搞得这么狼狈？”

“不好意思，来之前遇到点儿麻烦，真不好意思。”我啪啪地开始拍身上的土，双喜和古听云也跟着拍起来。呛人的土腥味立刻弥漫开来，阳光中满是飞舞翻滚的灰尘。列夫没忍住咳了两声，将摆满茶具和点心的茶桌往旁边推了推。

拍完上衣，我又跷起脚去拍裤脚，一边拍一边说："列夫先生确定我们是谁了吧？"

有德微微闪躲着灰尘，保持着礼貌的笑说："没问题，虽然以前没有和秦先生见过面，但是……"

我打断了他："那好，请问我怎么确定这位就是列夫先生？"

有德指指双喜说："双喜先生和列夫先生是老朋友了。"

我说："我跟双喜刚认识没几天。我是问你，我该怎么确定对面这位就是列夫先生。"

有德凑到列夫耳边正要说话，他一摆手将有德拦开，站起身用餐巾擦擦手，笑着对我伸出手，叽里咕噜说着俄语。有德赶紧同步翻译，列夫说的是："很荣幸见到秦先生，很早以前就听说过秦先生在海上的事情，本来是打算派专人去邀请秦先生的。没想到，秦先生得到了我们的U盘邀请函，我觉得我很幸运。"

"您客气了。"我从他的茶桌上捏了块巧克力，递给古听云，"你来块？"

古听云憋着笑摇摇头。我又让给双喜，见他满脸不自在，只好丢进自己嘴里，嚼了一下只觉得满嘴的苦，我自己动手倒了杯茶，咂摸了几口说："红茶？"

列夫忍了忍气，缓缓说："秦先生是一个谨慎的人，我很欣赏，这说明我没有看错人。至于怎么向秦先生证明我的身份……我受本国的通缉多年，列夫只是个代号。所以迟一些我会带秦先生参观一下，相信秦先生只想和有实力的人合作，而绝非一个代号吧。"

不等我说话，门外响起一阵急促的敲门声。有德出去了一会儿，快步回到列夫耳边轻声说了几句，列夫胸口剧烈地起伏着，看样子是被外头发生的什么事气着了。他对有德吩咐了几句，冲我们点点头，匆匆地离开了。

有德说："很抱歉，列夫先生有点儿急事要去办，我先安排几位休息。"

我说："我们冒着掉脑袋的风险到这里跟你们谈事，你们他妈的就是这么对待生意伙伴的？"

有德挤出笑脸来："实在是这两天出了大事，有两个奸细跑了……"他立刻觉出说漏了嘴，把后半句硬吞了回去。

我心里一震："你等等，什么奸细？这种地方还能混进来奸细？"

他犹豫了一下，说："几位放心，这里方圆几百公里没有人烟……"

"两个奸细？"我追问道。

有德点点头："我们会为几位的安全负责，绝不会有事。"

难道是程建邦他们跑了？我按捺不住内心的激动，快速地看了眼双喜。双喜自然明白我的意思，说："咱们还是先听安排吧。"

我们住进了湖边的木屋中，联排的几栋房子紧挨着，外面看着是粗大原木搭起来的，里面设施却比五星酒店还豪华。推开窗满眼的湖光山色，这列夫的确实力雄厚，把这里弄得无处不齐全。我问有德："我能随便走走吗？"

"这里是大家谈事的地方，又不是监狱，请随意。"他阴阴地笑道，"说不定还能碰到老朋友呢。"

目送有德离开，我琢磨着他的话，问双喜："你来过这里吗？"

"没。老毛子贼得很，打一枪换一个地方，你看看这儿多新，我估计他们也刚搬过来。"

"你觉得那两个奸细会是什么人？"

双喜压低了声音说："说不好，你那战友没准儿在里面。这一搬家纰漏多，跑的机会也多。"

我在屋里转了一圈："这屋里会有窃听器吗？"

"不会的，列夫这人还算讲究，不然也成不了这么大的事。再说来这儿的哪有好惹的，也都见过世面，个把窃听器还搜不出来？”

我打量了一下双喜，说：“你好像挺崇拜这个列夫的，对了，你不是专灭毒贩子吗？有没有想过把他灭了？”

“我不知道海里面咋抓鱼，反正在河里，你知道鱼啥时节从哪儿走，只要河不改道，每年到时节拿着网就在那儿守着，肯定满网收。”双喜拍怕我的肩膀，说，“鱼是抓不完的……好了，我得去洗个澡躺会儿，不然我的腰就真废了。”

双喜的话让我想起了刘亚男，她也说过：罪恶是不会消亡的，我们的存在是为了让他们流血，让他们睡不着觉。站在这里想起刘亚男、徐卫东和程建邦，一种想大声呼喊他们名字的冲动就在胸口涌动。我相信，只要我喊出来他们就能听到，甚至怀疑他们中的某一个现在就在暗处正默默地看着我。想到这儿我忍不住笑了：妈的，老子来了，来救你们这些浑蛋玩意儿了。

我走到窗口想呼口气平息一下心情，就见湖岸拐角处的一栋木屋里走出个人来，那身形异常熟悉。他站在门口点了根烟，散着步走到湖边，呆呆地站在那里望着西南方，若有所思的样子居然与湖面远山构成一幅挺美的画卷。

胡纬在这里，那么周亚迪和苏莉亚一定也在。想不到他们居然成功地到了这里，我心里冷哼了一声，这局，我搅也得搅，不搅也得搅了。

我沿着湖边，轻手轻脚地朝胡纬走过去。他一副心事重重的样子，丝毫没察觉有个人在向他靠近。我做好了一招置他于死地的准备——他们如果在这儿见到了程建邦，那么我的身份也就暴露了。就算列夫还不知道，只能说明他们暂时不想出这张牌。他们不外乎是要找个合适的时机，既能一举把我灭掉，又可以为自己换来更大利益的时机。

胡纬叹了口气，抬起头看着天上的云彩，看样子还是没发现我。

“干什么呢？”我从树后走出来问他。

胡纬吓了一跳，回头见是我，惊讶地笑了：“秦川，你确实厉害，你他妈是幽灵啊？我怎么到哪儿都甩不掉你？”

我顺着他的目光朝天空望去：“你干什么呢？”

胡纬叹了口气："出来太久了，有些想家。"

"哦，我还以为你等雷劈呢。"我伸出手指对他晃晃，"给我来根烟。"

他递给我一支烟。我问："你这烟没加料吗？"胡纬打着了火机递过来说："我自己不沾那东西。"

我故作轻松地说："什么时候到的？"

"刚到半个小时，你来多久了？"

听他这么说，我放下心来，既然如此，我就没必要在这个时候解决他了。我说："没多久。对了，迪哥呢？"

胡纬朝身后的木屋努努嘴，叼着烟看了我一会儿，说："我就奇怪了，我他妈的现在见到你都恨不起来，怎么还觉着有点儿亲呢？"他的确是离家太久了，久到已经分不清仇人和朋友了。他自己笑着摇摇头："你见到列夫没有？"

我点点头。

他苦笑着说："大老远跑到这儿，差点儿把命丢了，来了告诉我忙，让我们等，这算什么待客之道？我有点儿后悔来了，你说我们守在金三角那一亩三分地上，再怎么说也是地头蛇，跑来这里掺和这干什么？"

我淡淡地说："迪哥也这么想吗？迪哥可是有大抱负的人。对了，他人在吗？"

"在里头休息。"胡纬嘿嘿笑起来，"你小子是惦记苏莉亚了吧，都在屋里，去看看吧……对了秦川，我想明白了，觉得斗来斗去的没意思，你要是还瞧得起我，咱们握手言和吧。以后我回我的金三角卖我的货，你在你的海上当你塔哥，有机会碰面，一起喝喝酒聊聊天，你觉得怎么样？"

我看看他伸出的手，又看看他的眼睛，倒也相信他此刻的这份诚恳。他这一路必定遭了不少罪，说九死一生大概也毫不为过。如今身处万里之遥的异国他乡，身家性命一样都没掌握在自己手中，这份凄凉丧气让他见着我这张熟面孔都觉得亲热起来。可以肯定的是，他一旦回到那片罂粟花盛开的土地上，一定会后悔今天的言行，然后以最快的速度恢复本来面目，再杀个回马枪。

不过无所谓，我的目标有二：首先发送这里的坐标给总部，其次找到我的战友。为了这两件事，暂时和胡纬结盟是有好处的。我与胡纬握握手，相视一笑。他说："这就对了，大家都是中国人，联手对付洋鬼子嘛。"

我不屑地上下打量了他一下："你他妈算什么中国人，靠。"

我跟着胡纬朝周亚迪的住处走去，远处树林里有一道光倏然闪过，职业的敏感让我警觉那绝不是普通的玻璃反光。我放慢了脚步，做出欣赏四周风景的样子，扫了几眼之后心里有了数。那位置是一个绝佳的狙击点，闪光来自一支枪上没有经过处理的瞄准镜。我的心怦怦直跳：难道是程建邦？狙击埋伏可是他的拿手好戏。

胡纬问我："秦川，列夫他都跟你说什么了？"

"没什么，随便聊了几句。"我眼睛没闲着，又找出五六个非常适合狙击手埋伏的制高点。然后发现那些点与周围的景致有少许差异，植被的颜色明显深一些。那是人为覆盖了折断的枝叶，那些枝叶因为水分流失颜色起了变化，他们应该每隔几个小时就会换一批枝叶，否则色差会越来越大，很容易被人看出来。

"你们聊得怎么样？"胡纬接着问。

"嗨，没说正事，尽瞎客套了。"

胡纬说："算了我也别问了，问了也没实话。"

我在心中画了张地图，确定了那些点有狙击手埋伏。这让我又失落又失望，刚才那道闪光是某个狙击手无意间动了身形的结果，那不是程建邦。也难怪没人搜我们的身，看出我们带着枪也没人过问：人家根本不用担心，谁要敢造次，不等你把枪端稳就会被狙击枪爆了头。而且我们住的屋子都是木建筑，狙击枪上肯定装备了热感应仪器，只要算准角度，隔着墙也能要了你的命。

"你这个人就是太多疑。"我回了胡纬一句，几步登上阶梯，抬手敲门。

一张再熟悉不过的脸出现在门口，见到我先是一惊，立刻露出了灿烂的笑容。我轻轻叫了她一声："苏莉亚。"

苏莉亚用力地点头，拉着我的手把我让进屋内。周亚迪正斜躺在沙发上，几日不见他又消瘦了，形容憔悴，看上去苍老了许多，比起当年金三角那个意气风发的他，简直判若两人。他见我进来，忙挣扎着坐了起来：“秦川，真的是你吗？”

我见他行动很是吃力，问：“你受伤了？”

周亚迪说：“能把命捡回来就不错，受点儿伤怕什么。”

我仔细打量了下苏莉亚：“你没事吧？”

苏莉亚摇摇头。

周亚迪笑着说：“来，坐坐坐，秦川啊，迪哥真的……”

“迪哥，不用说了。”我拦住他的话，“人没事就好。”

“不不，有些话我得说，说实话我以为再也见不到你了。”周亚迪一把抓住我的胳膊，眼圈一红，竟然流下了眼泪。

苏莉亚倒了杯茶放在我面前，拉拉我的衣袖，指了指那杯茶。我端起来抿了一口，她才满意地笑了。周亚迪低头沉默了一会儿，说：“秦川，我想退休了。”

“嗯。”我应了一声，垂下眼皮喝茶。我想，这会儿他和胡纬的心情差不多吧，离开自己的地盘太久，过着近似于颠沛流离的逃亡生活。这样的日子几乎磨光了他们所有的锐气和戾气，生命的意义大概第一次搬上他们的字典。周亚迪的“退居二线”也好，胡纬的回家“安居乐业”也罢，在我看来不过是身心疲惫后的胡言乱语。

周亚迪见我冷冷淡淡的，拿出了他的U盘：“这个我送给你，我在那边有多少土地多大生意，你是知道的，我全部送给你。至于和列夫怎么合作，你决定吧，在这里，权当我是你的一个跟班吧。”我正想应付他几句，他伸手按住我，“你先听我说，除此之外还有件事想拜托你。”他长叹了一声，拉过苏莉亚的手塞到我手里按住，说，“我一直把苏莉亚当亲生女儿，这些年她跟着我成天担惊受怕，没过过一天安生日子，我欠她太多了。我是看着你们两个认识的，你们有什么瞒不过我的眼睛。秦川，我只想拜托你照顾好苏莉亚，让她也过过正常的日子。金三角那个地方太不适合她了，你在内地给她安个家，有没有名分都没问题，只要别再让她见着这些打打杀杀就好。”

我见周亚迪说得动情，不像是做戏。扭头看了眼苏莉亚，她低着头，垂下的长发遮住了脸，像是在哭。我说：“迪哥，只要苏莉亚愿意，我可以帮她安顿下来，这你尽可以放心。但你的生意还是你来做，再说我也干不了那么大的事。”

周亚迪点点头，抽回自己的手，说：“只要你答应我照顾苏莉亚，那我就没什么牵挂的，可以安心退休了。这些年我也存了笔钱，足够我下半生过活了。至于我金三角的生意，你愿意做就做，不愿意做把它卖了也行，你决定吧。等离开这里，你带些靠得住的兄弟跟我回去，交接完我就走。”他说到这里，见我的反应还是淡淡的，挣扎站起身说：“秦川，你还是不相信我吗？我只是不想苦心经营多年的生意无端地落到外人手里，你如果不要，我这就叫胡纬过来，把生意卖给他。”

我起身扶周亚迪坐回沙发：“迪哥，我记得你曾说过要一统金三角的，我一直钦佩你是个有抱负做事又讲规矩的人，现在你这样，我替你不值。”

周亚迪呵呵笑了：“抱负？我那种生意做得再大也是上不了台面的过街老鼠，我一直想和列夫合作，把毒品生意当成一个辅助，去干点儿真正的大事。可来了以后才发现，人家看上的只是我们的钱，对我们的人一点儿兴趣也没有……你知不知道列夫是干什么的？”

我假装迷惑地说：“他不是收你们货的吗？”

“收货卖货能搞出这么大动静？这个人的名字可是在俄罗斯总统的案头上的，你说他是什么来头？”不等我回答，他说，“知道车臣吧？”

“叛军？”我假装诧异地瞪大了眼睛。

“胜者为王败则寇。从前败了就是叛军，将来要是赢了那就是民族英雄。”周亚迪有点儿激动起来，说，“我本想借着他和大点儿的势力挂上钩，万一金三角毁了，也有个安身之处。现在才知道，人家根本没把我们看在眼里，既然这样我还有什么奔头？就算混成了东南亚最大的毒王，那不就相当于混成了各国的头号通缉犯吗？……思前想后，我还是退休吧，不然将来一颗流弹把我解决了，那算我祖上积德。要是被官方抓了，那就真是罪有应得喽。”

周亚迪这番话倒是我没想到的，我一直觉得这些事作为一个毒贩是应该早想到早准备好面对的，却从来不见谁担忧过，至少明面上每个人都避而不谈。现在周亚迪毫不掩饰地说了出来，说明火已经烧到了眉毛上，不能再装作看不到，要赶紧找退路了。

“迪哥，你怎么能这么想呢？”我装作激动，却忘了还攥着苏莉亚的手，我一使劲，只觉得苏莉亚浑身一颤，忙松开手说，“不好意思，忘了。”苏莉亚羞涩地进了里间。

“好了，你也不用劝我了。总之我决定了，老家的生意我给你了，就当是苏莉亚的嫁妆。生意你做也行，卖了也行，外面就有个买家。”他用下巴指了指窗外湖边站着的胡纬。

话说到这个份儿上，我也不想辨别他的真假了。只是这会儿不论我拒绝或接受，都显得有些草率，于是说：“我考虑一下吧。”临出门我把我住所的位置指给周亚迪看，问他，“迪哥，你有手机吗？”

“有。”周亚迪从口袋里摸出一部手机递给我，“在这里就是砖头一块。”

我拿过来一看才知道他说的是什么意思，手机显示没信号。我说：“这是卫星电话，难道这里被屏蔽了？”

周亚迪苦笑说：“你说在这里跟我们当年在牢里有什么分别？他们根本没把我们放在眼里。”

我想了想，说：“电话借我用用吧。”

周亚迪摆摆手：“拿去吧，送你了。”

3

出了周亚迪的房门往回走，一路又找出两个新的狙击点，部署得又专业又刁钻。这只是我这么走着发现的，整个山谷里一共有多少这样的点，恐怕只有列夫本人知道。这样的布置再加上屏蔽信号，周亚迪说这里是牢房毫不为过。有德说，这里方圆几百里没有人烟，那么就算程建邦他们逃离了禁锢，也没法回去，一定还在这附近寻找机会与外界取得联系。

远远看到有德站在我的房门外，脸上挂着那种得体礼貌的笑，他迎上来说："怎么？碰到老朋友了？这里风景不错，最适合和老朋友叙旧了。"

我瞥了他一眼，说："你们跑了的那两个奸细抓住了吗？如果没有确定的消息，麻烦送我离开这儿，我大风大浪都过来了，可不想栽在这山沟里。"

"秦先生请放心，他们跑不远的。"

"到底是什么人？"

有德犹豫了一下，说："小人物。"

我冷笑着说："小人物值得你们列夫先生动那么大气？算了，我宁可穷死也不想在这里屈死。你们的警察我知道，找来了肯定先是一顿炮轰，再来一顿燃烧弹，接着机枪一通乱扫，最后抓几个喘气的回去请功。搞不好派来几架武装直升机……算了算了，你还是送我走吧。"

有德上前搭着我的肩膀说："真的是小人物，也是中国人，再说他们是中国警察……"

我心中一喜，基本可以断定那两人就是程建邦和徐卫东了。而且我一说要走他就这么紧张，证明列夫对我这个塔哥能给他带来的东西还是比较看重的。我假装意外地问："中国警察？中国警察跑到这里干什么？"

"不是他们跑来的，是我们抓来的，一句两句说不清，不过我拿我的性命担保，这里绝对安全。"

"好。我只在这里停留二十四小时，二十四小时后不论什么情况，我必须离开。”

有德面露难色，斟酌了半天，一咬牙：“好，就二十四小时。”

“等等。”见他要走，我上前抓起他的手臂亮出手表，说，“现在是下午四点四十，我送你们二十分钟，明天下午五点，我要准时离开。”

有德看着手表上的指针说：“好的，我去安排。一会儿晚餐会送到您房间，我先告辞了。”

有德的车一路疾驶上山去了，看样子是去列夫的别墅。我站在屋门口，看了眼已经开始西沉的太阳，脑海中无数经历过的战斗的画面飞一般闪过，最终定格在徐卫东、程建邦和刘亚男的脸庞上，顿时心如止水。

“塔哥。”一个声音从身后传来。我转身见殷望正拿着一支烟递过来，我摇摇头说：“刚掐了。”他自己点着了烟抽着，四下看看，满脸歉意地说：“我来跟你……”

我不耐烦地打断他：“废话少说。”

他低下头：“怎么干，你下命令吧。”

“你知道有一种技术能屏蔽卫星电话的信号吗？”

“知道点儿。”

“这里被屏蔽了。有什么办法在不离开这里的情况下解除屏蔽，几分钟就好。”

他看了看四周，说：“这种地方至少需要五台机器实施屏蔽干扰才有效，解除几分钟的办法我没有。你要让我办，就是搞坏一台设备，把屏蔽网撕开个口子。”

“注意安全。”

他愣了一下，很快反应过来，低声说：“是。”摸着下巴开始四处踅摸。过了会儿，他走过来说：“那几台设备全部找齐全可能费劲，但找出一台两台还不是什么问题。现在光线太亮不好隐蔽，我晚上搞定了就来汇报。”

我说："你的十二点、两点、六点、九点和十一点方向都有狙击手，可能还有更多……"

他抢着说："我在飞机上还没降落就注意到了，还有一处你没发现呢。放心吧，除了在夜店、酒吧我光芒万丈无处藏身，这种地方只要我想藏，嘿嘿……"

见他又回到了那个我熟悉的样子，我说不上是欣慰还是心酸。再听他说这些大言不惭的话，也不再觉得反感和可笑。想起他的身世，似乎能看到隐藏在吊儿郎当、玩世不恭的表皮下，那颗敏感又倔强的心。

我回屋坐在餐桌前，手指蘸着茶水画出了这片区域的简要地形图，思前想后也拿不出一个把握稍微大一些的突围方案来。不知道徐卫东和程建邦跑到哪一步了，一想到他们处于这样危险的境地，就静不下心来，心里乱麻似的扎得慌。

我正盯着桌上的"地图"发呆，就听有人敲门。开门见苏莉亚扶着周亚迪站在门口，我赶紧把他们让进屋，问："迪哥，你没事吧？"

周亚迪看起来有些魂不守舍，说："想跟你聊聊天。"

我给他倒了杯热水，回身发现他正看着桌上那幅干了一半的"地图"，心中不由得有些懊恼：刚才一走神忘记擦了，现在虽然已经看不出什么端倪，但这种大意还是让我有些自责。

周亚迪缓缓说："秦川啊，你考虑得怎么样了？"

"你那么大一摊生意，说给我就给我，就算我干得来，怕是那边也没人容得下我。"

"你还年轻，有的是时间和精力去闯，再说就凭你海上的那条路，就足够震住他们了，他们需要你的那条路。"

我把水送到他手上，说："迪哥，你脸色不太好，来，喝点儿热水。"我故意把他的话截停，他见我始终不答应他，自然就会打出更多的牌来说服我。信息越多，越有助于我判断情况。

周亚迪握着水杯，看着我说："你是跟双喜一起来的吧？"

"嗯。他想和我合作。"

"合作？那他有没有告诉你，不少同行都死在他手里了？"

"听说过，他们有些过节儿，他弄死了对方几个。"

"几个？"周亚迪把杯子蹾到桌子上，有点儿激动地说，"列夫的人和我说了他的一些事，恐怕事情没那么简单。在他们眼里，双喜比我们更重要，过去有货的是老大，现在能把货运到的才是真正的这个。"他说着跷起大拇指，"你和双喜一个海路、一个陆路，就连列夫这样的人都敬你们三分。金三角那些人也不知道看明白没有，没了你们，他们的货怕是要烂在田里了。你也不用担心干了这行以后双喜会对你不利……"

我笑着说："哎，迪哥，你不会以为我是怕双喜，才不敢接你的生意吧？"

这时又响起一阵敲门声。周亚迪紧张地轻声问我："谁来了？"不等我发声问，门外传来双喜的声音："秦川，是我，双喜。"

"这怎么办？列夫的人打了招呼让我别见着他。"周亚迪脸色一变，张皇地在屋内转了一圈，推开卫生间的门说，"我回避一下。"

"迪哥，不至于吧？"

"如果不重要的话，列夫就不会派人专门交代了，我还是回避一下吧。"他拉着苏莉亚躲进了卫生间里。

我打开门，双喜叼着烟，一手撑着腰上下打量我，也不等我请他，便诡笑着挤进屋内。我有点儿莫名其妙："怎么了？"

双喜示意我关门。见我关好了门，他端起刚才周亚迪没喝的那杯水，喝了两口咂咂嘴，突然说："你是公家的人。"

我冷哼了一声："你想好了再说。最早说我是，后来又说我不是。现在又改口？"

“不然你咋知道殷望的真名？你们两个……”双喜笑眯眯地说，“是搭档。”

我知道，当我放松警惕，说漏“殷望”这个名字的时候，他就已经在怀疑我的身份了。作为一个曾经的卧底特警，后来又混迹于狼窝虎穴多年，凭蛛丝马迹看穿一个朝夕相处好几天的人的真实身份，对他来说，不是本事而是本能了。

如果双喜的摊牌像一记耳光狠狠抽在我脸上的话，那么卫生间里周亚迪的那双耳朵，将是将我一举击毙的子弹。

“我不会跟别人说的，我说这个的意思，是求你，在我的事办好之前……”双喜的目光落在桌上那幅已经残缺不全的“地图”上，眉头一皱，接着说，“我只求你在事情办好之前别捅娄子，不然大家一起捅。”他一把将那地图抹去，指了指我，转身出了门。

双喜用这种方式来胁迫我，我已经不在乎了。我呆呆地看着他摔住的门，脑子里像是炸了窝一样沸腾了，整个身体僵硬又麻木，动也不能动。

不知过了多久，我长长舒了口气，看了眼卫生间的门，说：“出来吧，他走了。”

好几分钟后，卫生间的门缓缓打开，周亚迪佝偻着腰，被苏莉亚搀扶着颤颤巍巍地走了出来。他一直低着头，每一步看起来都那么沉重。离我还有几步的时候，他看了眼门的方向，停下了脚步。我想在这短短的几分钟里，他脑子里关于我的所有谜团已经一一解开了，这本该是多么痛快的一件事啊。可我在空气中只闻到了恐惧的气味，就像他，此时闻到的，一定只有杀气。

每个人都会有后悔的事，如果几分钟之前我问他此生最后悔的事是什么，他一定会说出一个足以让我也扼腕的故事来。可现在，他此生最后悔的一定是他刚才敲开了我的房门。

我往左迈了一步，切断他盯向门的视线。他浑身一颤，缓缓抬起不住颤抖的头，眼泪汪汪地看着我：“秦……秦川，苏……苏莉亚，我交给你，我放心，你……”他将苏莉亚的手拽到我手边，说，“不管、不管你……干什么的，我们都是人，是人就有感情，我不信你对苏莉亚没有感情……”他扑通一下跪倒在我面前，一把抱住我的腿说，“我什么都没听到，我要退休了，只想安安稳稳地过下半辈子。秦川，你放过我吧，我这就走，保证再也不会出现在你面前。”

苏莉亚赶忙与周亚迪一同跪下，一手扶着周亚迪，一手去擦脸上的眼泪。我慢慢转到周亚迪身后，蹲下身，手臂箍住他的脖子，掰着他的头，轻轻地说：“迪哥，对不起，我信不过你，你放心，不疼，很快的。”我清晰地感受到他剧烈跳动的颈动脉，和拍打在我手背上的滚烫的鼻息。无数回忆就像坏掉了帧数的电影胶片，乱闪着雪花碎片，飞快地在眼前乱放着，瞬间我竟然泪流满面。

怎么会这样？我用肩膀擦了擦流下的眼泪：他是我的敌人！就因为他，因为他这样的人，我失去了那么多至亲的战友。我曾发誓要将他们的人，连同他们盘踞的罪恶地方碾个粉碎。而今他的性命就在我手中，我只需轻轻用力就能结束他罪恶的一生，为宁志报仇，为大军报仇。金三角也必定会因为他的死而再次发生混战，那将成为缉毒战线更深入渗透那里的一次良机……

苏莉亚扑上来掰我的手指，眼泪大滴大滴地落在我手上。可她那纤弱的手指就如同她的命运一般，那么无力，那么苍白。当她意识到自己的无助时，开始厮打我，甚至用牙齿去咬我箍着周亚迪脖子的手臂。眼看着手臂上渗出了鲜血，我竟然觉不出丝毫疼痛。她察觉到我流血之后，惊慌失措地瘫坐到一边，看看紧闭着双眼等死的周亚迪，又看看我，不住地摇着头，双手合十满眼泪水地向我祈求着。见我没有要松开手的意思，她跪下去磕头，一下接着一下，一下比一下快，一下比一下用力，直磕得地板嘭嘭直响。

周亚迪看着苏莉亚笑了，恢复了往日的镇定。“为了活着，我不敢相信任何人，包括我自己的亲人。但是因为你，我又相信这世上还有能与我生死与共的兄弟，为此，我放弃了全部。”他挣扎着大声说，“因为我觉得值得。”感觉到我稍稍松了点儿劲，他哭了出来，“结果，你是警察。”他慢慢地抬起头，费劲地扭过头来看着我的脸，他嘴角那绝望的笑容几乎让我想放开他。我像是迷失了方向，我不知道该如何面对他，内心的愧疚像决堤的潮水一般翻滚着，眼看就要将那个一直支撑着让我活到现在的信念摧毁了。“哈哈哈……”他大笑起来，那笑声令我毛骨悚然，我的肉体和灵魂在那笑声的强烈冲击下几乎就要灰飞烟灭了。

“动手吧，动手杀了我吧，求你了，不然他们来了，我一定会揭穿你的。动手啊，秦川！”他歇斯底里地大叫起来。

我一把将他从地上拽起来，死死掐着他的脖子，双手忍不住地发抖。这时门外传来敲门声，有德等了片刻又喊：“秦先生在吗？列夫先生让我来接你了。”

再也没有时间容我逃避了，我的身份可以暴露，我也可以死去，但不能是现在。我闭上眼，猛地一扭，一声骨节断裂的声音后，周亚迪浑身一软往下坠去。我松开了他，他直挺挺朝后倒下去，“嗵”的一声闷响，重重地摔在从窗口照射进的一柱夕阳下。他的眼睛还来不及闭上，眼神就涣散开来。

苏莉亚停止了哭泣，睁大眼睛呆呆地看着周亚迪，手膝并用地爬到周亚迪身边，张着嘴无声地惨笑着。突然，她发出撕心裂肺的一声惨叫，那嘶哑的声音像是一把飞速旋转的刀，瞬间将我的心搅成了碎片，把曾经无数次晃动在我眼前的笑容撕成了碎片。

我曾想象过她如果会说话，会歌唱，将会是怎样的声音。记得有一次在梦中我们聊天，她笑靥如花，声音宛若银铃。梦醒后我想如有机会一定带她去医院看看，或许能让她发声。没想到，我唯一听到她嘴中发出的声音，是这样的让我肝肠寸断。

我定了定神，抹了一把，擦掉脸上的眼泪，正要开门去迎有德。苏莉亚疯了似的扑上来，拳头密密地落在我的身上、背上，就在我闭上眼睛去忍眼泪的那一瞬间，我感觉到她碰到了我腰后的枪，我心里一惊之下，她已经抽走了枪。我转过身，见她披头散发，双手紧紧握着枪，一双通红的眼睛死死地瞪着我，手指颤抖着扣着扳机。原来不是所有悲伤都能给人力量，此刻我只想放弃，放弃抵抗，放弃生命，放弃一切的一切，甚至希望此刻能够死在她的枪下。因为我不知道还有没有勇气和力量活下去。

“开枪吧。”我无力地垂下头。

门外的有德听到屋内的动静不对，紧张地问：“秦先生，你没事吧？秦先生，你说话……那么我要进来了！”接着听到古听云的声音：“出什么事了？刚才是枪栓声吗？”

“嘭”的一声，有德一脚将门踹开，拿着枪闯了进来。几乎在门开的同时，苏莉亚朝我扑来，一口咬住了我的肩膀，我只觉肩头一阵剧痛。我下意识地抱住了苏莉亚，只听一声枪响，她的身体在我怀中猛地一颤，咬着我肩膀的牙齿也松了下来。

一颗子弹从有德的枪口射出，击穿了她的脖子。鲜血像一朵瞬间怒放的红玫瑰，从她的黑发中涌了出来。

“苏莉亚……”我含混不清的口齿反复呼唤着她，像是多叫几声她就能从甜梦中醒来一样。可她的身体还是越来越软，我只好扶着她慢慢地倒在地上，跪在她身边。我用力压着她脖子上的枪口，滚烫的血还是顺着我的指缝一股一股地向外喷涌着。我知道一切都结束了，那种再熟悉不过的残忍的无助感再一次将我紧紧包围。她的呼吸一下比一下短暂，目光却始终没有离开我的眼睛。我喃喃叫着她的名字，她嘴唇翕动了几下，像是想对我说什么。我急忙将耳朵凑过去，却只听到了她的最后一次呼吸。

有德一边往里探着步，一边用枪不停地指着周亚迪和苏莉亚。走到我跟前，用脚拨拉了一下周亚迪，确认他已经死了，他这才收起枪：“秦先生，你没事吧？”他又用脚去拨拉苏莉亚。

“没事。”我甩了甩手上的血，帮苏莉亚合上眼睛，站起身说，“谢谢你。”

有德耸耸肩，把枪别进后腰，说：“应该我向你道歉才是，让最尊贵的客人遭遇这样的事……太遗憾了。”

胡纬不知什么时候站在门口，瞪圆了眼睛看着地上的周亚迪和苏莉亚，张着嘴巴还没叫出来，就被有德的手下按到了墙上。他吓得大叫起来：“别杀我，我是胡纬，我有货，上等的货……秦川，你和他们熟，你帮我说说啊。我只是个供货的，谁要就供给谁。秦川，你说句话啊！”

列夫站得远远的，用手帕掩着鼻子扫了眼屋内的情况。有德翻译着列夫的话：“我知道你们有些私人恩怨，现在解决了吗？”

胡纬挣扎得更厉害了：“秦川，当初是我不对，可那也是周亚迪的意思。你想要什么尽管开口，来之前周亚迪就说想把他的生意给你。现在他死了，你来接手他的生意正合适，回去后我来给你作保，我把我的也送你，我胡纬从此绝不再回金三角……”有德的手下把他拖了出去，杀猪般的号叫声越来越远。

我看着亲手杀死苏莉亚的有德，无论如何也恨不起他。我问：“距离我们约定好的时间还有多久？”

有德说：“我来就是想加快这件事的进程，没想到……”

“谢谢你。”这句“谢谢”可能是我有生以来说得最沉重的一次。陷入某种扭曲情感纠葛中的我，对苏莉亚是绝下不了死手的，这就意味着暴露身份是随时会发生的事。理智告诉我，我必须解决掉苏莉亚，她会写字，会打手势，只要她愿意，就有无数方法告诉列夫：秦川是一个卧底探员。为周亚迪报仇。但要我亲手杀了苏莉亚，对我而言其残忍程度不亚于让我杀了白杨、殷望甚至程建邦。有德做了我死也不可能做出的事，我得向他说声“谢谢”。

我知道只要是战斗，就会有死亡。尤其是和列夫这样的恐怖分子战斗，可能牺牲的不仅仅是生命，还有灵魂。我只是从没想到这场战斗会如此残忍，残忍到让我彻底崩溃。今天发生的一切已经变成了一个魔鬼潜伏在了我的内心最深处，一口一口地啃噬我的灵魂，永无休止，一直到我死去。

有德又恢复了那种礼貌的微笑，说：“为了解除各位的担忧，我们决定马上开会，争取天亮前商讨出一个大家都满意的结果来。”

我看着地上的苏莉亚和周亚迪，说：“我想把这里收拾一下。”

有德说：“这里交给我们处理吧。”

我看着窗外降临的暮色，没有理由也没有力气拒绝有德。我知道，他所谓的处理极有可能就是在山林中将他们草草掩埋。我甚至能想象到他们的身体会被一群觅食的野兽发现，那无情的撕扯、咀嚼和吞咽的声音，就在此刻已经灌满了我的耳朵。我无法再控制眼泪，低着头一头钻进卫生间，拧开水龙头冲着手上还没凝固的血。

等我走出卫生间的时候，周亚迪和苏莉亚已经被人搬走了，甚至地板上的血都洗干净了。古听云看了一会儿我的眼睛，轻轻地说：“走吧，你还有事要办的。”

我努力地对抗着悲伤，却力不从心，身体被抽空了一般漂浮着，无暇顾及旁人的目光，愣愣地站在门口看着外面，什么也不想说，什么也不想做。这时列夫走了过来：“秦先生，我有个礼物送给你。”他见我还呆呆的，回身打了个响指。他的两个手下打开不远处一辆车的后备厢，从里面拖出一个麻袋来。那麻袋被他们重重地摔在地上，立刻便有血渗出来，一看就知道里面装着一个人。我的心终于恢复了知觉，只想跪下来对天祈祷，希望那里面不是我认识的人。

殷望从他的屋子里走了出来，还没下台阶就被几个人拦住。有德走过去对他说：“不好意思，今晚的会议你不能参加。请留在屋内，有什么需要尽管吩咐他们就好了。”

我和殷望对了下眼神，想起自己口袋里的那部卫星电话。如果晚上他成功地破除了这里的信号屏蔽，那么便能够利用这部电话和总部取得联系了。我对有德说：“他一直跟着我，我跟他交代几句行吗？”

有德征得列夫点头同意之后，对拦住殷望的那两人挥挥手。我双手插进裤兜，装作轻松地走到殷望面前，从口袋里取出电话就势双手抱在胸前，将电话藏在腋下。“你留下来等我。”我对殷望使了个眼色，让他留意我的腋下。他似乎没有留意我的眼神，往我跟前靠近了一步，警惕地扫了眼有德和他的手下："塔哥，你自己要小心。"他指了指有德身边的人，对我说，"我怎么看这些人都像是不怀好意的。"

"住口。"我假装生气地说，"列夫先生请我们来是谈生意的。"

殷望不服气地点点头："好吧，塔哥，这一路我做了不少糊涂事，现在很后悔……"他张开双臂抱住我的肩膀，我只觉手心一松，电话被他抽走了。他躲在我脑袋后面，避开所有人的目光对我挤了挤眼，退到一边对有德说："什么时候开饭？"

"很快的，请回屋里等吧。"

有德对我们做了个"请"的手势，他们那十多个手下簇拥着我们朝西边山脚下走去。列夫始终与我们保持着一定的距离，六个全副武装的保镖护着他。那六人非常专业，以列夫为要点，分别守在不同的位置，看似松散随意，实际上把列夫护得密不透风。更别提暗处还有那么多支狙击枪。也就是说，任何人都没机会挟持列夫，一切只能随机应变了。

一行人到了西边的山脚下，迎面被一层从山腰一直垂到地面的藤蔓植物挡住。从那些植物后面，散发出阵阵腐殖质特有的腥臭味，稍微有一丝风过来，就更加令人窒息作呕。古听云转过脸去捂着鼻子说："这是什么味道？"

我仔细地看了一会儿，那后面隐蔽着一道山体自然断裂开的峡缝，大约能并排通过两个人的宽度。我想起卫生间里的水龙头，问有德："你们这里修建了多久？这里面不会是处理污水的吧？"

"秦先生果然见多识广。这样的地方在俄罗斯我们有十多处，而且不断在增加。废物的确都在这里处理，当然，发电机、燃料这些也都在这里面，所以非常安全。几位可以放心大胆地和我们合作，将来如果不巧被警察盯上，也可以来这里，他们是找不到的。"

"废物？"我看了眼那个不断有血渗出的麻袋，说，"那你把我们带到这儿来，是打算把我们当废物处理了吗？"

有德忙连连摆手："秦先生误会了。"他对双喜和古听云解释道，"几位千万不要误会，因为出了奸细逃跑这种事，为了各位安心，临时决定今晚就在这里开会。这里很隐蔽，还有一条暗道直接通到山的另一边，一旦发生什么紧急情况，我们可以保证安全地把各位送离这里。"

古听云捏着鼻子说："一直听说列夫先生是个很好客的人，想不到……"

"古小姐请放心，到里面就好了。"有德指挥着他的人先往里走。

拖着麻袋的那两人经过我身边时，麻袋磕到地上的声音格外刺耳，每一下都敲着我的神经。我不敢去细想那里面究竟是谁，或者说我根本不愿承认和面对。现在我只盼着殷望能顺利打开信号屏蔽的缺口，尽快把信息发送出去，除了总部的支援以外，我找不到任何突围的方法了。我看了眼正往裂缝里探头看的古听云，隐约替她不值。如果列夫发现了我的身份，或者当麻袋里的人露出真面目，我需要以死相拼的时候，我们三个人都会成为列夫的攻击目标。他可没什么耐心去甄别我们到底谁黑谁白。我抬起头，已接近黑色的天空就像一个巨大的盖子，将这座山谷与外界隔离开来。

双喜凑近我小声问："刚才我去你房间时，那个周亚迪在你屋里？"

我冷冷地看着他，沉默了一会儿，说："你怕过吗？"

"啥意思？"

"我不怕，就算今天死在这里，我也对得起自己的良心。如果能活着回去，晚上我能安安稳稳地睡觉，白天能大摇大摆地和我兄弟们喝酒，你呢？"我看向那个麻袋，"你猜里面是谁？你猜下一个被他们装进麻袋的人，你我谁的可能性最大？我觉得是我，因为我不会靠出卖别人来和他们做交易，而你会。"我一把抓住他的衣领，凑到他耳边低声说，"烈士陵园里的一块墓碑上有我的名字，是烈士。我死了以后，我的战友和亲人可以带着鲜花去那里祭拜我。我的名字和我做过的事会被我宣誓保卫的祖国记住，你呢？"

有些话只要不说出来，就总留着自欺欺人的空间。可一旦说出来，就成了摆在面前的事实，无法逃避。就像现在这番话从我口中说出来之后，心底那些找不到出口倾泻的悲痛与愤怒，像是一点儿火星溅到汽油里，“砰”的一下燃烧起来。理智告诉我，不该将苏莉亚的死迁怒于双喜，毕竟他和我并不是一路人，甚至可以列为我的敌人。我现在最不缺的就是敌人。

我固然明白现在必须联合一切可以联合的人帮自己走出困境，尤其是双喜，在这个时候与他为敌，无疑是将通向死亡的路修成了一条高速公路。也许很快我就会后悔现在的所作所为，可还是不愿往后退哪怕一步，那让我感觉像是一种哀求，为了自己活着而向自己的敌人下跪，对我而言是比死更难以接受一万倍的事。

双喜任由我揪着他，面无表情地听完，一言不发。我放开他朝前走去，发现列夫带的人怎么少了几个似的，正疑惑的时候，见又有两人停了下来，藏进了茂密的藤蔓中。原来他们一路走来一路分开隐蔽着，这是为了防着后面有人跟来。

列夫要带我们去的地方如此隐秘，按照常理，他们应该给外人戴上头套，至少也要蒙住双眼。他们没有那么做，这更让我确信，我们可能再也回不来了。我领教过这些俄罗斯人的本事，要动起手来，十个我捆一块儿恐怕也很难近列夫的身。

我看了眼走在前面的古听云，她喘着粗气吃力地辨认着脚下的路，我往前赶了几步走到她旁边说：“你扶着我点儿吧。”

古听云感激地看了我一眼，将手搭在我肩膀上说：“这是什么破地方？”

一行人七拐八拐，足足绕了半个钟头，到了一个三米见方的山洞前。洞里迎出来四五个荷枪实弹的壮汉，每个都有两米左右高，看上去足有二百多斤重，两人一列差不多就把挺宽敞的一个洞口堵死了。他们见到列夫后，抬起头对着山腰上打了个呼哨。我顺着他们的目光朝半山腰望去，漆黑一片什么也看不见。有德走过来说：“不用担心，只是和上面的警卫打个招呼。对了，这里面不允许带武器。”

我扫了眼他们手里端着的枪。有德弹了一下身旁一个保镖手里的枪：“这不是武器，是AK-47。”又笑着对古听云说：“是艺术品。”他愿意让我们主动交出枪，而不是派人来搜身，就算是给足了面子。我拔出枪丢给了他的一个手下，撩起衣角转了一圈。他满意地点点头。古听云不吃这一套，双手抱在胸前挑衅地看着有德。“让他们给你擦擦，带在身上多沉啊。”我对古听云使了个眼色。她不情不愿地白了有德一眼，将两把枪交了出去。

双喜在一边举起双手说：“我来你这儿从来不带那东西，用不上。”

有德笑嘻嘻地走到双喜身边，搭着他的肩膀说：“老朋友就是老朋友。”

4

山洞里也被人工修整过，地面平整，四壁没有特别突兀的岩石，每到拐弯处还有汽油灯照明。越往里走，冰冷的潮气越直往人骨缝里钻，我忍不住打了个寒战，见古听云缩着脖子，牙齿咬得咯咯响。“冷吧？”我脱下外套披在她身上。她没有多余的客套，笑着点点头，眼里好像蒙上了一层泪光。我正要问怎么了，她仰起头深深地呼了口气：“还是退休退晚了，这下可好……”她一定也闻到了死亡的味道。我问双喜：“一会儿你打算怎么办？”

双喜大声朝前面说：“列夫，你带我们来这种地方到底啥意思啊？”

列夫回头看看我们，指着一个三岔洞口停了下来。拖着麻袋的那两人拨开我们，钻进了最右边的洞口。列夫微笑着说：“请。”率先钻了进去。

一股臭味扑面而来，双喜说：“这咋一股猪圈味？”那的确是农村畜圈特有的气味，里面还真有猪在哼哼的声音。古听云抓起外套袖子捂着口鼻，对双喜闷声说：“这怕是你这辈子带的最好的一条路了。”

又往里走了大约二十米，眼前豁然开朗起来，面前是块小半个篮球场大小的空地，中间陷进去一个五六米见方、足有三米多深的深坑。我探头一看，泥浆里挤着七八头黑猪，猛一看以为是野猪，却没有野猪特有的獠牙，体形巨大，毛特别长。这里养猪干什么？

那些猪听到人声靠近，立刻就兴奋起来，互相拱着朝上张望着，哼哼声更大了。有德站到坑边，对手下人轻轻摆了摆头。那两人解开麻袋口的绳子，揪着麻袋底猛然一提，一个浑身赤裸的人从里面滚了出来。有德用脚将人翻了过来，能看出是个男人，脸上满是血污，辨不清模样。有德对手下招招手，立刻有人提来一桶水，对着那人的头冲了下去。有德说：“秦先生，送你的礼物，过来看看眼熟吗？”

我心里突突直跳，不由自主地攥紧了双拳，腿像是长在了地上，想动又无法往前迈一步。古听云拍拍我的肩膀轻声说：“秦川，大不了鱼死网破。”她斜眼看着有德，也不在乎有德是不是听见了她的话。

我慢慢地走过去弯腰细看，简直不敢相信自己的眼睛：“薛……薛五？”我的声音不由得颤抖起来，我努力控制着，又叫了一声“薛五”。薛五已经肿得不成样子的眼皮动了动，睁开一条缝，看清是我后，眼里闪出一点儿亮光，虚弱地叫着：“塔……塔哥……我错了……救我……”

有德呵呵笑着说：“这个人背叛了你，后来跟着胡纬来到这里。我们这里最恨的就是背叛者和奸细，那么就按照我们的方式来处理吧。”不等我说话，他一脚将薛五踹下了那个坑。薛五顿时被那群猪围住，转眼就传来令人毛骨悚然的惨叫声。

古听云手扶着我的肩膀，转身弯下腰干呕起来。我惊得目瞪口呆，脚下阵阵发软，一阵阵剧烈的痉挛扯得胃疼。我忍着恶心再次伸头朝坑里看时，那些黑猪凶狠地互相挤着没一点儿缝隙，薛五的叫声已经没了。

双喜一连往后退了好几步，拿手指点着列夫骂：“这还是人？简直是些牲口。”

“这种人，只配喂猪。”有德朝坑里啐了口口水。

我咬着后槽牙说：“我的人我处置，关你们他妈的屁事？”

有德说：“背叛者就是这个下场，这是我们的传统。对我们内部也是一种震慑。所以这么多年来，基本上没有发生过背叛这种事。”

要再没有程建邦和老徐的下落，我觉得我就要疯了。我沉下声说：“放屁，早上还说出了奸细。”

有德看着坑里深处一个黑漆漆的角落说：“是。所以我们绝不允许这种事出现第二次。”

我见他的眼神很是复杂，也顺着他的目光朝那里看去。坑里光线很暗，我沿着坑边绕到一个合适的角度，仔细朝下望去，居然是一个赤身裸体的人靠着山壁贴挂在那里。

那群猪还乱挤着，一头猪着急地在外围转着钻不进去，就掉头朝那壁上那人奔去。在离那人还有两三米时，黑猪像是有点儿犹豫似的停住了，伸着长嘴试探着缓缓靠近那人。在只剩一米间距的时候，那人猛然蹿起来，手里握着一块石头，照着那头猪的鼻子砸了下去。黑猪惨号了一声，连滚带爬地退了回去。那人举着石头看着猪群，确定再没猪敢靠近后，转过身抬起头看向我。

与那人目光接触的一刹那，我脚下一软手撑到了坑沿上，差点儿掉进坑里。那双眼睛我再熟悉不过了，那是刘亚男啊。她站在坑底，手里握着石头，昔日瀑布似的长发被泥糊得一缕缕、一条条地戳在肩头，糊满黑色污泥的身体靠在山壁上，像一尊肃穆的雕像一动不动，就那么仰着头，看着我。我不忍再多看她一眼，可只能低着头不能动，因为我一抬头别人就会看到我眼里包着的泪水。

有德站在坑的那头，背着光，整张脸隐藏在黑暗里就像一个死神，他说：“要不是她，那两个奸细怎么可能跑得了？不过这也是我们的幸运，不然只有上帝知道什么时候才能发现她竟然是我们这里最大的奸细。”

事情很清楚了。刘亚男为了救徐卫东和程建邦，不惜暴露了自己身份才落得这般田地。在这吃人的猪群中，她竟然靠着那块不知从哪里抠下来的石头坚持到现在。而列夫和有德很享受刘亚男用这种方式苟延残喘地活着。我咬紧牙将眼泪逼回去，问：“她在这儿多久了？”

有德想想说："没多久，一个星期而已。"

"不吃不喝一个星期？"

"那谁知道她有没有抢吃猪食呢？"有德拍拍手打了哈哈，说，"好了，清理完垃圾，我们可以去开会了。"

我直起腰身，说："我怎么觉得这是要给我们个下马威呢？"

有德对一直站在远处抽着雪茄的列夫用俄语不知说了句什么，两人相视一笑。我有种想扑上去将他们的那张笑脸打成稀泥的冲动，但我知道不等我靠近他们就会被制伏，或者被枪打成筛子。

这阴暗的山洞内，我被一系列的事震得心神俱裂，古听云蹲着哇哇地吐，双喜脸色煞白地瘫坐在地上发呆。而那帮俄罗斯人欣赏着自己的杰作，得意而满足地看着我们，像是收获了某种久违的快乐。尤其是列夫，他一直在观察着我们三个人的反应。我应该仔细分析分析他为什么要这么做，但无论如何也无法集中注意力。我恍惚，我所有的精气神都飞出了身体，我无助的心不停地往下坠，久久落不到底。我无法思考，又无法逃避……当"逃避"在我意识里滑过的那一瞬间，仿佛一股电流猛地击中了我的心脏。我猛然一怔，睁开眼看向了坑底的刘亚男，脏臭的污泥没有遮住她的双眼，那目光中闪动的坚定力量在黑暗中依旧光芒万丈，让我羞愧难当。

秦川，你要振作，这正是你的战场，战斗已经打响，不要让炮火和鲜血吓破你的胆子。只有流尽最后一滴血，你才有资格倒下。

"哈哈哈哈！"我猛地仰头大笑，轻蔑地对刘亚男说，"我这辈子最恨两种人，一种是奸细，另一种就是我自己。再撑撑，看看到底能撑多久。"

刘亚男平静地说："撑？你下来，我们比比？"

我和她目光相接，都笑了。我说："不用客气了，我闻不惯这味道。"

双喜扶着地站起来，"我怎么听这声音这么耳熟？"他趴在坑沿眯着眼细细地看了好一会儿，结结巴巴地说，"你……你是……"又看向有德："她是奸细？她不是刘亚男吗？"

我瞟了双喜一眼，说："你人脉够广的。"我朝坑里啐了口唾沫，转身走到有德面前，看着那群还在抢食人骨的猪，咂咂嘴说："我饿了。"

我们又回到之前那个三岔洞口前，钻进了另外一个山洞，只拐了一个弯，眼前陡然一亮。这里头温度适中，灯火通明，穹顶离地面足有二十多米，地上居然修平铺了石板。中央摆了一张巨大的欧式餐桌，餐布、烛台、全套银制餐具一应俱全，这里的明亮舒适跟那个猪圈相比，简直是一个天堂、一个地狱。

石壁上突兀地挂着一幅巨形地图，图中涵盖整个俄罗斯和中国。我走近一看，山地、草原、森林、戈壁、沙漠、湖泊、河流等各种地形地势标注得十分清楚，甚至还有一些警力和军营的分布点，好几处加了俄语注释。这绝不是一张普通的地图。

这里距离刚才那个坑最多也就五十米的样子，我的魂不断地在这几十米的距离间飘忽着，以至于稍听到一点儿声响，神经立刻绷紧起来，忍不住想去分辨那声响是否来自刘亚男。我意识到自己的这个错误后，狠狠地掐了一下自己的手背，用力搓了搓脸，转过身笑着说："你们这是要贩毒走私，还是打算攻城略地？"

有德哈哈一笑，说："各位请坐，这就是找各位来的原因了。"

众人入座后，我仿佛又听到那坑里猪的嘶叫声，心头不由得一紧。我想，不管刘亚男还能撑多久，我是撑不住了，我没心思去猜度列夫的内心世界，也没有精力去控制场面，只盼着一切快点儿结束。不等有德说话，我问道："难道列夫先生只请了我们三个人？"

有德一直没落座，手持一瓶葡萄酒为我们一一添酒。听到我这问题，不等列夫说话，有德说："为了避免下午的事再次发生，我们觉得大家彼此还是少打交道为妙。双喜先生和秦先生的渠道，加上古小姐手头掌握的一些资源，是我们最看重的，恰好三位又是朋友……"

我担心自己的精神会因为他的话太多而再次分散，急忙挥手将他的话打断："说正事吧，我饿了。"

有德跟列夫快速地交换了一下眼神，说："我们有我们神圣的使命，但任何一个使命的完成，都需要耗费许多人力、物力还有时间，人力就是像诸位这样的佼佼者，至于物力其实就是钱……"我大概估算了一下时间，从被带进这个山洞到现在，至少已经过了一个小时。既然列夫在这儿，那么外面的警戒重点一定在这个山洞周围。如果是这样，殷望就可能有更多的时间和空间去解除信号屏蔽，与总部取得联系。而在此之前，我必须让自己的内心沉静下来，至少不能让别人看出我的焦躁，对，要放松。我再次打断他："我们是一群被通缉的走私犯，到这里是谈点儿非法的买卖，赚点儿黑钱，如果你非要用这种方式谈事，我总觉得我好像忘了带律师。"

双喜和古听云都笑着点了点头。有德愣了一下，摸着下巴斟酌了一会儿，说："好，那我直说吧，你们需要的钱，我们有的是，但我们希望几位能提供更多的……服务。"

"服务？"我不禁笑了，对一旁的古听云说，"原来我们属于服务行业。"

古听云若有所思地点点头："应该是，你和双喜是物流，我……属于咨询？"

"听说这行税很高的。"我嘻嘻哈哈地掩饰着自己的慌乱。

双喜一拍桌子，瞪我们说："胡球扯啥？能不能正经点儿把事情谈完赶紧走？你要是觉得待着好玩，那等正事办了，你自己留在这儿慢慢过瘾，老子回去还有事呢。"

我笑嘻嘻地看着双喜，对古听云说："这种脾气能干得了服务行业？"

古听云乐了，拿餐巾捂着嘴笑。双喜梗着脖子对我说："秦川，你他妈故意的吧？"

我猛地从椅子上站起来，盯着他的眼睛，说："你假牙带多了吗？"

有德忙伸出手劝道："是我们招待不周影响了两位的心情，希望一会儿我们提出的优越条件能够弥补这个遗憾。所以能不能坐下来耐心地听我说完？"

双喜愤愤地瞪着我坐了回去，古听云哧哧笑着冲他举了一下杯。

列夫一直没说话，对着灯光专注地晃着杯里的酒，好像这里发生的一切都与他无关。即便刚才我跟双喜发生争执的时候，他也没多看我们一眼。他似乎觉察到我在看他，放下酒杯，站起身走到大地图前，背对着我们看了好一会儿，说："我挂这幅地图在这里，是希望能与真正有远见的朋友探讨一下除了钱以外的事。现在看来我可能高看了各位，但这不影响我们未来的合作，友谊和理解是需要经历时间和风雨洗礼的，我期盼着那一天早点儿到来。但是现在我有几个问题……几位有没有考虑过当你们风头越来越大，钱也越来越多，却没有条件去享受自己用生命换来的财富时该怎么办？"

我大概明白了他们的路数：先抛出一个神圣使命来，如果我们听进去了，接下来无非是一系列洗脑，让你死心塌地地为他卖命。如果这招不好用，他会提出优厚的交换条件，这对于一个被几个国家通缉的重刑犯来说是极具诱惑力的。最后一招也是最下策就是花钱收买。之所以说花钱收买是最下策，是因为纯爱钱的人不值得信任，一旦有出手更大方的人出现，他们就会随时背叛。

综合我掌握的情况和一路走来的见闻，我看出了列夫不过是负责为幕后大老板选拔人才的角色。他作为台前人物就已经这么大阵势和手笔了，我想象不出他背后的势力是如何可怕了。——这事太大了，他们可不是金三角那些唯利是图的毒贩子，他们是要颠覆一个国家政权的恐怖分子。这大大超出了我的职责和能力范围。

我的心思全在几十米外的刘亚男身上，她是那么爱干净、爱打扮的一个女人，一个多星期时间里，过着那样的日子。每一秒过去，对她是煎熬，对我更是加倍的折磨。我没本事立刻把她救出来，还要为外面的殷望拖延时间。这种撕扯着心肺的痛苦不停地蜇咬着我的每一条神经，任凭我耗尽所有的力量也无法按捺住偾张的血脉。我不得不一遍遍在心里对自己说：你的任务只是把这里的位置汇报给总部，把徐卫东、程建邦和刘亚男带回去。

在我分神去克制内心沸腾的时间里，有德飞快地翻译着列夫的话，我都只是听了个大概，他说只要我们安心为他做事，将来会帮我们妥善安排移民和洗钱。我假装思量了一下，便答应了他。

古听云以她女人特有的敏感感受到了我的烦躁，她拍拍我的肩膀说：“出什么事了？”列夫也给有德使了个眼色，有德走过来关切地问：“秦先生，不舒服吗？”

我强装的镇定已经突破了极限，我端起酒一口喝光，将空杯往桌上一丢：“我他妈的饿了，你们就是这么对待你们的朋友的吗？”

双喜诧异地看着我，说：“我还以为你毒瘾犯了。”

古听云递给我一杯水，看着我一口气喝光，狐疑地看着我，想说话又忍了回去。列夫把有德叫过去耳语了几句。有德叹了口气说：“对不起，请问秦先生吸毒吗？如果是这样的话……”

我不知道是不是自己的幻觉，耳边又传来一声猪叫声，刘亚男满身污泥站在坑底的样子把我的眼前填得满满的，让我什么都看不见，什么都听不清。无法克制的眼泪一下子全涌了出来，我看着列夫哈哈大笑起来。列夫和有德对视了一眼，起身像是要离开。我意识到，由于我情绪失控引发的这一系列反常，让列夫对我们，尤其是对我彻底失望了。

有德说：“既然这样，我们还要赶去另外一个地方，那边还有些人要见。”

我正想叫住有德，在殷望没成功之前，我必须想尽办法拖住他们。就在这时只听闷闷的一声巨响，整个山洞跟着微微震颤起来。隐约传来一阵“嗒嗒嗒”的枪声，从声音判断应该就在洞外，火力还不小。我心中一阵激动，我们的支援来了。

列夫迅速看了我们一眼，对手下微微做了个抹脖子的动作。就在那些保镖抬枪的一瞬间，我一把拉住古听云趴低，一梭子子弹擦着我们的后背飞了过去。双喜一脚踢起一把椅子凌空朝对面那四个枪手飞了过去，枪声暂时停了一停。双喜骂了句娘，猛地将餐桌掀起来挡住了那几个枪手的视线，他大喊：“跑！”

我拽着古听云连滚带爬地钻进了最里面的一个小洞口，双喜在我身后骂着："秦川，我日你妈的，你把老子的事全搅了。"他话音未落，洞口处又是一阵枪声，杂乱的脚步声朝我们这边追来。双喜抱着头一边往里跑一边骂："秦川，你害死老子了。"几颗打在石壁上的跳弹"嗡"的一声擦着他肩膀飞了过去。双喜也顾不上骂我，猫着腰左闪右避地往里跑。

我们三人没命地在昏暗的洞穴里跑着，好在两边既没有埋伏，每到转弯处又有汽油灯照明，不至于两眼一抹黑。可谁也不知道这条路通往哪里，前面又有什么在等着我们。身后的脚步声时远时近，但没有叫嚷和胡乱的枪声，这更证明那些追兵个个训练有素，绝非普通的枪手，这更让我心急如焚。突然前面出现了一条岔道，左右两边看上去没什么不同，我无助地看了眼古听云，古听云喘着气回头去看双喜。双喜眉眼都扭在了一起："这他妈走哪边？"

左边的洞里传来一声口哨，我们三人像是听见了猫叫的老鼠，不约而同地就要往右边的洞里钻。"塔哥，是我。"殷望的声音从左边那个洞里传来。我拽住古听云，探过身子一看，只见殷望拿着一把枪冒了出来。我也来不及问殷望怎么在这里，身后那催命的脚步声已经很近了。殷望抬手一枪打灭了右边的汽油灯，压低声音说："跟我来。"掉头朝左边那个洞深处跑去。我心里暗暗佩服殷望的反应速度，这招声东击西希望能把追兵引到右边那条路上去。

我们四个人埋着头一连跑了五六分钟后，殷望停了下来，屏住呼吸静静地听了一会儿，这才舒了口气。我们几乎同时开口问对方："你怎么在这儿？"

殷望看了看古听云和双喜，把我往里推了几步，悄声说："他们设备附近防范太严，不好下手。然后我发现一个山洞，洞口有三四个人把守，就把人清了，钻进来想看看有没有别的办法，结果找到了他们的机房，然后我就软破解了。"

最后这句我听不懂，于是问："什么叫软破解？"

殷望做了个敲键盘的手势说："就是用他们的电脑操纵他们的设备。"

我忙问："成功了吗？"

他笑着点了点头。

“行啊。”我捶了他的肩膀一下，“这你都会？”

他不好意思地抓抓头说：“这还真不是我的功劳，是……白杨，她是这方面的专家。”

这太让人意外了：“她不是网络公司的什么小职员吗？”

“刚进公司，多大本事也得从底层干起。社会上的事，说了你也不懂。”

“那赶紧先带我们出去，后面的人早晚得追来。”

“那边可能出不去了。”殷望大概给我说了下情况：殷望和白杨无意间摸到的那个山洞，大概就是有德说的通往外面的暗道，这个基地的机房和枪械库也都在这附近。白杨很快解除了这一带的信号屏蔽，成功地给总部发送了信息。他们准备撤退的时候，洞外已是一片火海，不知从哪儿来的两拨人打得热闹，子弹横飞，根本出不去。他只好找了个相对安全的地方把白杨安顿好，自己跑过来探路，正好发现了我们。

“火都燎到球上了，你们两个还在那儿说悄悄话？”双喜朝我们嚷嚷了一句。我回头狠狠地瞪了双喜一眼：“想活命就他妈给老子闭嘴。”我看着殷望手里的那把手枪问他：“你刚说里面有枪械库？”殷望点点头。我说：“带我们去，拿上枪杀回去清个场，等外面打明白了再说。”

“是。”殷望稳稳地应了一声。对我们招招手，带着我们拐了几个弯，钻进左侧一个仅容一人通过的洞口里。进去一看，这个半天然的山洞大概有五六十平方米，十多排枪架上整齐地码放着有德口中的“艺术品”——AK-47。墙角的一个平台上还有几把手枪，平台下堆着子弹箱。

我四周看了看，问：“白杨呢？”

殷望说：“放心吧，被我藏好了。”

大家拿足了武器弹药正准备出去，我指着殷望手里的手枪说：“你就带这个？”

殷望得意地一甩头：“我习惯用这个，再说这山洞里这么憋屈，长枪太碍事。”他要这么着，我也只能由着他，带头朝来时的路摸去。刚到第一个转弯处，就听迎面传来了脚步声。我们四人立刻停下脚步贴着石壁屏住了呼吸。殷望因为手里的枪短小，轻轻地摸到我的前面，探出头观察了一下，缩回脑袋看着我，小声说：“三个人……你们先顶会儿，我去去就来。”说着就往回溜。我用肩膀挡住他问：“你干什么去？”他晃了晃手里的枪：“我去换支枪，好家伙，他们那块头，我怕这手枪根本打不死。”古听云扑哧一声乐了，见我看她，赶紧忍住笑朝前方举枪警戒。

我正回忆着进来这里一共见了多少列夫的人，双喜凑过来说：“外面算上列夫和有德，一共二十五个人。不算刘亚男。”

听到刘亚男的名字，我猛地回头盯住了他的眼睛。他这时提起刘亚男是为了打乱我的阵脚，还是在威胁我？双喜笑着摇摇头，说：“没机会的。”

我说：“不一定，你把枪举过头顶走出去跪下，没准儿他们会饶你一命。”

双喜想了一下，说：“嗯，有道理。”说完他真的双手举起枪，对外面不知用什么语言喊了一嗓子。在我和古听云诧异的注视下，他慢慢朝外走去，刚露出头，一串子弹打了过来，他反应极快地扑通一下跪在了地上，躲过了那些子弹。双喜举着枪不停地卷着舌头喊话，对方果然停止了射击。

正如殷望所说，对方这一拨人只有三个。他们端着枪小心翼翼地走到双喜身边，先头一人一脚踢开了双喜的枪，照着双喜的后脖颈儿就是一下。双喜闷哼了一声，一头栽倒在地上。那三人留下一人看着双喜，另两人一前一后探着步朝里走来。就在我举枪准备迎敌的那一刻，“嗒”的一声枪响，不等我辨清枪声的来源，接着又是“嗒嗒”两声，那两个枪手一头栽倒在我们脚下。

双喜提着一把手枪跳过那三人奔了回来，原来刚才在枪械库里他还拣了把手枪。双喜揉着后脖颈儿龇牙咧嘴地骂着：“这些驴日的，都说了投降，还他妈下这么狠的手，一点儿规矩都没有，老子还不投降了！”照着地上的尸体狠狠踩了一脚。他抬头看看我和古听云：“愣着干啥？”

古听云打量着双喜说：“你是真的假的？”

双喜反问：“啥真的假的？”

我好奇地问："你刚说的是俄语吗？"

双喜嘿嘿一笑："'我投降''我有重要情报我要见你们长官''缴枪不杀'，我会用七八国的语言说这三句。好使。"

外面又由远到近地传来了急促又凌乱的脚步声，我说："又来了，这次人不少，你再降一次试试。"

"这次该你了。"双喜揉着脖子叽里咕噜说了几句俄语，催我，"你赶紧学。"

外面传来一阵激烈的枪声，我们赶紧缩了回来。但那枪声越来越激烈，不像是冲着我们这个方向来的。我想起殷望说，山洞外列夫的人不知和什么人已经打得如火如荼，不禁有些烦乱。这里人生地不熟，各方势力错综复杂，也不知道列夫的对头是谁，如今混战在一起，相当于每一边都要面对两方敌人。尤其是我们，只有区区四个人，简直就是鸡蛋在石头堆里滚。一时间我有点儿沮丧，想要办的事一件没办成，再也不会有比现在更糟糕的情形出现了。我抹了把额头的汗，说："这他妈叫什么事？"

外面的枪声渐渐停了下来，整个山洞恢复了令人心慌的寂静。我尽量压抑着内心的烦乱，问双喜："除了列夫和我们，还有谁？"

"这我真不知道，我要知道这儿这么乱，打死我也不来。"双喜一把揪住我的衣领，恶狠狠地说，"刚才你他妈的好端端的发什么神经？"

经过这一折腾，我也有点儿后悔之前因为刘亚男分心而招来列夫翻脸，不然现在怎么也不至于腹背受敌。双喜手上的劲越来越大，我的呼吸困难起来，我挣扎着往后靠了下："松手。"

双喜瞪眼说："我不松，你把我弄死？你他妈的跑来是做事的，还是来自杀的？"

这时外面又传来了脚步声，不过这一次脚步声很轻，而且很慢。这个时候，洞外任何声响的接近都像是死神在逼近，大家都知道自己与洞外力量悬殊。刚才双喜的那一招侥幸杀了三个人，也只是侥幸而已。列夫的人装备有多全我们是见识过的，凭我们手里的武器，只能是能扛多久算多久。

“松手！”我被外面的脚步声搞得心烦意乱，耐心到了极限。古听云鄙视地白了我们一眼，扭头端起枪朝外全神戒备着。

“我他妈不松，秦川，我日你妈的，你弄死我。”双喜全然不顾别的，越说声音越大，到最后几乎是喊出来的。

脚步声到了洞口处戛然而止，只听一个声音说：“你刚听到没？有人在叫秦川？”

我一下听出那正是徐卫东的声音，顾不得许多，大声朝洞口处喊：“老徐，我操你妈，老子来救你了。”我要将双喜推开，他还死死揪着我的衣领，脚下一绊，我们两人同时摔倒在了地上。

的确是老徐那熟悉的声音在叫一个我再熟悉不过的名字：“程建邦！”

“在这儿呢。”程建邦的声音异常兴奋。

徐卫东的声音还是那么低沉：“把那个嘴上没把门的给我干掉。”

“是……等等，我又闻到猪圈的味道了。”

“程建邦！”徐卫东呵斥道。

“不是，你别急，你听我说，我对这个味道敏感。”

一阵急促的脚步声后，一个身影出现在我的眼前，不用看正脸我也认得出，是程建邦。看到他矫捷的身影，本来躺在地上的我感觉像是躺在了宽厚舒适的床垫上，整个人顿时放松下来，甚至忘记了身处何地，长长出了一口气，闭上了眼睛。

程建邦用脚拨拉了一下我的脑袋：“真是他，还活着呢。”他喊了一嗓子，又耸着鼻子上下左右闻了一圈，“这一定有猪圈，不过闻这味道……饲料不对……”

我站起身拍了拍身上的土，程建邦上下看我，连连地摇头咋舌：“你他妈九条命啊？”说着话眼泪已经涌了出来。

我一扭头看到双喜定定地看着我身后出神。我顺着他目光看去，见徐卫东双手各端着一支自动步枪，正眯着眼睛看着双喜：“梁四喜？”

他们认识?

徐卫东走到双喜面前，仔仔细细看了他一会儿，说:“老了。”

双喜笑着点点头:“老了。”

这时洞外又是一声巨响，山洞内被震得嗡嗡作响。我躲着从洞顶上掉下来的几块拳头大的石块，看了眼双喜，说:“你的人脉确实广。”然后问徐卫东:“你们认识?”

徐卫东抬着头确定不再有石块掉落后，吸了吸鼻子，上下打量我一眼，欣慰地点点头，说:“嗯，老相识了，一起共过事，不过他被开除后就再没见过。”

双喜抢着说:“啥开除?我是辞职。”

徐卫东纠正道:“是开除!”

双喜无奈地叹了口气，说:“我觉得我们在这个事上有争议，但目前这种情况，我们应该暂时搁置争议，先保住命再说。你们怎么在这儿?”见徐卫东不说话，双喜识趣地换了个问题，“刚才你们干掉几个?”

“四五个。”徐卫东低头看了看地上刚才被双喜打死的三个人，问，“一共有多少人?”

双喜正要说话，想起什么似的看了我一眼，往后退了一步，说:“不知道。”

我不知道他是不是在变相地告诉徐卫东，他已经不具备从前的那些专业素养，让徐卫东不用过于在意他。无论他是哪种情况，都可以肯定他在刻意回避着什么。我想大概是羞愧吧。我说:“还有十七八个。”

徐卫东难得地笑了一下，问我:“这洞里是什么情况?”

“我们进来时间也不长，你们来之前，外面枪声一响，这里面都乱了套……”我朝洞外看了眼，说，“刘亚男在里面。”

程建邦顿时像筋被人抽住似的，整个人猛地一挺，端起枪就要往里冲。我伸手去抓住他，他愣是把我带了一个趔趄，差点儿摔倒。他瞪着眼睛问:“你拽我干吗?”

我犹豫了一下，说："你不知道路，我带你去。"

程建邦用力地点点头："带路。"

我低头检查了一下枪，程建邦一把揪住我按到石壁上，指着我的鼻子，咬着牙一字一顿地说："把路带对了。"他的神情让我想起当年在金三角，刘亚男假死后他的反应，跟现在一模一样。我忙说："她活着。"程建邦松了口气，松开手笑着帮我整了整衣领，说："走啊。"

我硬着头皮往外走，担心着程建邦一旦见到刘亚男处境之后的反应，在心里组织着语言，想铺垫一下，让他有个心理准备。不多时来到了之前徐卫东他们与敌人交火的地方，地上胡乱躺着五六个被他们干掉的保镖。列夫用来开会的洞穴内已是一片狼藉，早已空无一人，看样子其余人已经护着列夫离开了。徐卫东看着石壁上那幅地图，对我们摆摆手："还是分散开吧，万一遇到麻烦不至于堵在一起……对了，你们就别拿枪了。"他的枪口对准了双喜和古听云。程建邦上前卸下了他俩身上的武器背在身上，搭着我的肩膀说："咱俩去就行。"基本上是架着我往外走。古听云并没有怕徐卫东的枪口，跟在了我们身后，我不得不回头问："你跟来干什么？"

古听云静静地看着我，说："我就想知道我到底信了一个什么人。"

程建邦大概觉察出我和古听云的关系不一般，笑嘻嘻对古听云说："他这个人我最了解，能不能先让他带我把人找到，然后我给你一份详细的报告，图文并茂都没问题。"

古听云定定地看着我的眼睛，我几乎就要被盯得低下头时，她用下巴指了指那个三岔洞口的方向，对程建邦说："最右边那个。"

程建邦端起枪冲了出去，我顾不上古听云，紧跟着进了那山洞。程建邦歪着脑袋站在坑边，嘴里叨叨："果不其然，隔着三里路我顶着风都能闻到这里有猪圈……可是，可是这也太不科学了？这么养出来的猪没法吃……这他妈是什么品种啊？一看就不好吃，肉太糙……"他一边说一边上下左右地在洞内环视了一圈，又看向我，"人呢？刘亚男呢？"

我抬枪瞄准，一枪一个爆头打死了圈里的黑猪，顺着山壁跳进坑里，走到刘亚男藏身的那个角落，对蜷缩在污泥里的刘亚男伸出手说："手给我。"

程建邦趴在坑沿上迷惑地看着我，说："别都打死啊……我还想研究一下这品种……你跟谁说话呢？"他说着话也跟着跳了下来。几块森森的白骨从死猪底下露出来，巨大的颜色反差让那画面更加恐怖。程建邦掩着鼻子弓下腰，突然明白了这群猪刚才在干什么，脖子一伸一口污物吐了出来。他指着已经辨不出模样的刘亚男说："那是什么东西？"

刘亚男扬起头对我说："给我件衣服。"我暗骂了自己一声该死，这个怎么都没想到，我赶紧脱下外套递了过去。她丢下手里的石块，将衣服裹在身上缓缓地站起身，在衣服上蹭了蹭手上的泥，擦了擦眼睛，说："我上去以后，会杀你们灭口的。"

"好。"程建邦不知什么时候已经站在了我身边，他脱下自己的外套递给刘亚男说，"你一定要杀了我灭口，不然我一定会说出去的。"他垂下头捂着眼睛，拼命克制着自己，但很快就泣不成声。

我抠着凹凸的山壁三两下爬上去，伸手去接应程建邦，很快程建邦护着刘亚男也上来了。程建邦把枪丢到我怀里，一把抱起刘亚男，嘴里不知念叨着什么朝外走去。走到三岔洞口前，他扭头向我们之前开会的那个洞里张望了一下，钻了进去。我顺手从地上的几具尸体上扒了几件衣裤，一声不吭地跟在他身后。

程建邦抱着刘亚男在洞里面转了一圈，钻进了地图边的一个小洞，不多时传来哗哗的冲水声。看来他找到了能够清洗刘亚男身上污泥的清水。我端着枪四下查看了一圈，找了个能监控每一个出口的位置，搬了把椅子坐了下来。

我知道，古听云就站在我的身后不远的地方看着我，只要我回过头就得面对她的眼睛。此时，我宁愿面对的是她的枪口。我背对着她，假意与徐卫东一起看着那幅巨大的地图，只想程建邦和刘亚男能快点儿出来，结束这令人窘迫的场面。

双喜对徐卫东的背影说："没啥事我先走了，还约了几个兄弟喝酒。"我端起枪说："别动。"双喜笑着说："这里是俄罗斯，你没有权力弄我，除非你想报私仇。"他冲古听云使了个眼色，向洞口走去。

徐卫东还全神贯注地盯着那张地图。我说："老徐，他是双喜。"

徐卫东头也不回地说："我知道他是谁。"

我走到徐卫东对面，挡住了他看地图的视线，说："你要放他走吗？"

徐卫东瞟了眼双喜，说："我没权力在这里抓他，就算抓了，也没有能力把他带回去。"

这时古听云出声问我："你是政府的人？"我无言以对。古听云低着头无声地笑了一会儿，"你要抓我吗？"

我端着枪咬了咬牙，将枪口对准了她："是的。"

她从背后抽出一把匕首，那正是列夫保镖身上配的，一定是刚才从哪个尸体上摸来的。

"把匕首放下。"我轻轻说。

她拿着匕首在手里掂了掂："我要是不放呢？"

我动了动枪口说："你不怕我杀了你？"

她将匕首往上一抛，匕首在空中旋转了几圈，她熟练地接住："不怕。"她轻轻吐了两个字，匕首脱手而出，一道白光嗖地朝我飞来。我心里一惊，侧身闪了一闪，就听"嗖"的一声，匕首"嘣"的一下扎在了距离我的脸不到二十厘米的地方。我稍稍转了一下头，见那把匕首的三分之一已经没入了地图后面的木板，刀柄发出"棱棱"声，颤动着。那一瞬间我意识到，古听云并没有想杀我，如果她真想要我的命，我那一闪也躲不开。

古听云眼里滑过一丝伤心失望，很快又恢复了安静，默默地看了我一眼随后转身朝双喜走去，在钻进那个洞口前，停下脚步，背对着我摆了摆手。

我目送着他们朝去往枪械库的那条路走去，对着她的背影喊："退休吧！"

他们消失在转角处，只听双喜的声音传来："你还见他不？"

古听云说：“见他干什么？自首？”

双喜大声喊着：“秦川，听见了吗？你再也见不到我们了，我们回去就退休了，你接着玩吧。”

他俩的声音越来越小，最后那个方向终于再没有任何动静。我只觉得心里发空，是一种从未有过的空洞。我从地图上拔下匕首，拿在手里出神，尖薄的刀刃泛着寒光：我好像看到眼前有一片披着金色晨光的大草原，一辆车疾驰而过，车轮卷起耀眼的露珠。车厢内，双喜鹰一般的眼睛盯着前路，一旁坐着的古听云望着车窗外的景色发呆。那辆车越来越远，渐渐地消失在天边的彩霞中……

5

不知过了多久，我回过神来，见徐卫东正看着我，我将匕首收好冲他笑了笑。他走上前掀开我的前襟，朝里看着我胸口的枪伤，点了点头。我回头看着双喜和古听云离开的方向，说：“列夫很有可能是从某一个洞口逃跑的，他说这里可以直接通到山的另一边。”

徐卫东似乎根本不关心那些，从地上扶起一把椅子坐了下来，伸出两根手指对我晃了晃。我会意地摸出烟递给他一根，又帮他点火。他的目光落在我的打火机上，对我钩钩手指，我把打火机递给了他。他拿在手上摆弄了一下，嘴角一翘：“老姜让你来的？”见我摇头，他又问，“那谁派你来的？为什么来？”

我说：“是你派我来的。‘列夫’两个字是你告诉我的。”

他点点头，抽了口烟说：“你本事不小，搞出这么大动静，硬是把列夫的一个据点给捣了。”

这时外面响起了脚步声，我看了眼徐卫东，他对我使了个眼色，我端起枪对准了洞口。“塔哥，你在里头吗？”外面传来殷望小心翼翼的探问声。我答应了一声，殷望跑了进来，边跑边解下身上背的枪，擦着额头的汗说：“可找到了……”他抬头看到我身后的徐卫东，愣了一愣，脸上的表情一下变得极不自然，叫了声“爸”。

“爸？”在我失声惊呼的同时，正扶着刘亚男走出来的程建邦也惊诧地问着。

“唉。”徐卫东倒也不客气，对我们几个叫出“爸”的人一一点头答应着。

程建邦四处看看，墙角放着一把宽大的软椅，将刘亚男搀扶过去坐下。徐卫东沉重地走到刘亚男跟前，几次欲言又止，好半天才问出一句：“你没事吧？”刘亚男直直地看着徐卫东一言不发，愣是把徐卫东盯得有点儿发毛。徐卫东没话找话地问程建邦：“你们在哪里找到她的？”皱起眉头，鼻子四处闻了闻，“这是什么味？怎么这么臭？”

殷望也耸着鼻子说：“是有个什么臭味，我老远就闻到了，不会有毒气吧？”

刘亚男闭上眼睛靠到椅背上。程建邦说：“哪有什么味？你们爷儿俩鼻子有毛病吧。”徐卫东看看身上裹着各种乱七八糟衣服的刘亚男，似是明白了什么，低下头说：“是，是我的鼻子有问题了。”殷望虽然不知道发生了什么，但很识趣地说：“是湿气，这里头太潮。”刘亚男突然开口说：“老徐，你什么时候多了这么大个儿子出来？”

徐卫东爱惜地看了眼殷望说：“他是我战友的儿子。”

原来，殷望的父亲与徐卫东、双喜都是战友。双喜擅自离开组织去寻私仇，殷望父亲奉命去找他，没想到莫名失踪了。没过多久，殷望的母亲也自杀离开了人世。徐卫东收养了殷望，按例给他换了个名字叫徐明，所以倒也不是假名。殷望加入特案组后，一心想要追查他父亲的下落。徐卫东觉得他这样容易犯错误，一直将他安排在外围工作，希望他历练得成熟理智后再担大任。半年前，徐卫东带着我们一起出任务时遭遇了埋伏，徐卫东被俘失联，殷望再也忍耐不住，不等组织批准就展开了工作。因为诸多不利因素，本来上级原则上不同意派人前往俄罗斯执行这项任务。面对我和殷望执着坚决的请命，老姜和欧阳刚做了个大胆的决定，安排了我的假死，以不存在的身份带着殷望一同出动。

难怪我总觉得殷望的某些神态、动作特别眼熟，他虽不是徐卫东亲生的，但在一起生活十几年，难免被徐卫东传染了。我问殷望：“这事有必要瞒我吗？”

殷望说：“也没刻意瞒，但也没必要刻意去提吧。”我照他肩膀捶了一下，对徐卫东说：“来之前，都不确定你们是生是死，是……”我不知道怎么说下去了，总不能告诉他们上级已经将他们作为变节者列入黑名单了吧。谁知徐卫东说：“是不是说我们变节了？”

提起“变节”这个字眼，我们都不约而同地瞥了眼程建邦，一下觉得有些尴尬，顿时安静了下来。

刘亚男这方面，当初在交接现场的变故她也始料未及。俄罗斯人劫了刘亚男，活捉了徐卫东和程建邦。正如他们说的，“列夫”只是一个代号，我们见到的那个列夫只是个前台人物而已，那晚去劫刘亚男的才是真身。

徐卫东和程建邦被关押在这个据点里，一关就是大半年。在我来之前的一周，刘亚男跟有德等人来到这里，有德等人跟徐卫东和程建邦又谈了几次话，见始终不能收服他们二人为己所用，列夫动了杀心。刘亚男见实在拖不过去了，只得冒险硬闯监区把他们放走，这下暴露了自己，被列夫丢进了猪圈。没想到，她倔强地活了下来，列夫想借此震慑我们，打算开完这次会以后再用别的方式解决她，幸好我们赶来及时，再过几天不知道会是怎样的情形。

程建邦说：“我们在山里藏了好几天，没有通信工具，既找不到出去的路，也找不到他们关亚男姐的具体地方。正商量着只能硬拼了，把列夫抓了再说。我们也不知道是你来了，见大队人往这儿走，本想跟着碰碰运气，结果到这山底下才发现到处都是岗哨，根本没法靠近。挨到半夜，外头居然来了更狠的，把这儿一通连轰带炸。我和老徐趁乱抢了枪杀了进来，才遇见你们。”

“外面那些人如果不是咱们的支援，那会是谁？”我回头问殷望，“你那边确定成功了吗？”

“确定。我已经成功地把信息发出去了。”

“总部没有回复吗？”

“没。”殷望摸出我给他的那部电话说，“没电了，但信息一定送达了。”

徐卫东说：“这个你可以放心，这方面是他的强项。”

我问：“白杨呢？”

殷望偷眼看了看徐卫东，说：“我让她换了个地方，外面太危险。”

徐卫东问：“什么白杨？”

殷望含糊地说：“没什么，一个朋友。”

我侧耳听了听外面的动静，枪炮声还没停：“大家一起安全一些，她在哪儿？我跟你一起去吧。”

“我自己去吧，很快。”殷望不敢看徐卫东，转身朝洞外跑去，不一会儿白杨跟着他进来了。白杨小心翼翼到徐卫东跟前叫了声：“叔叔好。”徐卫东打量着白杨问：“白俊生的女儿？”白杨点点头，怯怯地缩到殷望身后。

“这叫什么事。”徐卫东嘟囔了一句，叹了口气，看了一圈我们几个，说，“咱们的人好久没这么齐了吧？”我想起初见刘亚男那次，徐卫东出现在我们逃亡的路上，四个人在咖啡厅里短暂的一聚，那已经是好几年前的事了。今天居然在这种地方重聚，恍如梦中，一时间也不知是该高兴还是难过。

程建邦找了些吃的想喂给刘亚男，可不管什么送到她嘴边她都是一阵干呕，只能不停地喝水，喝几口，吐了，接着喝，又吐……我难过地转过脸去，不忍心再看她一眼。

“秦川，你过来。”听到刘亚男轻声唤我，我过去半蹲在她面前。她看着我的胸口说：“我看看你的伤。”我握住她的手，拍着她的手背说：“没事，早好了。”她伸出颤抖的手摸了摸我的头：“知道我为什么撑那么久吗？就是想看你一眼。不管哪里来的消息说你死了，我都不信，就算你真的死了，我也要撑着活下去，到你的坟头去赔你的命。”见她眼泪流了满脸，我忙说：“姐，我这不是好好的吗？我也不信你们死了，我相信一定能再见着你们。”刘亚男微笑着点头，我给她擦了擦眼泪："现在都没事了，很快就能回去了。"

程建邦伸手在我肩膀上按了按，说："以后叫你老猫。普通猫九条命，你十九条都不止。"

我也不想让虚弱的刘亚男再多费神说话，对程建邦说："我看你红光满面的，老毛子的伙食不错吧？这半年怎么过的？"

程建邦伸了个懒腰，点了根烟盘腿坐在刘亚男的椅子边，说："这个说来话长，得从高中那年说起。"

徐卫东白了他一眼，也点了根烟，轻声嘀咕说："又来了。"

"你们听过，秦川还没听过呢。"程建邦夹着烟的手指凌空一点，一副说书的架势道，"我上高中的时候，有一年暑假去五台山考察人文风光，在山下遇见一位高人。那人鹤发童颜、仙风道骨，见着我就把我拦下，他说我这辈子有不少于十二个节气的牢狱之灾。我一想，十二个节气不就是半年吗，心里就含糊了，人这一生有多少个半年呢？我就求高人给我化解，高人给我一个护身符，我千恩万谢，不知怎么报答。高人说给两个香油钱就行，我说多少，他说随缘。我一听这话，把我的全部家当留了个回程的车马费，剩下的都给他了，足足四十五块啊。没想到高人拒绝了，他说这缘随得太浅，一点儿风吹草动就散了，恐怕这牢狱之灾也难解。我说，那可能缘分不到，是福不是祸，是祸躲不过，既然有这一劫，那也随缘吧。我给高人鞠了三躬准备走，高人一挥手，树后蹿出两个彪形大汉拦住了我的去路。我一看这情形，当时就服了，又给高人鞠了一躬，我说大师确实厉害，刚算出我有牢狱之灾，就见了苗头。然后我就把那俩彪形大汉全打趴下了，石头上太凉，我怕落下关节炎，我就坐在高人的脸上等衙门的人来拿我。足足等了半个小时，高人实在坚持不住了，求我。我一看，算了，可能这灾祸得延后了，于是拜别了高人，从此踏上了茫茫江湖路。"说着站起身搭着我的肩膀，"记得那年在金三角吗？本来是该我去坐牢的，我想趁着年轻赶紧把这趟祸背了，别等老了再受那罪。没承想我那么周密的计划，还是被搅黄了，最后你帮我坐了牢。后来我一想，当初高人给我的护身符，我一直戴了一两年，难道是那护身符的法力在护着我？这么一想，我也放松了，谁知道我命中还真就躲不过这一劫，不仅没躲过，而且还变本加厉跑到这种鬼地方坐牢了。你知道这破地方冬天有多冷吗？如今终于出来了，以后再也不用担心了。”他叉腰哈哈大笑两声，对徐卫东说：“老徐，我这段说的是不是比以前有进步了？”

徐卫东没搭理他。殷望说：“我觉得关你的人不算是官府的，所以你这也不能算是坐牢。”程建邦故作深沉地想了想，问殷望：“你什么意思？你是说我这一劫还没过去？”殷望像煞有介事地点头：“理论上是。”

程建邦瞪起眼睛，指着殷望说：“这谁家孩子？有人管没人管？会不会说话？”

刘亚男终于笑了，咳了两声说：“行了，别贫了。”程建邦蹲在刘亚男面前说：“你可缓过来了。”刘亚男摸了摸程建邦的头，说：“外面还不知道什么情况，我估计是俄方反恐部队打来了。咱们现在没法和外面联系，他们的行事风格我很清楚，我担心一会儿真遭遇到，我们会被误伤。”程建邦说：“所以你更要吃点儿东西才行，就算是吐也要强逼着吃，胃伤了，回去可以慢慢养，命要是没了……”刘亚男点头说：“你再给我拿点儿，我试试。”

我说：“我还是没听明白，他们一直把你们关这儿干什么？”刘亚男说：“列夫想换俘虏，老徐是他们近年来抓到的最大的中方军官了，他们看得很重。他们在中国境内有活动，被我们抓的人不少。”

“那……咱们同意了吗？”

刘亚男看着我说：“他们是恐怖分子。让你决定的话，你会同意吗？”这个问题沉甸甸地坠在了我的心上，一时让人喘不上气来。刘亚男说：“或者能收服了为他们效命也行。前些天可能知道了两条路都走不通，就决定下死手了。”

程建邦拿过一个面包来，撕碎了一点点递给刘亚男，看着刘亚男开始慢慢地进食，程建邦才接着说：“然后亚男姐就冒死把我们放了，再然后的事，你都看见了。”

我忍着眼泪低头说：“我来晚了。”

6

洞外一阵嘈杂，凌乱的脚步声、人的吼叫声混杂着猛烈密集的枪声逐渐清晰起来。程建邦一把抱起刘亚男，对我说：“掩护我，我马上来。”一个箭步蹿进了后面那个小洞。徐卫东静静地听了几秒钟，指了两个易守难攻相对隐蔽的位置给我和殷望：“干活了。”他端起枪，对白杨说：“你愣着干什么？跟上建邦。”白杨“啊”了一声回过神来，赶紧朝程建邦钻进去的那个洞口赶过去。

殷望说：“对了，我刚来的时候碰见了双喜和古听云，他们说去取弹药，怎么还没回来？”

我说：“不用等了。”

殷望急了：“什么意思？你是说双喜跑了？我还有事找他！”

徐卫东低吼了一声：“徐明！”殷望看了眼徐卫东，又看看刘亚男藏身的洞口，一咬牙，回过头拉下枪栓，全神贯注地对准了洞外。

这时枪声已经就在不到二十米的地方了，山洞里拢音，每一声枪响都震得耳朵生疼。两个俄罗斯人背对着洞口，一边开枪一边撤了进来，不一会儿又退进来几个。看着装是列夫的人，他们凭借洞口不规整的岩石隐蔽着，跟外面的人对峙。外面那拨人的火力极猛，子弹密集地射进洞内，打得洞壁碎裂，流弹和碎石混在一起胡乱飞，分不清擦过身边的是子弹还是石块。

“打！”徐卫东低喝了一声。我们三人一开枪，洞口那批人腹背受敌，慌乱中甚至有人端着枪转圈扫射，把几个自己人撂倒在脚下。剩下的那几个因为先退进来，隐蔽在岩石缝里暂时没事，左右开着枪还抵抗着。而我们隐蔽的位置相当有利，只需引着他们不停地开枪，等到子弹打完，那些人能幸存下来自然就会丢枪投降。

没想到就在这时，外面陡然亮起一片强光，一条火龙呼的一声飞了进来。几个“火人”惨叫着从隐蔽点里跳出来，其中一个一头撞到石壁没了声息。剩余的没扑腾几下，也很快扑倒在地上。——俄方反恐部队用了火焰喷射器，要是这样的话，过一会儿我们也在劫难逃。

我们正愣神的时候，程建邦背着刘亚男跑了回来。徐卫东更急了，冲刘亚男喝道：“你回来干什么？”

刘亚男说：“你懂俄语吗？”徐卫东被噎了一下。刘亚男说：“不懂就闭嘴，不然一会儿全都变烤猪。”她说完“猪”字，就干呕起来。程建邦忙说：“以后大家都不许提那个字。”

刘亚男从程建邦的背上溜下来，冲外面用俄语喊了几句话。外面安静了一下，回了几句。刘亚男忙双手抱头，对我们说：“全部放下武器，学着我的样子趴在地上别乱动，别乱看。”我们照着她的样子趴好后，她又对洞外喊了几声。

不多时一个举着枪的人侧身贴在洞口往里看了看，确定洞内的情况后，朝外喊了几句。一下拥进来好些人，光听声音足有七八个。我偷偷瞄了一眼，十多双粗大的高帮军靴围在我们四周，不用说，我们每个人的后脑勺上至少顶着一支枪。

刘亚男跟他们交涉了几句后，我们被依次捆好，跪在地上等候发落。

“白杨呢？”这是殷望的声音。“嘭”的一声闷响，殷望应该是挨了一枪托，一头栽倒在地上没了动静。刘亚男急忙说了几句俄语，然后听她喊：“白杨，听姐姐的话，双手抱头，慢慢地出来，别睁眼，别害怕。”

过了好一会儿，只听白杨尖叫了一声“殷望”的名字，不用看我也知道，她一定是睁眼看到了被打晕的殷望。然后是刘亚男怒吼着俄语的声音，想必是俄方军人又要用枪托砸白杨，被刘亚男喝住了。白杨不住地喊着殷望，哭得上气不接下气。

我有点儿嫉妒殷望，我无数次被人用枪托砸得不省人事，没有一次被人关心过、心疼过。苏莉亚要是在这里，可能也会像白杨这样吧。可一想起她，我的心就像被丢进了一台高速绞肉机里，瞬间被撕得粉碎。我切切实实地懂了那句话：有些事，没有如果。

山洞外的半空中悬停着六架俄罗斯军方的武装直升机，探照灯将整个山谷照得亮如白昼。上百名俄军士兵散在各处，那些成排的木屋和半山腰的别墅，几小时不见已是一片火海，刺鼻的硝烟让人忍不住咳嗽起来。据说那个列夫的替身和有德都没跑掉。

程建邦看着眼前这一切，对刘亚男说："我怎么看着那么过瘾、解恨？"

殷望喃喃自语："老毛子是狠。"

俄方军人让我们上了一架直升机。他们正在联络总部，等待最终确认我们的身份。刘亚男坐在我和殷望的对面，微笑着说："你们没来晚，也没白来。他们是接到了我们提供的情报，按照坐标赶来的。"

我望向远处，那里还有几架直升机在往这边赶。

地面上燃烧的木屋从这里看去就像是欢庆的篝火。对俄方来说，这是一场胜仗。对于我们，这只是一次生离死别后的重逢，是比一场胜仗更值得兴奋的事。

而我，把一些很重要的东西，留在了这里，永远也带不回去了。

几天后一个阳光明媚的下午，我们一行六人连同驻俄大使馆一个工作人员分别搭乘三辆车，在俄军方车队的护送下，向着中俄边境黑龙江段的某处疾驶。

天空湛蓝如洗，大朵白云不断地变换着形状。我摇下车窗，微凉的秋风混着青草的香气迎面扑来，我忍不住笑出了声。开车的俄罗斯战士在后视镜里看了我一眼，回了我一个微笑。一旁的程建邦也笑了，我们越笑越大声，到后来整个车上的人都大笑起来。副驾的俄罗斯战士吟唱起一首歌，听着他低沉而悠扬的歌声，看着远处色彩斑斓的群山，我不禁热泪盈眶。

7

车队停下来的时候，我拍了拍刚才唱歌的那个俄罗斯战士，对他竖起大拇指。他下车帮我拉开车门，微笑着说了句什么，在我胸口捶了一拳。我们抬起手臂握了握手，算是告别。

界碑的那头停着几辆没挂牌照的军用越野车，车前站着一排中国军人，老姜正在其中。

我们站在车旁，心急火燎地看着双方隔着国境线做完交接工作。使馆工作人员与我们一一握手："辛苦了，祝你们一路顺风。"他退后让开一步，对我们做了一个"请"的手势。

我们几乎是一路小跑地朝过境线奔去，就在要跨越国境线的时候，听到身后有人喊了句什么。刘亚男先停下脚步，我们回头见俄方的指挥官站得笔直，对我们敬了一个军礼。就在我们发愣的时候，他身后的十来个士兵齐齐抬手向我们敬礼。我们五人转身立正，向对方还礼。

送别了俄方的人，老姜走过来冲我伸出手："我的打火机呢？"

我摸出打火机递给他："完璧归赵。"

老姜掀开盖打着火，笑了："幸好没弄坏，不然回去没法向老婆子交代。"他将打火机装进口袋，对所有人一摆手："回。"

一个月后，我和程建邦刚进徐卫东办公室，坐在沙发上的老姜一拍茶几站起身说："给你们授衔都敢迟到？"

我们齐齐看向了徐卫东，他避开我们的眼神，看了眼窗外说："怎么是个阴天？"

程建邦走到老姜面前说："报告首长，我希望留在特案组继续外勤任务。"

我一挺胸说："我也是。"

老姜愣住了，扭头见徐卫东在玻璃上哈了口气，擦了擦，自言自语地说："好像要放晴。"

老姜咬着牙不知骂了句什么，对程建邦说："不是你们一天到晚闹腾着要级别的吗？特案组的外勤连户口都没有，更没有军籍。"

程建邦说："我知道，我考虑好了，请首长批准。"

我说："我也是。"

老姜一屁股坐回沙发上，过了一会儿，抬起头怜惜地看了我们一眼，叹了口气。

我和程建邦高高兴兴地出了总部。

路边一辆车的车窗摇了下来，车内是殷望的笑脸。我把手撑在车门上看了他一会儿，拍了拍他的肩膀，不知道说什么好。——他因为在执行任务的过程中严重违纪，受到严厉处分，这意味着他再也没机会出重要任务。最终他选择了辞职。

殷望做了个深呼吸，硬把眼泪憋了回去，拍着方向盘说："明天哥们儿就走了，我挑了个地方，专程来接你们赴宴，一来给我送行，二来帮我买单。"

我对程建邦说："这小子怎么比你还不要脸？"

程建邦摸摸自己的脸，说："我才跟老徐几年，人家可是从小跟着老徐长大的。"

"说什么呢？"徐卫东低沉的声音从我们身后传来，我们吓得一激灵，回头见徐卫东手里提溜着两瓶酒，正黑着脸瞪着我们。

徐卫东走进酒店那金碧辉煌的大堂，看着前方足有十多米高的水晶吊灯，居然脚下一软差点儿踩滑一个台阶。他瞪了殷望一眼说：“你这刀磨得够快的，连老子也不放过？”

殷望嬉皮笑脸地说：“咱不能搞特殊化。”

领位员推开包厢门，刘亚男正坐在一把金色大靠背椅上，指着菜单对身边的服务员说：“这个……这个……还有这个……”徐卫东赶紧扑过去一把抢过菜单：“什么就这个这个的？眼里还有领导吗？”又严肃地对服务员说：“她刚说的不算，都划了。”他抱着菜单把服务员叫到一边，研究起菜单来，看一页嗞一声吸口气，再看一页嗞得更长。

我和程建邦忍着笑，挤在一张宽凳上挨着刘亚男坐下。我问殷望：“你要去哪儿？”

殷望偷瞟了眼徐卫东，笑着说：“你说呢？”看来他是要继续找他的亲生父亲了，我不禁为他担忧起来。他一拍我的肩膀说：“放心吧。”

程建邦凑过来问道：“你的那个女朋友呢？”

徐卫东咳了两声打断我们，把菜单塞给服务员让他们赶紧上菜。等服务员出了门，才低声说：“白杨正在准备接受训练。”

程建邦有些惊讶：“他爸不是贩毒的吗？”

徐卫东说：“你爷爷新中国成立前还是土匪呢。用人的事组织上自有考虑，不用你们操心。”

程建邦想起什么似的猛一拍桌子，说：“哎呀，你没点那什么吧？亚男姐可吃不了。”话音刚落，他的后脑勺就挨了刘亚男一巴掌：“就你话多。我没那么娇气。”

徐卫东打开他带来的那两瓶酒，亲自给我们斟满，举起杯说：“第一杯我敬你们。”一仰头干了杯中酒。殷望二话不说跟着把酒干了。程建邦端着酒皱眉说：“菜还没上呢就灌人酒，这明摆着不让我们见热菜啊，我不喝。”

徐卫东举着空杯看向了我。我闭着眼把酒干了，就听程建邦嘟囔：“叛徒！”

刘亚男不等徐卫东看她，举杯将酒干了。程建邦这下坐不住了，举着酒杯想和徐卫东碰一下，徐卫东一屁股坐在椅子上开始倒第二杯。程建邦只好独自把酒喝了。

徐卫东举起第二杯说：“秦川、建邦，你们想回家看看的话，组织上可以出面帮你们解释。”

“真的？”我和程建邦同时眼睛一亮。

徐卫东点点头：“嗯。”

刘亚男走到我俩中间，左右搭着我和程建邦的肩膀，摸了摸我俩的头，叹了口气，拿起酒杯高高地举起，说：“干杯！”

菜没上两个，我已经喝得有点儿晕了。殷望端着酒杯说：“虽然不太理解你们的决定，还是打心眼儿里佩服你们，我自愧不如。”

我看着他喝完那杯酒，就低下头盯着酒杯发呆，不知在想些什么，心中不觉百感交集。

胡纬、双喜以及……古听云这些人是抓不完的，这么多年，我对这些人的了解比对自己亲人的了解都多。我知道总部的某间会议室为给我们授衔已布置好了，折叠整齐的军装、军衔静静地放在那里，那是即将授予我们的荣誉。

这一刻，我们不知道等了多久。

当初为践行誓言，我们脱下了军装，多少次做梦都想把它重新穿回身上，站在领奖台上对着军功章堂堂正正地敬个礼。当这一刻真的来临时，我可以想象未来的日子里怎样坐在办公室里研究地图、看资料，却无法想象夜深人静时如何面对九泉之下战友的英灵。

曾经我梦想着自己能成为一柄闪光的利剑，在阳光照不到的阴暗地方斩妖除魔。当我真的成为那一柄剑时，我明白自己存在的意义只有战斗，如果停歇，必将慢慢失去光泽，最终腐朽消逝。战斗，只有不停地战斗才能将妖魔鬼怪逼到阴暗的角落里瑟瑟发抖；战斗，只有不停地战斗才能让自己在阳光下熠熠生辉；战斗，只有不停地战斗才是我最终的宿命。

我不再向往鲜花和掌声，甚至不再渴望重新穿上魂牵梦萦的军装。

信念就是我的戎装，窗外的万家灯火就是我的军衔。

尾声

借着小区路灯那不甚明亮的灯光，我辨认着面前这幢高楼的楼号，一层一层地数到了属于我家的那层。阳台上的窗帘已不再是我熟悉的花色，隐约能看到屋内电视机屏幕变换闪动的荧光，闭上眼，却无论如何也勾勒不出父母坐在沙发上看电视的画面。一股淡淡的酸楚伴随着些许暖暖的慰藉在心中纠缠不清。爸爸妈妈，对不起，为了你们的平安，我还是决定不来看你们了，这夜色中斑斓的万家灯火，是我心中最美的景致。儿子即将出征，为了你们，也为了自己。

我是战士，我叫秦川。

（全文完）